DE VERBODEN TEMPEL

Patrick Woodhead

De verboden tempel

H&W
VAN HOLKEMA & WARENDORF
Unieboek BV, Houten/Antwerpen

Oorspronkelijke titel: *The Cloud Maker*
Vertaling: Jaap Sietse Zuierveld
Omslagontwerp: © www.blacksheep-uk.com
Opmaak: ZetSpiegel, Best

www.unieboek.nl

ISBN 978 90 475 1126 7 / NUR 332

Oorspronkelijke uitgave: Preface, an imprint of The Random House Group Ltd.

Voor Mike,
inspiratie en vriendschap in gelijke mate

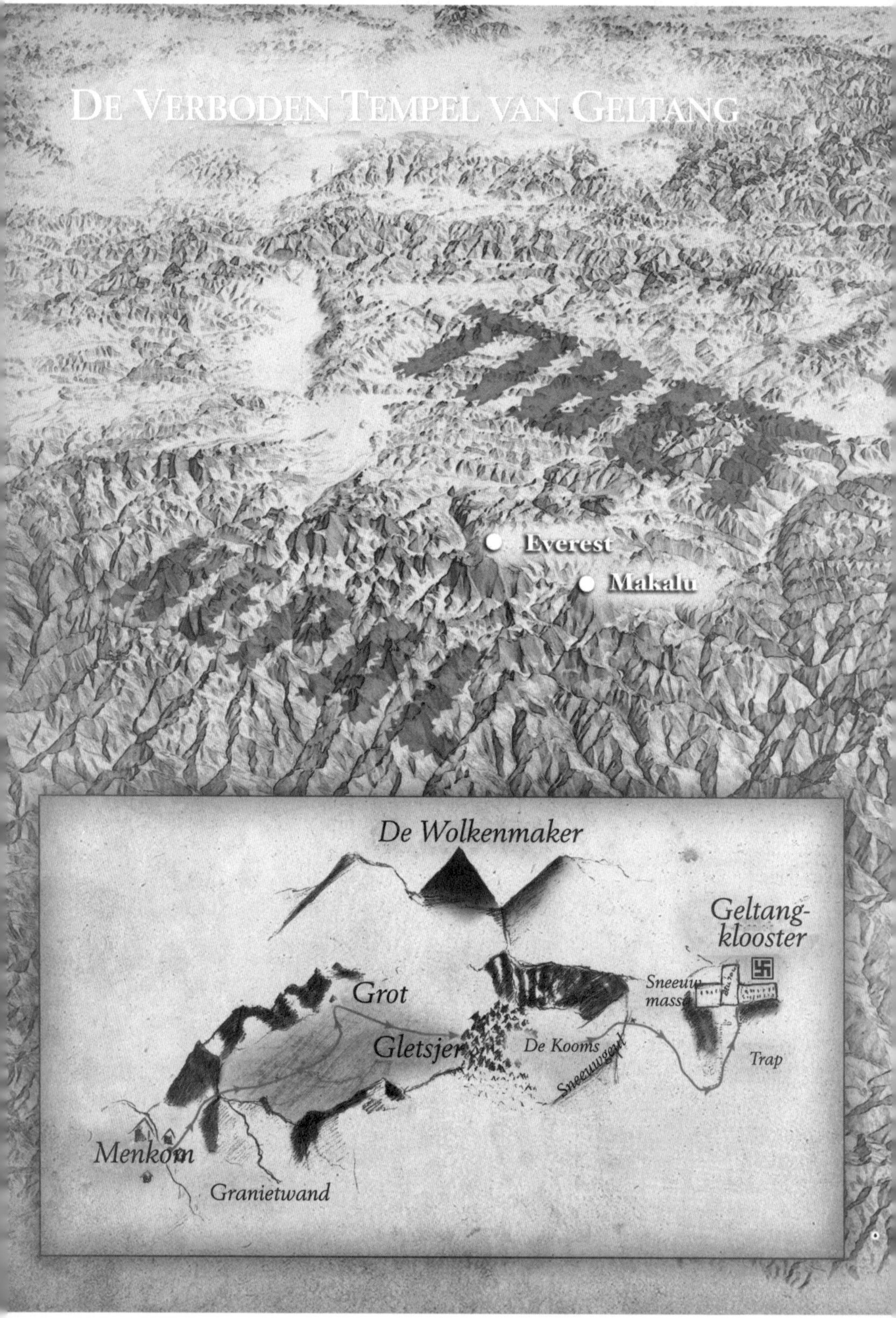
De Verboden Tempel van Geltang
Everest
Makalu
De Wolkenmaker
Geltang-
klooster
Sneeuw
massa
Grot
Gletsjer
De Kooms
Trap
Menkom
Granietwand

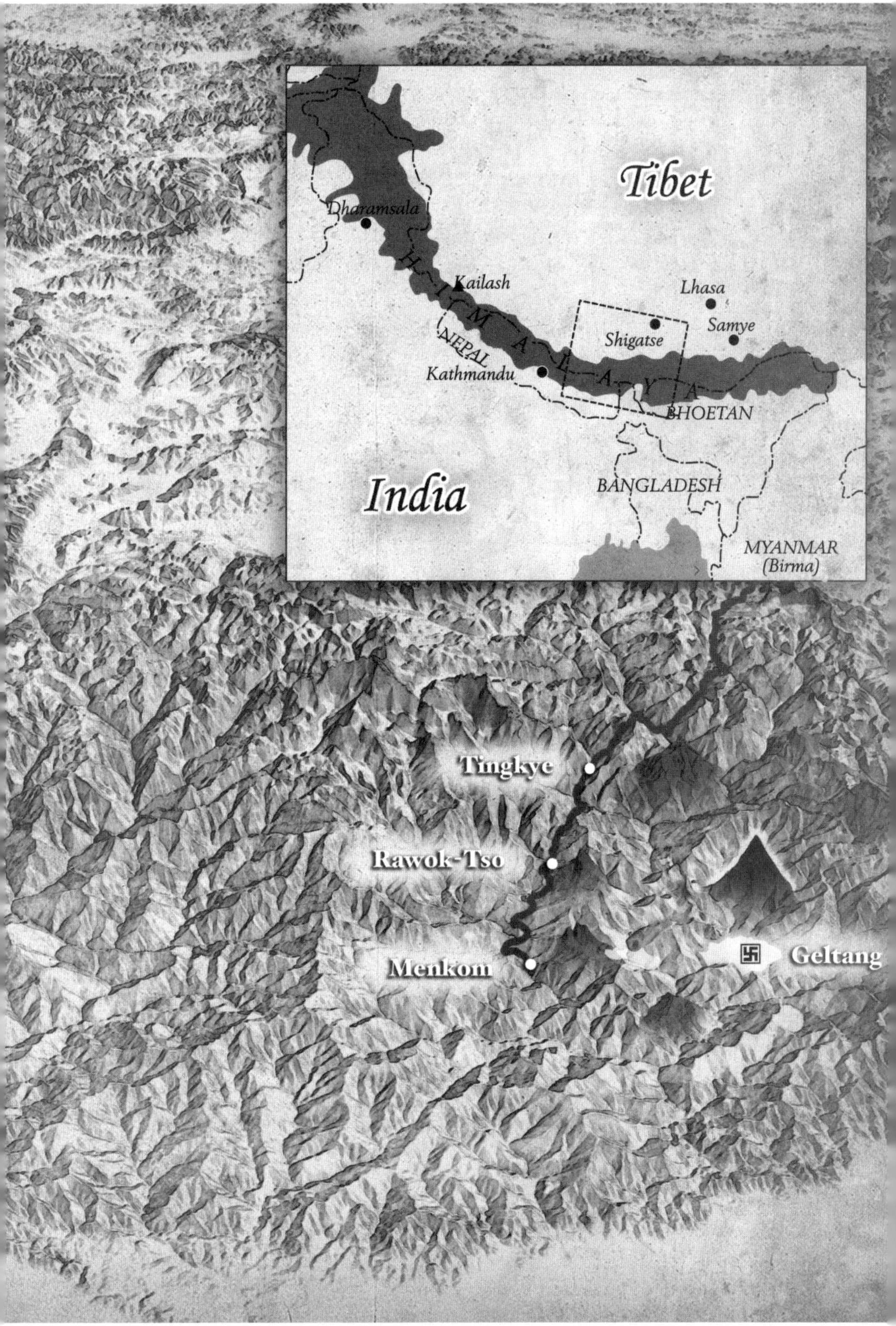
Tibet
Dharamsala
H I M A L A Y A
Kailash
Lhasa
Shigatse
Samye
NEPAL
Kathmandu
BHOETAN
BANGLADESH
India
MYANMAR
(Birma)
Tingkye
Rawok-Tso
Menkom
Geltang

'Getijden komen op. Rode wateren stijgen. Wij verdwijnen een voor een als eilanden, door de duisternis omhuld. Wij moeten de moed hebben om ons te ontwikkelen, sterker te worden. Om te begrijpen dat de verliezen gerechtvaardigd zullen worden, het evenwicht bereikt zal worden. Alleen door te vechten voor wat we geloven, kunnen we echt vrij zijn.'

Proloog

Tibet, maart 1956

Vlak voor de bocht bleef hij staan.

Het klonk alsof er een dier door de bamboebosjes stormde, en met de gedachte dat het geluid daardoor werd veroorzaakt hield de jonge novice halt. Toen hoorde hij schelle stemmen die bevelen in het Mandarijn blaften. Hij schoot van het pad af en liet zich achter een dicht bosje vallen, met zijn gezicht slechts een paar centimeter boven de bevroren grond.

Een paar seconden later verschenen er vier soldaten in uniform op het pad, met geweren over hun schouders. Ze spraken snel en gebaarden met vlugge, stekende bewegingen naar iets wat zich verderop in het dal bevond.

Vlak voor hem zag Rega een paar afgetrapte legerschoenen, met bemodderde veters waar sneeuwvlokjes op vielen. Nog een paar stappen en ze zouden bij hem zijn. Hij hoorde de ademhaling van de soldaat en de smakgeluiden van zijn mond, die tabak pruimde.

'*Zai Nar!*' schreeuwde een andere stem, verder weg, en de schoenen bleven even stilstaan voordat ze in de andere richting wegknerpten. Rega slaakte een rauwe zucht; opluchting vermengde zich met afgrijzen toen hij besefte wat er zojuist was gebeurd.

Een van de soldaten had waarschijnlijk achteromgekeken naar de in elkaar grijpende dalen en iets gezien – door de opening tussen de bomen, als door een sleutelgat – wat nog eeuwenlang verborgen had moeten blijven in de jungle van de kloof.

Een paar tellen later klonk er nog meer geschreeuw, en algauw stampten er tientallen schoenen langs de plek waar hij lag.

Het was voorbij. Ze hadden hen gevonden.

***

De monniken hadden de hele winter in het ijskoude keteldal van de Tsangpo-kloof gewacht. Toen de sneeuw begon te smelten en de rododendrons zich een weg door de vorstlagen baanden, wisten ze dat hun tijd was gekomen. Algauw zouden de dagen lengen; dan zou de Doshong-La weer bevaarbaar worden. De seizoenen wisselden, en daarmee ook hun lot.

Maandenlang hadden ze verhalen gehoord, vreselijke gefluisterde verhalen uit de buitenwereld. Twee weken terug waren er twee rillende, besneeuwde dragers het klooster binnengestrompeld. Uitgeput waren ze; ze hadden alles geriskeerd om de hele nacht te klimmen en het nieuws over te brengen: aan de andere kant van de kolossale bergpieken hadden ze de onmiskenbare tenten van een Chinese patrouille gezien.

Het was duidelijk waarvoor die gekomen waren – er was maar één reden om aan de voet van een van de ruigste bergpassen in Tibet te bivakkeren. Iemand moest hen getipt hebben. Nu zaten ze alleen te wachten tot de laatste winterse sneeuwstorm voorbij zou zijn.

***

Terwijl de uren verstreken, hield Rega zich muisstil. De gladde huid van zijn voorhoofd was gerimpeld van verwarring en zijn grote, bruine ogen staarden wezenloos naar de donker wordende kloof. Hij was van nature slank en pezig, net twintig, en ondanks zijn dikke winterjas voelde hij de kou vanuit de grond opkruipen. Hij hield zijn armen stevig over elkaar tegen zijn borst, in een poging de kou af te wenden; zijn benen voelden stijf en verdoofd aan.

Eerst wist hij niet zeker wat het flikkerende licht was. Misschien speelde zijn verstand hem parten door de urenlange kou en angst. Maar het bleef flikkeren, groter nu, een oranje bol, die leek te groeien en hoog de nachtelijke hemel in schoot.

Het idee was zo onvoorstelbaar dat het een poosje duurde voordat Rega het begreep. Lange vuursporen, gevangen en gedragen door de wind, verspreidden zich over de geweldige balken van het kloosterdak. Ondanks de donkere nacht kon hij de rook omhoog zien kringelen en de as in de hitte zien deinen.

Rega hees zich overeind en wankelde vooruit, gehypnotiseerd door de vlammen. Hij moest zien wat er aan de hand was. Hij moest het met eigen ogen zien.

De sneeuw viel van de bladeren toen hij zich een weg door het kreupelhout baande, kortademig door de klim, totdat hij uiteindelijk een open plek op strompelde en de hoofdgevel van het klooster zag. Met zijn arm omhoog om zijn gezicht tegen de plotselinge muur van hitte te beschermen, tuurde hij naar de verwoesting. De deuren van de grote bibliotheek hingen los in hun scharnieren; het hout was door sintels weggevreten. Daarachter, aan de rand van de gewelfde ruimte, werd een hoge stapel boeken snel verslonden in een blauwe, intense gloed.

Rega liep door, weg van de hitte; zijn viltschoenen gleden geruisloos over de steengrond. Hij had nog geen soldaat of monnik gezien.

Toen hoorde hij het – een ijl, klaaglijk geluid dat boven het geknetter van het vuur uitsteeg.

Hurkend achter een van de enorme houten zuilen die de hoofdbinnenplaats omringden, kon Rega vage silhouetten van bewegende figuren onderscheiden. De meeste monniken stonden langs de binnenplaats, terwijl in het midden ongeveer dertig van de oudsten of zwaksten in een dichte groep bij elkaar stonden, als vee samengedreven.

Om hen heen stonden Chinese soldaten, wier zwarte uniformen met de nacht versmolten.

Op zo'n tien meter van de hoofdingang naar de binnenplaats was een piepjonge novice geblinddoekt. Hij stond daar met opgetrokken schouders, met zijn gezicht naar een blanco muurvlak. Rega keek nauwkeuriger en zag een geweer in zijn handen bungelen, waarvan de mond maar een paar centimeter boven de grond zweefde.

Plotseling begonnen de soldaten om hem heen te schreeuwen en hun geweren als gebalde vuisten in de lucht te steken.

'Schieten! Schieten!'

Terwijl de novice achteruitstapte, worstelend om de loop van het geweer met bevende handen op de blanco muur te richten, grepen twee soldaten een van de oudere monniken uit de groep in het midden en duwden hem pal voor zijn neus. Een oude monnik, onzichtbaar voor de novice, kwam struikelend voor hem staan, met zijn gezicht op nog geen meter afstand van de loop.

Er steeg een hoog geloei op dat over de binnenplaats echode terwijl de andere monniken getuige waren van de scène.

'Schieten! Schieten!' schreeuwden de soldaten nogmaals. De novice wachtte, van zijn stuk gebracht door het lawaai.

Een van de soldaten kwam achter hem staan. Hij bewoog zich met de zwier van gezag; zijn mouwen waren tot boven zijn elleboog opgerold. Epauletten met gouden insignes schitterden in de vuurgloed. Rega kon zien dat hij, pal achter de novice, iets fluisterde. Toen het geweer knalde, sloeg de novice wankelend naar achteren en botste tegen de officier achter hem.

Er viel een stilte. Het geloei van de monniken hield op toen het lichaam van de oude monnik in elkaar zakte op de stenen van de binnenplaats.

De verbijsterde stilte werd plotseling weer door schoten doorbroken, maar ditmaal waren het de andere soldaten die hun geweren in de lucht afvuurden en juichten.

De officier liep om de novice heen en terwijl hij het geweer van hem afpakte, gaf hij hem een geruststellend schouderklopje. De knieën van de jongen knikten en de officier stak zijn armen uit om hem te ondersteunen. Even stonden ze bij elkaar, twee figuren die afgezonderd waren van de anderen.

Met een geoefend gebaar draaide de officier het geweer in zijn handen om en klapte de grendel weer dicht. Zonder zich om te draaien om naar de opeengepakte groep oude monniken te kijken, schreeuwde hij: 'Volgende!'

Met een droge mond keek Rega vol afgrijzen toe hoe een andere oude monnik uit de groep werd gehaald. Waarom de oude monniken? Waren zij simpelweg een te zware last om mee terug te brengen over de bergpas? Of was hij getuige van een voorbeeld van het meedogenloze geweld dat, zo hadden ze allemaal gehoord, met die zogenaamde Culturele Revolutie gepaard ging?

In de verste hoek van de binnenplaats hoorde hij opeens het geluid van gillende vrouwen. De tempeldeuren werden opengesmeten en in het halfduister kon hij zien wat een groepje soldaten binnen aan het doen was. Even keek hij, terwijl de walging als gal naar zijn keel steeg. Toen verdreef een plotselinge adrenalinestoot de verlamming in zijn benen. Hij moest weg van deze plek, ontsnappen, het aan anderen vertellen.

De plotselinge duw van achteren overrompelde hem volledig. Rega viel met gespreide armen voorover op de stenen, maar hij draaide zich om en zag het grijnzende gezicht van een soldaat die uit de schaduw stapte.

Het was een forse man, met een pafferig gezicht en donkere ogen vol leedvermaak. Hij boog zich over Rega heen, greep de kraag van zijn jas en trok hem met één arm omhoog, zodat hun gezichten elkaar bijna raakten. Zijn adem stonk sterk naar muffe tabak.

'Jij kijkt graag.' De vullingen in zijn tanden glansden in het donker. 'Dat kunnen we wel regelen.'

Terwijl hij Rega's pezige lichaam omdraaide, drukte hij zijn knie in zijn rug en drukte hem met de zijkant van zijn gezicht tegen de rotsgrond. Rega had een leeg gevoel in zijn hoofd. Hij zei geen woord, maar staarde alleen langs de zuilen van de binnenplaats, naar de vlammen die opsprongen om het dak van de bibliotheek te verslinden. De blauwe en oranje vuurtongen staken iriserend af tegen de zwarte hemel.

Boven hem had de soldaat de draagband van zijn geweer losgemaakt en er vlug twee knopen in gelegd, zo'n vijf centimeter van elkaar. Hij spande de draagband voor Rega's gezicht, zodat beide knopen voor zijn oogkassen zaten. Even later gilde Rega toen zijn hele hoofd met een felle ruk achterover werd getrokken. De soldaat draaide de draagband als een tourniquet om en bij iedere draai verhoogde hij de druk.

Rega klauwde met nutteloze handen achter zich, terwijl het gegil op zijn lippen wegstierf. Zijn wangen verstrakten, in een poging de immense druk van de knopen te weerstaan, die zich steeds dieper in zijn schedel boorden. Met nog een halve draai zonken de knopen nog verder totdat zijn oogbollen implodeerden en er een kleverige, troebele vloeistof over zijn wangen stroomde.

Rega maakte een gorgelend geluid toen hij op de grond verslapte.

Die mooie, brandende daken waren het laatste wat hij ooit nog zou zien.

1

20 april 2005

Het was zes uur 's ochtends en de dageraad was net aangebroken boven het dak van de wereld. Getaande lichtvingers tastten langs de puntige pieken van de Himalaya en gaven een heldere gloed aan de oranje tenten die op het donkere puin waren opgezet.

Luca Matthews ritste zijn tent open en stapte, nog in zijn thermo-ondergoed, de ijskoude berglucht in. Hij was lang en had een krachtige rug, die de stof van zijn onderbroek uitrekte toen hij de tent uit kroop. Slordig, donkerblond haar viel op een gezicht dat bruingebrand was door de intense bergzon. Alleen om zijn ogen had hij twee blekere kringen doordat hij zijn gletsjerbril had gedragen.

Hij stond daar een poosje koffie te nippen uit een tinnen mok en te genieten van het gevoel dat hij als eerste op was. Hij had elke nacht maar een paar uur slaap nodig en vond de ochtendstilte vaak een van die zeldzame momenten van de dag dat hij zich echt kalm voelde. Terwijl hij de tintelende lucht inademde, verspreidde de warmte van zijn koffie zich vanuit zijn mok en verlichtte zijn gezwollen knokkels. Hij trok wat dode huid van de vingerkussentjes van zijn linkerhand, streek voorzichtig met zijn vinger over een snee die helemaal naar zijn pols liep en schudde zijn hoofd. Verdomde klimwonden. Die leken nooit te genezen in de droge berglucht.

Luca tastte in de tent en pakte de schapenvachtjas die hij voor een paar honderd roepies bij een van de marktkraampjes in Kathmandu had gekocht. Hij zigzagde langs de smeulende restanten van het kampvuur en zette zijn mok voorzichtig op een rotsblok voordat hij ging urineren. Toen hij wat jonger was, had zijn vader hem ingeprent dat het belangrijk was om een goed uitzicht te hebben wanneer je stond te pissen. Luca had er geen flauw benul van dat het een van de weinige dingen zou blijken waarover hij en die ouwe zak het eens waren.

Terwijl Luca zijn hoofd opzijboog, gaapte hij en masseerde hij een schouderblad. Vijf dagen lang had hij voorraden naar het basiskamp gezeuld en de riemen van zijn rugzak hadden diepe sporen in zijn rug achtergelaten. Dit was ongetwijfeld het meest ondankbare gedeelte van de klimtocht: inspanning zonder techniek of beloning, alleen aangemoedigd door de aanblik van een bergtop die het wolkendek boven je hoofd doorboorde.

Luca sprong op een ander rotsblok, waar hij zijn armen om zijn benen vouwde en zijn knieën tot onder zijn kin optrok, een houding die hij gewend was. Zijn ogen volgden de helling van de berg, die drie of vier kilometer omhoog boog alvorens op de eerste gletsjer te stuiten, een korte dikke wipneus van ijs met kuiltjes die glansde in het ochtendlicht. Daarachter strekte de ene bergketen na de andere zich tot de horizon uit; de toppen reikten hoog genoeg om gegeseld te worden door de woeste winden die over de wereld stroomden.

Boven hem kwam de toprichel eindelijk in zicht; het laatste stuk grond tussen hem en de top van de Makalu, de op vier na hoogste berg op aarde en Luca's tweede piek van achtduizend meter.

Normaal gesproken zou de aanblik hem van pure opwinding een stoot adrenaline hebben gegeven, maar deze ochtend voelde Luca zich duidelijk van slag, een zenuwachtige onrust die zich vanuit zijn maag naar zijn botten leek te verspreiden. Hij gooide de rest van zijn dampende koffie op de grond en keek er even naar, voordat hij naar de tenten terugbeende.

Het stuk naar die richel zou het gevaarlijkste gedeelte van de beklimming worden.

***

'Ben je van plan de hele dag te slapen, prinses?' zei Luca, terwijl hij op de flap van een van de tenten beukte.

Het gesnurk hield op en er klonk een schuifelend geluid, gevolgd door het geluid van een keel die werd geschraapt.

'Jezus, zo slecht als vannacht heb ik zelden geslapen. Die verdomde Therm-a-rest van me liep halverwege de nacht leeg.'

Luca grinnikte. 'Wil je een kop koffie om je goeie stemming te vieren?'

Nog meer geschuifel, waarna de rits werd opengetrokken en de dikke kop van Bill Taylor verscheen. Een stoppelbaard van een paar dagen verduisterde zijn kin; zijn doorgaans geamuseerde bleekblauwe ogen waren gezwollen door slaapgebrek. Boven zijn gebruinde voorhoofd stond zijn haar recht overeind, alsof hij net een elektrische schok had gekregen.

'Bedankt, maar ik hou het bij thee,' zei hij; zijn woorden verdwenen in een holle geeuw. 'Ik snap niet hoe je dat smerige spul door je strot krijgt.'

Luca bukte om de steelpan met water op het brandertje te zetten en draaide het gas open. Er klonk een zacht geruis. Hij draaide zich om en zag hoe Bill zijn grote lijf langzaam uit zijn slaapzak wurmde.

'Je ziet er beroerd uit,' zei Luca zachtjes. 'Weet je zeker dat je vandaag aan de klim kunt beginnen?'

'Maak je een geintje? Ik red het wel.'

Bill strekte zijn armen hoog boven zijn hoofd, voordat hij naar dezelfde rots sjokte waar ook Luca zijn behoefte had gedaan. 'En ik vertrouw erop dat jij de perfecte route voor ons hebt gevonden.'

Luca's ogen schoten weer naar de berg, terwijl hij zijn kaken op elkaar klemde.

'De eerste sectie is vrij eenvoudig, praktisch het hele stuk recht omhoog naar de plek waar we het tweede kamp zullen opslaan. Daarna komt het lange stuk door dat verticale ijsveld. Dat is een stuk lastiger. Maar als we de richel eenmaal bereikt hebben, is het niet meer dan twee uur naar de top.'

Bill was teruggeslenterd en hurkte nu naast hem neer, met zijn blik ook op de berg gericht. Luca gaf hem een mok en goot er kokend water in. Terwijl Bill de dampende thee aanpakte, keken ze elkaar even aan en nog voordat Bill zijn mond open had gedaan, wist Luca wat hij ging zeggen: 'Kattenpis.'

Luca grinnikte.

Een uur en drie kwartier later waren ze op weg.

2

Ze hadden negen uur geklommen en amper een woord gewisseld. De doffe pijn van uitgeputte spieren maakte hun bewegingen klungelig en ongecoördineerd.

Luca baande zich ploeterend een weg door de diepe sneeuw. Aan zijn heupgordel hingen twee klimtouwen van acht millimeter dik, die over de sneeuw en ijsuitstulpingen naar de plek kronkelden waar Bill aan het klimmen was, zo'n vijftien meter beneden hem. Ze gingen om de beurt voorop, maar naarmate de uren verstreken had de sneeuw waarin ze wegzonken ieder greintje kracht aan hen onttrokken. Ze hielden allebei hetzelfde pittige tempo aan, met een ijsbijl losjes in hun bovenste hand.

Om zijn ademhaling regelmatig te houden, dwong Luca zichzelf zijn bewegingen te vertragen terwijl hij de sneeuw intrapte; één keer, twee keer, pas bij de derde keer lukte het hem genoeg poedersneeuw in te stampen om een stap verder te kunnen komen. Maar om de paar minuten zakte hij door de korst heen en zonk hij tot boven zijn dijen weg. Door de plotselinge schok bracht zijn zware rugzak hem dan met een pijnlijke ruk uit balans. Bill wachtte dan gewoon, niet in staat hem te helpen, terwijl Luca nog meer energie kwijtraakte aan zijn pogingen zich te herstellen.

De heldere ochtendhemel was vervangen door een dicht dek van donkere wolken die dreigend boven de hogere regionen van de berg hingen. Ook was er een sterke wind opgestoken die de richel bestookte en beide klimmers moesten hun hoofd opzij buigen en beschutting zoeken onder de capuchon van hun Gore-Tex jassen.

Vlak voor hen raakte de richel de verticale ijswand die ze vanuit het basiskamp hadden gezien. Ze moesten hun kamp een eind uit de buurt van de wand opslaan, ver genoeg bij de vallende stenen en ijsblokken vandaan. Met een blik op zijn horloge zette Luca zijn rugzak neer en begon de schep los te maken die aan de achterkant was vastgebonden. Toen hij begon te graven, legde Bill langzaam de resterende afstand af; hij kwam buiten adem aan, met zijn handen op zijn knieën.

'Wat denk je van de wolken?' vroeg hij, moeizaam ademend. 'Volgens het weerbericht zou het morgen slechter worden.'

Luca stopte even, terwijl er een schepvol sneeuw op de grond gleed. Hij tilde zijn bril op en veegde het zweet uit zijn ogen.

'Dat gaat wel over,' zei hij en hij groef verder.

Bill knikte. Hij had lang genoeg met Luca geklommen om te weten dat hij wat het weer betreft niet aan hem hoefde te twijfelen. Wat het weerbericht ook meldde, op de een of andere manier leek Luca het altijd bij het rechte eind te hebben. Het was een standaardgrapje geworden. Telkens als Luca ging liggen, dacht iedereen dat het zou gaan regenen.

Bill maakte zijn schep los en begon naast hem te graven. In een halfuur hadden ze het sneeuwhol af en algauw lagen ze allebei uitgeput in hun slaapzakken, terwijl het zachte geruis van de brander de geluiden van de buitenwereld tegenhield.

***

Zodra de dag aanbrak, stootte Luca met zijn slaapzak door de dunne sneeuwmuur heen, zodat een fel ochtendlicht de sneeuwhut vulde. Door het gat stroomde koude lucht binnen, die de muffe lucht verdreef. Het was een lange, rusteloze nacht geweest; ze hadden allebei slecht geslapen door de hoogte.

Bill ritste zijn slaapzak open en ging rechtop zitten, kreunend omdat hij een barstende pijn in zijn achterhoofd had. Hij zat stil te wachten tot de pijn wegtrok, terwijl Luca met zijn hoofd omlaag tegen het ijsplafond naar voren schuifelde. Hij tastte boven in zijn rugzak en pakte een muesli reep en de tube met gecondenseerde melk. Suiker was het enige middel om het lichaam 's ochtends weer op gang te krijgen.

'Wil je het water doorgeven?' mompelde Bill, gebarend naar de plastic fles naast het fornuis. 'Ik ben vannacht vast uitgedroogd.'

'Hoofdpijn?'
'Knallende koppijn.'
Na een paar flinke slokken water draaide Bill zich om. Door de opening in de sneeuw keek hij naar de lucht. 'Je had tenminste in één ding gelijk.'
'Het weer is niet het probleem,' antwoordde Luca, terwijl hij zijn spullen in zijn rugzak stopte. 'Dat is het ijsveld. Heb je de stenen vannacht horen vallen?'
Bill knikte. Om de paar uur hadden ze 's nachts gehoord hoe er stenen van de wand omlaag ketsten en op het harde ijs van de gletsjer beneden smakten. Elke keer dat het gebeurde waren ze allebei wakker geschrokken, maar er viel niets te zeggen. Ze wisten dat dit het gevaarlijkste gedeelte van de beklimming van Makalu's westwand was.
Zwijgend braken ze het kamp op, methodisch, in gedachten bij de beklimming die ze voor de boeg hadden. Ze waren al op meer dan zesenhalfduizend meter hoogte en de ijswand zou een serieuze klimtechniek vereisen. Geen gemakkelijke sneeuwrichels of comfortabele schuilplaatsen meer.
'Jij hebt de route uitgestippeld,' merkte Bill op. 'Leid jij vandaag maar.'
Luca keek niet op, terwijl hij de riempjes van zijn rugzak vastklipte. 'Best,' zei hij, in de hoop dat de nonchalance in zijn stem niet geforceerd klonk. 'Geen zorgen.'
Twintig minuten later stonden ze allebei op de richel, waar ze de warmte van de ochtendzon voelden. Luca had de touwen uitgelegd en reikte Bill twee uiteinden aan. Hij, op zijn beurt, zwaaide een zware draagriem vol karabiners, ijsschroeven en klemblokjes van zijn schouder en overhandigde die aan Luca, die ze in een goed geoefende en weloverwogen volgorde aan zijn gordel begon te klippen.
'Nog nooit iemand ontmoet die zo pietluttig is over waar hij zijn gereedschap klipt,' merkte Bill op.
'Je weet hoe het zit: hoe hoger we komen, hoe stommer we worden. Zo weet ik tenminste waar alles is.'
Ondanks zijn doffe hoofdpijn glimlachte Bill. Thuis was Luca's flat een van de meest wanordelijke plekken waar hij ooit was geweest. Elk stukje van zijn vloer was bezaaid met ongeopende post

en verwaarloosde kleren. Maar hier in de bergen leek hij een complete karaktertransformatie te ondergaan: precies, attent, nooit kort door de bocht of lui.

'Ik zal daar stand maken,' zei Luca, wijzend naar een zwarte rotsuitstulping tegen het verticale ijs, twaalf meter boven hun hoofd. Vervolgens liep hij, met een vlugge knik om te controleren of Bill klaar was, over de richel terwijl hij de lengte van de lussen aan zijn ijsbijlen afstelde.

Toen hij zo dicht bij de wand kwam dat zijn heupen er bijna tegenaan drukten, trapte Luca zijn stijgijzers erin, waardoor er scherfjes ijs naar beneden tuimelden. Met vloeiende, ritmische bewegingen hamerde hij zijn ijsbijlen in de wand. Elke stap bracht hem verder omhoog, terwijl hij ervoor zorgde dat de voorste punten van zijn stijgijzers goed in het ijs hapten, zodat hij niet steeds extra stappen hoefde te zetten. Hij keek niet op, volledig in beslag genomen door wat er voor hem lag.

Hij wist dat hij de klim moest onderverdelen. Hij moest zich op het eerste traject concentreren, daarna op het tweede. Niets meer. Vooruitdenken aan de toprichel was gewoon te hoog gegrepen. Boven ging de rotswand nog eens duizend meter verticaal omhoog.

Er verstreken uren – dezelfde bewegingen, hetzelfde ritme. De zon trok langzaam door de lucht, verschoof hun schaduwen van rechts naar links terwijl hij door het gepolijste ijs weerkaatst werd. Ze klommen allebei gestaag verder en wisselden alleen een paar woorden wanneer ze aan het eind van ieder traject materialen verdeelden.

Luca hakte zijn bijlen in het ijs en spreidde zijn benen wijder om zijn balans te bewaren. Hij haakte een ijsschroef van zijn gordel en draaide die in een glad stuk ijs vlak bij zijn schouder. Hij klipte het touw door de karabiner en leunde achterover in zijn gordel, waardoor hij de intense druk op zijn kuiten verlichtte. Daarna draaide hij een tweede schroef in, klipte in en gluurde tussen zijn benen omlaag.

Omlaag kijkend langs de touwen zag hij hoe Bill zich omhoog knokte. Dat was de manier waarop zijn partner klom wanneer hij moe werd: knokken. Dan hamerde hij zijn bijlen in, zodat er overal ijs rondstoof; hij gebruikte kracht, geen vaardigheid, om hoger te komen.

Ergens aan zijn rechterkant hoorde hij een geluid en een kleine verzameling stenen, sommige ter grootte van een mensenhoofd, kletterde langs de rotswand naar beneden. Ze waren ver genoeg op afstand om geen gevaar op te leveren, maar de aanblik van die stenen die in stofwolken tegen de granietwand stuiterden was zenuwslopend. Stenen van dat formaat zouden recht door hun helmen dringen.

Luca zag dat Bill zijn hoofd oprichtte om naar de steenval te kijken. Even keken ze elkaar aan. Geen van beiden zei iets. Het spelen van dit soort kansspelletjes was een keuze waar ze nooit over spraken.

Luca blies een wolk van bevroren adem in de lucht voordat hij opkeek; hij gunde zichzelf een zeldzaam moment om hun vordering te bekijken. Ze hadden snel geklommen en hadden bijna tweederde van de weg naar boven afgelegd. Nog een paar uur en ze zouden onder de toprichel zijn.

Naarmate de middag voorbijkroop, voelde Luca hoe het tempo verder begon te vertragen. Elke keer als hij zijn lichaam omhoogtrok hoorde hij zichzelf grommen; zijn onderarmen voelden gezwollen en verdoofd aan. Hij had een vreemde kramp in zijn rechterbeen, waarvan hij wist dat die niet door de kou werd veroorzaakt. Bijna klinisch vroeg hij zich af hoeveel langer zijn lichaam deze inspanning nog kon verdragen. Langer dan Bill, wist hij. In de afgelopen paar uur hadden de strakgespannen touwen meer dan eens aan zijn middel getrokken, waardoor hij steeds met een ruk tot stilstand kwam. Dan wachtte hij even om Bill weer op adem te laten komen, maar wanneer hij druk probeerde uit te oefenen kwam zijn partner nog steeds niet in beweging.

Vijftien meter lager kon Bill voelen hoe zweet zich mengde met de dunne ijssluier over zijn gezicht voordat het in zijn ogen liep. Onder zijn jas ging zijn borst onregelmatig op en neer en telkens wanneer hij stopte om zijn ademhaling te kalmeren, kreeg hij een langdurige hoestaanval waardoor hij zich nog beveriger voelde. Hij probeerde zijn stijgijzers in het ijs te trappen en een betere grip te krijgen, maar zijn benen voelden stijf en passief aan; zijn frontpunten schraapten alleen maar over het gladde ijs. In beide handen voelden de bijlen ondraaglijk zwaar. Terwijl hij tegen de wand zwaaide wist hij dat zijn bewegingen steeds wanhopiger werden.

Hij stopte opnieuw en zette zich schrap voor een volgende hoestbui. Door zijn beslagen bril zag hij de omtrek van Luca, die boven stond te wachten.

'Gaat het?'

Toen de woorden zijn oren binnenstroomden, wilde Bill antwoorden, maar er ging een nieuwe hoestaanval door zijn lijf. Toen die voorbij was, kantelde hij zijn hoofd achterover en voor hij in afwachting van de pijn zijn kaken op elkaar klemde, schreeuwde hij één woord uit: 'Rust.'

Ondanks de afstand kon Luca de spanning in Bills stem horen – als je zeven jaar lang samen met iemand klom kon je hem onmiddellijk peilen. En te oordelen naar het schokkerige ritme van het laatste uur, nam Luca aan dat Bill nu op zijn tandvlees liep.

Ongeveer zes meter boven zijn hoofd had Luca een rotsuitstulping ontwaard die misschien groot genoeg voor hen beiden was om op te zitten. Het laatste halfuur had hij zich er een weg naartoe gebaand. Nadat hij had gewacht tot het touw slap genoeg was, klom hij de laatste meters en hees hij zich met trillende armen over de rand. Met zijn rug tegen het ijs en zijn benen over de rand bungelend, haalde hij het touw in om Bills krachten enigszins te sparen.

'Nog maar vijftien meter,' schreeuwde hij naar beneden. 'Hierboven hebben we ons eigen privébalkon.'

Urenlang had Luca met zijn neus tegen de ijsspiegel gedrukt gezeten, totaal geabsorbeerd door de klim. Nu zat hij op zijn gemak in de zon en keek hij met half toegeknepen ogen naar de wereld die zich onder hem uitstrekte.

Ieder uitzicht was anders. Het maakte niet uit hoeveel hij klom, de ervaring van een nieuw perspectief was altijd adembenemend. Wanneer de omvang van de omgeving in beeld kwam, leek zijn persoonlijke strijd met de berg op de een of andere manier verkleind, waarbij hij tot een piepklein diertje kromp, dat zich aan een reusachtige landafwijking vastklampte.

Maar ditmaal had de afwijking een vreemde ordening.

Luca tuurde in het felle licht en probeerde te begrijpen wat hij zag. Aan zijn rechterkant stond een groep naadloos aaneengesloten bergen met besneeuwde toppen. Zijn ogen volgden de pieken die een perfecte cirkel maakten. Het was hun symmetrie die zo buitengewoon was, alsof ze met een passer waren geplaatst. In het midden lag een wolkendek, ondoordringbaar dicht.

Terwijl Luca keek, begonnen de wolken te schuiven. Ze braken langzaam open, veranderden en hervormden zich, voordat er iets vorm begon aan te nemen in het midden ervan. Luca voelde zijn grip op het touw lichtjes verslappen toen hij zich onwillekeurig vooroverboog.

Er vloeide licht door het gat in de wolken, dat eerst de ene en vervolgens de andere kant verlichtte. Toen de vorm zich uiteindelijk bevrijdde van de wervelende wolken, besefte Luca dat hij zat te staren naar een piramide die zo perfect geproportioneerd was dat die door de mens moest zijn gemaakt.

Maar dat kon niet. Zeker niet. Wat kon er anders midden in de Himalaya liggen dan een berg? Met zijn blik op de horizon besefte hij dat deze berg kleiner was dan de andere, maar niet veel. Deze berg moest dus bijna zesduizend meter hoog zijn. Het was een absurde gedachte dat mensen zoiets groots konden bouwen.

Er verscheen een bevende hand over de richel.

Heel even staarde Luca er alleen naar, in gedachten nog steeds bij de piramideberg. Toen schudde hij zichzelf wakker en schoot naar voren om Bills pols te pakken. Hij trok zo hard als hij kon, terwijl Bill worstelde om houvast te vinden en zijn stijgijzers over de donkere rotssteen klauwden. Het duurde een poosje voordat hij erin slaagde zich ver genoeg over de rand te wurmen. Toen zakte hij plat op zijn rug neer; alleen zijn zware ademhaling was te horen.

'Gaat het, man?' Zelfs door zijn bril kon Luca de zieke uitputting in Bills ogen zien. Hij zag er bleek en volslagen afgemat uit, alsof de klim ieder uur geleidelijk wat kleur aan zijn bloed had onttrokken.

'Gaat het?' herhaalde Luca, terwijl hij gewoontegetrouw de touwlus ophaalde. Hij voelde hoe zijn blik alweer door de piramide werd aangetrokken. 'Je moet eens naar die berg kijken, Bill. Ik heb nog nooit zoiets gezien.'

Bill opende zijn mond om te antwoorden, maar hij kreeg plotseling een hoestaanval. Luca draaide zich om en zag dat zijn hoofd opzij hing en er een bloederige speekselsliert uit zijn mond droop. Door het lage gehalte zuurstof in zijn bloed waren zijn lippen zachtpaars geworden.

'Shit,' zei Luca zachtjes, en toen hij zag dat Bill zijn ogen langzaam dichtdeed, verhief hij zijn stem.

'Bill. Je moet wakker blijven.'

Bill bleef roerloos liggen, met zijn ogen stijf dicht.

Het gebonk in zijn hoofd was ondraaglijk, zelfs bij de kleinste beweging leken zijn slapen te barsten en hem door de pijn te verlammen. Urenlang had hij geprobeerd ertegen te vechten, maar nu begon zelfs zijn zicht wazig te worden.

'Moordende koppijn,' wist hij uit te brengen. 'De hoogte... We klimmen te snel.'

'Hoe erg is het?'

Het kostte Bil een paar seconden om de energie te verzamelen om te praten, en toen dat gebeurde kwam het eruit als weinig meer dan gemompel.

'Ik kan niet zo goed zien.'

Luca vloekte, voordat hij zich omdraaide en tegen de steile ijswand opkeek. De toprichel lag niet meer dan een halfuur boven hen. Het weer was absoluut perfect: zwakke wind, goed zicht. De expeditie was maandenlang gepland en nu bevonden ze zich hier in de perfecte positie – de berg bood zich op een zilveren schaaltje aan.

'Bill. Luister. Ik laat je hier op de richel achter, voor een uurtje maar, en ik ga naar de top. Je redt het wel, dat beloof ik.'

Ergens in zijn uitgeputte hersenen verwerkte Bill de woorden. Hij tilde zijn hoofd op om te praten, maar toen werd hij overmand door een nieuwe hoestaanval, waarbij zijn borst op en neer ging als een vis die op het droge was gesmeten.

Even later werd zijn lichaam slap en draaide hij zijn hoofd langzaam om een dikke bol slijm op de nabije rots te spugen.

'Je... mag niet weggaan...' siste hij. Hij opende zijn ogen, scheel van de pijn. 'Ga... verdomme... niet weg.' Door de nevel van zijn gedachten probeerde hij te focussen. Hij moest wakker blijven, moest vechten tegen de verlammende slaap. De seconden rekten zich uit, en hij voelde zijn bewustzijn zinken en de duisternis opkruipen. Het grootste deel van de tijd gebeurde er niets. Het enige wat hij kon horen was het geluid van zijn eigen borst die hijgend op en neer ging. Er was niets behalve de zwartheid die zijn zicht verduisterde en langzaam op hem neerzonk.

'Luca... alsjeblieft.'

Bills stem was niet meer dan een zielig gemompel, terwijl zijn laatste gedachten op zijn gezwollen lippen vervaagden. Toen zag hij, ergens door het waas heen, Luca's silhouet dichterbij komen totdat hij pal boven hem stond. Hij voelde zijn hand op de voorkant van zijn klimgordel en hij voelde dat zijn lichaam naar de rand van de rotswand werd gehesen.

Bill stak zijn handen omhoog, in een poging Luca's arm vast te pakken. Hij werd pal op de rand van de lange rotswand gesmeten.

Toen Luca eindelijk praatte, klonk er zware frustratie in zijn stem door.

'Kom op dan. Laten we hier als de bliksem weggaan.'

3

Er was geen natuurlijk licht, alleen een verzameling stompe kaarsen die door lange stroompjes van stroperige was met elkaar waren verbonden. Hun vlammen verspreidden een lichtkransje dat de vorm van vijf stoelen verlichtte, die rechtstreeks uit de zware stenen muren waren gehouwen.

De stoelen stonden in een halve cirkel, die de natuurlijke vorm van het vertrek volgde. Op de middelste na werden ze allemaal bezet door figuren die met de benen over elkaar zaten en zeer sierlijke gewaden droegen. De stoffen waren in rijke, contrasterende kleuren geverfd en ingewikkeld geplooid, zodanig dat alleen de rechterarm onbedekt bleef.

Aan de andere kant van de cirkelvormige zaal was een kleine verzameling persoonlijke bezittingen netjes op de stenen vloer uitgestald. Van ieder voorwerp waren er vijf – gebedsmolens, bidsnoeren en gouden miniatuurbellen –, die zich aan het kaarslicht onttrokken.

Een van de figuren leunde achterover, terwijl hij de gele kap die zijn gezicht bedekte wegtrok.

'De voorspellingen waren correct,' zei hij met een van ouderdom krakende stem. 'De jongen is gevonden.'

De anderen draaiden zich naar hem toe, hun bejaarde gezichten gerimpeld van verbazing.

'Ben je daar zeker van?'

'Ja.'

Een andere monnik boog voorover in zijn stoel, waarbij zijn rode gewaad om hem heen plooide.

'Hoe heb je hem zo gauw gevonden?'

De monnik in het gele gewaad glimlachte. 'Het was inderdaad iets wonderbaarlijks. De rook van de crematie waaide naar het zuidwesten, precies zoals het orakel van Tshangpa had gezegd. Na slechts een maand zoeken hebben we de jongen gevonden in een dorpje dat Tingkye heet.'

'Een maand?' onderbrak een andere monnik hem twijfelachtig. 'Hoe kan *hij* in slechts een maand worden gevonden?'

'Als de voorspellingen correct zijn, zou je alleen maar blij moeten zijn dat we hem zo snel hebben gevonden.'

'En wat is het voor jongen?' vroeg een iets jongere monnik, wiens groene gewaad in het kaarslicht oplichtte toen hij zich onstuimig vooroverboog om de anderen aan te spreken.

'Hij is nog maar negen jaar, een plattelander zonder kennis of opleiding. Toch zag ik, zodra ik mijn blik op hem liet vallen, dat hij een geest bezat die identiek was aan die van zijn voorganger. Toen ik hem de persoonlijke bezittingen liet zien, aarzelde hij geen moment. Hij koos de persoonlijke gebedsmolen van zijne Heiligheid en vervolgens het bidsnoer dat hij alleen in zijn privévertrek gebruikte. Hij liet zijn handen over elk van de vijf verschillende bellen gaan, voordat hij ze op het exemplaar legde dat zijne Heiligheid van zijn overleden zus had gekregen – de bel die hij altijd met zich meenam wanneer hij het klooster verliet. Toen hij ze allemaal had uitgekozen, keek hij me nieuwsgierig aan en zei: "Deze zijn van mij. Waar heeft u ze gevonden?"'

Toen de monnik was uitgesproken, bogen de andere drie eerbiedig hun hoofd. De zoektocht kon jaren, zelfs decennia duren.

Uiteindelijk richtte een van hen zijn hoofd op.

'En hoe zit het met de gouden urn?'

'Hij heeft de test doorstaan. Maar het was heel duidelijk dat hij niet eens wist dat hij werd getest. Zijn bewegingen waren natuurlijk, alsof hij een droom volgde die hij al beleefde. Zulke dingen kunnen niet geleerd worden.'

Er viel nog een lange stilte, waarin iedere monnik het belang overwoog van hetgeen hem was verteld. Daarna keek de jongere in het groene gewaad met heldere ogen de halve cirkel rond.

'We moeten Shigatse informeren dat hun nieuwe leider gevonden is.'

De monnik in het gele gewaad schudde zijn hoofd abrupt, zodat er flikkerende schaduwen op de spelonkwanden werden geworpen. 'Nee. We moeten het niemand vertellen. De identiteit van de jongen moet koste wat het kost geheim worden gehouden. Als zulk nieuws ooit uit dit vertrek zou lekken, zijn er vele machtiger mannen dan wij die zouden proberen om hem onder controle te houden. We moeten snel handelen, broeders, of hetzelfde lot ondergaan als voorheen.'

Hij draaide zijn hoofd, zodat zijn blik beurtelings op ieder van hen viel.

'Dit is het belangrijkste geheim dat we ooit zullen moeten dragen,' zei hij, terwijl hij zijn vinger naar het plafond van het vertrek hief. 'Het lot van Tibet ligt in onze handen.'

4

De afdaling was relatief gemakkelijk. Luca gebruikte eerst de touwen om Bill vanaf de richel te laten zakken en bijna direct nadat ze begonnen met dalen ging Bill zich beter voelen. De diepe vermoeidheid die hem verder bergopwaarts had verlamd verdween bij iedere nieuwe teug dichtere lucht. Terwijl de uren verstreken en ze snel abseilden, kwam de kracht in zijn vermoeide spieren terug.

Algauw klom hij bijna in hetzelfde tempo als Luca naar beneden en tegen de tijd dat het tweetal de lagere hellingen bereikte waar ze het sneeuwhol hadden gebouwd, was er alleen nog een raspende hoest over.

Zijn stemming was echter somberder geworden. Hij wist dat wat hij daarboven had meegemaakt de eerste symptomen van longoedeem waren. Hij en Luca waren daar allebei een keer eerder getuige van geweest op de noordelijke uitlopers van de Mont Blanc. Een soloklimmer was hoog op de berg gestrand, afgesneden door de duisternis en de harde wind. Bill en Luca waren die middag eerder teruggekeerd en hadden de veiligheid van Cosmiques bereikt, een schuilplaats op de richel boven de hoog oprijzende spits van de Aiguille du Midi.

De hele nacht kraakten de geluiden van de stervende klimmer op hun radio. Eerst hoestte hij alleen constant, maar na een poosje begon hij te ademen met een traag, moeizaam gegorgel doordat zijn longen zich met vocht vulden. Tegen de tijd dat de helikopter arriveerde, bij het aanbreken van de dag, was hij in coma geraakt. Een dag later, toen ze het dorp Chamonix hadden bereikt, ontdekten ze dat hij onderweg naar het ziekenhuis was overleden – verdronken in zijn eigen lichaamsvocht.

Het incident speelde weer door Bills hoofd, terwijl ze zich zwijgend voortsleepten over een kleine richel. Plotseling, zonder waarschuwing, stopte hij en hakte zijn bijl in de sneeuw. Hij tilde zijn bril op zijn bruingebrande voorhoofd en draaide zich, met half dichtgeknepen ogen in het verblindende zonlicht, naar Luca toe.

'Jij zou me daar gewoon achterlaten.'

Luca stopte en het touw tussen hen verslapte.

'Ik zou je niet lang achterlaten, makker. We waren vlak onder de top, misschien twintig minuten of zo. Ik wilde hem vlug veroveren en daarna naar jou teruggaan.'

'Neem me niet in de zeik. Zo dichtbij waren we niet.'

Luca trok het touw strak. 'Dit is niet het moment daarvoor,' zei hij rustig. 'We zijn allebei bekaf door de klim en we moeten nog een paar uur naar het kamp.'

Bill pakte zijn ijsbijl op en verschoof het gewicht van zijn rugzak. Daarna stond hij de richel af te kijken alsof hij zijn woorden aan het wegen was.

'Zeg eens, Luca. Is het op de Everest zo geëindigd?'

De verzoenende uitdrukking op Luca's gezicht verdween en zijn grijze ogen werden net zo uitdrukkingsloos als gepolijst marmer. Hij maakte zijn rugzak los en liet die op de grond glijden, terwijl hij de plotselinge driftbui probeerde te beheersen. Maar zijn wangen hadden een vlekkerige kleur gekregen en toen hij sprak was zijn stem amper meer dan een gefluister.

'Zeg dat nooit meer. Je weet precies wat er is gebeurd.'

Na een stilte haalde Bill zijn schouders op. Hij wilde langs hem heen sjokken, maar ditmaal bleef Luca staan waar hij stond, zodat hij de weg versperde.

'Ik meen het, Bill. Zeg dat nooit meer. Je weet wat me dat heeft gekost.'

'Hoe kon je er dan ook maar aan denken om mij daar achter te laten? Heb je je lesje niet geleerd?'

'Mijn lesje geleerd? Jezus christus, Bill. Heb je er ooit bij stilgestaan dat ik daar ook niet goed kon denken? De hoogte hakt er bij iedereen in. Ik dacht dat we vlak onder de top waren.'

'Het had niet eens bij je mogen opkomen...'

'Genoeg geluld,' onderbrak Luca hem met zijn hand omhoog.

Hij pakte zijn rugzak op en begon de richel af te sjokken; een paar stappen verder stopte hij en draaide zich om.

'De afgelopen vier uur ben ik je babysitter geweest terwijl we van die rots afdaalden. Als ik er niet was, zou je daar verdomme nog steeds zitten!'

Een paar tellen staarden ze elkaar woedend aan; de verhitte ruzie dreigde het kookpunt te bereiken. Toen draaide Luca zich plotseling weer om en liep verder, met zijn gehandschoende handen tot vuisten gebald aan zijn zijden.

***

Het kostte hun twee weken om naar Engeland terug te gaan, een opeenvolging van aan boord van vliegtuigen klimmen en uit treinen stappen die hen door Tibet, Nepal en ten slotte Engeland voerden.

Tijdens de reis was het onderwerp van de beklimming aangesneden, maar niet opgelost. Ze hadden zich uiteindelijk allebei verontschuldigd voor wat ze op de berg hadden gezegd en allebei hadden ze de ander in theorie alles vergeven wat er was gezegd. Maar het was alsof er een schaduw over hen was gevallen, een loerend gevoel van wantrouwen dat nog nooit deel van hun vriendschap had uitgemaakt. Ze geinden nog steeds met elkaar, maar het was gekunsteld en aarzelend geworden, alsof hun tijd op de Makalu iets was waar ze zich voor moesten schamen, in plaats van een bijna-overwinning op een van de moeilijkste bergen ter wereld.

Nu stonden ze stijfjes op het perron bij de Heathrow Express, terwijl hun felgekleurde rugzakken en bruingebrande gezichten nieuwsgierige blikken van passerende forensen trokken.

Normaal gesproken gingen de twee mannen samen naar de pub Windsor Castle om een feestelijke pint te pakken voordat ieder zijns weegs ging, maar ditmaal begrepen ze stilzwijgend dat dit ritueel niet zou plaatsvinden.

'Nou, we zijn er weer,' zei Luca, in een poging vrolijk te klinken. 'Je vrouw zal blij zijn dat je heelhuids terug bent. Je mag wel tegen haar zeggen dat het mijn schuld is dat we zo laat terug zijn.'

'Ja, nou... Misschien,' zei Bill met een opgelaten glimlach.

Luca stak zijn hand uit en ze schudden elkaar plichtmatig de hand.

'Tot ziens dan maar,' zei Bill en even schoot er verdriet over zijn doorgaans vrolijke gelaatstrekken. Daarna klemde hij zijn kaken op elkaar en terwijl hij de riemen van zijn rugzak pakte, draaide hij zich om en verdween hij snel in een zee van forensen.

Luca stond hem na te kijken; een deel van hem wilde iets roepen. Hij had twee lange weken gehad om iets te verzinnen wat het ijs tussen hen zou breken. Hij hoefde zich alleen nog een keer te verontschuldigen voor wat er op de richel was gebeurd, en toe te geven dat hij het had verpest. Hij had nooit eerder gezien dat Bill zijn kalmte verloor, en hij wist hoe gekwetst zijn vriend moest zijn.

Maar op de een of andere manier kreeg hij het niet uit zijn strot. De naam Everest liet een bittere smaak achter; hij had de juiste woorden niet kunnen vinden. Luca hees zijn rugzak van de groezelige betonnen vloer en liep naar de opzichtige verlichting van het café, dat bevolkt werd door klanten die lattes dronken en de ochtendkranten doorbladerden. Hij schoof een van de metalen stoelen naar achteren en bestelde een dubbele espresso bij de serveerster, terwijl zijn blik weggleed naar de horden mensen die op de perrons liepen en naar de reusachtige zuilen die zich tot de dakspanten van het station uitstrekten.

Het beeld van de piramideberg kwam hem weer voor de geest. Sinds de klim naar beneden had het hem telkens gevolgd. Het was er wanneer hij zijn ogen sloot, of in de wolken wanneer hij uit de vliegtuigraampjes staarde. Op de terugreis had hij diverse keren zijn mond geopend om er met Bill over te praten, maar dat onbestemde dat tussen hen in de lucht hing had hem ervan weerhouden nog iets te zeggen.

Nu kon hij zich de berg inbeelden alsof hij nog op die richel zat, met één flank die in het zonlicht glansde, terwijl het leek alsof de randen waren gladgevijld en vervolgens met ijs en sneeuw waren bestrooid. Hij was zelfs beter geproportioneerd dan de Matterhorn, als een kindertekening van de perfecte berg.

Elke keer als hij eraan dacht sloeg hij zich voor zijn kop omdat hij geen foto had gemaakt. Maar tegen de tijd dat hij Bill van de richel had getrokken, waren de wolken aangerold en waren zelfs de omringende bergen niet langer zichtbaar geweest. Net als zijn kans om de top te bereiken, was dit een zeer korte gelegenheid geweest en die had hij – met Bills hulp – gemist.

Iemand in een lange jas die nat was van de regen scheerde langs hem heen, zodat er een deel van zijn koffie op de tafel werd gemorst. Terwijl hij vloekend naar een paar papieren servetten greep, hoorde hij dat zijn trein over de intercom werd aangekondigd. Hij moest echt instappen – doen wat Bill deed en naar huis gaan, een lang heet bad nemen, zijn kleren in de wasmand stoppen en alle gedachten aan fantasiebergen uit zijn hoofd zetten.

Het enige probleem was dat hij zin had om precies het tegenovergestelde te doen. En hij kende maar één persoon die het zou begrijpen.

Voor het eerst sinds een paar weken glimlachte Luca echt. Hij wierp een paar pond op de tafel, schouderde zijn rugzak en liep in de richting van een telefooncel.

5

Van een afstand was het enige zichtbare deel van de twee legerjeeps de dichte stofwolk erachter. Midden in het waas stuiterden twee voertuigen over de weg vol kuilen, met luid brullende motoren vanwege de hoogte.

Tweede luitenant Chen Zhi was drie uur lang gemangeld op de haveloze passagiersstoel. Zijn olijfgroene legeruniform was grijs van het stof en hij zat ongemakkelijk; zijn zware lijf hing opzij en naar voren alsof hij iets probeerde te zien wat zich net onder de buitenspiegel van de jeep bevond. In werkelijkheid probeerde hij alleen iets van de stijgende druk te verlichten van het feit dat hij zo lang in dezelfde knellende houding zat. Zijn onderrug deed pijn en bij elke nieuwe kuil voelde hij zijn hele lichaam schokken.

Toen hij door de voorruit staarde, zat Chen gevangen tussen de wens dat de reis voorbij zou zijn en de angst voor datgene waarvan hij wist dat het aan het andere einde op hem wachtte. Het voorwiel stuiterde weer door een kuil, zodat het de wielkast van de jeep raakte en alles op het dashboard de lucht in vloog. Chen keek naar de chauffeur, verbaasd vanwege het grote aantal kuilen dat hij raakte, maar hij hield zich stil. Het lawaai van de zwaarbelaste motor was te luid om te praten.

In plaats daarvan tastte hij in de bovenste zak van zijn overhemd en haalde er een leren portemonnee uit. Achter zijn eigen foto en officieel militair legitimatiebewijs zat een strip van vier foto's, gemaakt in een hokje op een treinstation in Lhasa. De foto toonde zijn tienjarige jongen op de knie van zijn vrouw, terwijl hij in burgerkleren onhandig achter hen geknield zat. Zijn zoon probeerde zich los te wurmen, terwijl zijn vrouw over haar schouder keek alsof ze hem om hulp wilde vragen. Hij vroeg zich af waarom hij altijd zo dol op deze foto was geweest. Misschien omdat het echt en chaotisch voelde – een heel leven verwijderd van wat hij nu was geworden.

De foto's waren vier jaar geleden gemaakt, voordat hij in dienst was gegaan.

Tussen alle dingen die er waren veranderd was de enige constante dat hij, in de zeldzame weekends dat hij wat vrije tijd had, zijn zoon nog steeds meenam langs datzelfde treinstation wanneer hij mahjong ging spelen. De andere mannen zeiden nooit iets over het jochie in zijn kielzog: dat zouden ze niet durven. Ze wisten allemaal dat hij nu bij het Politieke Veiligheidsbureau was – onaantastbaar.

Chen merkte enige beweging en zag dat de chauffeur zijn hals boven het stuur uitstrekte. Hij hamerde de versnellingspook in de drie, zodat de jeep vooruitsprong terwijl de motor de volle laag kreeg en hun snelheid afnam. Verderop stond een groepje huizen in de middagzon te bakken.

Ze stopten achter de eerste jeep. Chen kon zien hoe de andere soldaten vlug uit hun auto's sprongen en zich over het dorpspleintje verspreidden. Ze zwaaiden allemaal hun geweren over hun schouders. De plaatselijke bewoners trokken zich met grote ogen in deuropeningen terug.

Chen keek door het gestreepte glas van de voorruit. Ondanks de lange uren en de verstikkende hitte in de jeep wilde hij alleen maar blijven waar hij was.

Peking wist vast hoezeer hij dit zou haten. Zo was het altijd. Altijd een test. Als hij het portier eenmaal opendeed, zou de teerling zijn geworpen.

Er werd aarzelend op het raampje geklopt. Chen draaide zich op zijn stoel en zag een man vlak achter het glas. Met een snelle polsbeweging gebaarde Chen hem achteruit te stappen, waarna hij met een zware zucht aan de portierhendel trok.

De lucht was waanzinnig heet. Alles zat onder het grijze stof: huizen, voertuigen, mensen. Grijs was het hier, en doodstil.

Terwijl hij zijn rug rechtte, zodat hij zijn volle, indrukwekkende lengte kreeg, gebaarde Chen de man dichterbij te komen. Hij was geen Tibetaan. Een Indiër misschien, of een mengeling van beide, met snelle, heen en weer schietende ogen die zich nooit langer dan een moment op iets leken te richten. Zijn tanden waren versleten, de verkleurde wortels zichtbaar achter scheve stompjes.

'Waar is hij?' vroeg Chen, op hem neer starend.

'Eerst geld,' zei de man, die zijn vingers langzaam over elkaar wreef. Chen tastte in zijn achterzak en haalde er een bundeltje biljetten van vijftig yuan uit, bijeengehouden door elastiekjes. Hij wierp hem het geld van een afstandje toe.

De man nam de tijd – hij vouwde de hoek om van ieder biljet dat hij telde. Uiteindelijk wees hij simpelweg naar een onopvallend huis dat twee huizen bij het centrale plein vandaan stond.

'Ben je er zeker van?'

'Volkomen zeker,' antwoordde de man met zachte stem. 'Ik heb gekeken.'

Chen gebaarde met een paar snelle porren naar de soldaten, die achter hem aantraden. Terwijl ze het afstandje naar het huis aflegden, voelde hij het zweet al op zijn rug en in zijn oksels prikken. Hij marcheerde door, bereikte de haveloze houten deur in slechts een paar stappen en smeet die open.

Eerst zag hij alleen duisternis. Dunne lichtscherven drongen tussen het onregelmatige houtwerk door en hij kon een kleine woonruimte onderscheiden: een centrale haard, wat potten en pannen, en een paar lage houten krukken. Om de hoek verscheen plotseling een jonge vrouw met een vuil schort, die van schrik gilde toen ze de soldaten zag. Chen gebaarde opnieuw en twee van zijn mannen liepen snel naar voren en sleurden haar door de deuropening naar buiten.

Chen liep, gebogen vanwege het lage plafond, door het huis heen en ontdekte nog twee kamers. In de tweede zat een jongen in kleermakerszit op de vloer. Toen Chen diezelfde kamer binnenging, volgden de verbaasde bruine ogen van de jongen iedere beweging.

Hij was vuil, zijn gezicht met modder besmeurd en zijn armen pezig. Ondanks zijn geringe leeftijd had de manier waarop hij staarde een zekere kalmte, alsof zijn geest nog geen kant had gekozen in de strijd tussen verwarring en angst.

Hij bleef zitten, met zijn kleine kin omhoog gericht, terwijl hij de enorme man die voor hem stond in zijn geheel in zich opnam.

'Hoe heet je?' Chen voelde de woorden uit zijn mond vallen.

'Gedhun,' antwoordde de jongen rustig.

Bij het antwoord deed Chen zijn ogen even dicht, zodat hij de wereld buitensloot. Toen hij ze weer opende, zat de jongen nog steeds naar hem te staren.

'Kom hier,' zei Chen, met zijn handen gebarend.

Het jongetje, dat zijn kleine handen nerveus tot vuisten had gebald, zette een aarzelende stap in de kleine kamer.

'Alles zal goed komen,' hoorde Chen zichzelf zeggen. 'Doe je ogen dicht.' Hij kon de handen van de jongen zien en probeerde niet aan zijn zoon te denken. 'Toe maar,' zei hij opnieuw. 'Doe je ogen dicht.'

De jongen kneep ze dicht, en er rolden een paar tranen over zijn stoffige wangen, die twee schone spoortjes achterlieten.

Zijn lippen waren nog een gebed aan het prevelen toen de kogel kwam. Met een oorverdovende knal werd zijn lichaampje door de kleine kamer geworpen en klapte het tegen de verste muur voordat het als een hoopje ontwrichte ledematen in elkaar zakte.

Het wegstervende geluid van het schot liet een griezelige stilte in de kamer achter en Chen zakte op zijn knieën neer, in een poging het verstikkende gevoel tegen te houden dat zijn hele onderlijf leek te verkrampen.

Het was niet denkbeeldig – plotseling kon hij geen adem meer halen. De lucht drong gewoon niet in zijn longen door. Hij klauwde naar de kraag van zijn overhemd, in een wanhopige poging zijn das los te maken. Chen zwaaide zijn enorme lichaam overeind en strompelde door de woonruimte heen, waarbij hij een pot omgooide die op de hoek van de haard stond. Die hoorde hij op de grond neerkletteren toen hij buiten in de vreselijke hitte kwam.

Daar stonden ze hem allemaal aan te staren. Allemaal fixeerden ze hem alleen met hun lege, domme blikken, toen hij hen voorbijdrong naar de jeeps toe. Hij leunde tegen een van de auto's en zoog eindelijk de droge lucht diep zijn longen in. Hij trok het portier open en probeerde als een bezetene het pakje sigaretten van de chauffeur te vinden dat hij eerder had gezien. Het lag onder de stoel geklemd, bij het portier. Chen brak het pakje open, bracht een sigaret naar zijn lippen en probeerde te inhaleren. Het ging niet. Hij probeerde het nog een keer, door hard aan het filter te zuigen.

Waarom lukte het niet?

Het was de sergeant die zijn bevende handen vastpakte en ze even stilhield toen hij de sigaret aanstak. Chen inhaleerde de sigaret, één keer, twee keer en vervolgens een derde keer vlak na elkaar. Uiteindelijk blies hij met een lange, onregelmatige ademstoot een rookpluim hemelwaarts.

'Haal het lichaam. Peking zal het willen zien,' wist Chen uit te brengen. 'En haal die verdomde mensen bij het huis vandaan.'

De sergeant knikte kort en rende vervolgens bevelen blaffend naar het huis. Chen keek hem na en liep toen stilletjes achter de twee stilstaande jeeps langs naar de schaduw van een van de nabije huizen. Hij inhaleerde nog een keer, waarna hij met zijn handen op zijn knieën vooroverboog en kotste.

6

'Ik hoor drie maanden niks van je. Dan kom je ineens opdagen met een rugzak vol vuile kleren en wil je dat ik een paar oude satellietkaarten opscharrel. Waarom verbaast dat me niet?'

Luca, wiens handen op de armleuningen van zijn leren stoel rustten, glimlachte. Hij herinnerde zich de tijd dat hij echt doodsbang was voor Jack Miltons verweerde gezicht en verzengende blik. Als jongen had hij in deze studeerkamer, in deze zelfde doorzakkende stoel gezeten en het gewicht gevoeld van de lange stiltes die zich door elk gesprek verspreidden en waarvan zijn oom leek te genieten.

Voor de jonge Luca waren het vroegtijdig gerimpelde gezicht en de bevende handen altijd gewoon tekenen geweest van Jacks wereldvreemdheid. Hij doceerde geologie aan de universiteit van Cambridge en op een of andere manier was hij anders dan iedereen die Luca kende. Alles aan hem was onvoorspelbaar, en hij gedroeg zich vaak wispelturig en warrig. Pas als volwassene zag hij deze eigenaardigheden zoals ze waren – symptomen van een ex-alcoholist die veel te dicht naar de rand was gedwaald, voordat hij uit zijn verslaving werd gerukt. Nu dronk hij eindeloos veel koppen koffie en kanaliseerde hij zijn dwangmatigheid in de details van de stenen die hij bestudeerde.

De studeerkamer was niet veranderd in al die jaren en was nog steeds volgestouwd met boeken. Houten planken vulden de muren tot aan het plafond, zodat de bovenste boeken in een stofwolk dreigden neer te kletteren. Op schouderhoogte maakte een aantal boeken plaats voor selecties van steenmonsters, die op hoopjes waren gelegd en hun identificatie-etiketten allang kwijt waren.

'Jij bent de enige die ik ken die het echt iets kan schelen,' zei Luca, terwijl hij een biscuitje in zijn koffie doopte.

'Nou, het is goed te weten dat ik boven aan een lange lijst sta,' lachte Jack, waardoor de diepe rimpels bij zijn ooghoeken plooiden. 'Ga door, vertel me alles. De Makalu moet een hele belevenis zijn geweest.'

Er viel een stilte, en toen Luca bleef zwijgen, hield Jack op met glimlachen.

'Is er iets?'

'Alles is prima. Behalve dat Bill last kreeg van hoogteziekte en we op een paar uur van de top moesten opgeven. Tijdens de afdaling kregen we min of meer ruzie en ik weet niet zeker of we op dit moment nog wel met elkaar kunnen praten.'

'Ai,' zei Jack zachtjes. 'Ik weet hoeveel tijd je erin hebt gestoken. Maar je zult het vast wel met Bill oplossen. Jullie zijn veel te lang vrienden geweest om permanent ruzie te hebben.'

'Laten we het hopen.'

'Kom op, Luca. Je kunt niets gezegd hebben wat niet kan worden teruggenomen.'

Luca haalde zijn schouders op. 'Is het goed als we hier niet over praten?'

Jacks voorhoofd rimpelde nog meer toen hij nog een slok koffie nam. 'Tuurlijk. Dus ga je mij over die berg vertellen?'

Luca glimlachte, zodat zijn gezicht opklaarde.

'Ik wou dat je daar was geweest om hem te zien, Jack. Het was ongelooflijk. En hij stond in het midden van een prachtige kring van bergen. Heb je er ooit over horen spreken?'

'Nee,' zei Jack, terwijl hij opstond en naar zijn bureau liep. 'Nadat je had gebeld, heb ik alles wat we over het gebied ten oosten van de Makalu hebben uit de bibliotheek opgescharreld. Het kostte me een poosje om deze te vinden en het stof eraf te blazen. Niet bepaald de meest gezochte documenten ter wereld.'

Hij bracht de kaarten naar de lage tafel en knielde neer. Terwijl hij zijn leesbril uit zijn borstzak viste, hield hij de eerste kaart in het licht.

'Deze satellietkaart is ongeveer een halfjaar oud – de meest recente.'

Hij bracht de kaart iets dichterbij en bestudeerde het coördinatenstelsel, waarbij hij zijn vinger over de contouren van de Himalaya trok. Hij stopte plotseling en prikte. 'Daar is de Makalu.'

Luca liep om de tafel heen zodat ze schouder aan schouder stonden en tuurde nauwkeuriger naar de tekens. De kaart toonde een uitgestrekt berglandschap, met wervelende wolkenstromen die om de massieve pieken en dalen heen bogen.

'Ik schat dat het zo'n veertig kilometer ten oosten daarvan is,' zei Luca. 'Hier ergens.'

Gelijktijdig gleden hun blikken over de kaart totdat ze een kleine kring van pieken passeerden, in een perfecte cirkel gebogen.

'Dat zijn ze!' zei Luca, die een vreemde schok van opwinding voelde. Ergens had hij niet verwacht dat ze sowieso bestonden.

'Het is een opvallend symmetrische formatie, dat geef ik toe,' zei Jack, terwijl hij zijn leesbril afzette en naar voren boog om iets beter te kijken. 'Maar je zei dat de meest interessante berg die in het midden was? Ik zie niets.'

'Hij stond precies in het midden, Jack, ik kan hem niet eens beschrijven. Als een soort piramide zag hij eruit, perfect geproportioneerd, alsof hij door mensenhanden was uitgebeiteld. Ik heb er alleen een glimp van opgevangen toen ik hoog genoeg op de berg was.'

'Een piramidevormige berg,' herhaalde Jack, die zich in de draaiende contouren van de kaart verdiepte. Hij had zijn hele werkende leven satellietkaarten bestudeerd en kon de grafiettekens interpreteren alsof hij echt op iedere piek neerstaarde. 'Als hij ongeveer dezelfde hoogte heeft als de andere bergen in die keten, zou hij bijna zevenduizend meter hoog moeten zijn – waarbij vergeleken de Matterhorn, zoals je weet, op een molshoop zou lijken.'

Luca knikte. Het enige wat hij achter de omringende bergen kon zien was een dicht wolkendek dat tussen de pieken ronddraaide. Hij boog zich dichterbij, op zoek naar het kleinste teken van de piramideberg. Er was niets.

'Heb je nog andere kaarten van het gebied?'

'Zeker,' zei Jack. 'We hebben negen of tien van zulke satellietbeelden, die van een paar jaar terug dateren. Ongeveer één per halfjaar.'

Samen tilden ze de eerste kaart van de tafel en legden hem op de vloer. Luca boog zich vlug over de volgende, zijn gezicht gegroefd door concentratie. Jack gluurde naar zijn neef en voelde een vlaag van bezorgdheid vanwege de gloed in zijn ogen. Het was geen toeval dat Luca hem de meeste zorgen baarde wanneer hij hem aan zichzelf deed denken. Hij zou het nooit onder woorden brengen, maar hij was er heel zeker van dat hij dezelfde duistere verslavingstrek had geërfd.

'Shit,' zei Luca terwijl hij zijn vinger naar het gebied trok. 'Nog steeds wolken.'

Ze namen alle kaarten om de beurt door. De weggelegde massieve papierbundels, waarvan de hoeken omgekruld waren als reusachtige rollen, bedekten het grootste deel van de studeerkamervloer.

'Altijd hetzelfde: wolken die het hele gebied bedekken. Hoe is dit mogelijk?' zei Luca, Jack recht aanstarend. 'Er is geen enkele verandering in al deze beelden.'

Jack, die Luca's frustratie zag, zuchtte en begon, licht ineenkrimpend toen zijn knieën kraakten, de kaarten van de vloer te rapen.

'Je moet begrijpen dat sommige bergen hun eigen weersystemen creëren. Ze reiken zo hoog in de atmosfeer dat ze het weer in de omgeving werkelijk veranderen. In dit bijzondere geval creëren ze veel wolken.'

Luca had deze theorie al eerder gehoord. De grote toppen in de Himalaya konden vocht in de atmosfeer veroorzaken dat condenseerde en zich langs hun massieve flanken ophoopte. Het resultaat, onveranderlijk: wolken.

'Maar waarom kan de satelliet niet door de wolken dringen? Kun je niet omschakelen naar infrarood of zo en door al dat soort dingen heen kijken?'

Jack trok een wenkbrauw op.

'Zeker wel. Als je de bandbreedte verandert kun je door elk weer heen dat je maar wilt. Het leger doet dat voortdurend. Maar wie gaat er in godsnaam honderdduizenden ponden betalen voor zoiets midden in de Himalaya? De afdeling Geografie kan het zich amper veroorloven om mij één keer per jaar uit dit verdomde kantoor te halen, laat staan dat ze zich zulk bronmateriaal kunnen permitteren.'

Hij zweeg even.

'Zelfs al hadden we het geld, de Chinese en Indiase regeringen worden heel prikkelbaar over satellietbeelden langs hun grenzen.

We zouden niet eens een antwoord krijgen als we het via officiële kanalen probeerden te regelen.'

'Hoe zit het met andere kaarten? Is er iets anders wat we kunnen proberen?'

'Dit is alles wat we hebben. Kijk, je moet begrijpen dat dit een gebied is ter grootte van Spanje en dat grote delen ervan vrijwel niet in kaart zijn gebracht. Dit is een van de laatste ongerepte gebieden die er op de hele planeet over zijn. Jij weet, beter dan de meeste mensen, hoe het daar is. Er is niets, zover je kunt zien: geen mensen, geen dieren, alleen sneeuw en rotsen. En alleen wij vermoeide oude geologen raken daar opgewonden over. Alle anderen houden het gewoon bij de beroemde bergen, zoals de Everest en de K2 – en natuurlijk de Makalu.'

De steek onder water ontging Luca niet. Jack had gelijk: weinig mensen, behalve geologen, interesseerden zich voor de lagere en minder bekende bergen. Hij bekeek de laatste kaart, de uitgestrekte ketens die erop waren afgebeeld en verwonderde zich erover hoeveel van de Himalaya totaal onverkend bleef. Net als het menselijk brein was het grootste deel onbekend terrein.

Jack stond op en liet zich voorzichtig in zijn leunstoel zakken.

'Dus, verloren zoon, mag ik vragen of jij je vader hebt gebeld sinds je terug bent?'

Luca fronste. 'Ik ben net een paar uur geleden aangekomen, Jack, doe me een lol. Ik zal hem over een paar dagen wel gaan opzoeken.'

Jack wilde iets zeggen, maar Luca onderbrak hem. 'Je gaat me toch niet de les lezen, hè, Jack?' zei hij op enigszins scherpe toon. 'Als ik dat gewild had was ik regelrecht naar huis gegaan.'

Jack haalde zijn schouders op en nam nog een grote teug van zijn koffie. 'Nou, ik geef niet gauw advies over familiezaken,' zei hij droogjes. 'Vooral niet als het om je vader gaat. Dat heb ik lang geleden verknald.'

'Kom op, Jack. Ik ben hier om over die berg te praten,' zei Luca. 'Als de piramide net zo perfect is als ik me herinner, kan het een van de meest opwindende dingen zijn die iemand in jaren heeft ontdekt. Er is toch vast wel een of andere manier om informatie over het gebied op te sporen?'

Jack knikte en krabbelde, voorovergebogen in zijn stoel, een paar namen op de achterkant van een gebruikte envelop.

'Ik kan twee manieren bedenken, maar beide zijn tamelijk vergezocht, dus ik zou niet te veel hopen. Ergens achter het Fitzwilliam Museum is een afdeling Aziatische Studies. Er moet daar wel iemand zijn die ons in de goede richting kan wijzen en ons kan helpen iemand te vinden die gespecialiseerd is in Tibetaanse geografie of iets dergelijks. Maar je zult de meeste kans maken in de bibliotheek. Je kunt kijken of een van de vroege Britse ontdekkingsreizigers in de buurt van dat gebied is geweest. Hun verslagen zijn doorgaans behoorlijk gedetailleerd.'

Nadat hij even had nagedacht, voegde hij eraan toe: 'Probeer de negentiende eeuw tijdens de periode van de 'Great Game'. Toen waren de Britten paranoïde omdat de Russen India dreigden binnen te vallen en stuurden ze massa's spionnen naar de grensgebieden. Ze brachten het allemaal stiekem in kaart en maten afstanden door stappen te tellen.'

Hij boog voorover en nam een slok koffiedrab, terwijl hij dacht aan het idee om de hele Himalaya te doorkruisen en elke stap te tellen.

Toen zijn starende blik rondzwenkte, leek hij Luca op te nemen.

'Mafkezen,' zei hij zachtjes.

7

De monumentale grijze baksteengevel van de bibliotheek van Cambridge verbergt eeuwenoude kennis. In deze reusachtige holte zijn meer dan zeven miljoen boeken, manuscripten en kaarten opgeslagen; de meest waardevolle in de grote toren, die als een fabrieksschoorsteen boven het hoofdbouwwerk uitstijgt. Met de lange schaduw die hij over alle bezoekers werpt, herinnert hij plechtig aan het gewicht van de kennis die binnen is opgestapeld.

Luca bleef voor de imposante ingang staan, terwijl hij Jacks pas uit de achterzak van zijn spijkerbroek viste. Als er ergens een verwijzing naar de piramideberg te vinden was, zou het wel hier moeten zijn.

Hij volgde een groep studenten door de hoofdhal en via de galmende stenen trap die naar boenwas rook liep hij de catalogusruimte in. Daar stonden rijen versleten en verbleekte laden, met kaarten waarop massa's nette handgeschreven nummers prijkten.

Luca haalde er willekeurig een paar kaarten uit, aangezien hij geen flauw idee had waar hij moest beginnen. Er waren geen aanwijzingen of verklaringen hoe het allemaal werkte, alleen duizenden schijnbaar identieke kaarten. Hoe zat dat met die intellectuele instituten die hardnekkig doorgingen met zulke archaïsche systemen? Wat was er verdomme mis mee om een computer te gebruiken? Was het een soort inwijding, om de onwaardige filistijnen op een afstand te houden? Nu was hij in een van de grootste bibliotheken ter wereld en kon hij geen enkel boek vinden.

Een meter bij hem vandaan stonden twee meisjes, die studieboeken tegen hun boezem gedrukt hielden. Een van hen had hazelbruine ogen in een rond, knap gezicht. Hij trok haar aandacht.

'Misschien zou je mij een handje kunnen helpen?' vroeg hij. 'Ik kan er totaal niet wijs uit worden.'

'Tuurlijk,' zei ze, terwijl ze zich omdraaide en naar de la met kaarten keek. 'Wat zoek je?'

'Nou, dat is het probleem, eigenlijk,' zei Luca met een schuldbewuste glimlach. 'Het is niet bepaald specifiek...'

Een kwartier later hadden ze nog niets gevonden, en uit de geforceerde glimlach op het gezicht van het meisje bleek dat het haar speet dat ze ermee had ingestemd te helpen.

'Hoor eens, ik denk echt dat je beter met de bibliothecaris kunt praten,' zei ze, ongeduldig met haar haar friemelend. 'Het duurt een poosje voor ze het gevonden hebben, maar, zoals ik al zei, ze hebben echt kennis van zaken. Sorry, ik moet nu snel naar college...'

Twintig minuten later stond Luca voorovergebogen aan de uitleenbalie bij een beslist minder aantrekkelijke vrouw. Ze droeg armbanden die rinkelden als ze de lange rij referentiekaarten doorbladerde, en een overweldigend parfum hing als een wolk tussen hen in de lucht. Maar ze had duidelijk kennis van zaken.

'Oké, dus er zijn zeven boeken over het gebied,' zei ze kordaat. 'Vijf daarvan hebben we hier, de andere twee zul je uit de kelder moeten laten komen.' Ze wierp een geringschattende blik op Luca, waarmee ze zijn bruine kleur en verbleekte sweatshirt in zich opnam. 'Zou het eenvoudiger zijn als ik ze zelf voor jou bestel? Dan zal ik meteen een kopieerkaart voor je halen.'

Luca vond een vrije tafel in de stille, spelonkachtige leeszaal en zat algauw over een stapel boeken gebogen. De bibliothecaresse was heel grondig geweest – ze had nabijgelegen dorpen en oriëntatiepunten opgezocht en boeken tevoorschijn gehaald van of over ontdekkingsreizigers die zich in de laatste honderd jaar in de buurt van het gebied hadden gewaagd.

De volgende paar uur werkte hij ze gestaag door, terwijl hij af en toe een aantekening maakte in het Moleskine notitieboekje dat hij en Bill altijd meenamen op expedities.

Het bleek frustrerend werk te zijn: geen enkele ontdekkingsreiziger was veel verder dan de Indiase grens gegaan. Luca had drie boeken vlug doorgenomen, met zijn pen in de aanslag, voordat een slordig ogende paperback meer beloftes toonde.

In de inleiding beschreef de auteur, Frederick Bailey, een Britse officier die in het begin van de twintigste eeuw in India diende, hoe hij had besloten Tibet illegaal binnen te trekken, noordwaarts over de Himalaya, op zoek naar een 'machtige rivierkloof'. Bij zijn eerste inspectie van de met de hand getekende kaart op de voorkant van het boek had Luca onmiddellijk beseft dat Baileys schijnbaar willekeurige route hem ongeveer honderd kilometer ten oosten van de Makalu bracht.

Het proza was typisch victoriaans, enigszins hoogdravend en emotioneel gekunsteld, maar binnen een paar bladzijden was Luca de reis binnengezogen. In 1913 hadden Bailey en een andere officier die Morshead heette zich een weg over de Indiaas-Tibetaanse grens gebaand om een fabelachtige waterval in het hart van de rivierkloof te bereiken. De reis klonk zowel moeilijk als clandestien. Ze hadden te kampen met oerwouden met dertig meter hoge bomen, hoge bergpassen en moordzuchtige leden van de Aborstam. Luca vond het amusant hoe ze, met klassiek Brits stoïcisme, hun bovenlip stijf hielden en 'doormodderden'.

Nadat ze onder een regen van pijlen en speren uit een dorp waren ontsnapt, likten de twee hun wonden in de dichte jungle. Morshead was maar liefst elf keer geraakt, waarop Bailey als enige commentaar in zijn dagboek gaf:

Wat een ontroerende herinnering was het aan het feit dat het zo moeilijk is om een gezonde man te doden.

Luca stopte even, terwijl zijn glimlach plotseling verflauwde. God, wat was er tegenwoordig met ontdekkingsreizigers aan de hand? Eén malaria-aanval, of een afgevroren teen, en ze laten al helikopters komen. In de oude tijd zouden de ontdekkingsreizigers jarenlang van het aardoppervlak verdwijnen. En ze verdwenen echt. Ze belden niet om de vijf minuten met een satelliettelefoon en ze werkten hun website niet bij met het laatste nieuws. Deze mannen trokken de wildernis in, eenzaam en volkomen afgesneden van de rest van de wereld. Zij baanden de paden. Zij tekenden de kaarten.

Op de een of andere manier was het leven zo mat geworden. Het kostte zoveel moeite om aan het vertrouwde wereldje te ontsnappen.

Zijn ooghoek ving iets op; Luca keek op van de tafel en zag dat zijn mobieltje geluidloos flikkerde. Toen hij het oppakte, zag hij dat zijn vader belde, en met een zucht legde hij het weer neer. Hij had vast het nieuws gehoord dat hij terug was – of dat, of het was een heel gelukkige toevalstreffer. Aan de andere kant had zijn vader altijd een zesde zintuig voor dat soort dingen.

Hij draaide zijn telefoon met de voorkant naar beneden en ademde uit voordat hij het boek weer inkeek.

Ondanks een verwijzing naar *dat uitgestrekte, niet in kaart gebrachte gebied ten oosten van de Makalu* leek er niets bijzonders aan de bergen waar ze doorheen trokken. Een paar bladzijden verder nam hij de ervaringen van de ontdekkingsreizigers met een vriendelijker stam, de Monpa, vluchtig door, en bijna miste hij een kort dagboekfragment.

De plaatselijke Monpa omschrijven de rivierkloof van Tsangpo als een beyul. *Na veel vaag gediscussieer met het stamhoofd ontdekten we dat deze term een soort van zeer heilig heiligdom betekent, maar waarvan was onmogelijk op te maken. In verdere discussies werd ons verteld dat er in heel Tibet veel van zulke heiligdommen zijn, verborgen in de meest ontoegankelijke gebieden.*
We vroegen waar die andere heilige plekken zich ergens bevonden en pas na veel vleierij (en bijna onze halve voorraad expeditiegin) liet het kereltje iets los. Door op de grond een tekening van een lotusbloem te maken, beschreef hij een cirkelvormige groep bergen. In het midden daarvan stond nog een berg, die vermoedelijk de poort naar een of andere heilige plek is.
Het was nogal amusant dat hij, toen hem werd gevraagd waar de kring van bergen zich bevond, antwoordde dat ze onzichtbaar waren gemaakt door een grote tovenaar. Hij beweerde dat je de wijsheid uit een boek dat de Kalak Tantra *heette moest gebruiken, maar net als bij al dit soort dingen is de neiging van de Tibetaanse dorpelingen naar het mystieke schijnbaar eindeloos. Het is echt onmogelijk om de dingen duidelijk te krijgen.*
We besloten de zaak in eigen hand te houden en ons erop te concentreren naar onze eigen 'rivierkloof-beyul' te gaan.

Met een plotseling droge mond keek Luca van de bladzij op. Dit waren zijn bergen. Dat kon niet anders. Hoe bedoelde de schrijver van het dagboek dat ze 'onzichtbaar waren gemaakt' door een grote tovenaar?

Wat hij over Tibetanen wist was dat ze hielden van alles wat bovennatuurlijk was. Volgens hen doolden er goden op de toppen rond en woonden er demonen in de dalen. Bijna elke gebeurtenis, zelfs eenvoudige dingen zoals slecht weer of een mislukte oogst, werd verklaard door magie en tovenarij.

Luca keek door een van de lange ramen naar de wispelturige Engelse lucht. Er hingen vlekkerige witte wolken over de spitsen van de stad. Wolken. Dat was het. Binnen deze context waren de beweringen van het stamhoofd over een grote tovenaar die de bergen had betoverd volkomen logisch. De wolken zelf hadden de berg onzichtbaar gemaakt, net zoals ze dat op de satellietkaart hadden gedaan.

Terwijl hij opstond, stapelde hij de boeken netjes op en liep vervolgens naar het kopieerapparaat. Hij wist niet precies wat het was, maar hij kwam dichter in de buurt.

Hij kon het voelen.

8

Op het dak van het Tashi Lhunpo-klooster stonden twee monniken, met hun hoofd verdrietig gebogen. Meestal weerkaatste het zuivere berglicht van de gouden daktoppen, zodat het ondraaglijk heet en fel werd. Maar vandaag was het anders. Uit het oosten waren donkere wolken aangerold, die de hemel verhulden en met regen dreigden.

Onder hen strekte de stad Shigatse zich over de vlakte uit. De gedrongen, witte huizen spreidden zich als chaotische tentakels vanuit het middelpunt van het klooster uit, vertroebeld door het grijze licht. De mensen op de straten bewogen zich met een zware lusteloosheid die veroorzaakt werd door de luchtvochtigheid. Zo hoog op het plateau was regen ongewoon en het was alsof de hele stad zijn adem inhield tot de hemel eindelijk zou losbarsten.

'Jigme, wij moeten altijd aan onze plicht denken en de hoop nooit opgeven,' zei de langste monnik. Hij legde een troostende hand op zijn schouder. 'De Gelugpa's uit Lhasa zullen wel een idee hebben hoe het verder moet.'

'Hoe het verder moet?' echode de andere monnik bitter. 'De elfde Panchen Lama is vermoord voordat hij Shigatse bereikte. En hij was maar een jongen. Niets zal de Chinezen nu nog tegenhouden...'

Hij bracht zijn handen naar zijn mond, alsof de woorden zelf op de een of andere manier nog meer schade konden aanrichten. Boven hen raakten de eerste regenspatten de borstweringen van het kloosterdak. Ze stolden in de stoflagen.

'Het is onvermijdelijk,' gaf de langste monnik toe. 'De Chinezen zullen hun eigen kandidaat installeren en hem kronen op de eerste dag van juni op de zonnekalender, tijdens het Linka Festival. Maar wij moeten de hoop niet opgeven.'

Terwijl het harder begon te regenen, bleven beide monniken staan waar ze stonden. Op hun zware gewaden en geschoren hoofden spatten druppels, die als tranen over de zijkanten van hun gezichten parelden. Ze voelden zich allebei te uitgeput om zich te bewegen, alsof de regen op de een of andere manier weerspiegelde hoe de hele wereld zich voelde.

Het was allemaal zo plotseling gebeurd. Ze hadden allebei aangenomen dat het na de dood van hun voormalige leider jaren zou duren om zijn reïncarnatie te vinden. Toch had het nieuws hen bereikt, zonder dat ze wisten dat de zoektocht officieel begonnen was: de jongen was vermoord, doodgeschoten nog voordat hij ook maar een stap buiten zijn dorp had gezet.

Aangezien de Dalai Lama in permanente ballingschap in Dharamsala leefde, was de Panchen Lama, de Bodhisattva van de Wijsheid, de praktische heerser van het land. Het Tibetaanse volk zou onder zijn decreet geregeerd worden en de wetgeving zou gehandhaafd worden. Nu spookte dezelfde vraag bij allebei door het hoofd, zoals dat de hele ochtend het geval was geweest: Hoe kon Tibet zichzelf beschermen als hun volgende leider met de Chinezen samenspande?

Een zacht gerommel kondigde een autocolonne aan die de hoofdingang van het klooster binnenreed. Drie verlengde Mercedessen sedan met verduisterde ramen minderden vaart op de oude stenen van de oprit. Ze kwamen knarsend tot stilstand bij de hoofdingang. Zodra ze de auto's in het oog kregen, draaiden de twee monniken zich geruisloos om en haastten zich de wenteltrap af die van het dak naar de binnenplaats beneden leidde.

Ze kwamen buiten adem aan, net toen de laatste van een grote groep hoogwaardigheidsbekleders uit de auto's stapte.

'Wij zijn vereerd met uw bezoek,' zei de langste monnik buiten adem, terwijl hij een diepe buiging maakte. 'U brengt soelaas in moeilijke tijden.'

Hij stapte achteruit toen een zeer oude man met een grote gele hoed op, een rood gewaad aan en een houten wandelstok in zijn hand geklemd, voor zijn entourage uit liep. De hoofdlama van de Gelugpa-sekte begroette hen allebei met een korte knik voordat hij zich naar de grote zaal van het Tashi Lhunpo-klooster liet brengen, waar een menigte novicen aan een lange houten tafel bezig was thee en versnaperingen te bereiden.

'Stuur deze mensen weg,' zei hij met een blik op de bedrijvigheid van de jonge monniken. 'Wat ik te zeggen heb is alleen voor jullie oren bestemd.'

'Natuurlijk, uwe Heiligheid,' zei de kleinste monnik, terwijl hij een zijdelingse blik op de andere monnik wierp. Door diverse keren met zijn vingers te knippen bedaarde de commotie in de zaal snel. De novicen verdwenen door de vele uitgangen van de zaal. Nadat de laatste deur stilletjes achter hen was dichtgedaan boog de oude lama zich voorover, zijn hals gekromd onder het gewicht van de immense gele hoed.

'Kom dichterbij,' zei hij zachtjes.

De twee monniken stapten gehoorzaam naar voren en zakten op één knie neer, zodat hun hoofden elkaar bijna raakten.

'Het is niet allemaal zoals het lijkt,' fluisterde de oude lama, wiens ogen in de richting van de hoofddeur flitsten. 'Wij zijn als eersten in het dorp aangekomen en hebben de jongen verhuisd.'

Beide knielende monniken richtten hun hoofd op en staarden de oude monnik recht aan, met een mengsel van scepticisme en verwondering op hun gezicht. Toen hij langzaam bevestigend knikte, welden er tranen van opluchting in hun ogen op.

'Maar wie is er dan gedood?'

'De jongere broer van de jongen. Een onschuldige,' zei de oude lama. 'We bidden voor hem in zijn volgende leven.'

Toen beide mannen wilden opstaan, schoten de armen van de oude lama naar voren en drukten hen met een verbazingwekkende kracht weer op hun knieën.

'Jullie zijn de beheerders van deze tempel totdat hij terugkeert. Ik ken jullie al vanaf je geboorte en begrijp dat jullie zijn identiteit nooit zouden verraden.' Zijn doordringende ogen rustten even op elk van hen. 'We moeten doen alsof de jongen er niet meer is en de Chinezen laten geloven dat ze hun overwinning hebben behaald. Maar als de tijd rijp is, moeten jullie allebei gereed zijn om hem in Shigatse te ontvangen en hem naar zijn rechtmatige plek terug te brengen.'

'Maar waar is hij?'

Er flitste een glimlach over het verschrompelde gezicht van de oude lama. 'Hij is eindelijk buiten hun bereik.'

9

Toen Luca het centrum van Guilford binnenreed, keek hij door de voorruit naar de loodgrijze lucht. Het was een doodse kleur die altijd over het vochtige platteland van Surrey leek te hangen. De zon miste de kracht om onderscheid te maken tussen de gebouwen en de lucht, zodat de vaalbruine betonnen gebouwen als een half afgemaakt schilderij in de skyline overvloeiden.

Terwijl hij het parkeerterrein opreed in de afgeragde witte Toyota Land Cruiser die hij op zijn zeventiende had geërfd, werd Luca overspoeld door een vertrouwd gevoel van claustrofobie. Het was altijd hetzelfde wanneer hij naar dit specifieke kantoorgebouw keek; een gevoel dat in de loop der jaren niet minder werd. Hij stapte uit, schoot zijn jasje aan en zette de kraag op tegen de motregen. Hij friemelde even aan het bovenste knoopje van zijn witte overhemd en trok zijn das strakker; hij haatte het gevoel van dwang. Het voelde alsof er twee handen waren die zijn hals omsloten en wachtten om te knijpen.

Hij tekende in bij de receptie en nam de lift naar de achtste verdieping, waar het bedrijf van zijn vader was gevestigd. De zachte luchtstroom van de airconditioning begroette hem toen hij door de deur naar binnen liep.

Het was pas tweeënhalve week geleden dat Luca elke keer als hij zijn tent uit stapte een frisse wind over zijn gezicht had gevoeld, maar het leek al een halve eeuw geleden. Om deze tijd in de ochtend – 8 uur 30 – zou hij al uren op zijn geweest en hebben zitten kijken hoe de ochtendzon over de besneeuwde hellingen gleed. Maar hier in Engeland voelde het alsof hij van de buitenwereld werd afgesloten – alsof de natuur iets was waar je bang voor moest zijn en wat zorgvuldig werd geweerd.

'Hoi, Luca.'

Hij keek op en zag een van de jongere kantoorbedienden bij de ingang van het keukentje staan. In zijn hand hield hij een plastic kopje vol met een of andere stroperige bruine vloeistof die evengoed koffie als thee kon zijn.

'Je vader heeft me net gestuurd om je te zeggen dat hij je wil spreken.'

'Nu al?' mompelde Luca. 'Godsamme.'

Hij stapte zijn kantoor met glazen panelen binnen en begon een stapel papieren op zijn bureau door te bladeren, waarvan hij twee stapels maakte. Het waren bijna allemaal verouderde bestellingen voor de fourwheeldrives die het bedrijf over de hele wereld exporteerde. Verkopen ging Luca gemakkelijk af; het was het papierwerk waar hij een gloeiende hekel aan had.

Nadat hij op zijn deur had geklopt, stapte Luca het kantoor van zijn vader binnen. Die zat achter zijn grote, leren bureau te telefoneren. Hij zat voorovergebogen naar een document te turen, zodat duidelijk zichtbaar was hoe het dunnende haar zorgvuldig over de kruin van zijn hoofd was gekamd. Toen hij opkeek, zag Luca dezelfde grijze ogen die hijzelf had, maar gerimpeld door ouderdom en jarenlang overwerken. Hij knikte kort naar zijn zoon en stak een vinger omhoog, waarmee hij Luca gebaarde zich stil te houden zolang hij aan het bellen was.

Luca leunde tegen de deur, omdat hij zich niet verder de kamer in wilde wagen. Die was in al die jaren dat zijn vader daar had gezeten niet veranderd: dezelfde kasten met dezelfde verzamelobjecten, netjes uitgestald en eenmaal per week afgestoft. Diverse prijzen en certificaten voor de export hingen nog steeds aan de verste muur bij het raam, en daaronder twee ingelijste foto's.

Die hoefde Luca ook niet te zien; de beelden waren al te vertrouwd. De grootste van de twee was een stijve foto van hen drieën: zijn moeder met haar hand op de schouder van haar man, terwijl hij als tiener – de enige zoon en de grote belofte – naar hen glimlachte en genoot van hun goedkeuring.

Dat was voordat hij hun vertelde dat hij zijn beste jaren aan het klimmen ging wijden; dat hij hard zou werken voor het bedrijf zolang hij in het land was en een bescheiden salaris zou ontvangen – maar dat hij niet geschikt was om het familiebedrijf over te nemen.

Ondanks de vele gesprekken die ze daaromtrent hadden gevoerd, had zijn vader zijn beslissing niet geaccepteerd. Hij hoopte nog steeds dat hij zijn zoon kon ompraten en geregeld overlaadde hij hem met schuldgevoelens over de kosten van zijn opleiding en over zijn vertrouwen in hem om het familiebedrijf over te nemen. Het woord 'familie' werd altijd benadrukt, gerekt en beklemtoond, alsof Luca zich er niet bewust van was wie zijn ouders eigenlijk waren.

Op zijn zevenentwintigste wist hij dat hij zich allang van die hele zaak had moeten losmaken, maar de waarheid was dat het onmogelijk bleek om projectwerk te vinden dat flexibel genoeg was om hem te betalen zodra hij terug in het land was. En dus duurde de ongemakkelijke status-quo tussen vader en zoon voort, die, aan elkaar gebonden door schuldgevoel en wederzijdse afhankelijkheid, deze situatie allebei als een middel voor verschillende doeleinden beschouwden.

Terwijl zijn vader bleef praten, gleed Luca's blik naar de ramen waar de regen over de hele lengte van het glas naar beneden stroomde. De minuten verstreken; drie, vier en vervolgens vijf. Zijn vader maakte geen aanstalten om het gesprek te beëindigen. Hij had zich omgedraaid en was nu verborgen achter de brede rugleuning van zijn draaistoel. Het enige wat Luca kon horen was het geluid dat hij af en toe maakte als hij lucht tussen zijn tanden door zoog, en zo nu en dan een instemmend gegrom.

Toen zwaaide de stoel weer om en zonder ook maar oogcontact te maken klikte zijn vader met zijn vingers en wees hij naar de stoel die aan de andere kant van zijn bureau stond. Luca ging zitten zoals bevolen, met een vreugdeloze glimlach om zijn lippen. Zijn vader had altijd een speciaal talent gehad om hem een vernederd gevoel te geven nog voordat ze ook maar een woord hadden gewisseld.

Toen de telefoon eindelijk op de haak was gelegd, leunde zijn vader achterover in zijn stoel en keek hij Luca boven zijn bril aan.

'Dus je bent er weer,' zei hij met een korte glimlach.

'Ja. Donderdag aangekomen.'

'Mooi. En, heb je de top bereikt?'

Luca schudde zijn hoofd.
'Nee. We zijn op een paar uur vóór de top gestopt. Op de ijswand hadden we een paar moeilijkheden, maar het echte probleem was dat Bill last kreeg van hoogteziekte vlak nadat we de zevenduizend meter waren gepasseerd. Het was een geweldige tocht. Als die hoogteziekte er niet was geweest, zou het ons beslist gelukt zijn.' Onwillekeurig voelde Luca een brede glimlach op zijn gezicht verschijnen. 'Je weet hoe fantastisch ik het daarboven vind, pa.'
Zijn vader keek weg alsof hij iets licht beledigends had gezegd.
'Nou, vertel dat maar niet aan je moeder. Weet je dat je elke keer als je weggaat op een van je verdomde dwaze avonturen haar leven tot een hel maakt? Ze maakt zich doodongerust.'
Luca's glimlach werd broos. 'Kom op, pa, elke keer als ik het over klimmen heb, doe je zo.'
Er viel een lange stilte, waarin zijn vader zijn bril afzette en nadenkend op een pootje kauwde.
'Hoor eens, Luca, je moeder en ik hebben een paar dingen besproken terwijl je weg was. Ik denk dat ik misschien een fout heb gemaakt door jou op de binnenlandse verkoop te zetten. Ik dacht dat het bij je zou passen vanwege je aard, maar de werkelijkheid is dat het niet uitdagend genoeg voor je is. Dus heb ik iets bedacht wat je volgens mij wel leuk vindt. Laten we het een promotie noemen.'
Luca's moed vervloog toen hij naar de uitdrukking op het gezicht van zijn vader keek. Hij kon zich harden tegen de onderstromen van teleurstelling en afkeuring, maar wanneer zijn vader aardig probeerde te zijn, was dat het ergst. Dan voelde hij zich echt een ondankbare zak.
'Kijk, ik weet dat je het niet leuk vindt om in dit kantoor opgesloten te zitten, dus het idee is om je naar een paar plaatsen te sturen waar de markt een beetje opener begint te worden. Dubai en Manila bijvoorbeeld. Je kunt meetings met potentiële klanten organiseren en je eigen relaties opbouwen. Daar zou je goed in zijn. En je zou alle mogelijke extraatjes krijgen: vijfsterrenhotels, een chauffeur op de dagen dat je daar bent. We weten dat je graag reist...'
Luca verschoof ongemakkelijk in zijn stoel. 'Kijk, pa, het is niet zo dat ik het niet waardeer dat je probeert te helpen. En ik weet

dat er hiernaast mensen zijn die in de rij zouden staan voor zo'n aanstelling. Maar ik heb het je al proberen te zeggen, dit wil ik niet op de lange termijn doen.' Hij spreidde zijn handen verontschuldigend. 'Ik ben gewoon geen autoverkoper.'

Het gezicht van zijn vader betrok onmiddellijk. 'Wees niet zo'n verdomde snob, Luca,' snauwde hij. 'Je kunt niet eeuwig doorgaan met die dure hobby van je. En de sponsoring zal gauw genoeg opdrogen, vooral als je blijft falen op expedities zoals deze laatste. Je moeder en ik hadden verwacht dat je na dat hele Everest-debacle wat verstandiger zou worden en ermee zou kappen. Maar nou...'

Luca klemde zijn kaken op elkaar toen hij naar zijn vader terugstaarde. 'Je hebt zelfs nooit de moeite genomen om naar mijn kant van het verhaal te luisteren.'

'Dat hoefde ook niet. Het stond met grote koppen in de kranten. Ik heb wel genoeg gelezen zonder behoefte aan nog meer smerige details. Ik bedoel, je moeder had zelfs een paar van haar vrienden...'

Hij maakte zijn zin niet af, maar in plaats daarvan boog hij voorover op zijn bureau, waarbij zijn duimen onder zijn gewicht bogen.

'Ik zou dit niet moeten hoeven uitleggen, Luca. Maar we moeten rekening houden met de familienaam.'

Luca bleef roerloos zitten, terwijl hij de drang om terug te vechten wanhopig onderdrukte. Familienaam. Jezus, zijn vader kon toch zo'n lul zijn.

'Ik weet dat het moeilijk is om je weg in het leven te vinden,' vervolgde zijn vader op belerende toon, alsof hij met een van de jongere kantoorbedienden te maken had. 'Maar je bent niet zo jong meer, en je kunt niet eeuwig op een ongeregelde manier de kost verdienen zonder echte verantwoordelijkheden op je te nemen.'

Luca sloot zijn ogen even voordat hij inademde en zich uit zijn stoel hees. Soms kon hij nauwelijks geloven dat ze familie van elkaar waren.

Terwijl hij naar de deur liep, lukte het Luca een flauwe glimlach te tonen. 'Misschien heb je wel gelijk, pa. Gun me even de tijd om over de baan na te denken. En ik zal ma ook bellen, om haar te laten weten dat ik veilig terug ben en dat wij hebben gebabbeld. Ondertussen heb ik een barstende hoofdpijn gekregen. Als je het niet erg vindt neem ik mijn werk vandaag mee naar huis om de achterstand weg te werken. Daar zal ik sowieso meer af krijgen, zonder al die afleiding.'

Zijn vader keek hem even aan, voordat hij onzeker knikte. 'Oké. Nou, laat het me maar weten. Fijn dat je er weer bent, Luca.'

'Bedankt, pa.'

Luca draaide zich om en liep het kantoor uit, met een pijnlijk gezicht van het ingespannen glimlachen. Toen hij zijn eigen kantoortje bereikte, sloeg hij de deur in een vlaag van woede dicht en ging in het midden van het vertrek staan. Hoe kon zijn eigen vader na al die jaren zo weinig begrijpen van wat hem dreef?

Zijn ogen schoten over het bureau, naar het papierwerk dat onschuldig op twee scheve stapels lag. Met een plotselinge armbeweging veegde hij ze weg, zodat de papieren tegen de lange rij ramen vlogen en als herfstbladeren neerdwarrelden. Ze verspreidden zich over het dikke tapijt, een warboel van dichtbedrukt papier en plakkertjes, waarvan de hoeken oprezen in de gestage luchtstroom van de airconditioning.

Zo zal het niet gaan, zei Luca bij zichzelf, met zijn ogen stijf dichtgeknepen alsof hij bad.

Dit is het niet.

10

De directeur-generaal van het Politieke Veiligheidsbureau in Peking sloeg met zijn hand op zijn bureau, zodat zijn assistent opschrok.

'Hoe kan dit gebeurd zijn?' vroeg hij ziedend. 'Er was me verteld dat onze informatie honderd procent betrouwbaar was.'

De assistent keek zenuwachtig naar het tapijt, wachtend tot de storm voorbij zou zijn. Het was een kleine, compacte man, met een smalle kin en wenkbrauwen met scherpe hoeken. Zwijgend stond hij daar – hij had er een hekel aan dat hij altijd het slechte nieuws moest brengen.

'Als u mij toestaat, meneer, volgens onze bronnen leken de broers sprekend op elkaar. Misschien verschilden ze maar een jaar.'

'Dat is geen excuus!' schreeuwde de directeur-generaal, terwijl hij nog een keer met zijn vuist op het bureau sloeg. 'Als dit nieuws uitlekt, zal het de hele verdomde provincie destabiliseren!'

De assistent dacht snel na. Hij wist uit ervaring dat als de directeur niemand had om direct te straffen, de schuld hem waarschijnlijk zou treffen.

'Meneer. Ik geloof dat tweede luitenant Chen de oorzaak van de persoonsverwisseling was. Instrueert u mij alstublieft hoe u van plan bent deze onvergeeflijke fout af te handelen.'

De directeur-generaal ademde langzaam uit. Hij bracht zijn rechterhand naar zijn zwaargerimpelde voorhoofd en streek zijn grijze haar naar achteren. Ondanks zijn leeftijd had hij nog een dikke bos haar met donkere strepen erdoor en zijn kromme neus gaf hem een havikachtig voorkomen, dat geaccentueerd werd door zijn snel bewegende ogen. Hij boog zich over het losse papier op zijn bureau.

Plotseling schoot de directeur overeind en beende naar het raam. Hij porde een lange vinger door de lamellen van de gesloten jaloezieën en keek naar de mensenmenigte die door de drukke straten ver beneden hem liep.

De assistent wachtte zwijgend terwijl de seconden verstreken en keek hoe de spanning in de gekromde schouders toenam. Uiteindelijk draaide de directeur zich met een vastberaden gezicht weer om.

'Bel kapitein Zhu Yanlei.'

'Meneer?' De assistent keek verschrikt.

'Je hebt me wel gehoord. Bel Zhu. Ik wil dat hij hier over drie minuten staat.'

De assistent liep vlug naar de telefoon en draaide het driecijferige interne nummer. Dat kende hij uit zijn hoofd – Zhu was iemand met wie hij in het verleden al vaak contact had gehad. Als er iemand in dit kantoor was die hij meer vreesde dan de directeur, was het wel kapitein Zhu.

Twee jaar eerder was hem opgedragen om Zhu over te plaatsen van het veld naar een kantoorbaan, een paar verdiepingen onder hen. Ondanks het feit dat hij altijd resultaten had bereikt, bleek dat Zhu's methodes zelfs naar de maatstaven van het Politieke Veiligheidsbureau niet door de beugel konden. Hij herinnerde zich de zaak nog goed – hij had foto's gezien van de toestand van enkele van Zhu's slachtoffers. Meer dan een week lang had hij de beelden voor zich gezien en hij had kramp in zijn maag gekregen. En dat terwijl hij net een paar discussies over mensenrechten met de man had gevoerd.

Nadat de assistent het telefoontje had gepleegd, zaten ze allebei zwijgend te wachten terwijl de secondewijzer op de wandklok doortikte. Het zweet vloeide rijkelijk uit de oksels van de assistent en langs de zijden van zijn lichaam, toen er zacht op de deur werd geklopt.

'Kom binnen,' zei de directeur-generaal, die zich weer overeind hees.

Hij keek naar de man die naar binnen liep en herinnerde zich, met een plotselinge huivering, hoe verwijfd hij was.

Hij was bleek, zelfs voor een Chinees, en had zwart haar dat van zijn voorhoofd was weggekamd in een keurige zijscheiding. Het haar rond zijn oren en in zijn nek was zo kort geknipt dat de witte huid eronder zichtbaar was, en zijn gezicht was ovaalvormig, met een fijne kaaklijn en dunne tuitlippen die bijna dezelfde kleur als zijn huid hadden. Het leek alsof al het bloed eruit was gestroomd.

Zhu droeg een onberispelijk gestreken uniform, dat in perfecte verticale lijnen aan zijn smalle schouders hing. Hij maakte geen saluerend of ander groetend gebaar, maar stond stug in het midden van de kamer met de ene hand over de andere gevouwen; de gouden epauletten van zijn kapiteinsinsignes prijkten in trotse horizontale strepen op zijn schouders. Toen de directeur begon te praten en de gebeurtenissen van de laatste vierentwintig uur samenvatte, stond Zhu stijf voor hem. Hij verroerde geen vin, vertrok geen spier in zijn hele lichaam.

De assistent boog lichtjes voorover, in een poging door zijn zilverkleurige draadbril in Zhu's ogen te kijken. Hij herinnerde zich die nog. De wezenloze, starende blik, de wijde, zwarte pupillen.

De directeur rondde af en na een stilte bewoog Zhu zich eindelijk – hij haalde zijn handen van elkaar en plaatste ze achter zijn rug. Deze beweging trok de aandacht van de assistent. Ergens in zijn geheugen tintelde iets. Hij had van een van de andere assistenten op de zesde verdieping een gerucht gehoord. Hoe zat dat met Zhu's rechterhand?

'Dus uw man heeft de verkeerde jongen vermoord,' zei Zhu op zachte, bijna prettige toon.

De directeur knikte. 'Ja, precies, en als ooit zou uitlekken dat er een aanslag was gepleegd op het leven van de elfde Panchen Lama, dan zou er een volledige opstand in Tibet uitbreken. We hebben u nodig om een crisis te voorkomen.'

Zhu gaf geen antwoord en de directeur vervolgde op een ongewoon verzoenende toon: 'Ik zal u uiteraard weer op de actieve lijst zetten, met welk team dan ook dat u nodig acht om de operatie uit te voeren.'

Zhu streek zijn zijscheiding glad. Hij had duidelijk geen haast om weerwoord te geven en leek in plaats daarvan voor het eerst om zich heen te kijken, naar de grote rechthoekige koffietafel, het sobere bureau en de stugge stoelen met hoge rugleuningen. Toen zijn blik op de assistent viel, toonde hij een voldaan glimlachje, waardoor de mond van de assistent droog werd. Het beviel hem kennelijk enorm dat zijn kansen waren gekeerd, en dat was geen wonder – terwijl hij eerst van de operationele lijst was geschrapt, smeekte de directeur-generaal van het Politieke Veiligheidsbureau hem nu praktisch om zijn rotzooi op te ruimen.

'Ik zou de luitenant die gefaald heeft in de missie graag in mijn team hebben,' zei hij uiteindelijk.

De directeur haalde zijn schouders op. 'Ik kan me niet voorstellen dat u veel aan hem zult hebben, maar als u dat wilt...' – hij gaf een knik in de richting van de assistent – 'is dat afgesproken.'

Zhu knikte. 'En hoeveel tijd heb ik om de missie te voltooien?'

'Het Linka Festival is over zeven weken en we moeten er absoluut zeker van zijn dat dit dan opgelost is. U bent voor vanavond geboekt op een vlucht naar Chengdu; morgenochtend gaat u door naar Lhasa. Ik verleen u dezelfde dispensatie als u eerder had. U mag alle methodes gebruiken die u geschikt acht.'

Hij wierp een zijdelingse blik op de assistent, voordat hij Zhu strak aankeek.

'Maar, kapitein, het is niet nodig om... de zaken te compliceren. U moet de situatie onder controle houden en verzekeren dat het geheim blijft. We hebben u nodig om de jongen te vinden. Dat is alles.'

'Vinden?' zei Zhu, met zijn handen nog steeds achter zijn rug gevouwen.

De directeur wendde zijn ogen voor het eerst af en keek naar zijn bureau. Toen hij sprak, was zijn stem amper meer dan een gefluister. 'Vermoorden,' zei hij simpelweg.

Zhu's lippen krulden lichtjes tot een glimlach. 'Ik zal binnen een maand terug zijn.'

11

Luca smeet zijn autosleutels in de lege fruitschaal, haalde de vuile kleren van het bed en ging liggen. Hij staarde naar het plafond en probeerde alle bedorven lucht uit te ademen die hij naar zijn gevoel had ingeademd sinds hij het kantoor van zijn vader was binnengelopen.

Hij had het gebouw bijna onmiddellijk verlaten, nadat hij de stapel verspreide papieren in zijn kamer hoofdschuddend had opgeraapt. Toen hij de lift uit liep stond er een groepje collega's bij de ingang, die wegwerpbekers koffie vasthielden en hun paraplu's uitschudden. Hij had een glimlach opgeprikt toen ze hem op zijn rug klopten en hem naar de reis vroegen. Onder het voorwendsel van een erge hoofdpijn was hij vervolgens naar zijn auto ontsnapt.

Luca ademde weer uit en langzaam vloeide de spanning weg. Hij keek door zijn kleine appartement naar het open keukentje in de hoek. Bij de volgestouwde gootsteen lag een enorme stapel post. Toen hij thuis was gekomen had hij die helemaal doorgenomen, op zoek naar handgeschreven enveloppen. Hij wist dat de rest alleen een verzameling rekeningen zou zijn, of eindeloze aanbiedingen voor breedband of de nieuwste mobiele telefoons.

Jezus, wat was er veel.

Ze waren maar vijf weken weg geweest. Vijf weken. Zo'n korte tijd, maar toch was de rest van de wereld in zo'n tempo doorgedraaid dat hij het gevoel kreeg dat hij jaren had gemist. Later vandaag zou hij het allemaal opbergen, brieven schrijven, cheques versturen.

Luca hees zich van het bed af, liep naar de keuken en bleef bij de post staan. In een impuls van woede raapte hij alle enveloppen met beide handen op en propte ze in de onderste keukenla.

Verrek maar. Het kon nog wel even wachten.

Met een blik op zijn horloge pakte hij een flesje cola uit de koelkast en wrikte de dop er met behulp van het buffetkastje af. Daarna nam hij een paar slokken en ging hij zitten om een aantal zakelijke telefoontjes te plegen.

Een paar uur lang werkte hij de e-mails en telefoontjes gestaag af; hij kroop voor de reeks klanten die hij had verwaarloosd en haatte de toon van zijn stem.

Hij voelde zich zo moe, zo futloos, hoewel het pas middag was en hij niets meer had gedaan dan een paar kilometer in een auto over een snelweg heen en weer reizen. In de bergen kon hij urenlang verticale hellingen beklimmen. En na slechts een paar uur slaap kon hij het allemaal weer doen, dag in dag uit, zelfs op grote hoogte. Maar hier voelde hij zich altijd en eeuwig buiten adem – de dichte lucht vol benzinedampen, de botsende schouders van forensen op straat. Daardoor kreeg hij het gevoel dat hij een oude man was.

Tijdens het werk schoten zijn ogen af en toe naar de stapel papieren naast zijn bed. De meeste daarvan waren fotokopieën van het bibliotheekboek waarin de kring van bergen werd genoemd. Onderaan, groter dan de rest, lag de opgevouwen satellietkaart die Jack hem had gegeven. De afgelopen dagen had hij er diverse keren naar gekeken, en elke keer gingen zijn gedachten naar Bill. Hij moest hem bellen, weer contact zien te krijgen. Ze hadden deze ruzie al te lang laten etteren. Bovendien kon hij zich niet nog slechter voelen dan op dit moment.

Hij stond net op het punt de telefoon weer te pakken toen er een bericht binnenkwam. Het was Jack Milton, die vroeg of het pakje was aangekomen.

Terwijl Luca het nummer van zijn oom intoetste en zijn telefoon onder zijn oor klemde, stapte hij naar de keukenla en doorzocht de inhoud. Niets. Toen de telefoon bleef overgaan, deed hij de voordeur van zijn appartement open en liep de gemeenschappelijke gang in om de post van vandaag te bekijken. Er zat een bruine cilindervormige koker bij, afgeplakt met dik plakband en lichtjes ingedeukt doordat hij door de brievenbus was geduwd.

'Jack. Met Luca.'

Er was een kletterend geluid te horen, en daarna een zacht gevloek, toen Jack de rand van zijn koffiekop op het bureau vastpakte.

'Hé Luca, hoe gaat het met je? Heb je het pakje gekregen dat ik heb opgestuurd?'

'Ja. Het ligt hier. Wacht even.'

Luca scheurde de cilinder open en trok er een groot, opgerold, gekopieerd vel papier uit. Met de telefoon tegen zijn schouder geklemd spreidde hij het op de keukenbar uit, terwijl hij het lege colaflesje op een van de randen zette. Een mooi gedetailleerde prent vulde het hele A3-vel. Het was nogal onhandig gekopieerd, waardoor de hoek rechtsonder ontbrak. Maar toen Luca besefte waar hij naar keek, voelde hij zijn hartslag versnellen. Er sloop een ongelovige glimlach over zijn gezicht.

'Sodeju, Jack! Waar heb je dít gevonden?'

'Ik dacht dat je het wel leuk zou vinden,' antwoordde Jack met een glimlach in zijn stem. 'Nadat je het woord "beyul" had genoemd, heb ik zelf wat onderzoek gedaan. Die rol is maar de helft ervan.'

De prent toonde acht bergen met besneeuwde toppen in een perfecte cirkel, en in het midden daarvan stond een piramidevormige berg. De artistieke waarde van het originele werk moest spectaculair zijn geweest. De details waren uiterst nauwkeurig uitgewerkt, iedere centimeter vol fijn geïnkte beelden en complexe symbolen.

In het midden van de pagina, boven op de top van de piramideberg, zat een priester te staren, met een uitdrukking van bovenaardse meditatie.

'Het wordt een *thangka* genoemd,' vervolgde Jack. 'Oorspronkelijk waren het lesrollen die door Tibetaanse monniken werden gemaakt en van klooster naar klooster werden doorgegeven. Ik heb je piramideberg gevonden toen ik de *Mahayana Soetra's* doorkeek.'

'De wat?'

'Dat is een soort filosofische doctrine die door een bepaalde sekte van boeddhisten wordt gebruikt. Een lezing hier in Cambridge bracht mij erop, maar ze zeiden dat ik eigenlijk met de mensen van de afdeling Aziatische Studies moest praten.'

Luca's stem klonk hoger. 'Maar dit is precies wat ik op de Makalu heb gezien. Dit bewijst dat de berg echt bestaat!'

Jack lachte. 'Als wetenschapper kan ik je verzekeren dat het niets bewijst. Je zult een paar andere bevestigende bronnen moeten vinden voordat je dat kunt beweren.'

'Maar Baileys boek in de bibliotheek,' zei Luca opgewonden, met zijn blik op de gekopieerde stapel naast zijn bed. 'Daarin werd vermeld dat de piramideberg in een van die beyuls stond.'

'Ook dat is anekdotisch. Maar je hebt gelijk, het begint interessant te worden. Luister naar wat ik in de Soetra's heb ontdekt.' Jack zweeg even, omdat hij zijn notities probeerde te vinden. 'Hier staat dat de kring van bergen het achtvoudige pad van een lotusbloem moet voorstellen, en pal in het midden bevindt zich dat mythische koninkrijk.' Hij zweeg weer even toen hij zijn eigen krabbelige handschrift probeerde te ontcijferen. 'Het heet Shambhala.'

'Een mythisch koninkrijk?'

'Kennelijk. Het is een plek waar de lama's op een hoger spiritueel vlak zijn gekomen. Je weet wel, totale verlichting en al dat soort dingen.'

Met een bevende hand pakte Jack zijn koffiemok. Koninkrijken van totale verlichting – Jezus, daarvan kon hij hier wel iets gebruiken.

'Wat denk je dat dit betekent?' vroeg Luca.

'Zoals ik al zei is het misschien slechts toeval, maar ik dacht dat je er misschien een beetje van zou opkikkeren. Ik weet hoe je bent wanneer je terugkomt van een reis.'

Luca's vingers gleden over de prent terwijl zijn ogen langs de boog van pieken gingen. Een kring van bergen met een piramide in het midden. Het leek gewoon ongelooflijk.

'Bedankt, Jack. Dat is het beste nieuws dat ik vandaag heb gekregen.'

'Graag gedaan. Ik zal je dit *Mahayana*-boek toesturen, dan kun je het zelf bestuderen. Als je meer wilt ontdekken, zal ik nog wat navraag doen en kijken of ik een paar ontmoetingen kan regelen.'

Luca legde de telefoon neer, liep naar zijn nachtkastje en viste de opgevouwen satellietkaart eruit. Met een handvol punaises en een dikke zwarte markeerstift in zijn linkerhand vouwde hij de kaart uit en prikte hem op het behang aan het uiteinde van zijn bed. Daarna schreef hij één woord in de hoek rechtsonder.

BEYUL?

12

Zijn gezicht was oud, zoals alleen een Tibetaans gezicht dat kon zijn. Rimpels liepen kriskras over het leerachtige oppervlak als een papieren zak die tot een prop verfrommeld en haastig gladgestreken was. Zijn donkerbruine ogen lagen diep in hun kassen te staren onder lange, wild uitgroeiende wenkbrauwen. Om zijn lichaam waren dikke, oranje gewaden gewikkeld, maar in de loop der jaren waren ze door het stof en de zon verbleekt tot bijna dezelfde kleur als de grond.

De oude monnik zat op een hoop aarde, een paar honderd meter bij de ingang naar het dorp Menkom vandaan, maar draaide zich zelden om uit zijn wake om naar de beschaduwde huizen te kijken. Hoewel er nog een paar dunne rookslierten uit de schoorstenen naar de kobaltblauwe hemel opstegen, was het dorp bijna volledig stil. Meer dan een maand lang was het door ziekte geteisterd, in feite sinds de handelaren waren gekomen.

Eerst werden de oude mannen getroffen, die zoals altijd aan de kant van de weg zaten. Daarna verspreidde het zich: naar jonge kinderen, vrouwen, en ten slotte de mannen die buiten in de velden werkten. In slechts een paar weken tijd was het ooit levendige dorp somber en teruggetrokken geworden.

De meesten bleven binnen, waar ze koortsig op de houten vloeren van hun huizen lagen; buiten liep het vee door de straten. Kleine, zwarte varkens wroetten met hun snuiten door hopen afval in de beek en er nestelden kippen op de rieten daken. Er werden geen stenen naar ze gegooid, er werd geen stem verheven om ze weg te jagen.

Terwijl de oude monnik keek, leek er in de verte op het pad door het dal iets te bewegen en vervolgens weer stil te staan. Hij kwam langzaam overeind – zijn gebedsmolen lag naast hem – en tuurde omlaag naar de oranje en geelbruine kleuren van de lagere dalen. Hij zag alleen, omstraald door de late middagzon, een stofwolkje dat boven een zwarte vorm zweefde. De vorm was wazig, weinig meer dan een vlek die versmolt met de horizon.

Geleidelijk begon de vorm uiteen te vallen; eerst de omtrek van de grote gebogen hoorns van een jak, daarna de silhouetten van mensen die achter het dier liepen. Door het stof kwam een tweede jak, en daarna nog een, totdat hij een hele karavaan van mensen en beesten kon zien die in een gestaag tempo door het dal zwoegden.

Zij waren het. Dat kon niet anders.

Uiteindelijk kwam de eerste jak ter hoogte van de plek waar hij stond; de zware koperen bel om zijn nek klingelde bij iedere stap. De vacht op zijn enorme flanken was geklit door stof en opgedroogde modder, en op de boog van zijn schoft waren zware zadeltassen vastgebonden. Als het machtige beest snoof, dropen er lange speekselslierten uit zijn neus, die parels vormden met het stof van het pad.

Ergens achteraan klonk er een stem boven het lawaai uit, en in een bonte kakofonie van bellen kwam de rij dieren schuddend tot stilstand. Een figuur met kleren die grijs van het reizen waren gleed van de rug van een van de jaks en stapte op de monnik af. Toen ze een vuile doek van haar gezicht trok, keek de monnik naar de gebruinde wangen en de groene ogen van een jonge vrouw, die duidelijk uitgeput was van de reis.

'*Tashi delek,* eerwaarde vader,' zei ze. Ze boog haar hoofd en onthulde lang, bijna zwart haar, dat samengeklit was door het stof van haar reis. 'We zoeken de poortwachter.'

De oude monnik knikte hartelijk, waarbij er een glimlach om zijn lippen doorbrak.

'Tashi delek,' antwoordde hij met een stem die hees was door het weinige gebruik dat hij ervan maakte. 'Dat ben ik.'

Hij klemde haar handen in de zijne en bracht ze naar zijn hart, terwijl zijn ooghoeken nog meer rimpelden door een brede, oprechte glimlach. 'Ik had jullie pas na de zonnewende verwacht. Maar het is geweldig dat jullie veilig zijn aangekomen. Onze gids staat klaar om jullie te begeleiden als jullie weer op krachten zijn gekomen. Hij is een bergbeklimmer uit jullie eigen land en hij kijkt er nu al wekenlang naar uit om jullie te ontmoeten.'

De vrouw glimlachte kort als dank voordat ze de handen van de monnik steviger vastpakte. 'Meneer. Ik weet dat u nog niet op de hoogte bent gebracht, maar er is iemand die ik moet meenemen.'

Het gezicht van de monnik betrok en nog voordat ze iets had gezegd begon hij zijn hoofd te schudden. 'Ik weet hoe waardevol jullie voor onze orde zijn, maar dat zal niet mogelijk zijn. De gids kan maar één persoon tegelijk meenemen, en zoals u weet, mogen alleen de uitverkorenen vertrekken.'

De vrouw keek even naar de grond. Maar toen ze haar hoofd weer oprichtte, glansden haar groene ogen vastberaden.

'Hij is uitverkoren. En moet als eerste worden meegenomen. Het is van levensbelang dat de gids onmiddellijk met hem vertrekt. Ondertussen zal ik in het dorp wachten tot de gids terugkomt om mij te begeleiden. U moet me vertrouwen, eerwaarde vader; hij is belangrijker dan ik.'

Ze was amper uitgesproken toen er een schuifelend geluid van achter de herders klonk. Een kleine jongen van negen jaar rende naar de vrouw en schoof zijn hand vol vertrouwen in de hare. Hij had slordig donker haar en heldere bruine ogen, hoewel het wit bloeddoorlopen was door stof en vermoeidheid. Hij droeg een te grote schapenvachtjas, in het midden vastgeknoopt met een oud touw. Nadat hij eerst naar de vrouw had opgekeken, wendde hij zijn starende blik naar de monnik.

'Is het hier?' vroeg hij met een duidelijke en kalme stem.

De vrouw glimlachte naar hem, met haar hand op zijn schouder. 'Nog niet,' zei ze. 'Maar nu is het niet ver meer.'

13

Op de koperen plaat stond: PROF. SALLY TANG, AZIATISCHE STUDIES. Jack zag zichzelf weerspiegeld in het glanzende metaal, en terwijl hij kort met een hand door zijn haar streek, klopte hij zachtjes op de deur.

'Binnen!'

Sally Tang kwam achter haar bureau vandaan en schoof haar leesbril boven op haar hoofd. Ze was nog kleiner dan hij zich herinnerde en droeg een chic beige jasje dat om haar iele bovenlijf hing en lange bruine laarzen die weinig groter waren dan een kindermaatje.

'Jack.' Sally schudde hem hartelijk de hand. Ze stak een lok van haar gitzwarte kapsel achter een oor en bestudeerde hem, met haar ovale gezichtje opzij gekanteld als een vogel. 'Je ziet er goed uit. Veel beter dan in Kathmandu. Ga zitten, alsjeblieft.'

Glimlachend nestelde Jack zich in een bordeauxrode leren leunstoel voor haar bureau.

'Ik hoop dat je het niet erg vindt dat ik mij je ontmoeting met Robert toe-eigen,' vervolgde ze. 'Ik hoorde hem zeggen dat er iemand naar de afdeling zou komen om met hem over beyuls te praten en toen ik ontdekte dat jij het was, kon ik het niet laten om tussenbeide te komen.' Ze nam plaats op de voorkant van haar bureau. 'Maar ik moet zeggen, Jack, dat spirituele mythen een beetje buiten je werkterrein vallen, nietwaar? Zoals ik me herinner, was je alleen in iets geïnteresseerd als het van steen was.'

'Zelfs dinosaurussen zoals ik kunnen evolueren, Sally – en als ik tegenwoordig niet zo'n belabberd geheugen had, zou ik rechtstreeks naar jou zijn gegaan in plaats van professor Harris op te bellen. Maar natuurlijk heb je gelijk. Eigenlijk is het mijn neef die interesse voor het onderwerp heeft opgevat.' Hij keek op zijn horloge en fronste. 'Hij is laat zoals gewoonlijk, maar ik hoop dat die aardige secretaresse – hoe heet ze?'

'Emily.'

'Ik hoop dat Emily hem naar ons toe zal sturen. Ondertussen zal ik je de achtergrond maar geven. Een kopje koffie zit er zeker niet in...'

Vijf minuten later zaten ze in de twee leunstoelen bij de erker met hun koffiemokken. Ze hadden elkaar drie jaar eerder toevallig ontmoet op een vlucht naar Nepal. Sally had, onderweg naar de trouwerij van een of ander familielid, op haar visum voor Tibet gewacht, en hij had een van zijn geologiereizen gemaakt en was aan het acclimatiseren voordat hij de bergen in ging. Nadat ze de gemeenschappelijke link van de universiteit hadden vastgesteld, hadden ze in haar hotel gedineerd, waar ze goedmoedig discussieerden over hun verschillende standpunten over Azië en onder het genot van kopjes chrysantthee notities over het academische leven vergeleken.

Nu zaten ze een poosje gemoedelijk te babbelen en de laatste paar jaar bij te praten. Sally's schrandere bruine ogen verhardden toen Jack over de piramideberg begon te vertellen. Maar toen hij hun andere ontdekkingen over het geheime systeem van beyuls beschreef, begon ze weer te glimlachen.

'Nou, het gaat jullie boven de pet, nietwaar? Geen wonder. Een geoloog en een avonturier die de esoterische mythen van het boeddhisme proberen te doorgronden. Het eerste wat ik je moet zeggen is...' Ze brak haar zin af omdat de telefoon op haar bureau zoemde, en met een frons nam ze op. 'Ja, ja. Stuur hem maar door.'

Een paar tellen later liep Luca naar binnen, in een spijkerbroek en een geel T-shirt met de tekst SNEL AFGELEID op zijn borst. Hij glimlachte op een ongedwongen manier en veegde zijn blonde pony uit zijn gezicht.

'Het spijt me dat ik zo laat ben,' zei hij met een vluchtige blik op Jack voordat hij de volle wattage van zijn glimlach op het Tibetaanse vrouwtje liet rusten. 'Ik ben bang dat ik het gen voor punctualiteit in de familie niet heb meegekregen.'

Sally begroette hem met een handdruk, waarna ze naar zijn

T-shirt gluurde. 'Ik denk dat ik zo gauw mogelijk ter zake moet proberen te komen. Schuif er een stoel bij, Luca. Ik stond net op het punt Jack uit te leggen waarom je niet in sprookjes moet geloven.'

Luca hing een zachtleren tas aan de rugleuning van zijn stoel en ging met een onmiddellijk geconcentreerde gezichtsuitdrukking zitten.

'Ga door.'

Sally spreidde haar handen. 'Nou, Jack heeft me verteld over je avonturen in Tibet en je interesse voor beyuls. Het is een fascinerend terrein van boeddhistische folklore, daar bestaat geen twijfel over, maar ik ben bang dat dat ook het enige is: folklore.'

Luca fronste en boog voorover, met zijn kin op zijn vuist. 'Maar de boeken zeggen allemaal hetzelfde. En ze zijn behoorlijk specifiek: dat beyuls heiligdommen van totale verlichting zijn, de heiligste plekken in heel Tibet. En ze zeggen allemaal dat er eenentwintig van zijn, gesitueerd in de meest afgelegen gebieden van het land.'

Sally zuchtte. 'Geloof me, jij bent niet de eerste die verleid wordt door het idee van beyuls. Maar luister eens naar wat je zegt – heiligdommen van totale verlichting. Klinkt dat jou niet als een mythe in de oren?'

Er ging een wenkbrauw omhoog op Tangs ovale gezicht toen ze hem fixeerde met een blik die doorgaans voor haar eerstejaarsstudenten was gereserveerd. Er viel een stilte voordat ze met iets zachtere stem doorpraatte.

'Ik heb de mythe van de beyul altijd beschouwd als het equivalent van de heilige graal in de christelijke literatuur. Zoals iedere psycholoog die het zout in de pap waard is je zal vertellen, houden mensen van een schijnbaar onbereikbare queeste. Daardoor komen er oude gevoelens van almacht boven: dat ze op de een of andere manier bijzonder zijn en tegen alle verwachtingen in zullen winnen.'

'Dus je zegt dat die plekken niet bestaan,' zei Jack op teleurgestelde toon. 'Het zijn gewoon hersenspinsels.'

Met een glimlach schikte ze haar fragiele lichaam rechterop in de leunstoel, zodat haar voeten een stukje boven de grond bungelden.

'Het hangt allemaal van je standpunt af. Ik zeg niet dat er geen enkele waarheid in schuilt. Ik zeg alleen dat de waarheden niet letterlijk zijn, en je kunt ze zeker niet met je handen aanraken.'

Jack knikte. 'Je hebt het over metaforen, toch? Nou, die komen zeker vaak genoeg in religieuze werken voor.'

'Metaforen?' flapte Luca er ongeduldig uit. 'Jongens, ik kan jullie helemaal niet meer volgen. Metaforen waarover? Ik begrijp niet eens wat beyuls precies zijn. Er worden telkens heiligdommen genoemd – maar heiligdommen waarvan?'

'O, het gebruikelijke soort dingen: duisternis, kwaad, al dat soort spul,' antwoordde Sally, naar het raam starend. 'De beyuls zijn een centraal thema in de vele apocalyptische mythen in Tibet. Vergelijkbaar met de Bijbel: als het einde komt en de wereld verteerd wordt door chaos, zullen de lama's de gewone mensen naar deze beyuls leiden. En als ze daar eenmaal zijn, zullen ze wijsheid en verlichting vinden om de storm te doorstaan.'

Jack schraapte zijn keel. 'Er schuilt dus geen waarheid in het idee dat ze een schat bevatten?'

Tang lachte, terwijl ze haar blik van het ene verwachtingsvolle gezicht naar het andere liet gaan. 'Nou ja, als je in het sprookje gelooft, dan is daar ook een schat. De mythen verwijzen inderdaad naar immense schatten, van buitengewoon veel waarde. Maar, jongens – hebben jullie enig idee hoeveel ongelukkige fortuinzoekers hun leven hebben vergooid door naar verborgen schatten en grote rijkdommen te zoeken? Het is net als de eindeloze queestes naar Shangri-la. Ze vertrokken om uitgestrekte bergketens af te zoeken of zich een weg door machtige rivierkloven te hakken.'

'En wat vonden ze?' Ditmaal was het Luca die sprak.

'Ze vonden wat je in zulke oorden zou verwachten te vinden: rivieren en bergen. Ze joegen hersenschimmen na, omdat ze oude Tibetaanse legenden voor letterlijke waarheden aanzagen.'

Luca boog voorover in zijn stoel. 'Er is dus nooit een schat geweest?'

'Dat is precies wat ik zeg,' antwoordde Tang ongeduldig. 'Er was alleen een mythe. De fortuinzoekers hebben geen enkel bewijs gevonden.'

Tijdens het gesprek pakte Luca de tas die achter hem hing en maakte de gespen los. Daarin zat de opgerolde fotokopie van Jacks thangka, die hij van de muur had gehaald om hem aan haar te laten zien; de piramideberg lag in het midden van de prent, omgeven door een cirkelvormige boog van bergen.

'Geen enkel bewijs?' herhaalde hij, haar spottend aanstarend. 'Hoe verklaar je dan het feit dat ik deze bergen heb gezien, precies zoals ze hier zijn getekend? Nou ja, zonder de hurkende goden.'

De professor zuchtte om Luca's koppige manier van vragen stellen.

'Ik moet toegeven dat enkele verhalen in detail treden over de eenentwintigste, of "bergbeyul". Dat is naar verluidt de meest verlichte van alle beyuls, een soort hemel op aarde, zo je wilt. Hij wordt vaak net zo beschreven of geïllustreerd als hier is gedaan – een piramideberg, met een vreemde kring van bergen die hem beschermt. Maar natuurlijk ligt de oorsprong van de meeste legenden en mythen in de werkelijkheid. Ongetwijfeld ontstond het concept van de heiligste beyul doordat er een bijzonder symmetrische bergformatie was – en misschien is het dezelfde als die jij hebt gezien.' Haar ogen gingen naar Luca's blote, gebruinde armen die op zijn borst waren gevouwen. 'Maar als je van plan bent naar Tibet te vliegen om de heiligste beyul te zoeken, zou ik je, als een vriendin van je oom en ook als een verantwoordelijke volwassene, op het hart willen drukken er nog eens over na te denken.'

Ze wierp een blik op Jack, voordat ze opnieuw naar Luca keek; haar heldere ogen waren plotseling heel ernstig geworden. 'In de loop der jaren zijn westerlingen – vaak mensen die ontevreden zijn met de werkelijkheid van hun eigen leven – geobsedeerd geraakt door deze beyuls. Als gevolg daarvan zijn veel van hen moederziel alleen gestorven in de verste uithoeken van Tibet.'

Jack keek naar zijn neef, die kennelijk in gedachten verzonken uit de erker keek. 'Luca? Ben je er nog bij?'

Luca knikte zwijgend.

'Het spijt me dat ik je teleurstel, echt waar,' zei Sally, die haar hoofd weer opzijboog. 'Hoewel ik vanuit mijn egoïstische standpunt moet toegeven dat ik opgetogen ben over de resultaten van je nieuwsgierigheid. Ik heb het genoegen gehad jou te ontmoeten en ook weer in contact met Jack te komen. Als jullie me nu willen excuseren, ik heb om elf uur een bespreking, maar wat zeggen jullie ervan om met ons drieën een afspraak te maken...'

'Hoe zit het nou met de Kalak Tantra?' vroeg Luca zachtjes.

'De wat?' zei Jack.

'Sally weet wel waar ik het over heb,' zei Luca.

Jack keek van het ene gezicht naar het andere; hij zag Luca's vastberaden uitdrukking en Sally's glimlach die verstarde. 'Nu ben ik de draad kwijt. Kan iemand me uitleg geven?'

'De Kalak Tantra,' zei Luca, met zijn ogen nog steeds uitdagend op Sally gericht, 'werd in de laatste jaren van de negentiende eeuw ontdekt. Het schijnt een soort wegenkaart te zijn, die de locatie van iedere afzonderlijke beyul laat zien. Kennelijk gaf de Tantra een serie regels, een precieze code waar je je aan moest houden als je in een beyul wilde komen. Er stond een beschrijving in van de ingangen, de route, en zelfs in welke periode van het jaar de reis gemaakt moest worden.' Luca sloeg zijn handen enthousiast tegen elkaar. 'Je kreeg alle informatie die je nodig had om een van die oorden echt binnen te gaan!'

Sally knikte kort en haar ogen volgden elke beweging van Luca.

'Enkele westerlingen hebben zelfs gezegd dat ze delen van de Tantra hebben gezien,' voegde Luca eraan toe, met zijn handpalmen plat naar boven alsof hij een exemplaar van het boek in zijn handen hield.

Even bleef Sally roerloos zitten, waarna ze naar Jack keek en grinnikte. 'Niemand kan je neef ervan beschuldigen dat hij niet vastberaden is,' zei ze, voordat ze zich met een ernstige blik weer tot Luca richtte. 'Maar als je iets meer van de *Mahayana Soetra's* had gelezen, en niet alleen de eerste paar hoofdstukken, zou je ontdekt hebben dat niemand zelfs een compleet exemplaar van de Tantra heeft gezien. Er bestaan wel minieme fragmenten van – een paar vage woorden hier, een cryptische zin daar. Maar meestal worden de claims zwaar overdreven. Er worden zelfs delen van de Tantra verkocht aan lichtgelovige toeristen als ze in de Bakhor in Lhasa rondlopen. Het is niet zo heel anders dan dat mensen splinters van "Christus' kruis" kopen.'

Sally stak een streng haar achter haar oor en keek weer naar Jack.

'Hoor eens, ik zou willen dat we door konden praten,' zei ze met een blik op haar horloge, dat enorm leek om haar dunne pols. 'Maar ik heb een bespreking die niet kan wachten...'

'Natuurlijk,' zei Jack, die opstond en zich uitrekte. 'Sally, je bent geweldig geweest. Ik zal je een mailtje sturen en we kunnen een afspraak maken om elkaar weer te ontmoeten.'

'Bedankt, professor.' Luca stond op en wierp haar een glimlach toe, terwijl hij zijn tas over zijn schouder zwaaide. 'Dat was fascinerend.'

De twee mannen liepen zwijgend door de gang. Jack wierp bezorgde blikken op zijn neef toen ze een stenen trap afdaalden en de open binnenplaats van het gebouw betraden.

'Ik weet dat het een tegenslag is,' zei Jack uiteindelijk, toen ze om de keurig gemaaide grascirkel heen liepen. 'Maar ze is een slimme vrouw, en als ze zegt dat het gekkenwerk is...'

'Ik vertrouw haar niet,' zei Luca abrupt.

Jack keek ongelovig. 'Doe niet zo belachelijk. Ze heeft je misschien niet verteld wat je wilde horen, maar Sally Tang is een...'

'Ik dacht trouwens dat we ene professor Harris zouden bezoeken.'

'Ja, nou, ik was vergeten dat dit Sally's afdeling is. Toen ze hoorde dat ik navraag aan het doen was, heeft ze geregeld dat wij haar konden spreken.'

Luca schudde zijn hoofd. 'Ze houdt iets achter, daar ben ik zeker van.'

Jack haalde zuchtend zijn schouders op. 'Oké, nou, het spijt me voor jou. Je zult geen knappere kop vinden die bereid is je meer tijd te geven. Wat vind je ervan om nu een café te zoeken? Ik snak naar een kop koffie...'

Toen de mannen onder een stenen boog door doken en langs de portiersloge de straat erachter inliepen, trok professor Tang zich terug van het raam waar ze naar hen had staan kijken. Wikkend en wegend beet ze op haar onderlip.

Het was jaren geleden dat ze officiële taken in deze arena had gehad, en ergens wilde ze Jack een plezier doen en de zaak afdoen als weinig risicovol. Maar de jongeman had iets wat haar zorgen baarde. Ondanks al zijn luie charme was hij zeer gefocust. En hij had kennelijk stukjes informatie gevonden waardoor zijn belangstelling zou groeien. Ze twijfelde even of ze iets had stopgezet. Te oordelen naar zijn knappe, onbeschaamde gezicht dat duidelijk gewend was zijn zin te krijgen, was ze er waarschijnlijk alleen in geslaagd zijn nieuwsgierigheid des te meer te wekken.

Nu ze een besluit had genomen, opende Sally de onderste la in haar bureau. Ze haalde er een versleten, in leer gebonden adressenboekje uit en bladerde de bladzijden door totdat haar vinger bleef rusten onder het nummer dat ze zocht. Een paar tellen later wachtte ze, tot de krakerige verbinding via Peking rechtstreeks naar het Politieke Veiligheidsbureau in Lhasa werd geleid.

14

Cathy keek hoe Bill zijn das met twee vingers losmaakte, zijn schoenen uitschopte en zijn voeten met een zucht op de koffietafel legde.

'Echt, het gaat prima met me,' zei hij. 'Het is alleen weer een klotedag op kantoor geweest.' Geeuwend strekte hij zijn armen boven zijn hoofd. 'Alles gaat prima.'

Cathy zat op de armleuning van de bank tegenover hem met de knopen van een kussen te spelen. Haar halflange haar was uit haar kalme, aantrekkelijke gezicht in een paardenstaart gebonden en ze droeg een van Bills enorme gebreide truien, waarvan de mouwen haar handen opslokten.

'Je zegt telkens "prima", maar je bent jezelf niet sinds je terug bent. Ik kan merken dat er iets mis is. Waarom vertel je het me niet gewoon?'

'Omdat er niets ergers is dan thuiskomen van een lange dag op kantoor en gevraagd worden of het wel goed met je gaat, steeds maar weer,' snauwde Bill. Hij deed zijn ogen dicht en zakte iets verder in de bank weg, terwijl hij zijn tenen in zijn sokken bewoog. 'Het is uitputtend.'

Cathy haalde adem. 'Waarom lijk je het dan niet te merken als Ella en Hal tegen je praten? Of ik.' Ze aarzelde, en beet op haar lip. 'Ik weet dat het nogal een anticlimax kan zijn na zulke reizen, maar je leek altijd zo blij om ons te zien. Dit keer... nou, is het alsof we er nauwelijks zijn.'

'Dat is niet waar,' protesteerde Bill. 'Natuurlijk ben ik blij om weer bij jou en de kinderen te zijn.'

Er viel een stilte. De tv flikkerde geluidloos en kondigde het begin van het negenuurjournaal aan. Bill reikte naar de volumeknop op de afstandsbediening en gaf een gil toen Cathy opsprong en het ding uit zijn hand griste. Het beeld kromp tot een stip toen ze de aan-en-uitknop indrukte.

'Genoeg, Bill. Er is iets gebeurd op die berg en aangezien ik degene ben die je hebt gekozen om je leven mee te delen, heb ik er recht op om het te weten.'

Bill wreef zuchtend in zijn ogen. Hij keek op en huiverde van Cathy's gezichtsuitdrukking.

'Kijk, ik heb hier niet over willen praten omdat ik weet hoe je soms over Luca denkt, en nou ja, hij is... hij is mijn vriend.' Bill zweeg even en schudde langzaam zijn hoofd. 'Maar omdat hij me niet eens heeft gebeld, of een poging heeft gedaan om de kwestie recht te zetten...'

'Wat heeft hij gedaan?' onderbrak Cathy hem op staalharde toon.

Bill zuchtte en keek even naar zijn grote handen voordat hij zei: 'Weet je dat ik last kreeg van hoogteziekte? Ik denk dat Luca van plan was mij daar achter te laten.'

Cathy's ogen werden groter. 'Wat? Wát was hij van plan?'

Bill wapperde met zijn handen alsof hij probeerde een vuur te doven. 'Kijk, het is niet gebeurd, dus maak ik er geen groot punt van. Maar hij zei iets van dat hij naar de top ging en mij op de richel wilde achterlaten. Weet je, er is moeilijk achter te komen wat daar precies is gebeurd. Ik kon niet bepaald helder denken.' Vervolgens draaide hij zich om naar het lege televisiescherm. 'Het vreemde is dat ik ergens zou willen dat hij naar de top was gegaan. Dan zou ik me niet zo verdomd schuldig hebben gevoeld en niet het gevoel hebben gehad dat de hele onderneming een onafgemaakte zaak is.'

'Jezus. Ik wist altijd al dat hij egoïstisch was, maar ik had nooit gedacht dat hij zo ver zou gaan. Die man zou opgesloten moeten worden.'

'Kom op, Cath, je weet wel dat je vanuit de woonkamer niet kunt oordelen over beslissingen die daar zijn genomen. Het was in het vuur van het moment en op grote hoogte kunnen er vreemde dingen met je hersenen gebeuren. Bovendien heeft hij het niet daadwerkelijk gedaan. Hij heeft me naar beneden gebracht.'

'Maar dit is niet de eerste keer. Luca heeft al vaker zulke stunts uitgehaald. Iedereen weet dat hij die klimmers op de Everest voor dood heeft achtergelaten.'

Bill keek haar beschuldigend aan. 'Dat is wat die verdomde persmuskieten ervan hebben gemaakt, Cath, dat weet je best. Luca probeerde alleen maar zo snel mogelijk van die berg af te komen. Hij wist niet eens dat die lui daar zaten.'

'Dat is zíjn verhaal.'

'Ja, dat is zijn verhaal en ik geloof hem. Ik weet dat Luca een harde is, maar zoiets zou hij nooit doen.'

Cathy keek naar haar man. Hij zag er bleek en gespannen uit. Hij was een paar pondjes afgevallen, en er zaten kringen onder zijn ogen als gevolg van de rusteloze nachten die hij had doorgemaakt. Ze ging naast hem zitten en boog zich impulsief voorover om hem een knuffel te geven. Toen ze haar kin op zijn schouder liet rusten, dwaalde haar blik naar de ingelijste foto van Luca en Bill die op de top van de Eiger stonden. Ze hadden hun bril op hun voorhoofd geschoven; op hun gezicht lag een brede grijns. Het was een snelle beklimming van de noordwand geweest en alles was vlot verlopen.

'Nou, je weet in elk geval dat je nooit meer met hem zult klimmen.'

Bill hield zich stil.

Cathy maakte zich van hem los en keek hem aan. 'Bill? Zeg alsjeblieft dat je niet meer met hem gaat klimmen. Kijk, we weten allemaal hoe Luca is. De kinderen zijn dol op hem, en hij is lief voor mij. Waarschijnlijk heeft hij zijn hart toch wel op de juiste plaats, maar uiteindelijk is Luca er alleen voor zichzelf. Het is niet iemand op wie je kunt vertrouwen.'

Er was een haarlok uit haar paardenstaart ontsnapt en die duwde ze ongeduldig terug.

'Bovendien hebben we een afspraak, hè. Gezellige, ononderbroken gezinstijd.' Ze pakte zijn hand en haar stem klonk vastberadener. 'Hè, schat?'

De telefoon rinkelde, waardoor ze allebei opschrokken. Met een geforceerde glimlach liet Bill haar hand los en liep hij de kamer door om op te nemen.

'Hallo,' zei hij. 'Ja... O, jij bent het.'

Hij draaide zich om, zodat hij met zijn brede rug naar de keuken stond. Cathy voelde dat haar hart begon te bonzen.

'Prima, en met jou?'

Er viel een lange stilte voordat Bill weer iets zei.

'Juist. Nou, dat is goed van je, misschien later deze week.' Bill zweeg opnieuw en luisterde een paar minuten. 'Ik begrijp het. Oké, nou, over twintig minuten dan. Het Windsor Castle?'

Hij legde de telefoon neer en draaide zich weer naar Cathy toe. Ze voelde hoe haar moed wegzonk toen ze het nieuwe licht in zijn ogen zag.

'Als je het over de duivel hebt. Luca wil me onder vier ogen spreken. Om zich te verontschuldigen.' Bill liep naar de deur en plukte in het voorbijgaan zijn jasje van de kapstok. 'Ik ga even een pintje met hem drinken.'

Cathy keek naar haar handen en besefte dat ze trilden. 'Ga niet,' zei ze kalm.

Bill was bezig zijn tweede arm in zijn jasje te steken. Hij keek verbaasd naar haar om.

'Waarom in vredesnaam niet? We moeten dit oplossen.'

'Omdat ik geen moment geloof dat hij zich zou verontschuldigen tenzij hij iets anders achter de hand houdt. En ik kan de gedachte niet verdragen dat hij je overhaalt om weer een reis te maken. Ik kan het gewoon niet verdragen.'

'Schat, ik ga alleen een pintje met hem drinken. Dat is alles.' Hij liep naar de bank en gaf haar een zoen.

'Ik ben over een uur terug,' zei hij. 'Tijd zat om de kinderen naar bed te helpen brengen.'

***

Drie uur later lag Cathy opgerold in bed; ze deed alsof ze sliep. Toen Bill de slaapkamer binnensloop, rook ze de rokerige kroeglucht in zijn kleren en hoorde ze de onregelmatigheid van zijn tred.

'Cathy,' fluisterde hij, toen hij op de rand van het bed zat en zijn schoenen uittrok. 'Cathy, schat, ben je wakker?'

Nog voordat hij het nachtlampje aandeed, hoorde ze het in zijn stem. Hij zou weer weggaan. Al haar instincten schreeuwden in haar binnenste. Ditmaal zou er iets ergs van komen.

15

Er scheurden twee bestofte jeeps door de noordoostelijke buitenwijken van Lhasa. Nadat ze een lange cementen oprit vol kuilen waren ingeslagen, stopten ze voor de ijzeren hekken van het complex en overhandigden hun veiligheidspassen. Even later klonk er geratel toen er oude, elektrische motoren aansloegen en de massieve hekken langzaam aan hun scharnieren terugweken.

Na de lange rij van oude garnizoensgebouwen reden de jeeps om een kleiner, geprefabriceerd blok heen en kwamen nogmaals tot stilstand. Toen de motoren werden afgezet, stapte tweede luitenant Chen vlug uit en kneep zijn ogen half samen tegen de striemende wind. Hij bleef even stilstaan om de saaie militaire gebouwen en het troosteloze landschap te overzien. Toen hij merkte dat kapitein Zhu bij zijn schouder was verschenen, schrok hij een beetje.

'Drapchi-gevangenis, kapitein!' schreeuwde Chen boven de wind uit.

'Wat zijn die buitenste gebouwen?' vroeg Zhu, schijnbaar onverschillig voor het stof dat tegen zijn gezicht waaide.

'De noordelijke vijf zijn voor standaardcriminelen. In de andere twee zijn de heropvoedingscentra gevestigd.'

Zhu knikte, waarna hij zich omdraaide en naar de deur van het kleinste gebouw liep. Met een paar stappen had Chen hem ingehaald, maar hij lette erop om niet te dichtbij te komen. Hij torende boven de kapitein uit, die voor elke stap die hij zette er twee nodig had, en hij was zich er zeer van bewust hoe zijn omvang zijn superieuren van de wijs kon brengen. Het was al eerder gebeurd, toen hij net aan de Academie was afgestudeerd. Na alles wat hij over Zhu's reputatie had gehoord, was hij niet van plan dezelfde fout twee keer te maken.

Toen ze de resterende meters aflegden, wendde Chen zijn blik van Drapchi's door de wind gegeselde buitenkant af. Het was altijd al een hels oord geweest, maar hij wist dat het niets voorstelde vergeleken bij wat er direct onder lag. Kilometerslange onderaardse gangen, in de jaren zestig door de gevangenen zelf aangelegd, strekten zich over het hele complex uit. Er waren honderden cellen, stuk voor stuk exacte replica's van elkaar en allemaal in eeuwige duisternis gehuld. Elektrische verlichting was alleen in de verhoorkamers toegestaan.

Maar het was niet zozeer de duisternis die Chen aangreep, en zelfs ook niet het gegil van de gevangenen dat af en toe opklonk. Het was de geur. Hij had nog nooit zoiets meegemaakt. Het was alsof de stank van paniekerige mensen in elk van de kale betonnen muren was gewreven.

Ondanks de hitte huiverde Chen lichtjes toen hij terugdacht aan zijn vreselijke fout met de jongen. Toen hij het nieuws had gehoord, was hij doodsbang voor wat ze zouden doen, maar door een of ander wonder mocht hij deel blijven uitmaken van de missie. Hij twijfelde er echter niet aan dat zijn leven aan een zijden draad hing. Peking was niet beroemd om tweede kansen, laat staan derde.

Een bewaker met een bleek, opgeblazen gezicht ontving hen bij de ingang. Hij droeg een zaklamp, en zijn knipperende ogen leken gepijnigd door het daglicht. Hij gebaarde hen binnen te komen en een brede, ronde trap af te lopen, met onderaan een ijzeren veiligheidsstang. Nadat hij een teken had gegeven om een vertrek binnen te gaan, zoemde de deur open en schoof hun langzame processie de eerste van vele gangen in.

Chen kon voelen dat de temperatuur al was gedaald. In slechts een paar meter waren de hitte en de wind van buiten vervangen door een kilte die uit het gewicht van al het beton om hen heen leek door te sijpelen. Terwijl de bewaker door de gang marcheerde, wierp zijn zaklamp een smalle lichtstraal op de muren en de vloer. Om de paar stappen passeerden ze het silhouet van een celdeur of een verbindende gang, dat vervolgens weer in de schaduwen verdween.

Toen de bewaker zich omdraaide en met zijn lamp rondscheen

om alles te controleren, kreeg Chen plotseling Zhu in het zicht. Zijn gelaatstrekken waren witgebleekt in de straal. Hij hield een zakdoek tegen zijn neus, maar hij kon zien dat de bovenste helft gerimpeld was van walging. Kennelijk greep de geur hem ook aan.

Ze naderden de gele gloed van een plafondlamp en stopten algauw in een bredere ruimte. Eerst was het moeilijk te zien, maar langzaam werden er diverse vormen zichtbaar. Achter in de ruimte stond een zware houten bank met dikke riemen en verscheidene emmers water erop. Verder naar links stond een krakkemikkige metalen stoel met een voorovergezakte figuur, van wie het geschoren hoofd de knieën bijna raakte en het gezicht aan het zicht werd onttrokken.

Toen de bewaker zijn zaklamp uitdeed, stapte er een tweede figuur uit de schaduw. Hij was klein en zag er uitgemergeld uit, met grote ogen die wezenloos vooruit staarden. Hij droeg een goedkoop plastic kookschort en lange rubberen handschoenen die als middeleeuwse harnasstukken tot over zijn ellebogen reikten. Hij stapte naar de bewaker toe, overhandigde hem een klembord en liep, zelfs zonder de anderen te registreren, de duisternis van de gang in en was verdwenen.

De bewaker draaide het klembord om en las de naam van de gevangene voor.

'Jigme Sangpo. Een monnik uit het Tashi Lhunpo-klooster,' zei hij met een stem die net zo traag was als zijn ogen.

De figuur in de stoel richtte zijn hoofd niet op.

Zhu stapte naar voren, met zijn linkerarm naar het klembord uitgestoken. 'Ik weet wie hij is, idioot,' zei hij.

Hij hield de bladzijden in het licht en las de notities door die tijdens het verhoor waren gemaakt. Dat was al iets meer dan drie dagen aan de gang. Om de paar uur waren steeds zwaardere martelingen ingevoerd. De vroege fasen hadden niets opgeleverd, maar zoals Zhu al had geraden aan de hand van het water en de plastic handschoenen, had de elektroschokbehandeling betere resultaten gebracht.

Zhu liep naar de figuur op de stoel toe. Hij hurkte neer en tilde het gezicht van de man langzaam van zijn knieën. Zijn wangen vertoonden gekartelde brandwonden, die zich vanaf de plek waar het koperdraad was vastgemaakt over zijn gezicht uitstrekten.

Toen ze elkaar aankeken, kon Zhu zien dat zijn ogen mat en bloeddoorlopen waren van de urenlange pijn. Zijn beide armen waren op zijn schoot gevouwen en zijn handen rustten op zijn kruis. Daar zouden ze de meeste schade hebben aangericht, dacht Zhu, vooral bij een monnik.

Na al die uren had de monnik alleen prijsgegeven dat 'er klimmers uit Nepal waren binnengehaald' om de Panchen Lama te verkassen. Dat was alles. Niets meer.

Zhu bestudeerde het kleinste spoortje van emotie in zijn ogen. Dat moest alles zijn wat hij wist. Niemand kon zo'n behandeling weerstaan, en hij had het al een indrukwekkende tijd uitgehouden. Maar eenmaal gebroken, hield een gevangene zelden iets achter. Meestal zei hij wel wat om de elektrische schokken te laten ophouden.

'U moet zich niet slecht voelen over wat u ons verteld hebt,' fluisterde Zhu van dichtbij, maar hij lette erop dat hij hem niet aanraakte. 'U hebt uw plicht gedaan en daar zijn we dankbaar voor.'

De monnik staarde wezenloos naar die nieuwe verschijning voor hem, zijn geest vertroebeld door de uren, de pijn en de vragen. In het halflicht leken de zwarte pupillen van de man zich over zijn oogkassen uit te spreiden en hem te doorboren. Hij kon zijn aftershave en het subtiele aroma van zijn frisgewassen gezicht ruiken.

'U hebt het goed gedaan,' zei de man.

Plotseling welden er in de ooghoeken van de monnik tranen op, die in strepen door het vuil op zijn wangen neerstroomden. Hij had de jongen verraden, had zijn hele religie verraden. Zijn enige troost was dat hij slechts een paar minder belangrijke details van de ontsnapping kende en dus weinig te vertellen had. Maar hoe weinig het ook was, het feit bleef – hij had het toch aan de Chinezen verteld.

Kapitein Zhu stond op; zijn ogen gingen van Chen naar de bewaker. 'Breng hem naar de dagcellen in het hoofdcomplex,' zei hij.

'Maar, kapitein, politieke gevangenen zijn...'

De stem van de bewaker stierf weg toen hij de uitdrukking op Zhu's gezicht zag. Even hield Zhu zich stil, zodat de ruimte zich met stilte vulde. De bewaker ging rechtop staan; hij wilde dat hij zijn mond had gehouden en voelde zich steeds ongemakkelijker naarmate de tijd verstreek.

Uiteindelijk gaf Zhu het klembord terug.

'Dit is geen gewone monnik, maar een van de Hoge Lama's van de Gelugpa-sekte,' zei hij op ijzige toon. 'Behandel hem met het respect dat hij verdient. Zorg er nu voor dat hij wordt gewassen en een goede maaltijd krijgt.'

Terwijl de bewaker vlug salueerde en naar de gevangene liep, pakte Zhu de zaklamp uit zijn hand. 'En geef zijn gebedsmolen en bidsnoer terug,' voegde hij eraan toe.

Zhu gaf Chen een teken. Samen liepen ze door de donkere gang terug. Chen liep in de pas achter hem; zijn ogen volgden de lichtstraal die voor hem uit over de vloer gleed en hij ervoer een vreemd gevoel van opgetogenheid. Zelfs nadat gevangenen alles hadden gegeven en iedereen hadden genoemd die bij een vermoedelijk complot betrokken was, en nog veel meer, werden ze doorgaans hier achtergelaten om weg te rotten. Er waren geen rechtsprocedures, geen appels of overplaatsingen. De celdeuren werden simpelweg dichtgeslagen en de zaak werd gesloten voor iedereen, behalve voor de ongelukkige ziel die binnen zat.

Maar dit was anders. Zhu had een eenvoudig bevel gegeven en nu werd de monnik overgeplaatst. Zomaar.

Terwijl ze de gang volgden, werd Chens gezichtsuitdrukking zachter. Hij had over de reputatie van de kapitein gehoord en net als alle anderen werd hij nerveus van zijn aanwezigheid op kantoor. Maar als het erop aankwam, had deze man kennelijk meer in zijn mars dan ze allemaal hadden vermoed.

Hij schraapte zijn keel en koos zijn woorden zorgvuldig uit. 'Denkt u dat de informatie nuttig zal zijn, kapitein?'

Zhu liep door, maar na een poosje klonk zijn stem over zijn schouder. 'Het is vaag, maar het kan bruikbaar zijn als het met andere informatie wordt gecheckt.'

'Ja, kapitein.'

Ze bereikten het ijzeren veiligheidshek aan de voet van het trappenhuis. Zhu sloeg met het uiteinde van de zaklamp een paar keer tegen het metaal; het geluid stierf snel weg tussen de betonnen muren. Vanuit het achterliggende bijgebouw liet een andere bewaker het hek openzoemen. Zwijgend beklommen ze de brede ronde trap; ze stopten alleen even bij de deur naar buiten. Chen draaide zich weer naar Zhu toe, nadat hij de moed had verzameld om iets meer te zeggen.

'Ik denk dat u juist hebt gehandeld, kapitein.'

Zhu keek hem met een ondoorgrondelijke blik aan.

'Ik bedoel, de monnik naar boven overplaatsen,' vervolgde Chen met weifelende stem. 'Hij had ons alles verteld wat hij al wist. Het was goed om hem te laten gaan.'

Zhu leek traag te knikken terwijl Chen sprak. Toen stak hij zijn linkerhand uit en draaide hij de deurhendel langzaam om. 'Iedereen heeft recht op een goede laatste dag,' zei hij en stapte het licht in.

16

Acht dagen na hun ontmoeting in de pub Windsor Castle kwamen Bill en Luca op het vliegveld van Kathmandu aan met vijf grote plunjezakken vol klimbenodigdheden en voedsel. Nadat ze de terminal uit waren gestapt, stonden ze een poosje met hun ogen in het stralende zonlicht te knipperen en de chaos in zich op te nemen.

Golven scherpe rook stegen op uit de grills van straatverkopers. Bedelende kinderen schoten door het drukke verkeer, op zoek naar de bleke gezichten van pas aangekomen toeristen die achter in de taxi's zaten. Af en toe klonk er geknars van versnellingen als er een auto zwenkte om een koe te ontwijken, die vredig midden op de weg lag met het vertrouwen van een levenslang hindoeïstisch voorrecht. In de ongelooflijke herrie stonden soldaten in bleekblauwe uniformen langs de straten met hun wapenstokken te zwaaien en op fluitjes te blazen naar voornamelijk onverschillige plaatselijke bewoners.

Bill en Luca laadden hun bagage in de dichtstbijzijnde wrakke taxi van een lange rij en gebruikten een stuk reservetouw om de kofferbak vast te binden. De motor van de auto sputterde, en toen waren ze op weg naar de nauwe straten van het Thamel-district.

Luca stak zijn hoofd uit het open raam. Hete lucht striemde over zijn gezicht; de dampen, het lawaai en zelfs de hopen afval in de stegen voelden op de een of andere manier als een bevrijding van de verstikkende claustrofobie van de laatste paar weken.

Van één ding was hij zeker – hij kon nu niet meer terug.

Hij zag het gezicht van zijn ouders weer voor zich toen hij hun vertelde dat hij zo gauw na de laatste reis naar Tibet terugging. Hij had zich gepantserd tegen woede in plaats van verachtelijke teleurstelling en hij kromp ineen bij de herinnering.

'Je weet dat je hier niet meer kunt werken als je terugkomt,' zei zijn vader; zijn gezicht zag er grijs uit en hij negeerde de waarschuwende hand die zijn moeder op zijn schouder legde. 'Het is een aanfluiting voor de andere werknemers als je alleen binnenwipt en weer weggaat wanneer je daar zin in hebt.'

'Ja, dat weet ik, pa,' zei Luca, 'maar als we die berg vinden, zou het een enorme klapper in de bergsportwereld zijn. Daarmee kan ik in het lezingencircuit terechtkomen en dit zo vaak doen als ik maar wil.'

'En Bill?' kwam zijn moeder tussenbeide.

'Bill ziet zichzelf er geen carrière in maken. Zijn vrouw... nou ja, ik zal niet in details treden, maar hij ziet dit als een laatste hoera – een manier om met een knal te eindigen voordat hij helemaal met klimmen kapt. Als het lukt, wordt het de expeditie van ons leven.'

Na een poosje was Luca opgestaan. Zijn moeder had een beetje gehuild, zo zacht mogelijk, maar zijn vader was stug gebleven toen hij hem ten afscheid omhelsde.

Arme vent, dacht hij, terwijl hij naar de wazige chaos van Kathmandu keek. Het enige wat zijn vader ooit had gewild was iemand om trots op te zijn. Het probleem was dat dit woord zulke verschillende betekenissen voor hen had.

Uit de buurt van de mensenmassa had de auto vaart gemaakt.

Achter de toppen van de vervallen gebouwen en hun bundels dode telefoondraden kon Luca de uitlopers van de Himalaya onderscheiden. De grazige hellingen wezen in niets op de extreme omstandigheden die daarachter lagen. Maar hij wist dat slechts een paar kilometer verderop het leven zou stokken en afnemen: de koude pieken die zich tot in de hoogste regionen van de lucht uitstrekten en zelfs aan de stratosfeer grensden. Daar zouden ze naartoe gaan. Omhoog, een wereld in die zo weinig mensen echt begrepen. Terwijl Luca naar de bergtoppen staarde, boog Bill zich naar voren en tikte op zijn schouder.

'Het wordt krap om onze visums te krijgen, niet?'

'Maak je maar geen zorgen. Ik heb Sonam gemaild. Het is allemaal geregeld.'

'Ben je daar zeker van?' Bills voorhoofd rimpelde van bezorgdheid. Sinds ze waren vertrokken was hij ongerust, en terecht. Cathy was echt woedend geworden toen ze erachter kwam dat zij weer weggingen. Twee dagen lang had ze geweigerd met hem te praten. Alleen door de belofte dat dit zijn laatste expeditie zou worden was ze uiteindelijk milder gestemd. Ondanks alles wat ze gezegd had toen ze vertrokken, wist Bill maar al te goed dat hun huwelijk hieronder te lijden had.

'Echt waar, het is allemaal voor elkaar. Kijk, Bill, ik weet dat het een moeilijke beslissing was. Maar dit wordt de beste trip die we ooit hebben gemaakt. Jij hebt de juiste keus gemaakt.'

Bill probeerde terug te glimlachen toen de uitlaat plotseling knalde en de taxi met een ruk tot stilstand kwam voor de trap van de Chinese ambassade. Luca liep achter de auto langs naar Bills open raam.

'Jij blijft hier en houdt onze bagage in de gaten.'

'Ben ik soms een verdomde labrador?' protesteerde Bill. 'Waarom moet ik in de auto blijven?'

Luca grinnikte. 'Geef me je paspoort nou maar.'

Met duidelijke tegenzin tastte Bill in zijn rugzak en haalde er een cellofaanzakje uit waar zijn paspoort in zat. Hij overhandigde het door het autoraam.

'Bedankt,' zei Luca. 'En probeer niet op de bekleding te kauwen.'

***

De koelte van de airconditioning gaf het interieur van het gebouw een ogenblikkelijke sfeer van kalmte, alsof je een kerk binnenliep. Een van de rondzwermende functionarissen vroeg Luca in een zijkamer te wachten. Hij zat te genieten van een uitstel van de hitte buiten en de foto's in een van de rondslingerende kranten te bekijken.

Tien minuten later ging de deur open en kwam er een lange, chic geklede Nepalese man naar hem toe, wiens schoenen op de geboende vloer tikten. Hij had glanzend zwart haar en grote, treurige ogen in een vriendelijk gezicht. Luca glimlachte toen hij Sonam herkende.

'*Namaste,* mijn vriend,' zei Luca hartelijk. 'Hoe gaat het, Sonam?'

'Heel goed, meneer Matthews, het is zo fijn dat u zo gauw weer hier bent.'

'Nou, hoe ging het met de visums?'

'Dat zal ik u laten zien.' Sonam rommelde in het leren koffertje dat hij vasthield en haalde twee papierbundels tevoorschijn. Boven aan elk daarvan stond een duidelijke afdruk van het Chinese keizerlijke stempel.

'Ik heb u en uw metgezel net op een groepsvisum voor Tibet gezet. Ik wist niet zeker welk beroep ik moest invullen en daarom heb ik daar "werknemer" neergezet.' Hij wierp een zijdelingse blik op Luca. 'Ik hoop dat dit bevredigend is?'

Luca grijnsde. 'Jij bent een genie, Sonam. Dat is briljant vaag.'

Sonam knikte. 'Er is echter een klein probleem. Dit pasje is pas over twee weken geldig. We hebben veel beperkingen gehad op groepen die Tibet binnengaan en, het spijt me dit te moeten zeggen, eerder zijn er geen visums beschikbaar.'

Luca's glimlach verflauwde. 'Twee weken? Neem je me in de maling?'

Sonam schudde ernstig zijn hoofd. 'En met de pasjes mag u alleen via de standaardroute terug naar Nepal. Iedere avond moet u zich op het plaatselijke politiebureau melden, helemaal tot aan de Vriendschapsbrug.'

Luca staarde naar de papierbundels, terwijl hij razendsnel nadacht. De expeditie zou in totaal vier weken duren. Dat was al meer dan Bill zich kon veroorloven. Als hij hem vertelde dat ze nog twee weken in Kathmandu moesten rondhangen, zou hij in het eerste vliegtuig naar huis stappen.

'We moeten dit oplossen, Sonam. Dit is Kathmandu. Alles heeft een prijs.'

'Dit is inderdaad Kathmandu, meneer Matthews,' zei Sonam, die gestrest begon te klinken, 'maar we staan midden in de Chinese ambassade. Ze zouden mijn vergunning afpakken als ze dachten dat ik een poging tot omkopen...'

'Oké, laten we kalm blijven,' onderbrak Luca hem. Hij leidde Sonam bij zijn arm naar de hoek van de wachtkamer. 'Gebruik gewoon een van die scharrelaars in Thamel om de pasjes voor jou te regelen. Het zijn toch allemaal verdomde oplichters.'

'Meneer Matthews,' zei Sonam, wiens ogen groter werden en

nog bezorgder keken. 'Het is niet zo dat ik niet wil helpen. Het is alleen...'

Met zijn handen omhoog gebaarde Luca Sonam weer te kalmeren. Een van de functionarissen gluurde naar hen van achter het grote marmeren bureau dat achter in de hoofdkamer stond.

'Hoor eens, Sonam,' zei Luca met gedempte stem. 'Je weet net zo goed als ik dat als ik zelf een van die scharrelaars ga betalen, ze me elke verdomde dollar die ik heb zullen aftroggelen. Ik weet wat voor grote gunst dit is, maar we kunnen gewoon niet twee weken wachten.'

Sonams ogen schoten nerveus naar de veiligheidsagent die bij de hoofdingang stond. Zijn gezichtsuitdrukking werd ernstig, met een diepe verticale plooi die zich over zijn voorhoofd uitstrekte. Hij ademde langzaam in, voordat hij uiteindelijk knikte.

'Ik zal zien wat er gedaan kan worden,' zei hij zachtjes. 'Maar dan wordt het wel duurder.'

'Bedankt, Sonam.'

Luca tastte in zijn broekzak en haalde er stiekem een strak rolletje biljetten met een verdraaid elastiek eromheen uit. De biljetten waren versleten en vies, doordat ze op hun reis over de markten door duizenden verschillende handen waren gegaan. Luca pakte Sonams arm en stopte het rolletje voorzichtig in zijn handpalm.

'Dat zou genoeg moeten zijn. Alles wat je niet gebruikt mag je houden.'

Terwijl Sonam nog een bezorgde blik op de veiligheidsagent wierp, stak hij met blozende wangen het rolletje vlug in de zijzak van zijn jasje.

'Toen ik zei dat ik zou helpen, bedoelde ik niet dat u mij midden in de Chinese ambassade geld moest geven!' mopperde hij. 'Gaat u nu alstublieft naar het hotel terug. U hoort van mij als ik nieuws heb.'

Buiten op de trap van het gebouw stak Luca een hand uit. 'Sorry, Sonam. Ik had je het geld daarbinnen niet moeten geven. Maar bedankt hiervoor. Ik sta bij je in het krijt.'

Sonam knikte. 'Meneer Matthews, ik hoop dat u niet in de problemen komt.' Hij knoopte zijn jasje dicht, stapte de trap af en liep terug in de richting van Thamel.

Luca keek hoe Sonam om een koe heen sprong die aan de kant

van de straat lag en daarna staarde hij nadenkend naar de overkant van de straat.

Er had zich een stel smoezelige kinderen om de taxi verzameld. Bill hing uit het raam, druk bezig een springende kikker te vouwen van een papiertje. Luca liep naar de auto en tilde een van de kinderen opzij.

'Neem me niet kwalijk,' zei hij tegen het ovale, opgerichte gezicht. 'Bill, we zijn klaar. Laten we hier weggaan.'

Hij gaf de taxichauffeur een teken en de auto kwam ratelend tot leven. Bill gaf de half afgemaakte kikker vlug aan een van de jonge meisjes en tastte vervolgens in zijn zak om een bundel vieze roepiebiljetten tevoorschijn te halen. Toen de kinderen het geld zagen, begonnen ze te schreeuwen. Er schoten dunne bruine armen door het raam en Bill begon biljetten in de geopende handjes te proppen. De opgewonden kindergezichten drukten tegen het glas van het chauffeursportier en hielden pas op met duwen toen Bill achterover ging zitten en zijn zakken binnenstebuiten keerde om te laten zien dat ze leeg waren.

'Niet meer, niet meer,' schreeuwde hij en hij zette zijn handen tegen elkaar in de traditionele Nepalese groet. *'Namaste!'*

Toen de taxi wegreed om zich in de hoofdstroom van het verkeer te voegen, zetten alle kinderen hun handen tegen elkaar; de echo van hun *'Namaste!'* werd algauw overstemd door het lawaai van een auto die ergens knallend door de straat reed.

'Goeie manier om een rel te stoken,' zei Luca, die over zijn schouder naar Bill keek.

'Dat weet ik, maar die kleine stumpers moeten toch eten?'

Er viel een stilte toen ze zich allebei omdraaiden om uit hun ramen te staren. Toen ze onder de massa vaandels door reden en zich verder door de nauwe, drukke straten van Thamel baanden, dacht Luca weer aan Sonam en vroeg hij zich af of hij juist had gehandeld. Als er twee dingen waren die de stad Kathmandu in beweging hielden, waren het omkoperij en roddel. Het probleem was dat het ene de neiging had tot het andere te leiden.

'Alles oké met de pasjes?' vroeg Bill, met zijn gezicht tussen de voorste stoelen.

'Geen zorgen,' zei Luca met een geruststellende glimlach. 'We halen ze later op in het hotel.'

'Geweldig. Dus helemaal geen problemen?'

'Zoals ik al zei: alles is geregeld.' Luca boog zich voorover naar een kleine leren tas bij zijn voeten en haalde er een opgerold vel gekopieerd papier uit, dat enigszins gehavend rond de hoeken was.

Hij draaide zich om en overhandigde het aan Bill, zodat het een beetje openrolde. De hoek van een ingewikkeld geïllustreerde, piramidevormige berg werd zichtbaar.

'Laten we een pintje pakken bij Sam. Er zijn nog een paar dingen die je over deze berg moet weten.'

17

Men zegt dat er een reusachtige menseneetster onder het land Tibet ligt, die gegijzeld wordt gehouden door behoorlijk slimme stadsplanning. Net als in het verhaal van Gulliver en de lilliputters die hem overmeesterden, werden er tempels gebouwd op de ledematen van de reuzin, zodat ze tegen de aarde werd gedrukt en ervan werd weerhouden verwoestingen aan te richten in het heilige land.

Op het hart van het monster stond de Jokhang – de grootste boeddhistische tempel.

Nadat ze hun bagage in een hostel hadden gedumpt en een douche hadden genomen, stonden Luca en Bill nu door een kier in de reusachtige, vergulde deuren van de Jokhang te kijken. In het krijtachtige avondlicht golfde er zacht gezang om de tempel heen.

Beide mannen keken gebiologeerd hoe mannen, vrouwen en kinderen hun handen boven hun hoofd vouwden en met stijf dichtgeknepen ogen en ineengeklemde handen plat op de grond gingen liggen en hun armen naar de boeddha in de tempel uitstrekten. Zonder orde of symmetrie stonden ze op en herhaalden ze het proces – telkens weer, uren achter elkaar. Om te voorkomen dat de huid van hun handen zou slijten, waren er stukjes karton om hun palmen gebonden. Er weerkaatste een raspend geluid tegen de stenen muren, alsof een miljoen krekels hun achterpoten tegen elkaar wreven.

'Verbazingwekkend,' mompelde Bill. 'Om zo'n geloof te hebben.'

'Ja, hè?' beaamde Luca, wiens ogen de constante bewegingsstroom volgden.

Hij keek naar de duizenden kriskras opgehangen gebedsvlaggen die hoog boven hen in de bries wapperden. Ze waren tussen de gebouwen gespannen, aan lantaarnpalen en dakgoten, overal waar de wind er vat op kon krijgen. Ieder lapje gekleurde stof was rijkelijk versierd met boeddhistische soetra's en afbeeldingen van windpaarden. Men zei dat als de stof in de bries flapperde, de paarden de gebeden zouden meevoeren naar de hemel.

Luca telde vijf kleuren van de vlaggen. Hij controleerde nog eens, in de wetenschap dat er in het Tibetaanse boeddhisme vier sekten waren, die elk hun eigen kleur hadden. Maar hij had nooit gehoord dat blauw een van de ordes vertegenwoordigde. Misschien was het een andere sekte die eerder had bestaan en nu was uitgevallen. Of misschien bestond er zelfs een geheel andere boeddhistische tak waarvan hij eenvoudigweg nooit had gehoord. Hij schudde zijn hoofd. Het enorme bereik van deze religie verbijsterde hem altijd.

De mannen liepen weg van de grote tempeldeuren en volgden achter de tempel langs honderden anderen over het platgetreden pelgrimspad van de Barkor. De gebouwen aan beide kanten waren hoog, ingekapseld in de nauwe straten, en de muren bestonden uit dikke blokken oude steen die in de traditionele Tibetaanse stijl waren gewit. Overal langs de straten stonden barstensvolle marktkraampjes. Er was van alles te koop, variërend van legerjassen tot gebedsmolens van jakbeen, van Tibetaanse perkamentrollen tot plastic besteksetjes.

De verkopers stonden achter hun kraampjes aan jakboterthee te nippen; af en toe klampten ze een van de vrome passanten aan. Er waren honderden pelgrims, die in een gestage stroom om de tempel heen liepen. Ieder van hen hield een gebedsmolen van variërend formaat in de hand. De bovenste helft van de molen was verbonden met verzwaarde kralen die werden rondgedraaid om er een serie heilige woorden te tonen. Sommige waren bijna een meter lang en vereisten een steunstuk aan de riem van de eigenaar en grote cirkelende bewegingen om de vaart erin te krijgen.

Bill en Luca liepen langs het eerste marktkraampje toen drie kleine kinderen, vies en nog met karton om hun handen gebonden, voorzichtig naar hen toe kwamen. Giechelend en snel met elkaar pratend, liep een van hen op Luca af en trok aan zijn arm. Hij hurkte glimlachend neer.

'Hallo jongens.'

De een fluisterde iets tegen de ander, die even aarzelde voordat hij vooroverboog en zachtjes aan het blonde haar op Luca's onderarm trok. Hij keek verbaasd toen hij ontdekte dat het echt vastzat.

'Natuurlijk... geen enkele Tibetaan heeft lichaamshaar,' zei Luca tegen Bill, voordat hij zich weer tot de kinderen richtte. 'Als jullie dat al erg vinden, jongens, moeten jullie hier eens naar kijken.' Hij boog zich voorover en trok de bovenkant van zijn T-shirt naar beneden om een bosje haar in het midden van zijn borst te onthullen. De kinderen krijsten van verrukte ontzetting en deinsden achteruit, terwijl ze elkaar omhelsden. Dezelfde jongen die de oorspronkelijke ontdekking had gedaan stapte opnieuw naar voren en wees naar Luca.

'Po,' zei hij simpelweg, waarna hij naar de tempeldeuren rende, onmiddellijk gevolgd door zijn vrienden die krijsten van het lachen.

Bill en Luca keken elkaar niet-begrijpend aan.

'Enig vermoeden?' vroeg Luca.

'Geen flauw idee,' zei Bill.

Samen slenterden ze langs de marktkraampjes. Achter elk daarvan werd 'Koopje! Koopje!' geschreeuwd, terwijl er dominostenen van jakbeen, jaden halssnoeren en ceremoniemessen met aanmoedigende grijnzen voor hun neus werden neergesmeten.

'Nou, wat gaan we aan onze visums doen?' vroeg Bill toen ze een van de kraampjes naderden. 'Ik dacht dat je zei dat je het geregeld had?'

'Ik had alleen de gréns geregeld,' corrigeerde Luca. 'We moeten gewoon iets bedenken om verder naar het oosten te gaan.'

'Je weet hoe ze zijn, Luca. Als een gebied eenmaal op de beperkte lijst komt, zullen ze onze pasjes om de donder niet veranderen. En als we wel proberen te vertrekken, zullen ze ons beslist zo'n idiote tolk toewijzen die niets anders zal doen dan ons de hele tijd bespioneren.'

'We vinden wel een manier,' zei Luca afwezig. Hij schudde zijn hoofd toen een verkoopster iets in zijn handen duwde wat leek op een menselijke schedel die met een zilveren swastika was versierd. Hij draaide de schedel langzaam in zijn handen om en streek met een vinger over de kleine indeukingen waar de hersenen hadden gezeten.

'Hoor eens, Luca, ik meen het,' zei Bill, terwijl hij hem bij de pols vastpakte. 'Ik ben niet van plan om drie weken in Lhasa te zitten wachten op een papiertje. Daar heb ik geen tijd voor.'

'Ik ook niet, maar ik heb al...'

Luca probeerde op hem in te praten; ondertussen liep de verkoopster met een goedgeoefende glimlach om het kraampje heen naar voren. Ze begon enthousiast prijzen te noemen, waarbij ze haar rechterhand gebruikte om de getallen uit te tellen en het buitensporige startbedrag steeds verder liet zakken, zonder dat Bill of Luca iets zei. Uiteindelijk zei Luca een paar woorden in het Tibetaans tegen haar en met een betrokken gezicht trok ze zich langzaam achter het kraampje terug.

Ze liepen verder, de grote menselijke verkeersstroom weer in.

'Wat ik probeerde te zeggen is dat ik al een ontmoeting met René heb geregeld,' zei Luca. 'Hij zal wel iets kunnen bedenken. Dat doet hij altijd.'

Bill bleef staan. 'René? Meen je dat?'

'Waarom niet?'

'Omdat hij niet veel goeds voorspelt. Ik vind dat we niets met die man te maken moeten hebben. Waarom hij verdomme nog niet uit Lhasa is geschopt, god mag het weten.'

'Ja, maar als er één persoon is die ons aan visums kan helpen en met die verdomde Chinese wegversperringen weet om te gaan, is hij het.'

Luca sloeg een van de zijstraten in en liep in de tegengestelde richting van de hoofdtempel, de Tibetaanse wijk uit. 'Kom op,' zei hij, zijn pas versnellend. 'Anders krijgen we geen tafel.'

***

Een paar honderd meter verder waren ze in de hoofdstraat van Lhasa. Langs de brede weg stonden moderne winkels. Fluorescerende uithangborden en elektrische verlichting gaven de overgang van de Tibetaanse wijk naar het Chinese gebied duidelijk aan.

In elke richting torenden er kranen boven halfvoltooide gebouwen uit en aan het eind van de hoofdstraat zagen ze een glimp van het gouden dak van de voormalige residentie van de Dalai Lama, het Potala Paleis. Het uit rotsgesteente gehouwen paleis met de duizend vertrekken hield zich op zijn heuvel afzijdig van de drukke ontwikkelingen beneden, door zijn duizelingwekkende muren beschermd tegen de haastige uitbreiding overal eromheen. De 'vreedzame bevrijding' door de Chinezen was echter niet alleen een externe aanval geweest. Binnenin werd de hartslag van de voormalige residentie van de Dalai Lama langzaam zwakker.

Eerst hadden de Chinezen de monniken verboden naar de tempel te gaan. In de holle ruimtes en lege gangen ervan hing nu een geur van afwezigheid. De stenen treden, in het midden versleten door duizenden voeten die ze zachtjes betraden, werden amper nog gebruikt. Het verlaten geraamte van het gebouw vertoonde weinig van het leven dat de muurschilderingen, tempelvertrekken en duizenden boeddhafiguren ooit had bezield.

Op weg naar het eind van de hoofdstraat liepen Bill en Luca langs rijen etalages. Op de muren ertussen waren nieuwe posters geplakt met een foto van een bleke Chinese man van een jaar of twintig met een geschoren hoofd, die onbewogen voor zich uit staarde. Eronder stonden dikke, vetgedrukte karakters. Gezien het grote aantal posters was het kennelijk belangrijk nieuws.

Luca boog voorover en tuurde naar de pas opgeplakte poster. Helemaal onderaan stond één zin die in het Engels was afgedrukt: INAUGURATIE VAN ZIJNE HEILIGHEID DE ELFDE PANCHEN LAMA. 1 JUNI 2005.

'Het ziet ernaar uit dat we de grote gebeurtenis gaan missen,' zei Luca, op de datum wijzend.

'Ik vind hem er niet bepaald heel Tibetaans uitzien,' zei Bill met een lichte frons.

'Nou ja, wie hij ook moge zijn, nu de Dalai Lama weg is zal hij de grote leider worden.' Luca wendde zijn blik van de poster, en twintig meter verderop in de hoofdstraat zag hij plotseling de zijstraat waarnaar hij op zoek was.

'Hé, dat is 'm,' zei hij, met een klap op Bills schouder.

Ze sloegen de straat in; na een paar stappen maakten de glanzende winkeldeuren en geplaveide wegen plaats voor modderpaden en bouwvallige huizen. Toen ze het pad iets verder volgden, kwamen ze in een kronkelende doorgang van in elkaar grijpende achterstraten en na een paar doodlopende straten stuitten ze op de vertrouwde open veranda van een houten restaurant. Bill keek naar Luca, met een blik waarin de bezorgdheid terugsloop.

'Laten we gewoon zo snel als we kunnen naar binnen en weer naar buiten gaan.'

Luca draaide zich om voordat hij door de deuropening liep. 'Rustig maar, Bill. Het is René. Vertrouw me nu maar.'

Bill grimaste en volgde hem hoofdschuddend naar binnen, het kabaal van het restaurant in. Zijn vrouw had hem nog gewaarschuwd om Luca juist niet te vertrouwen.

18

Het restaurant was fel verlicht en afgeladen met toeristen. Obers in traditionele Tibetaanse kleding baanden zich slingerend een weg om tafels heen en serveerden momo's en jakburgers. Een bar die zo misplaatst was in de stoffige zijstraat in Lhasa, maar ook het gevoel gaf surrealistisch tussen culturen te zweven.

Zodra Luca en Bill de ruimte binnenstapten, konden ze René horen. Hij had een diepe, dreunende stem die doorgaans, net als nu, vergezeld ging van een groot aantal krachttermen. René was een reisorganisator die al bijna acht jaar in Lhasa werkte. Zijn stoppelige, rode gezicht, enorme middenrif en gekreukte shirt maakten duidelijk hoe onbewust – of onwillig – hij was wanneer het op het overnemen van de subtiliteiten van de oosterse cultuur aankwam.

Op dit moment leek hij een monoloog te houden tegen een gedwee ogende toerist die aan een van de tafels aan de verste kant van het vertrek zat. Renés omvangrijke buik trilde maar een paar centimeter bij zijn gezicht vandaan en de toerist keek alsof het hem speet dat hij de vraag had gesteld. Er zweefden fragmenten van een gepassioneerde schimprede door het vertrek, waaronder de frase 'iedereen van de stompzinnige leeglopers die tegenwoordig door Lhasa trekken'.

Luca begon te lachen. Toen René hem in het oog kreeg, moest hij twee keer kijken voordat hij over de rijen tafels heen bulderde: 'Waar zit je om te lachen, magere Engelsman?'

Met gekrulde tenen zakten de gasten dieper in hun stoelen weg, omdat ze weer een uitbarsting verwachtten.

'Om jou, ouwe zak,' schreeuwde Luca terug. René begon zich

maaiend een weg te banen tussen de zittende eters door, waarbij hij sommigen in hun borden duwde en anderen zo bang maakte dat ze hun stoelen haastig naar achteren schoven.

René keek hen met bloeddoorlopen ogen aan en sloeg hen allebei diverse keren op de rug voordat hij hen naar een andere tafel achter in het restaurant leidde. Toen ze eenmaal met een glaasje goedkope cognac voor zich zaten, zei Luca: 'Nou, hoe staat het ermee, René? Vecht je nog steeds tegen de bureaucratie?'

René rolde met zijn ogen en sloeg een royale scheut cognac achterover.

'Er verandert niks. Er verandert verdomme nooit iets,' zei hij nors. 'De Chinezen blijven maar bouwen, maar het is nog steeds dezelfde ouwe schijtzooi. De bureaus praten nooit met elkaar en God verhoede dat een ervan echt een besluit zou nemen. Als ze de zwartepiet toespelen, hebben ze geen verantwoordelijkheid. Dus spelen ze altijd iemand anders de zwartepiet toe.'

Hij vulde zijn glaasje opnieuw en schonk de glaasjes van Bill en Luca nog een beetje bij, ondanks het feit dat ze er nog niets uit hadden gedronken.

'Het draait er allemaal om dat ze je uit je evenwicht houden,' vervolgde hij, duidelijk warmdraaiend voor een van zijn favoriete onderwerpen. 'Ze laten je tussen de bureaus stuiteren, zorgen ervoor dat je de hele tijd gedesoriënteerd bent, zodat je niet eens weet wie je nog moet vragen. Zo doen ze het.'

'Hoe kun je zo zaken doen?' vroeg Bill.

'Ha. Zaken. Ik weet het niet. Ik weet het echt niet. Soms zou ik willen dat we gewoon allemaal het land uit zouden worden getrapt zodat we ergens anders een ander Tibet kunnen creëren.'

René, die door iets werd afgeleid, viel even stil en Luca volgde zijn starende blik naar een tafeltje in de verste hoek van het restaurant, dat op een kleine verhoging bij het raam stond. Twee soldaten zaten zwijgend op hun eten te wachten. De een was opvallend fors voor een Chinees – zijn zwarte overhemd spande om een krachtige borst – en de ander was tenger gebouwd, bijna verwijfd met bleke, fijne gelaatstrekken en ingevet zwart haar. Ondanks de rokerige sfeer in het restaurant konden ze zien dat de kleinste van de twee de mensenmenigte minachtend leek te bekijken.

René boog zich voorover en pakte de arm van een van de obers die van de ene tafel naar de andere dribbelden. 'Laat die twee bij het raam op hun eten wachten en zorg ervoor dat ze de verkeerde bestelling krijgen,' zei hij.

Even knipperde de ober verward met zijn ogen, maar omdat hij wist dat hij zijn werkgever beter niet kon tegenspreken, ging hij prompt naar de keukens terug om de opdracht door te geven.

Luca schudde langzaam zijn hoofd met een mengeling van ongeloof en bewondering. Weinig mensen zouden opzettelijk in een ruzie met Chinese officieren verwikkeld willen raken. René was echt een vreemde snoeshaan. Hij legde zijn hand op zijn pols en zei rustig: 'Over een paar dagen vertrekken we naar het gebied ten oosten van de Makalu en we hebben alleen de standaardpasjes. Kun jij ons helpen?'

'Jullie gaan terug om de Makalu af te maken, hè? Ik moet zeggen dat jullie echt lef hebben om dat soort bergen te beklimmen. Niet zoals de meeste toeristen hier die een paar dagen om de Kailash rondkloten en dan naar huis gaan en er een boek over schrijven.'

René pakte het glas dat voor hem stond, sloeg het achterover en zette het luid met zijn lippen smakkend weer op tafel neer. Snuivend wendde hij zijn blik naar een tafel met drie luidruchtige gasten die duidelijk net in Tibet waren aangekomen. Ze hadden alledrie keurig gestreken kleren en vlotte kapsels, en ze lachten met elkaar om iets wat de ober verkeerd had uitgesproken.

'Moet je dat horen!' bulderde René naar hen. 'Wie van jullie verdomde idioten is een boek aan het schrijven?'

Het geroezemoes viel stil. De drie aan tafel keken verward om zich heen. René keek nog iets langer dreigend naar hen, waarna hij zijn pafferige, ongeschoren gezicht schudde en zich weer naar Bill en Luca draaide. Langzaam kwam het doffe gemurmel van het restaurant weer op gang.

'Nu zullen ze het verder wel laten om de obers te pesten,' zei hij tevreden.

Bill keek naar René en vroeg zich af hoe het hem in vredesnaam lukte om nog klanten te houden.

'René,' herinnerde Luca hem eraan. 'De pasjes.'

'O ja,' antwoordde René. 'Weet je, ik weet niet eens welk bureau ik nog moet vragen; de TMA, het ministerie van Buitenlandse Zaken, wie weet? Zoals ik al zei proberen ze je uit balans te houden. Maar ik hoorde laatst iets. Een westerling kreeg toestemming om naar de grens te gaan en wat te klimmen. En waar denk je dat hij zijn papieren had gekregen? De Bosbouwcommissie. Kun je je dat voorstellen? De verdomde Bosbouwcommissie.'

Hij kantelde zijn hoofd achterover en liet een laag gegrom horen.

'Ik ben bijna tien jaar geleden als plantkundige naar Tibet gekomen,' zei hij. 'In die tijd zouden de wetenschappers aan de andere kant van de afscheiding je helpen. Je weet wel, de pasjes voor je aanvragen en een handje helpen. Maar nu... Jezus, het is altijd zo'n zootje...'

Bill en Luca hielden zich allebei stil terwijl René afdwaalde en wachtten tot hij op het onderwerp zou terugkomen. Uiteindelijk leek hij zich te herinneren dat ze op zijn advies zaten te wachten.

'Kijk, als jullie het serieus menen, moeten jullie gewoon naar het oosten gaan zonder dat iemand het weet. Het zal de Tibetanen niet uitmaken waar jullie naartoe gaan, zolang je hun maar genoeg dollars blijft geven. Ik zou jullie hiervandaan kunnen dekken.'

'En als we zonder pasjes betrapt worden?' interrumpeerde Bill.

'Wie zal onze pasjes controleren?' zei Luca, terwijl hij ongeduldig met zijn hand zwaaide en zijn eigen glaasje cognac achteroversloeg. Hij kromp ineen en met een goedkeurende blik schonk René zijn glaasje opnieuw vol toen hij het weer op tafel neerzette. 'Dan zitten we ergens halverwege een verdomde berg.'

Bill boog zich voorover op zijn stoel; zijn stem klonk zakelijk. 'Ik denk dat het misschien wel verstandig is te bedenken wat ons te wachten staat voordat we een verboden gebied binnenbanjeren. En hoe gaan we in godsnaam de tolk afschudden? Ze laten je niet zonder tolk vertrekken.'

'We zullen gewoon zonder hem moeten aftaaien. Vroeg opstaan,' antwoordde Luca.

'Is dat het, wegsluipen? Is dat het plan?' vroeg Bill hoofdschuddend. 'Je neemt me in de maling, toch?'

Luca stak zijn handen defensief omhoog. 'Kom op, Bill, we hebben wel ergere dingen gedaan. En zoals hij al zei, zal René hiervandaan moeilijkheden kunnen oplossen.' Luca draaide zich naar hem toe en zag dat René op zijn stoel achteroverleunde, met het glaasje cognac dat hij losjes in één hand hield en boven op zijn buik liet rusten. 'Dat klopt toch, hè, René?'

René leek met tegenzin naar het heden te zweven en keek hen aan met glazige ogen van de cognac. 'Jullie redden het wel,' zei hij uiteindelijk. 'Jullie gaan nergens heen waar het te politiek gevoelig ligt. De reisorganisator krijgt al hun... aandacht. Ik regel wel wat documenten voor jullie; daarmee kunnen jullie komen waar je wezen wilt.'

Ze zwegen even, vol waardering voor het risico dat hij nam.

'Je weet wat ik zeg. Ze kunnen de pot op. Na deze jarenlange schijtzooi zou het vast een pak van mijn hart zijn als ik eruit werd gegooid.'

'Dank je, René,' zei Luca.

'Ja, dank je,' voegde Bill eraan toe.

René knikte, als teken dat de kwestie nu was gesloten.

Luca schoof zijn stoel naar achteren en kwam overeind. 'Ben zo terug,' zei hij en om de drukke tafels heen slingerend begaf hij zich naar de toiletten. Op de terugweg naar het hoofdvertrek bleef hij staan. De tengere Chinese officier van de tafel bij het raam stond in de weg. Met één hand stond hij zijn brillenglazen te poetsen. De andere hand was in een van zijn zakken gestoken.

Luca stond even te wachten tot hij opzij zou gaan. Na een paar seconden kuchte hij beleefd. De man veegde langzaam zijn glazen af, had kennelijk geen haast om uit de weg te gaan. Toen hij zijn bril eindelijk weer opzette, draaide hij zich naar Luca toe.

Hij had grote, zwarte pupillen, die zich over het grootste deel van de irissen uitspreidden. Ze zorgden voor een merkwaardig wezenloze uitdrukking. De manier waarop hij recht door hem heen staarde had iets wat Luca's nek deed tintelen.

'Pardon,' zei Luca, gebruikmakend van een van zijn weinige woorden Mandarijn. Hoofdschuddend dook hij om hem heen.

Bill en René waren druk in gesprek toen hij bij de tafel terugkwam.

'Jij bent echt een onwetende kinkel, hè?' zei René met een glimlach tegen Bill. 'De swastika is een boeddhistisch symbool dat bedoeld is om geluk te brengen. Je ziet het hier in de omgeving op de deuren en religieuze kunstvoorwerpen geverfd. Hitler heeft het gewoon een beetje verdraaid, zoals hij met alles deed.'

'Maar op een menselijke schedel geverfd?' vroeg Bill, terwijl Luca op de zitbank naast hem schoof.

René snoof. 'Leren ze je tegenwoordig niks meer? Deze lui kijken niet op dezelfde manier als westerlingen tegen de dood aan. Denk even na. Wat moeten de Tibetanen met lijken doen? Ze begraven? Ha! Probeer maar eens twee meter in de grond te graven met het soort permafrost dat ze hier op de hoogvlakte krijgen! Je zou verdomme de hele dag bezig zijn!'

Hij sloeg nog een scheut cognac achterover en gebaarde met het glaasje dat Luca hetzelfde moest doen. Luca goot het naar binnen, sloot zijn ogen toen de smaak van de alcohol tot hem doordrong en grijnsde vervolgens breed.

'En je kunt lijken ook niet cremeren,' vervolgde René, terwijl hij zijn mond met de rug van zijn hand afveegde. 'Er zijn geen bomen op deze hoogte en elk fatsoenlijk stuk hout wordt gebruikt om spul te maken dat ze nodig hebben, geen spul dat ze kwijt willen.' Hij dempte zijn stem theatraal. 'Weet je wat ze in plaats daarvan doen?'

Allebei schudden ze hun hoofd.

'Ze pakken lange messen en snijden de lijken in stukjes; botten, kraakbeen, spieren, alles wordt van het lijk gehakt. Daarna laten ze de gieren het skelet schoonpikken en voeren ze de stukken vlees aan de honden.'

Bill verslikte zich in een slok cognac, waarna hij enigszins groen zijn hoofd schudde. 'Dat is walgelijk.'

'Lijkt me volkomen logisch,' reageerde René vrolijk. 'Het wordt een luchtbegrafenis genoemd, wat allemaal heel vredig en spiritueel klinkt, maar zoals met alles in Tibet is de werkelijkheid iets bloederiger. Het enige verfijnde aan het hele gebeuren zijn eigenlijk de bloemen. Het is een van de weinige plekken waar je fatsoenlijke variëteiten van *Cousinia* kunt krijgen – prachtige kleuren en eigenlijk nogal zeldzaam. Ik heb er flink wat geplet in mijn tijd.' Hij zweeg even. 'Hoe dan ook, het hoofdpunt is dat veel van de overgebleven lichaamsdelen gebruikt worden voor gereedschap, muziekinstrumenten, allerlei soorten dingen. Het hoofd dat je hebt gezien was waarschijnlijk een deel van een trom, of misschien een drinkkom.'

René zweeg even, om de gruwelijke beelden te laten bezinken.

'Waarom niet? Als het weke hersenen kan binnenhouden, zou het ook cognac moeten aankunnen!'

Vlakbij legden een paar eters abrupt hun messen en vorken neer. Luca en Bill zagen hun misselijke blikken en moesten glimlachen.

Renés eigen rode gezicht barstte in lachen uit, en voordat zijn buik was opgehouden met schudden greep hij weer naar de cognac. Met een plotseling ernstig gezicht hield hij de fles even in zijn hand.

'Wat jullie dit keer ook maar gaan uitspoken, jongens, ik wens jullie succes. Als dat bepaalde risico's inhoudt, ben ik bereid jullie te steunen. Tibet is een land dat meer moedige mensen nodig heeft.' Hij begon hun glaasjes bij te vullen, terwijl zijn ogen naar de twee officieren bij het raam schoten. Zijn glimlach werd verwrongen door een plotselinge melancholie. 'En dit is waar ik moed uit put!'

Samen hieven ze hun glaasjes en sloegen ze achterover. Luca en Bill krompen ineen. René boerde theatraal.

'Nog één ding,' zei Luca, terwijl de warmte van de cognac zich door hun lichaam verspreidde. 'Wat is een *po*?'

Even fronste René geconcentreerd. Daarna krabde hij met zijn grote vingers op zijn achterhoofd. 'Ik ben er vrij zeker van dat het aap betekent,' zei hij. 'Hoezo?'

19

'Wakker worden, Babu.' De man keek naar de jongen die in zijn armen lag te slapen. Zijn hoofd was tegen zijn borst genesteld, zodat er alleen een verwarde bos haar te zien was die heen en weer schommelde op zijn loopritme.

'Je moet nu wakker worden, Babu. Het is tijd.'

Hij schudde voorzichtig aan zijn armen en de jongen liet een zacht gemompel horen. Even later kantelde hij zijn nek achterover en gaapte, waarbij hij zijn mond wijd uitrekte als een welpje dat uit een diepe slaap ontwaakte. Zijn ogen gingen knipperend open; eenmaal, tweemaal. Daarna bleven ze iets langer open en probeerden ze te focussen op het verweerde gezicht van de man die hem droeg. Hij staarde recht vooruit, naar een zwak licht in de verte. Bij iedere moeizame ademhaling verscheen er bevroren lucht tussen zijn lippen, die langzaam in de nachtelijke hemel verdween onder het lopen.

De maan scheen over de bergpieken en bleekte de kleuren van het pad dat ze al urenlang volgden. Nu was de gids moe, zijn stappen traag en behoedzaam. Er verzamelden zich zweetparels op zijn voorhoofd, die vrijuit over zijn donkere huid liepen voordat ze in zijn glinsterende zwarte baard verdwenen. Hij was gewend aan de lange hellingen en eindeloze paden van zijn geboorteland Nepal, maar het gewicht van de rugzak op zijn rug en de jongen in zijn armen had zijn tol geëist. Het licht in de verte was het enige wat hem nu nog op de been hield.

Stap voor stap gingen ze vooruit. De jongen draaide zijn hoofd tussen de armen van de man en keek hoe de lichten in de verte sterker werden. Ze vormden twee wazige verticale strepen die als vurige treinsporen de berg op liepen. Instinctief liet de jongen zijn hand in de zak van zijn schapenvachtjas glijden, waar hij zijn gebedssnoer vastgreep. Een voor een liet hij de kralen door zijn vingers gaan, voelend aan het geruststellende afgesleten jade.

Uiteindelijk werd het pad breder en het puin op de grond compacter en afgesletener. Grote stenen waren van het pad gehaald en lagen in keurige stapels langs de kanten. De man bleef staan en liet Babu op de grond glijden, zodat hij naast hem stond met zijn kleine hand losjes in de zijne geklemd. Voor hen gaven brede stenen treden het begin aan van een enorme trap die de duisternis van de berg in leidde.

De man ademde diep uit. Een uitgeputte glimlach gleed over zijn lippen.

'Goed zo, Babu. We hebben het gehaald.'

Het kind richtte zijn hoofd op en ze keken elkaar aan. Hij glimlachte.

'Ik zal niet vergeten wat u voor mij hebt gedaan,' zei hij, met een stem die ouder klonk dan hij was.

De man knikte eenvoudigweg en zwaaide zijn rugzak af. Hij tastte in een van de zijzakken en haalde er een klein, in een doek gewikkeld voorwerp uit. Hij wikkelde de stof eraf en onthulde een fijne koperen bel, die als mat goud in het maanlicht glansde.

'Laat hun weten dat we thuis zijn.'

Babu pakte de bel en zwaaide ermee, zodat er een schel geklingel door de stille lucht sneed. Er viel een stilte, waarin de man en de jongen vol verwachting wachtten. Plotseling antwoordde de klank van een enorme hoorn ergens ver boven hen – een diepe, holle toon die door iedere steen en rots op de berghelling leek te resoneren. Babu kneep van angst in de hand van de man. De man kneep zachtjes terug en leidde hen naar de eerste van de machtige stenen treden.

De twee liepen naast elkaar naar boven en zagen hoe de lichtstrepen in afzonderlijke vlammen uiteenvielen. Toen ze op gelijke hoogte met de eerste brandende fakkel kwamen, zag Babu het silhouet van een figuur die erachter op de grond zat. Het licht van de vlam speelde over de contouren van het gezicht en onthulde een jongeman van een jaar of twintig, met zijn geschoren hoofd achterovergebogen. Zijn ogen waren stijf dicht en hij leek zich er niet van bewust dat ze langs hem liepen.

Babu keek reikhalzend om zich heen om ieder detail in zich op te nemen. Achter elke fakkel zat een figuur in een identieke houding, honderden, allemaal in korenblauwe gewaden die zo om hun lichaam waren gewikkeld dat alleen hun rechterarm bloot was. De trap strekte zich alsmaar verder uit. Achter elke fakkel bevond zich weer een in het blauw geklede figuur. Terwijl ze klommen, knetterden de vlammen in een zachte bries en schoten er vonken vanaf, die de nachtelijke hemel in wervelden.

Toen klonk er gezang. Eerst was het zacht, nauwelijks hoorbaar, met een toonhoogte die tussen een lage bas en een tenor meanderde. Vervolgens kwamen er meer stemmen bij, waarbij de ene zich op de andere baseerde totdat er een prachtig lied over de berghelling vloeide.

Langzaam werd Babu zich bewust van vormen die uit de duisternis opdoemden. Er waren gebouwen, enorme gebouwen met dikke muren, die zich asgrauw in het maanlicht op de berg uitstrekten. Terwijl hij ieder segment samenvoegde en probeerde te zien waar ze begonnen en eindigden, voelde hij een plotselinge ruk aan zijn arm. Zijn gids was abrupt tot stilstand gekomen. Ze stonden boven aan de trap, die uitkwam op een binnenplaats met een lange rij bomen door het midden. Onder de overwelfde galerijen in de omringende muren lagen brandende houtblokken.

Slechts een meter voor hen stonden twee monniken, die apart van de anderen allebei met hun handen ter begroeting ineengevouwen stonden te wachten. Er hing een zware wierookgeur in de lucht.

De gids boog diep voor hen. '*Namaste*, eerwaarde vaders,' zei hij. 'Ik verzoek om asiel voor iemand die uitverkoren is.'

'Waarom komt hij naar ons toe?' vroeg een van de monniken met een holle, krakende stem. Hij was stokoud en had een mager, hoekig gezicht dat witgebleekt was door de ouderdom. Terwijl hij sprak, staarden zijn ogen blind in de richting van de gids.

'Omdat jullie pad het ware is.'

'Wat zal hij met onze waarheid doen?'

'Hij zal Boeddha's wil dienen.'

Na een eerbiedige stilte stapte de andere van de twee monniken naar voren. Hij was jonger, halverwege de vijftig, en zijn lippen krulden in de aanzet tot een warme glimlach.

'*Tashi delek*, oude vriend,' zei hij tegen de gids. 'Je zult wel moe zijn van de reis.' Vervolgens richtte hij zich tot Babu, die naar hem stond te staren: 'Welkom, kind. De abt heeft verzocht dat je meteen naar hem toe gaat.'

De monnik pakte Babu's hand en wilde hem wegleiden, maar de jongen deinsde terug en klampte zich aan de broekspijp van zijn gids vast. De gids hurkte neer, zodat zijn gezicht op gelijke hoogte met de jongen kwam.

'Je moet met Dorje meegaan, hij zal je van nu af aan beschermen. Ik kan niet langer bij je blijven.'

'Maar wie zijn ze?' vroeg Babu met een hoog, bang stemmetje.

'Ze zijn... vrienden,' antwoordde de gids, die de hand van de jongen losmaakte en hem zachtjes naar voren duwde. 'Ga maar met hen mee.'

Toen de monnik die voor hen stond een korte buiging maakte en zich omdraaide om Babu weg te leiden naar de overwelfde galerijen van de binnenplaats achter hen, stak zijn oudere collega zijn hand uit en hield hen tegen. 'Deze jongen is niet oud genoeg,' fluisterde hij.

'Dat weet ik.'

'En hoe zit het met de inwijding?' vervolgde de oudere monnik op nog zachtere toon. 'Hij moet voor de raad verschijnen.'

'Deze niet, Rega. Ik spreek hier namens de abt.'

Babu staarde naar de oude monnik die hun weg versperde. Zijn jonge gezicht werd ernstig toen het de vreemde melkachtige irissen bestudeerde die hem vanuit beschadigde oogkassen leken aan te staren. Daarna glimlachte hij, en kinderlijke onschuld overspoelde zijn gezicht toen hij zijn hand uitstak en aan de boord van zijn blauwe gewaad trok.

'Maakt u zich maar geen zorgen, vader. Ik zal hier niet lang blijven.'

20

23 mei 2005

Een karavaan van drie jaks en vier mannen trok langzaam over de droge Tibetaanse heuvels. De dieren gaven het tempo aan, een sjokkende gang die weinig varieerde naar gelang het pad omhoog of omlaag ging. Ze volgden de trage stroom van een modderige bruine rivier, met her en der verspreide bosjes groene vegetatie en onvolgroeide, verwaaide bomen op de oevers. Die boden enige schaduw tegen de verzengende middaghitte, maar algauw kronkelde het pad weer omhoog, weg van de rivier en de open hoogvlakte in.

Op weg naar het zuiden vingen Bill en Luca de eerste glimpen van het hooggebergte op. De besneeuwde toppen staken als een set gekartelde messen door een laag wolkendek heen. Zelfs vanuit de verte zagen ze er kolossaal en onheilspellend uit.

Twee Tibetaanse jakdrijvers, Jigmi en Soa, vormden de achterhoede van de karavaan. Ze droegen dunne schapenvachtjassen en viltschoenen die zo vaak gerepareerd waren dat de oorspronkelijke stof bijna volledig onder de lappen verdween. Onderling hielden ze een constant geluidsdecor in stand, door beurtelings aanmoedigend tegen de dieren te schreeuwen of, als ze een stap of twee van het pad afdwaalden, steentjes naar hun wollige flanken te smijten.

Elke dag vertrok de groep voor zonsopgang en stopte alleen wanneer het pad zich vertakte, wat zelden voorkwam. Dan kwamen de jaks rammelend tot stilstand en wachtten ze op nadere instructies, terwijl Bill en Luca, dankbaar voor de pauze, een paar slokken gejodeerd water namen. Achter aan de rij dronken of rustten Jigmi en Soa nauwelijks, zich schijnbaar niet bewust van de zon en de hitte.

Toen ze vanuit Tingkye waren vertrokken, waren ze om de paar uur een nieuw dorp gepasseerd. Elk daarvan was bruisend en welvarend, met witgekalkte huizen en sierlijke, felgekleurde vensterbanken. Op de platte daken waren de vrouwen bezig gemaaid hooi te bundelen, terwijl de mannen het land bewerkten in de terrasvelden. Boven het hele dorp hingen stofwolken en het hooi glansde geel in het zonlicht.

Maar algauw werden de dorpen kleiner en sporadischer. De huizen krompen tot weinig meer dan hutten met gammele houten planken als wanden en los riet op de daken. Uit elk daarvan golfden kookwalmen door de kieren van de wanden de onbewolkte lucht in. De kleinere dorpen leken bijna uitgestorven, afgezien van een paar kinderen en zo nu en dan een futloze hond die in de schaduw van een boom lag. Soms passeerden ze zelfs zonder dat ze werden opgemerkt. Het duurde nog maar een paar maanden voordat het seizoen wisselde en iedereen die fit genoeg was werkte in de velden.

Na drie dagen lopen en en drie nachten kamperen langs het pad, bereikten ze eindelijk de top van een hoge uitloper van het massief. Luca stond op een groot rotsblok foto's te maken met een haveloze Canon. Hij wist dat Bill nooit een camera meenam op hun expedities. Toen hij op een keer naar de reden vroeg, had Bill tegen de zijkant van zijn hoofd getikt en gezegd dat hij het liever daar opsloeg in plaats van te vertrouwen op stapels glanzend papier die in de loop der jaren zouden vervagen. Luca's wenkbrauwen waren omhooggeschoten van verbazing over zo'n ouderwetse opvatting, en de twee mannen hadden zich erbij moeten neerleggen dat ze van mening verschilden.

Nadat Luca een paar minuten lang foto's had genomen, tastte hij in zijn rugzak om een kaart open te vouwen. Bill liep achter een van de jaks langs en kwam naast hem staan. Luca kon zien hoe de eerste in een lange rij bergen zich voor hen uitstrekte. Om de uitlopers hing mist die uit plooien in de grond leek te zijn gespuwd; de toppen bogen naar het noordoosten als de ruggengraat van een sluimerende dinosaurus.

Overal om hen heen hing een sfeer van vrede, alsof de tijd langzamer was gegaan en de wereld in zijn natuurlijke tempo ademde.

'Dat zijn ze,' zei Luca zachtjes. 'Daarom zijn we hier.'

Bill keek op de kaart en tuurde vervolgens naar de kring van bergen.

'Jezus. Ze zijn ongelooflijk. Hoe hoog denk je dat ze zijn?'

'Waarschijnlijk iets meer dan zesduizend. Als dit voor de helft klopt, zullen we straks de Jongsang-la oversteken en afdalen naar nog een paar dorpen aan de voet van deze bergen. Zo te zien zijn er in totaal drie.'

Zijn mond bewoog toen hij de naam van het eerste dorp op de kaart oefende. Daarna wees hij met zijn vinger naar het dal en schreeuwde 'Rawok-tso' tegen de dichtstbijzijnde van de twee drijvers. De man hield zijn knie tegen de flank van de voorste jak en sjorde aan het touw dat onder de buik van het dier door liep. Hij keek naar Luca, knikte en wees met zijn vrije hand in dezelfde richting.

'Rawok-tso,' zei hij, en hij gaf een geweldige ruk aan het touw.

***

De daaropvolgende twee dagen volgden ze hetzelfde pad dat door de uitlopers van de bergen kronkelde. Luca hield zich bijna de hele tijd stil; zijn ogen speurden elke spleet en wending van de keten af. Van tijd tot tijd klakte hij uit frustratie met zijn tong en beende hij vooruit om de drijvers aan te sporen hun pas te versnellen. Pas lang nadat de zon was ondergegaan riep hij zijn reisgenoten een halt toe.

Naarmate de uren en dagen voorbijkropen, versomberde zijn stemming. Tegen de tijd dat de anderen 's ochtends uit hun tenten opdoken, had hij de restjes van zijn koffie tegen een nabije rots gesmeten en wilde hij het kamp opbreken, gereed om te vertrekken.

Bill wist precies wat hem dwarszat. Tot nog toe hadden ze geen enkele bruikbare route door de bergen gezien. Hun flanken verrezen als een vestingmuur, kilometer na kilometer ononderbroken, slechts af en toe doorsneden door geulen. Aanvankelijk dacht Luca dat de geulen hen naar het hogere terrein zouden leiden, maar ze waren allemaal te steil en bezaaid met los puin. Terwijl de zon door de hemel gleed en de berghelling verwarmde, kletterden er stenen met een angstaanjagende snelheid langs de wand neer, en sloegen beneden op de lagere hellingen te pletter.

Het geluid echode naar de plek waar ze roerloos naar de weerkaatsingen stonden te luisteren. Jigmi en Soa mompelden tegen elkaar in hun eigen onbegrijpelijke taal, maar Bill en Luca zeiden geen woord – de steenval herinnerde hen constant aan de gevaren die hun te wachten stonden.

Terwijl Luca steeds geagiteerder werd, trok Bill zich in zichzelf terug. Hij bleef achter aan de karavaan lopen. Hij keek zelden naar de bergen, hield zijn blik op het pad gericht waarover hij de reis stap voor stap maakte. Alleen 's avonds bij het kampvuur knoopten de twee vrienden een echt gesprek aan. Luca klaagde dan over de routes die hij die dag had gezien en Bill probeerde zijn groeiende angstgevoel te onderdrukken.

In het laatste dorp waar ze doorheen trokken had Luca zijn taalgids en beperkte Tibetaans gebruikt om iets meer informatie van de plaatselijke bewoners te verkrijgen. Na een enigszins verkrampte woordenwisseling, benadrukt door handgebaren en verwarde stiltes, werd het duidelijk dat de dorpelingen de bergen nog nooit waren overgestoken en geen paden kenden die in de winter of zomer begaanbaar waren. Toen Luca naar de top wees en gebarend vroeg of ze ooit waren beklommen, had de landbouwer alleen een verwarde glimlach getoond alsof hij zich afvroeg waarom ze überhaupt naar de top van een berg zouden willen gaan.

Maar toen ze verder wilden trekken, pakte de landbouwer Jigmi met een bezorgd gezicht bij de schouder. Ze waren enige tijd in gesprek en algauw werd ook Soa erbij betrokken. De jakdrijvers keken allebei verontrust.

Uiteindelijk kwam Luca tussenbeide. Hij gebaarde Jigmi uitleg te geven. De Tibetaan draaide zich naar Luca toe en sprak langzaam, met veel handgebaren, terwijl Luca er met zijn taalgids wijs uit probeerde te worden.

'Waar heeft hij het over?' vroeg Bill.

Luca bladerde snel de bladzijden door. 'Dat weet ik niet zeker, maar die landbouwer is hem kennelijk goed bang aan het maken.'

Toen Luca de juiste bladzijde had gevonden, zocht hij een woord op en herhaalde het langzaam tegen Jigmi. Hij knikte krachtig en keek opgelucht.

'Ze zeggen dat er verderop een ziekte heerst,' zei Luca. 'Ik weet niet zeker welke ziekte ze bedoelen.'

Bill fronste. 'Als je op de reactie van de landbouwer afgaat, kan het behoorlijk ernstig zijn.'

Luca herhaalde het woord nog een keer. Ze knikten alle drie, waarbij de landbouwer naar het pad wees om zijn boodschap te benadrukken. Na een stilte richtte Luca zich tot Bill en haalde zijn schouders op.

'Kijk, deze mensen zijn heel bijgelovig,' zei hij. 'Ze denken waarschijnlijk dat het een of ander teken is, maar dat wil niet zeggen dat de ziekte dodelijk of zo is.'

'Denk je? Kijk eens naar die man,' antwoordde Bill, wiens ogen naar het gezicht van de landbouwer draaiden. 'Ik weet niet hoe het met jou zit, maar ik loop niet regelrecht een door ziekte beheerst gebied binnen.'

Zuchtend keek Luca langs de paar hutten naar de bergen erachter. Zijn ogen volgden hun gekartelde rand aan de horizon.

'In al die tijd dat we het pad volgen heb ik geen doorgang gezien. We moeten verdergaan om te zien of er na het dorp een weg omhoog is. Elke keten heeft ergens een zwakke plek en ik wed dat die net om de hoek ligt.'

Bill schudde zijn hoofd. 'Heb je niet geluisterd naar wat deze vent ons probeert duidelijk te maken? Het is niet veilig.'

'Welke keus hebben we? Of we zetten door en hopen dat iedereen zijn griepprik heeft gekregen, of we maken een eind aan de hele verdomde trip. Ik weet niet hoe het met jou zit, makker, maar ik ben in ieder geval veel te ver gekomen om nu terug te gaan.'

Terwijl Luca zijn rugzak omhing en oogcontact meed, bleef Bill met een gespannen gezicht in gedachten verzonken. Toen leken zijn schouders zich te ontspannen en hij keek met een berustende glimlach naar Luca.

'Verrek maar,' zei hij zachtjes. 'Je hebt gelijk, we kunnen nu niet teruggaan. We zijn al te ver gekomen.'

Ze draaiden zich allebei om en zagen dat de hoeders nog steeds in gesprek waren met de landbouwer, die zelfs nog meer in paniek leek dan ervoor. Hij gebaarde druk met zijn handen en praatte met verheven stem. Jigmi en Soa keken toe; hun bezorgde ogen volgden iedere beweging.

Bill keek even naar hen voordat hij zich weer naar Luca draaide.

'Ik doe mee. Maar ik denk dat zij minder gemakkelijk te strikken zijn.'

21

Uit het met koffie bevlekte apparaat rolde een fax op de vloer van het hoofdkwartier van het Politieke Veiligheidsbureau in Lhasa. Nog geen minuut later was de wazige uitdraai opgehaald, in een standaardmap van de overheid geplaatst en aan kapitein Zhu voorgelegd.

Zhu las het bericht, waarna hij in zijn stoel achteroverleunde en met zijn linkerhand een dunne sigaret aanstak. Terwijl hij de rook inhaleerde en de rest in het zonlicht omhoog liet kringelen, streek hij de zijscheiding van zijn haar glad. Zijn ogen gleden door het kleine, doorrookte kantoor dat hij had gevorderd, voordat ze op een verkleurde poster aan de verste muur bleven rusten: een panorama van besneeuwde bergen met ochtendlicht dat de toppen beroerde. Er hingen nog meer van dit soort plaatjes in het kantoor – boeren die jaks door de omgeploegde terrasvelden leidden, nomaden die aan de rand van kristalblauwe meren kampeerden. Het was moeilijk te geloven, maar zo zag de rest van het land er echt uit. Het leek wel iets uit de duistere middeleeuwen.

Op de terugweg van de Drapchi-gevangenis was hun konvooi rijen en rijen graafmachines en kranen gepasseerd. Overal om hen heen hamerden mannen en machines erop los op bouwterreinen; steunbalken en steigers waren in stofwolken gehuld. Er waren nieuwe mobiele-telefoonmasten uit de grond geschoten en de nu naar alle kanten uitgroeiende stad Lhasa barstte van de energie. Je kon je moeilijk voorstellen dat een kilometer buiten de stad alles veranderde. De brede verkeerswegen krompen tot stofpaden en de machtige nieuwe glazen gebouwen waren weinig meer dan lege geraamtes, verlicht door sporadische elektriciteit.

Zhu had erop aangedrongen door de Tibetaanse wijk terug te rijden. Toen Chen het bevel kreeg, had hij het onmiddellijk doorgeseind. Bij de ingang van de Jokhang zouden er twee pantserwagens op hen wachten. Toen ze in de buurt kwamen, veranderde de sfeer in de jeeps. De soldaten gingen rechtop in hun stoelen zitten en trokken de magazijnen uit hun AK-47-geweren om de munitie te controleren.

Al toeterend baanden ze zich een weg door de nauwe straten vol mensen. Zhu keek hoe honderden Tibetanen met hun dagelijkse bezigheden in de weer waren. De markt bruiste van de activiteit, opdringerige verkopers riepen hun prijzen, oude mannen dobbelden aan de kant van de weg en vrome mensen liepen in een eindeloze processie om de heilige Jokhang-tempel heen. Iedereen draaide zich om naar de voertuigen. De soldaat op de passagiersstoel, die uit het neergedraaide raam hing, schreeuwde dat ze uit de weg moesten gaan.

Door het dunne glas namen Chen en Zhu de onverhulde haat in hun starende blikken in zich op. Toen de auto passeerde, viel er een stilte over de markt. Sommige verkopers stonden stil, met hun kin uitdagend omhoog, terwijl anderen hun hals uitstrekten om hun onderdrukkers beter te kunnen zien.

'Tijdens het oproer van vorige week hebben ze het plaatselijke politiebureau bij het Potala Paleis in brand gestoken,' fluisterde Chen. 'De menigte is nog steeds behoorlijk opgefokt over onze represailles.'

'Interessant,' mompelde Zhu.

Van de kaarten wist hij dat ze de laatste enclave van de Tibetaanse cultuur in Lhasa onrechtmatig betraden. De rest was met bulldozers weggeruimd om plaats te maken voor nieuwe gebouwen, maar de vierkante kilometer om de Jokhang was het laatste van de oude stad. En te oordelen naar de grimmige vastberadenheid op hun gezichten, wilden de Tibetanen het kennelijk houden.

Zhu glimlachte voordat hij op zijn stoel achteroverleunde. Hij had het met eigen ogen willen zien – de ingehouden woede. Hij wilde weten wat er zou gebeuren als het nieuws over de Panchen Lama ooit openbaar werd. Nu wist hij hoe weinig de vredesfilosofie van zijn tegenstander om het lijf had. De strijd zou interessanter worden dan hij had gedacht.

Toen Chen de glimlach opving, huiverde hij. Hij had genoeg voorproefjes gekregen om te raden wat zijn nieuwe baas plezier verschafte. Ze hadden nog maar achtenveertig uur met elkaar gewerkt, maar toch vond Chen het al moeilijk om de stemmingen van de kapitein te raden. Hij wachtte simpelweg urenlang zwijgend op elk volgend bevel.

Nu stond hij voor Zhu's bureau in het hoofdkwartier te kijken naar het bleke, uitdrukkingsloze gezicht dat met een geconcentreerde frons boven het dossier hing.

'Kapitein. Ik heb net een rapport gekregen dat twee westerlingen zich niet op het plaatselijke bureau in Nyemo hebben gemeld.'

Zhu stak zijn linkerhand omhoog en Chen schoof het papier over het bureau.

'Ze trokken met een toeristenvisum langs de standaardroute naar Nepal, kapitein. Maar ik heb ook ontdekt dat ze nog maar een maand geleden hier ook waren en dat ze toen speciale klimpasjes hadden. Ik vond dat ik dit onder uw aandacht moest brengen, omdat ze hun tolk hier in Lhasa hebben achtergelaten.'

'Achtergelaten?'

'Ja, kapitein. Ze zijn kennelijk 's ochtends vroeg in een Land Cruiser vertrokken en hebben hem op het busstation laten wachten.'

Zhu bestudeerde de uitdrukking op Chens dikke gezicht; een mengeling van onderdanigheid en hard werk. Hij wist dat hij iedere nacht tot laat had gewerkt en alle stukjes informatie waartussen een verband zou kunnen bestaan had uitgekamd. Er zaten donkere kringen onder zijn ogen en het haar op zijn achterhoofd stond nog steeds warrig omhoog. Hij was duidelijk doodsbang dat hij achterop zou raken of een fout zou maken. Zhu was die ochtend vroeg binnengekomen en had met enige voldoening opgemerkt dat hij beneden in een van de cellen had geslapen.

'Waar zijn ze dan?' vroeg Zhu.

'Dat weet ik niet, kapitein. We hebben die informatie nog niet.'

Zhu keek Chen aan voordat hij zijn sigaret op de zijkant van de glazen asbak doofde, door de peuk rond te draaien totdat ieder spoor van de gloeiende punt zwart was.

'Ben ik niet duidelijk genoeg geweest over wat er de vorige keer gebeurd is? Jouw onbekwaamheid is je meerdere duur komen te staan.'

Chen staarde strak naar het vierkante stuk tapijt voor het bureau, terwijl hij zijn benen stijf hield om ervoor te zorgen dat ze ophielden met trillen.

'Ik zal diezelfde fout niet maken nu ik het bevel voer,' vervolgde Zhu. 'Kom nooit meer met onvolledige rapporten bij me aan.'

'Ja, kapitein. Ik bied mijn excuses aan, kapitein.'

'Weet je dan ten minste welke reisagent hun pasjes heeft goedgekeurd?'

'Jagged Travel, kapitein. De eigenaar is ene René Falkus.'

Zhu knikte. 'Haal mijn auto. We gaan hem een bezoek brengen.'

22

Met iedere stap kwamen ze dichter bij het door ziekte geteisterde gebied. Het was laat in de middag en een gedempt oranje licht wierp lange schaduwen onder de richels op het pad. Aan de rechterkant verhieven de steile rotsen zich vanaf de grond als een massieve, ononderbroken muur. Verderop zagen ze de witte strepen van gletsjers die vanaf de bergtoppen naar beneden sneden.

Ze waren al voor zonsopgang vertrokken. Bill en Luca hadden allebei zere voeten van hun La Sportiva 'Evo'-bergschoenen. De stugge zolen en het opgevulde isolatiemateriaal waren geschikter voor ijsklimmen dan voor trektochten. Allebei telden ze de uren tot ze de schoenen konden uittrekken voor de broodnodige nachtrust.

Honderd meter achter hen riepen Jigmi en Soa naar de beesten die over het pad voortsjokten. Aan hun gekromde schouders en humeurige blikken te zien leek het alsof de jakdrijvers ook moe waren, maar zo waren ze de hele dag al geweest. Ondanks de belofte dat ze allebei vijftig dollar extra zouden krijgen, had het Luca bijna een uur gekost om hen over te halen verder te gaan.

'Kijk, daar,' zei Luca tegen Bill, wijzend naar de richel voor hen. Er stegen vage rookslierten in de hardblauwe lucht op. 'Dat moet een klein dorpje zijn.'

Bill keek op en glimlachte geforceerd. Hij keek uit naar een rustpauze, maar de gedachte aan wat ze zouden aantreffen baarde hem de laatste paar uur zorgen. Hij zag de blik nog voor zich waarmee de landbouwer hen had aangekeken toen ze het vorige dorp verlieten en hij vroeg zich af hoe het Luca gelukt was hem te overreden om zo'n wanhopige waarschuwing te negeren.

Luca hield ineens halt, terwijl zijn schoenen op de stenen van het pad knerpten. Vlak voor hen zat een smoezelige monnik in de lotushouding op een stapeltje stenen. In zijn rechterhand draaide een gebedsmolen onophoudelijk door. De beweging leek door zijn hele lichaam te trekken en de man schommelde heen en weer, terwijl er een zacht gezang van zijn lippen kwam. Zijn gezicht leek op ongepolijst mahoniehout, doorkruist met groeven; zijn waterige ogen staarden wezenloos vooruit. Het laatste avondlicht vloeide over de verste bergrichel naar de plek waar hij zat en verlichtte zijn vieze oranje gewaad.

Toen Bill en Luca abrupt stopten, kwamen de jaks achter hen met een zacht belgeklingel schokkend tot stilstand.

Luca deed een stap naar voren, hurkte en groette op traditioneel Tibetaanse wijze. *'Tashi delek,'* zei hij, en hij wees voor zich uit. 'Menkom?'

De oude monnik bleef heen en weer deinen, zich schijnbaar niet bewust van hun aanwezigheid.

'Menkom?' herhaalde Luca iets luider, terwijl hij met een hand voor de ogen van de monnik zwaaide.

Er kwam geen enkele reactie. Luca haalde zijn schouders op en keek weer naar Bill. 'Hij ziet er nogal mager uit. Misschien wil hij wat eten of zo? Wil je me een chocoladereep aangeven?'

Toen Bill in zijn rugzak tastte en een kleurig verpakte chocoladereep aanbood, leek de monnik wakker te worden en zich op de twee mannen te concentreren; met een handveeg wuifde hij de reep weg en hij wees naar de verste richel.

'Wat zou hij willen?' zei Luca.

Bill volgde zijn vinger naar de plek waar de halvemaanvormige oranje zon boven de bergrichel hing. Toen hij zich weer naar Luca omdraaide, speelde er een glimlach op zijn lippen.

'Weet je, ik denk dat de ouwe knar gewoon wil dat we uit zijn zon gaan.'

Beide mannen deden een paar stappen achteruit. Toen het oranje licht weer over hem heen spoelde, knikte de oude monnik tevreden, voordat hij zich opnieuw aan zijn eenzelvige gezang overgaf.

Bill keek naar Luca en lachte zachtjes. 'Krijg jij wel eens het gevoel dat wij een tikje achterlopen op deze gasten?'

***

Nadat ze hun tenten hadden opgeslagen op een vlak stukje grond iets verder bij de oude monnik vandaan, liepen ze een eindje om water te zoeken. Het waarschuwende gezicht van de landbouwer doemde reusachtig groot in Bills hoofd op, en hij voelde een angstprikkel door zijn ruggengraat trekken.

Het dorp was niet meer dan een verzameling van een stuk of twintig hutten, die aan de kant van een beekje waren gebouwd. Iedere hut stond op palen boven de harde aarde, met onregelmatige treden die naar een deur leidden. De deurkozijnen waren de enige decoratie aan de hele woning, met symbolen die er in verschoten rood en geel op waren geverfd.

Alles was zo stil dat het wel uitgestorven moest zijn. Bill keek naar Luca, met een gezicht dat zich tot een glimlach ontspande.

'Misschien dacht de landbouwer dat het hier spookte,' zei hij opgelucht. 'Een soort spookdorp.'

Maar Luca schudde zijn hoofd en keek gespannen. 'Kijk,' zei hij, wijzend naar een hut die verder stroomopwaarts stond.

Zodra ze er een bespeurden, leken ze overal te zitten, gecamoufleerd in hun vuile vodden tegen de stoepen. Beklagenswaardig magere mensen zaten lusteloos op de treden, mannen met skeletachtige gezichten en kinderen met lichamen die amper meer waren dan een hoopje botten op de schoot van hun moeder. Het enige geluid was af en toe een hoestbui. Toen Bill en Luca dichterbij kwamen, volgden holle ogen hun voortgang met een mengeling van apathie en honger.

'Jezus christus,' mompelde Luca, die zijn hand optilde om zijn mond te bedekken. 'Wat is hier in godsnaam gebeurd?'

Bill schudde zijn hoofd en keek naar de centrale rij hutten, waar hij enige beweging had opgemerkt. Een stel schurftige honden scharrelde door de hopen afval bij de beek; de lijnen van hun ribben waren duidelijk zichtbaar.

'Ik weet het niet, maar het bevalt me hier helemaal niet,' fluisterde Bill. 'Deze plek lijkt meer op een lijkenhuis dan op een dorp.'

Terwijl hij dit zei keek Bill naar de dichtstbijzijnde hut, waar een klein meisje in de schaduw van het dak lag. Strengen geklit zwart haar bedekten haar gezicht, maar afgezien van het lichte zwellen van haar borst was ze volkomen roerloos.

Bill liep naar haar toe en hurkte naast haar neer. Toen hij zich over haar heen boog, knipperden haar ogen lichtjes en bewogen vervolgens niet meer. Ze was zich schijnbaar niet bewust van de schok een blanke man boven haar te zien. Er parelde zweet op haar huid, en tussen haar hoekige sleutelbeenderen waren koortsige kloppingen zichtbaar.

'Het is waarschijnlijk geen goed idee om te dichtbij te komen,' zei Luca achter hem. 'Laten we op zoek gaan naar de bron en in het kamp ons waterfilter gebruiken.'

Bill gaf geen antwoord; zijn gedachten dwaalden af toen hij zich zijn dochter in dezelfde situatie voorstelde – niets meer dan een vuile stoffen jurk met blote voeten en niemand om haar te voeden. Hij vroeg zich af of de ouders van dit meisje al aan de ziekte waren gestorven en zo ja, waarom had iemand anders haar dan niet in huis genomen om voor haar te zorgen, of in elk geval om haar te laten sterven met iemand om haar heen, in plaats van moederziel alleen?

Achter hem was Luca nog aan het praten. 'Ik denk dat het iets als tyfus of cholera moet zijn. Daar hebben wij allebei vaccinaties tegen gekregen, dus ik ben er vrij zeker van dat we geen gevaar lopen.'

Zonder te aarzelen stak Bill zijn handen onder het lichaam van het kleine meisje en tilde haar in zijn armen. Luca slaakte een alarmkreet, maar Bill negeerde hem. Ze was zo licht als een veertje, niet zwaarder dan zijn dochter, hoewel ze waarschijnlijk twee keer zo oud was.

'We halen de antibiotica uit de medicijnendoos,' zei Bill fluisterend tegen haar. 'Daar zal je in een paar dagen van opknappen.'

Luca schudde zijn hoofd. 'Dat kun je niet doen, man. Je moet haar neerleggen.' Hij deed een stap dichterbij. 'Er zijn hier nog veel meer mensen die lijden en we hebben maar een paar antibioticakuren bij ons. En die hebben we misschien zelf wel nodig.'

Bills voorhoofd rimpelde van ongeloof. 'Zeg dat je het niet meent,' zei hij. 'Kom op, we kunnen dit kleine meisje helpen. Wij zijn sterker dan zij.'

Luca keek naar de hemel en deed zijn ogen even dicht. 'Het is niet zo dat ik haar niet wil helpen, maar we kunnen geen medicijnen gaan ronddelen. Daar zijn we hier niet voor. We hebben een piepklein medicijnendoosje en maar twee of drie antibioticakuren. Wat gebeurt er als een van ons ze nodig heeft?'

'Het kan me geen reet schelen als we ze nodig hebben,' riep Bill met verheven stem. 'Ik ben bereid om dat risico te nemen.'

'Ja, nou, ik niet. Dit kun je niet doen, man. Denk er eens over na.'

Er viel een stilte, waarin beide mannen elkaar aanstaarden.

'Kijk, we hebben dit eerder meegemaakt,' zei Luca rustiger. 'Er zijn altijd kinderen of vrouwen wier leven gered kan worden door een of ander medicijn dat maar een tientje kost. Het is vreselijk, ik weet het, maar het is ook de werkelijkheid hier in Tibet. Het is niet aan ons om medicijnen te gaan uitdelen alleen omdat we ons daardoor beter voelen.'

Hij zweeg even, terwijl hij naar het kleine meisje in Bills armen staarde.

'Godsamme, ik wil haar de medicijnen net zo graag geven als jij, maar het klopt gewoon niet. Wie zijn wij om te beslissen wie de medicijnen krijgt en wie niet? Waarom niet de vrouwen, zodat ze voor de kinderen kunnen zorgen of een paar jongere kerels, zodat ze de velden kunnen bewerken?'

Bill gaf geen antwoord.

'Kom op, man. Ik weet dat het shit is, maar we moeten praktisch zijn.'

Er viel een lange stilte voordat Bill zich uiteindelijk omdraaide en het meisje heel voorzichtig neerlegde op de tree waar ze had gelegen. Hij staarde een poosje naar haar voordat hij in de borstzak van zijn jas tastte en haar hand om een verfrommelde chocoladereep legde.

'Het spijt me,' fluisterde hij, waarna hij opstond en zijn schouders rechtte. Toen hij naar Luca keek, kregen zijn ogen een harde blik. 'Kom op. Laten we dat klotewater gaan halen.'

Luca knikte grimmig, en zijn grijze ogen richtten zich op die van Bill. Samen liepen ze het pad op, waarbij hun schoenen over de rotsige grond knerpten.

23

Toen ze de volgende ochtend wakker werden, waren de jakdrijvers verdwenen.

Voor het eerst op deze expeditie stond Bill als eerste op. Toen hij de smeulende resten van het kampvuur en de bagage die ernaast op een hoop was gedumpt in zich opnam, vloekte hij en beukte vervolgens op Luca's tentflap.

'Oké, oké.' Luca verscheen met verward haar en wreef in zijn ogen. 'Wat is het probleem?'

Bill wees simpelweg naar de bagage en Luca rekte zijn hals even, op zoek naar de drijvers.

'O shit.'

Met alleen zijn lange thermo-onderbroek aan liep Luca op blote voeten over de stoffige grond naar de stapel zware tassen. Hij hurkte neer en ritste iedere tas open om de inhoud ervan te controleren. Zonder zijn shirt stak het spierwit van zijn bovenlichaam af tegen het donkerbruin van zijn onderarmen en gezicht. Zijn borst en schouders hadden de kleur van albast en in de laatste week van de trektocht was hij een paar pondjes afgevallen, zodat hij er nu lenig en pezig uitzag. Toen hij met rondgebogen lichaam op de grond hurkte, was de hele lijn van zijn ribben zichtbaar op zijn rug.

Luca pakte een van de twee houten kisten op die aan weerskanten van het vuur lagen en lichtte het deksel eraf. Beide kisten hadden een paar gebroken latten doordat ze dagenlang aan de jaks vastgebonden waren geweest, maar de voorraad lag er nog steeds zorgvuldig verpakt in.

'Ze hebben het eten en onze uitrusting tenminste achtergelaten.'

'Ja,' zei Bill. 'Maar we zijn de lul als als we hiervandaan geen route omhoog vinden. We kunnen onmogelijk zelf met al die spullen verdergaan. Voor hoeveel dagen denk je dat we nog te eten hebben?'

Luca schoof de kisten opzij en keek met een diepere frons opnieuw naar de tassen. 'Dat weet ik niet, maar we kunnen het ons niet veroorloven om nog meer tijd te verspillen. We moeten een weg vinden via die rotswand. Ik ga straks wel omhoog om te kijken of er iets mogelijk is. Vind je het goed om hier te blijven en de uitrusting te sorteren?'

Bill knikte. Twintig minuten later was hij bezig het vuur aan te leggen, terwijl Luca de veters van zijn schoenen straktrok. Zonder nog iets te zeggen vertrok hij vastberaden in de richting van de bergwand.

Luca liep het grootste deel van de dag heen en weer langs de voet van de bergen en speurde iedere centimeter van de flanken af. De rotswand had iets wat hem dwarszat. Vanuit welke hoek hij er ook naar keek, hij kon zich geen voorstelling van de route maken. De rots zelf was een verticale steilte van zo'n achthonderd meter met lange, grillige scheuren die in de lengte naar beneden liepen. Het was massief graniet, goed begaanbare ondergrond voor een klim, maar het was de route zelf die bijna onmogelijk leek: een doolhof van overhangende rotsen en lange secties van volkomen gladde platen.

Van tijd tot tijd werd zijn zicht wazig. Dan leek het even alsof het gesteente van vorm veranderde. Maar als hij met zijn ogen knipperde, nam het de oude vorm weer aan, zodat hij naar gladde, onbegaanbare rotssecties keek.

Tegen de tijd dat hij in het kamp terugkwam was het laat in de middag. Zijn ogen brandden. Er was geen teken van Bill. Het met klonten gedroogde jakdrek gestookte vuurtje smeulde naast de tent en op de flap lagen keurig opgerolde touwen. Op een van de tassen lagen bundels klemblokjes en de karabiners waren aan de gordels vastgeklipt.

Luca pakte de geblutste ketel en schudde ermee; hij voelde het water erin rondklotsen, voordat hij hem op het vuur zette. Even keek hij achterom naar de berg. Zijn ogen gleden langs de massieve rots die hij had bestudeerd. Er moest een doorgang zijn. Dat moest gewoon.

Toen hij de eerste slok van zijn koffie nam, hoorde hij commotie achter de verste richel. Met zijn mok nog in zijn hand liep hij het pad naar de eerste dorpshut op.

Bill stond verderop, met een open rugzak voor zijn voeten en ongeveer twintig mensen om hem heen. Ze hadden zichzelf kennelijk uit hun hutten gesleept en stonden daar met uitgestrekte handen, sommigen slingerend van zwakte. Luca schudde zijn hoofd en legde de resterende afstand sprintend af.

'Luca,' zei Bill met een schuldbewuste blik.

Luca nam de gezichten in zich op die elkaar om hem heen verdrongen. 'Zeg dat je niet...?'

'Ik kon niet toekijken zonder iets te doen.'

Luca wilde iets zeggen, maar hield zich stil, terwijl hij zijn hoofd ongelovig schudde. Hij kon de antibiotica niet meer terugkrijgen. Het kwaad was al geschied.

'Geweldig,' zei hij zuur. 'Echt geweldig, verdomme.'

'Het spijt me,' zei Bill weer. 'Ik kon gewoon het idee niet verdragen dat wij gezond in ons kamp zitten...'

Luca keek naar de Tibetanen die zich met een hoopvolle glimlach rond hen hadden geschaard. Ze hielden hun medicijn zorgvuldig in hun handpalmen, knikten met hun hoofd en bedankten deze vreemde nieuwkomers voor het medicijn.

'Maar we hadden maar een paar kuren,' zei Luca. 'Wat geef je de rest van deze lui in godsnaam?'

Bill haalde schaapachtig zijn schouders op en keek weg.

'Alleen een paar pijnstillers. Iedereen zag dat ik de pakjes uitdeelde, dus moest ik hun wel iets geven. Dat was het enige wat ik kon bedenken en... Nou ja, het kon geen kwaad.'

Tijdens hun gesprek, werd er nog een hand uit de menigte gestoken. Terwijl Bill de laatste twee witte pilletjes uit de fles schudde, ving Luca aan de andere kant van het dorp een beweging op. Hij keek op toen er een figuur naar hen toe stapte.

'Wat krijgen we nou?' mompelde Luca.

Ze was lang voor een Tibetaanse vrouw, en had twee rechte gordijnen van heel donker haar die haar gezicht omlijstten. Het contrast met de zieken kon niet groter zijn. Ze beende, duidelijk blakend van gezondheid, naar hen toe, de zoom van haar bleekblauwe tuniek achter haar aan deinend.

Ondanks de vuile sjaal die als een chirurgenmasker voor haar gezicht was gebonden, konden de mannen zien dat ze woedend was. Sterke donkere wenkbrauwen stonden laaggebogen boven groene ogen die vlamden van vijandigheid. De ogen schoten van Bill naar Luca en weer terug. De menigte om hen heen viel stil.

De vrouw stak haar rechterarm omhoog en rukte de sjaal omlaag naar de kraaglijn van haar tuniek.

'Waar zijn jullie in godsnaam mee bezig?' vroeg ze met een licht accent. Ze rukte haar kin omhoog en gebaarde naar de fles die Bill vasthield. 'Geef me die.'

Bills mond viel open van verbazing terwijl hij de lege plastic fles overhandigde. 'U spreekt Engels.'

Ze negeerde hem en gluurde naar het etiket van de fles voordat ze weer opkeek met ogen die fel waren van woede. 'Nurofen,' zei ze. 'Jullie nemen me vast in de maling. Hebben jullie enig idee hoe onverantwoord dat is?'

'Ik dacht alleen...'

'Je dacht niet,' kapte de vrouw hem af. 'Het is hier vergeven van de cholera, en dan deel je pijnstillers uit. Begrijpen jullie niet dat deze mensen echt geloven dat jullie westerse medicijnen hen zullen genezen? Jullie maken alleen maar misbruik van hun onwetendheid.'

'Wacht even,' onderbrak Luca haar beheerst. 'Bill heeft al onze antibioticakuren al uitgedeeld – spul dat we nu niet meer voor onszelf hebben. Hij kon de anderen niet teleurstellen en moest hun dus ook iets geven.'

De vrouw wierp Luca een minachtende blik toe. Daarna wendde ze zich tot de groep en sprak hen in rap Tibetaans toe, op zachte en nadrukkelijke toon. Even later begonnen de zieken met onzekere gezichten van haar naar Bill en Luca te kijken. Terwijl zij verder praatte, deden ze hoofdschuddend een stap of twee naar achteren, terwijl ze de witte pillen achterdochtig beschermden.

'Natuurlijk geloven ze mij niet, waarom zouden ze?' zei de vrouw gefrustreerd. 'Jullie hebben hun hoop gegeven, en dat is de eerste hoop die ze sinds lange tijd hebben gehad. Maar waarom krijg ik het gevoel dat jullie niet in de buurt zullen zijn om de brokken te lijmen als ze beseffen dat de medicijnen niet werken?'

'We hadden geen kwaad in de zin,' zei Bill met zijn handen defensief geheven.

'Dat zeggen jullie allemaal...' begon ze, waarna ze zich in stilzwijgen hulde en haar hoofd vol walging schudde. Ze liet de lege fles uit haar hand vallen en Luca en Bill keken hoe hij een paar centimeter over de grond rolde voordat hij in een modderig stukje bleef steken. Terwijl ze de sjaal weer over haar mond trok, wierp ze Bill en Luca een laatste, vernietigende blik toe voordat ze naar het andere eind van het dorp terugliep.

Toen ze wegging, begon de menigte zich te verspreiden; een paar mensen stonden naar de lege fles te staren voordat ze zich naar de houten stoepen van hun woningen terugtrokken.

'Jezus,' zei Luca met grote ogen. 'Waar kwam zij nou vandaan?'

'Ik heb geen idee,' zei Bill, 'maar ik voel me echt een idioot.'

Luca draaide zich om en zag dat Bill met hangende schouders naar de lege fles stond te staren.

'Je probeerde alleen maar te helpen. Trek het je niet aan. Een paar van hen zullen in elk geval gered worden door de antibiotica.'

'Ja, maar...'

Toen Bill zijn hoofd oprichtte, sloop er een flauwe glimlach over Luca's gezicht.

'Eén ding kan ik je wel vertellen. Dit levert ons zeer zeker geen eetafspraak op.'

Langzaam ebde de spanning uit Bills gezicht weg. Hij gluurde achterom naar de hut waarin de vrouw was verdwenen.

'Wie zou ze zijn? Ik bedoel, ze had zelfs nauwelijks een accent.'

'Geen flauw idee,' zei Luca. 'Misschien is ze een ontwikkelingswerkster of zo. Ze zag er meer Nepalees dan Tibetaans uit. Waar ze ook vandaan komt, ik krijg het gevoel dat ze niet erg onder de indruk van ons was.'

'Ik probeerde alleen maar te helpen,' mompelde Bill. Hij trok zijn schouders recht en liep naar hun kamp terug.

Na een laatste, nieuwsgierige blik op de hut volgde Luca hem.

24

'Wie is daar?'

Er kwam geen antwoord, alleen herhaald geklop, mechanisch en onophoudelijk.

'Hou in godsnaam op met dat afschuwelijke kabaal!'

Met meer dan zijn karakteristieke gebrek aan lenigheid sjokte René door het lege restaurant in de richting van de voordeur. Hij kromp ineen toen hij door een straal zonlicht strompelde die tussen de gordijnen doorbrak en wreef voorzichtig over zijn slapen.

Doordat hij al jarenlang aan katers van Bijbelse proporties leed, wist René dat hij met een ijszak en een flinke dosis paracetamol de dag zo'n beetje zou kunnen doorkomen. Beide zaken bevonden zich echter in de keuken en in de tegengestelde richting van waar hij momenteel naartoe ging. Reden genoeg voor hem om de indringers helemaal te negeren. Alleen het eindeloze geklop had hem tot enige vorm van actie aangespoord.

Toen hij het slot ontgrendelde en de deur openzwaaide, verzamelde René zijn laatste restjes kracht. 'Wat denk je verdomme...?'

Hij hield abrupt op, terwijl zijn ogen langzaam focusten op de zwijgende figuren tegenover hem. Er stonden drie silhouetten op de stoep, omkranst door het harde ochtendlicht. René tuurde naar hen en voelde zijn hoofdpijn twee keer zo erg worden. Zonder iets te zeggen drongen de voorste twee soldaten langs hem heen het restaurant in.

'Een onverwacht genoegen,' zei René, die een paar stappen naar achteren struikelde.

Een derde man, kleiner dan de andere twee, stapte over de drempel heen. Toen hij verder het vertrek in liep, kon René zien dat zijn gezicht fijn, bijna vrouwelijk was, zonder een spoor van stoppels. Alleen zijn dunne lippen compenseerden de broosheid van zijn gelaatstrekken.

Kapitein Zhu bekeek René vol walging van top tot teen. Zijn ogen gleden over het geruite shirt dat hij haastig had aangetrokken om de deur open te doen, een shirt dat nog steeds een paar vlekken vertoonde van de festiviteiten van de vorige avond. Boven de kraag vertroebelde een stoppelbaard van een paar dagen Renés pafferige wangen en zijn haar had nog precies dezelfde vorm als zijn kussen.

Zhu trok een van de stoelen onder een eettafel vandaan en ging erop zitten. Aan de andere kant van het vertrek stonden de twee andere soldaten in de houding. Een van hen, de forse met de dikke nek en brede schouders, deed een stap dichterbij.

René slikte een paar keer, in een poging weer wat vocht in zijn mond te krijgen.

'Ministerie van Buitenlandse Zaken, visum en vergunningen,' zei Chen in zijn gebroken Engels.

'Godsamme, ik ben al acht jaar in Lhasa,' protesteerde René, terwijl hij zijn armen op zijn tonronde borst over elkaar sloeg.

'Ministerie van Buitenlandse Zaken, visum en vergunningen,' herhaalde Chen toonloos.

'Oké, oké. Hou je gedeisd.'

René liep achteruit naar de trap, zette zich schrap voor de hoofdpijn die hij daarmee zou veroorzaken en schreeuwde naar een van zijn personeelsleden om met het nodige papierwerk beneden te komen. Even later kwam er een Tibetaans meisje voorzichtig de houten trap af. Ze was lang en slungelig en, zoals de meeste tieners die de kinderjaren nog maar net ontgroeid zijn, opgelaten vanwege haar lengte. Haar bruine ogen wierpen nerveuze blikken op de onwelkome clientèle van het restaurant en ze overhandigde haar werkgever een map.

'Bedankt, Anu,' zei René rustig. Hij merkte op dat de zittende soldaat al haar bewegingen volgde. 'Ga maar naar het kantoor terug en wacht daar op me.'

Hij richtte zich tot Chen. 'Hierin zul je alle nodige vergunningen vinden. Doet u ermee wat u niet laten kunt.'

Chen fronste toen hij probeerde te begrijpen wat hij met deze laatste frase had bedoeld. René glimlachte. Het gebruik van straattaal was een van zijn favoriete manieren om functionarissen in verwarring te brengen. Chen nam de papieren vlug door en legde ze vervolgens op de tafel neer.

'We hebben alle papierwerk nodig,' zei hij, struikelend over de uitspraak. 'Alle afgegeven vergunningen.'

'Trekken jullie mij na? Waarom?' zei René, wiens verbazing zijn irritatie overtrof. Er viel een stilte en René keek vragend langs Chens omvangrijke lijf naar de kleine officier die achter hem zat. Ondanks zijn stilzwijgen straalde hij gezag uit. Aan de blikken te zien die deze enorme bruut tegenover hem in zijn richting wierp, leek zelfs hij bang voor hem te zijn. Hij wist dat je in Lhasa altijd de man met de hoogste rang moest aanspreken.

'Kijk, de CMA heeft mij nog maar vier maanden geleden helemaal nagetrokken,' zei hij op redelijker toon tegen Zhu. 'Alle vergunningen die ik heb afgegeven zijn in orde. U kunt het rapport gewoon opvragen.'

Zhu kwam langzaam overeind en stak met zijn linkerhand een sigaret op. 'Maar wij zijn de CMA niet,' zei hij in zijn stijve Engels. 'En uit het dossier dat we al over u hebben, meneer Falkus, zou blijken dat u er goed aan zou doen om uw volledige medewerking te verlenen. U wilt toch niet gedeporteerd worden vanwege zoiets onbeduidends als een vergunningafgifte?'

'Gedeporteerd?' zei René uitdagend, terwijl hij zich draaide om hem recht in het gezicht te staren. 'Waar hebt u het in godsnaam over? Niemand deporteert mij.'

Zhu schonk hem een heel korte glimlach, die flikkerde als een aansteker die bijna geen vloeistof meer had.

'Nou, laten we beginnen bij de vergunningen voor de twee westerlingen die pas geleden naar Nepal reisden.'

Hij gebaarde naar Chen, die een map opende die hij vasthield en de namen oplas: 'Luca Matthews. Bill Taylor.'

'Hoe zeg je dat in uw land?' zei Zhu, achteromkijkend naar René. 'Gaat er een lampje branden?'

Even was René overrompeld, waarna zijn gezicht betrok en hij de man met onverhulde haat aankeek. Hij stond op het punt luidkeels te protesteren en zich door bluf uit de situatie te redden, toen hij zich plotseling beheerste voordat er een woord aan zijn lippen ontsnapte. Hij besefte opeens wat de epauletten op de jas van de officier eigenlijk waren.

René draaide zijn ogen weg en staarde met een duizelend hoofd naar de vloer. Hoe had hij ze in godsnaam over het hoofd kunnen zien toen de soldaten naar binnen waren gelopen? Iedereen kende de goudkleurige en zwarte insignes. Die man was van het Politieke Veiligheidsbureau. En bovendien een kapitein.

'Ik weet zeker dat het hier om een misverstand gaat,' zei hij uiteindelijk. 'Het waren gewoon standaardtoeristenvergunningen. Niks meer.'

'Nou, uw "standaardtoeristen" hebben Shigatse nog niet bereikt. Het lijkt erop dat ze zijn verdwenen en ze zijn zelfs zonder hun tolk vertrokken,' zei Zhu, terwijl hij een trek nam van zijn sigaret en de rook over de tafel blies. Daarna vervolgde hij, zonder René aan te kijken, op zachte, bijna onderhoudende toon: 'Waar zijn ze?'

'Dat weet ik niet...'

'Waar zijn ze?' herhaalde Zhu met vaste stem.

René stond in het midden van het vertrek naar zijn blote voeten te kijken. Zijn tenen waren opgerold tegen de koude vloer. Om de een of andere reden voelde hij zich zonder schoenen vreselijk naakt. Waarom stelde een kapitein van de geheime politie hem in godsnaam vragen over zoiets banaals als een vergunningafgifte? Hadden de jongens hem de waarheid verteld of voerden ze meer in hun schild dan alleen een beklimming van de Makalu?

'Misschien hebben ze pech met hun vrachtwagen gekregen en zijn ze een paar dagen opgehouden. Zoiets kan gebeuren.'

'Dat zou het geval kunnen zijn,' antwoordde Zhu zonder met zijn ogen te knipperen. 'Ja, dat is het misschien. De vrachtwagen.'

Er viel weer een stilte en René probeerde te bedenken wat hij moest zeggen, maar het kostte hem moeite zijn hoofd erbij te houden. Was hij maar niet zo verdomd katerig.

'Waarom zijn deze twee buitenlanders na een maand alweer terug in Tibet?'

Deze richtingsverandering overrompelde René volledig. Jezus, wat waren ze snel geweest. Normaal gesproken kostte het deze lui weken om de hoeveelheid papierwerk door te worstelen en de stukjes samen te voegen.

'Ik weet niet waarom ze teruggekomen zijn,' zei René, zijn brede schouders ophalend. 'Misschien bevalt het ze hier.'

Zhu keek hem in de ogen. Een fractie van een seconde later wendde René zijn starende blik naar het raam af. Zhu bleef naar hem kijken.

Deze vent hield iets achter, daar was hij zeker van. Twee buitenlandse bergbeklimmers waren binnen een maand terug in hetzelfde godverlaten gebied, en nu waren ze plotseling verdwenen. De monnik in Drapchi had gezegd dat er klimmers uit Nepal waren gekomen om de Panchen Lama te redden en deze westerlingen waren voor het laatst in zuidoostelijke richting gezien. Dan zouden ze in de buurt van Tingkye moeten zijn.

Zelfs als de locatie toeval was, kon de timing dat niet zijn. Op precies hetzelfde tijdstip dat de jongen heimelijk was weggevoerd. Zhu stond van zijn stoel op en draaide zich naar Chen toe.

'Zorg ervoor dat hij zich fatsoenlijk aankleedt en breng hem naar het bureau voor verhoor.'

René staarde naar de tengere, precieze figuur tegenover hem, terwijl zijn woede eindelijk over zijn kater heen kookte. 'Ik ben een buitenlandse staatsburger. Ik heb rechten,' zei hij knarsetandend. 'Dat weten we allebei. Jullie mogen mij niet zomaar oppakken.'

'Het zal u nog verbazen wat we mogen doen,' zei Zhu en met de punt van zijn schoen drukte hij zijn sigaret subtiel op de houten vloer uit, zodat er een rond brandplekje achterbleef.

'Trouwens, u hebt een leuk restaurant.'

25

De kou van de nacht naderde snel en bespikkelde de zwarte hemel met een grote hoeveelheid sterren. Bill en Luca lagen dicht bij het kampvuur, uit de rook. Hun voeten raakten de hete houtskooltjes, die de zolen van hun schoenen bijna verbrandden. Ze keken rustig toe hoe de opwarmmaaltijden op het brandertje begonnen te sudderen.

'Ga jij maar terug om het te vragen, als je wilt,' zei Bill weer. 'Ze denkt vast dat ik een enorme idioot ben omdat ik de antibiotica heb uitgedeeld.'

Luca grijnsde en leunde met zijn hoofd achterover tegen zijn ineengevouwen handen. 'Ik ben net zo schuldig als jij omdat ik met je omga. Bovendien schijnen vrouwen jou leuk te vinden. Dat komt door dat betrouwbare gezicht van je. Daar tuinen ze altijd in. Neem Cathy, bijvoorbeeld...'

Toen de naam van zijn vrouw werd genoemd, verflauwde de glimlach op Bills gezicht. Hij draaide zich om en keek met een donkere blik in de gloeiende houtskooltjes.

Luca ging vooroverzitten. 'Sorry, man, dat had ik niet ter sprake moeten brengen. En wat de antibiotica betreft. Daar heb ik over nagedacht en...'

Hij stopte halverwege de zin. Ergens in de duisternis klonk het geknerp van stenen op het pad. Beide mannen leunden op hun ellebogen toen de oude monnik die ze op het pad hadden gezien langzaam in zicht kwam, met zijn oranje gewaad dat in het licht van het vuur gloeide. Hij stak zijn hand ter begroeting op en bracht een paar keelklanken uit die ze geen van beiden konden begrijpen. Hij had zijn rechterhand achter zich en het duurde even voor Bill en Luca beseften dat hij iemand uit de schaduwen leidde.

De vrouw uit het dorp stapte het licht in.

Na een moment van verbazing krabbelden Bill en Luca allebei overeind.

'Hallo,' zei Luca aarzelend.

Zonder te antwoorden liep de vrouw om de directe hitte van het vuur heen. Haar groene ogen gleden van Luca naar Bill alsof ze hen taxeerden. Plotseling begon de oude monnik met een dikke, schorre stem weer te praten. Ze wachtte tot hij was uitgesproken en knikte vervolgens.

'Mijn vriend wil zich voorstellen. Hij is Gyaltso Choedon van de Gelugpa-sekte.' Ze wachtte weer even voordat ze eraan toevoegde: 'En ik ben Shara.' Er sloop een glimlach over haar lippen, die haar gezicht transformeerde. 'Het spijt me dat we vanochtend zo slecht zijn begonnen.'

Luca grijnsde. 'Zit daar maar niet over in. Wij zeiden net hetzelfde.' Hij stak zijn hand uit. 'Ik ben Luca. Dat is Bill.'

Tegen de tijd dat Bill haar de hand had geschud, was de oude monnik al op de grond neergeschoven en wreef hij zijn handen tegen elkaar om ze bij het vuur te warmen. Toen ze bij hem kwamen zitten, traanden zijn donkere ogen lichtjes, terwijl hij van de ene man naar de andere staarde. Op zijn kaak lag een scheve glimlach besloten. Hij leek op een vreemde manier blij met zichzelf; een andere man dan degene die hen eerder op het pad had genegeerd.

Luca knikte eerbiedig naar hem voordat hij zich tot Shara wendde: 'Nou, aan je Engels te horen vermoed ik dat je niet uit deze streek komt.'

'Nee,' zei Shara met een spottend lachje. 'En jullie ook niet, stel ik me voor?'

Luca gluurde naar Bill, die haar over het vuur heen zat aan te staren. 'Ja, we zijn behoorlijk ver van huis. We komen allebei oorspronkelijk uit Engeland, maar we zijn al een paar keer eerder in Tibet geweest. Ik denk dat we geen van beiden ooit iemand zijn tegengekomen die zo goed Engels spreekt als jij, vooral zo ver in de woestenij als hier.'

'In de woestenij?' herhaalde Shara niet-begrijpend, waarna ze lachte. 'Je ziet dat mijn Engels niet zo goed is als je denkt.'

'Het spijt me, ik bedoelde afgelegen, ver weg van steden.'

'Ik snap het,' zei Shara. '"In de rimboe". Ja, dat klopt wel, denk ik.' Ze gluurde naar de monnik voordat ze een pluk donker haar achter haar oor stak. 'Ik heb een paar jaar op een Engelse school in Dharamsala in Noord-India gezeten. Vroeger werkte ik aan... vertalingen. Maar ik kom oorspronkelijk uit Tibet. En we zien niet vaak buitenlanders in dit gebied. Waarom zijn jullie hier?'

'Wij zijn klimmers,' zei Luca met enige trots in zijn stem. 'We zijn hier een paar weken om een of twee bergen aan de andere kant van het dal te beklimmen.'

'Maar waarom hier precies?'

'Nou, ik denk dat het twee maanden geleden is begonnen. We waren hoog op een andere berg en zagen deze keten. Volgens alle kaarten leek het alsof geen enkele daarvan was beklommen en zo kwamen we hier om een paar eerste beklimmingen te proberen.' Luca schoof een stukje naar voren, met een plotseling minder terloopse blik. 'Misschien zou jij kunnen helpen? Ik heb geprobeerd om van een paar mensen hier te weten te komen of ze echt niet beklommen zijn, maar mijn Tibetaans is niet bepaald geweldig.'

'Niemand heeft deze toppen ooit beklommen...' begon Shara, maar voordat ze iets meer kon zeggen begon de oude monnik weer te praten, met een luidere en dringender stem dan voorheen. Shara draaide zich om en praatte een paar minuten met hem. Hij leek druk op haar uit te oefenen over een of andere kwestie; hij herhaalde dezelfde zin telkens weer en trok al pratend aan de mouw van haar tuniek.

Bill en Luca wierpen elkaar vluchtige blikken toe voordat Shara zich weer naar hen draaide.

'Gyaltso wil dat ik jullie vertel over een voorstel dat hij voor jullie heeft. Hij zegt dat als jullie deze bergen willen beklimmen, hij jullie een weg door de rotswand zal laten zien.'

Luca ging rechtop zitten en hing in zijn opwinding bijna in het vuur. 'Meen je dat? Kent hij echt een weg via de wand?' Toen Shara wilde antwoorden, voegde hij eraan toe: 'Vraag hem naar de eerste rotssectie, Shara. Het is een geul, toch?'

Bill had ook opgekeken en zat aandachtig naar Shara te kijken. 'Is het iets verder buiten het dorp? Iets wat we nog niet hebben gezien?' vroeg hij.

Shara stak haar handen omhoog. 'Het spijt me, zelf ken ik de weg niet, maar Gyaltso zou hem jullie kunnen laten zien – als jullie akkoord gaan, natuurlijk.'

Luca had zichzelf omhooggehesen, zodat hij op zijn knieën zat. 'Is er echt een weg?' zei hij ongelovig, terwijl hij opgewonden naar de monnik keek. 'Ik ben de hele dag bij die wand geweest en ik kon niets zien.'

'Shara, hoe weet een oude monnik van de Gelugpa-sekte de weg over een technische rotswand?' vroeg Bill plotseling. 'En als er echt een route is, dan betekent dat zeker dat de bergen al zijn beklommen?'

'Ik zei dat de toppen nooit zijn beklommen, maar de lagere hellingen wel. En om je vraag te beantwoorden: toen hij jonger was, ging Gyaltso elke zomer omhoog om zeldzame kruiden te zoeken. Daardoor kent hij een route.'

'Zeldzame kruiden?' herhaalde Bill. 'Ik kan me niet voorstellen dat er daar veel van zijn op zo'n ijzige gletsjer...'

'Er is me verteld dat het een soort korstmos is dat op bepaalde hoogtes op de rotsen groeit,' antwoordde Shara met haar gezicht naar het vuur toe. 'Er worden veel ingrediënten uit de bergen in onze traditionele geneesmiddelen gebruikt. Maar nu hij zwak wordt, rekent Gyaltso natuurlijk op mij om zijn werk voort te zetten.'

'Jij? Ga jij de bergen in?' vroeg Bill met een blik op haar tengere figuur.

'Ja.'

'In je eentje?'

Shara zuchtte en bleef in het vuur staren.

'Nee. Er was hier in dit dorp een gids die me zou leiden, maar hij is ziek geworden, zoals de rest.'

De waterige ogen van de oude monnik schoten de hele tijd heen en weer. Hij schoof onrustig naar voren en trok nog een keer aan Shara's mouw voor een vertaling. Ze praatten snel, waarna Shara zich nogmaals naar Bill en Luca omdraaide.

'Hij wil weten of jullie de voorwaarde aanvaarden.'

'Ja, natuurlijk,' zei Luca. 'Ik wil de route zien die hij ontdekt heeft.'

'Wacht even,' zei Bill. 'Welke voorwaarde? Je hebt net gezegd dat hij ons de weg over de rotswand zou laten zien.'

Shara veegde haar haar uit haar ogen. Voor het eerst verslapte haar zelfverzekerde blik een beetje en ze zag er vermoeid uit.

'Jullie zouden mij moeten meenemen.'

Terwijl de mannen elkaar aankeken, legde Shara een hand op de arm van de monnik. Daarna keek ze op naar Bill en vervolgens naar Luca. 'Ik weet dat het veelgevraagd is, dus misschien moeten we jullie enige tijd geven om erover na te denken,' zei ze. 'We zullen jullie met rust laten.'

Ze stond op en hielp de oude monnik overeind.

'Goedenacht, heren,' zei ze en met een korte buiging trokken ze zich uit het licht van het vuur terug.

***

Luca gooide nog wat gedroogde jakdrek op het vuur en keek naar Bill, die geen woord had gezegd sinds de anderen vertrokken waren.

'Jezus,' zei Luca. 'Wat een mazzel, hè?'

'Daar zou ik niet zo zeker van zijn,' zei Bill hoofdschuddend. 'Er klopt iets niet, het klinkt allemaal wat te makkelijk.'

Luca zuchtte. 'Wil je voor één keer ophouden je zorgen te maken? Laten we er gewoon in meegaan en zien wat er gebeurt. In het ergste geval heeft de oude monnik geen flauw idee hoe je voorbij die rotswand komt en zijn we terug bij af.' Hij staarde naar Bill, terwijl hij zijn gesloten gezicht bestudeerde. 'Gaat dit over eerder vanmorgen? Ze was nogal vinnig over de antibiotica, maar...'

Bill keek op. 'Dat kan me geen reet schelen. Het is deze hele situatie. We zoeken een route omhoog en ineens is zij er, een en al glimlach en akkoordjes.'

Luca dacht even na en de hoeken van zijn lippen krulden op tot een glimlach. 'Weet je wat ik denk dat het is? Je bent gewoon pissig omdat er een aantrekkelijke meid uit het niets opdook en jou een uitbrander gaf.'

Bill kwam niet in opstand tegen het commentaar, maar bleef roerloos in de houtskooltjes van het vuur staren. Luca haalde diep adem en trok een wenkbrauw op.

'Waarom geef je haar niet gewoon het voordeel van de twijfel?

En het is trouwens niet zo dat we een hele hoop andere opties hebben.'

Bill zei een lange poos niets. Uiteindelijk knikte hij instemmend.

'Je zult wel gelijk hebben,' zei hij. 'Op dit moment is zij alles wat we hebben, neem ik aan.'

26

Ze stonden met zijn vieren met hun hoofden achterover in hun nek te kijken hoe de vieze wijsvinger van de oude monnik een lijn langs de steile rotswand trok.

In het mistige ochtendlicht leek de kam van de berg op de knokkels van een reuzenvuist, doorgroefd met barsten en spleten, ogenschijnlijk ondoordringbaar. Maar terwijl de vinger van de monnik de rotswand volgde, werd Luca's zicht wazig zoals dat al eerder die dag was gebeurd en hij besefte ineens wat hij hun probeerde te laten zien.

'Wel verdomme,' mompelde hij binnensmonds.

'Wat is er?' vroeg Bill, die vlak achter hem stond.

'Die barst waar hij naar wijst. Kijk daar nog eens naar.' Luca's hoofd boog opzij, terwijl zijn ogen omhoogschoten langs de omtrek van de rotswand. Wat een grote barst had geleken die vanaf de voet tot halverwege de rotswand liep, was in feite een smalle richel. Alsof ze naar de inktvlekken van de rorschachtest staarden, veranderde het beeld ineens. Iets wat eerst gewoon een spleet in de rots was geweest, bleek nu een richel te zijn die breed genoeg was om op te staan.

Bill schudde zijn hoofd. 'Ik kan het niet zien.'

'Je moet je ogen min of meer ontfocussen,' antwoordde Luca verstrooid.

Even later begon Bill te glimlachen. 'Jezus, ja. Ik zie het.'

Luca schudde ongelovig zijn hoofd en draaide zich naar de plek waar de oude monnik stond.

'Hoe hebt u dat in godsnaam gevonden?'

De oude monnik glimlachte en keek vervolgens nadrukkelijk

naar Shara, die met een ondoorgrondelijke blik naar de rotswand stond te staren.

Luca draaide zich weer naar de rots. Zelfs via de richel zou het een verdomd moeilijke beklimming worden. Niet voor het eerst sinds de afgelopen nacht vroeg hij zich af of ze zich wel aan de afspraak konden houden. Nadat ze hadden besloten de voorwaarde van de monnik te aanvaarden, hadden ze met zijn vieren tot diep in de nacht de details van de tocht besproken. Ze zouden Shara boven op de rots en naar de vlakte van de gletsjer erachter brengen. Als ze daar eenmaal waren, zouden ze een basiskamp opzetten van waaruit ze een paar nabije pieken konden aanpakken, en zij zou op haar beurt haar kruiden kunnen verzamelen. Een week later zouden ze samen weer afdalen.

Terwijl Luca daar naar de route omhoog stond te staren, voelde hij een tik op zijn schouder; hij draaide zich om en zag Bill naast hem staan. Bill gebaarde hem bij de anderen weg te stappen en ze liepen dichter naar de rots toe. Ze openden hun rugzakken en begonnen touwen en klimmaterialen op de grond klaar te leggen.

'Ik ben hier nog steeds helemaal niet zeker over,' zei Bill met zachte stem. 'Geloof jij dat verhaal over die zeldzame kruiden? Wij zijn wel duizend keer in de bergen geweest en er groeit niets op die hoogte.'

Luca haalde zijn schouders op en hurkte neer om de stapel klimbouten te tellen. 'Misschien kun je daarboven korstmos of zoiets krijgen. Wie weet?'

'Het klopt gewoon niet. Vannacht kreeg ik het gevoel dat het hele charmeoffensief plaatsvond omdat de oude gozer haar had gedwongen een deal met ons te sluiten.' Bill krabde verstrooid aan de zijkant van zijn gezicht. 'Ik vraag me af waarom dat zou zijn.'

Luca stopte met tellen en keek ongeduldig op. 'Bill, het punt is dat het me echt niet kan schelen wat ze daarboven doet. Het enige wat ertoe doet is dat er een route omhoog aan ons is getoond en dat we een stap dichter bij het vinden van de piramideberg komen.'

'Ja, maar ik zie het verband niet tussen...'

Luca stond op en trok twee klimgordels uit de rugzak. Hij keek naar de diepe fronsrimpels die over het voorhoofd van zijn klimpartner liepen.

'Kom op, man. Laat het even rusten. We zijn hier voor de piramideberg gekomen. Dat is het enige wat ertoe doet. En over een paar dagen zullen we een route door deze bergen hebben gevonden en aan de voet ervan staan.'

Hij reikte Bill een gordel aan. 'Fluitje van een cent,' zei hij met de aanzet van een glimlach op zijn gezicht.

Bill staarde even naar de gordel voordat hij hem aanpakte. Hij wilde nog iets zeggen, maar Luca draaide zich van hem weg en keek naar de bergen in de verte. Laag aan de horizon verzamelden zich vage wolkenslierten op de toppen van de pieken.

'We moeten maar eens gaan,' zei hij, waarna hij zijn stem verhief om Shara en Gyaltso erbij te betrekken. 'We moeten op de top van dat klif zijn voordat de wind aanwakkert.'

Shara nam de adembenemende ochtendlucht en de heldere hemel in zich op. Ze wierp een twijfelende blik in Bills richting.

'Vertrouw hem op dit punt,' zei Bill. 'Het weer is het enige wat hij altijd goed heeft.'

'Het enige?' zei Shara met een opgetrokken wenkbrauw.

Terwijl Bill en Luca de laatste hand aan de touwen legden, leidde de oude monnik Shara bij de mannen vandaan en begon tegen haar te praten, met hun rug naar de mannen en hun gezicht naar de bergen. Luca was bezig twee touwen van acht millimeter uit te leggen toen hij even opkeek en zag dat de oude monnik in zijn kleine schoudertas tastte. Hij haalde er iets uit wat in een vod was gewikkeld. Luca zag het maar een fractie van een seconde, voordat Shara het vlug in haar tas stopte. Ze legde een hand op de arm van de oude monnik en leek hem over iets gerust te stellen, voordat ze terugliep naar de plek waar Luca stond.

'Zijn we klaar?' vroeg ze.

'Ja, we zijn klaar.'

Luca bestudeerde haar even, ervan onder de indruk hoe kalm ze eruitzag met zo'n klimtocht voor de boeg. Ze stond met haar handen op haar heupen; de sterke beenderen van haar gezicht werden benadrukt door haar haar, dat in een paardenstaart naar achteren was getrokken. In plaats van de blauwe tuniek van de vorige avond droeg ze een dikke crèmekleurige trui met een hoge hals, die strak om haar middel was getrokken door een leren riem. Ze droeg dezelfde gevlochten viltschoenen als de jakdrijvers.

Bij haar voeten lag een groene canvastas met metalen gespen en opgevulde schouderriemen. Eerder die ochtend had hij haar een dikke schapenvachtjas en diverse paren strak gebreide wollen handschoenen zien inpakken. Met een blik op de tas vroeg hij zich af wat de oude monnik haar had gegeven.

'Het wordt een zware klim en jij moet zo licht mogelijk belast worden,' zei Luca. 'Waarom doe je niet een paar van je spullen in mijn rugzak? Dan zal ik ze voor je dragen.'

Shara glimlachte vlug. 'Ik red het wel. Hij is niet te zwaar,' zei ze, terwijl ze de tas een stukje optilde om te testen.

'Wat je wilt,' zei Luca.

Bill liep met een losse bundel draagriemen in zijn hand naar hen toe. 'We hadden geen reservegordel,' zei hij tegen Shara, 'dus heb ik dit voor jou in elkaar geflanst. Het is niet mooi, maar het houdt wel.'

Luca pakte een touw en maakte het met een dubbele achtknoop vast aan zijn eigen gordel en gebaarde daarna naar Bill dat hij zich moest vastmaken. Hij liep naar de kleine richel en begon te klimmen, toen de oude monnik naar de rots stapte en regelrecht naar hem toe liep. Luca bleef zwijgend staan toen hij zijn knoestige handen op zijn wangen legde en een lange stroom rollende lettergrepen begon te mompelen. Luca weerstond de drang om zijn hoofd terug te trekken en wachtte tot hij klaar was, met een opgelaten gevoel vanwege de plotselinge plechtigheid van de situatie.

'Een zegening,' legde Shara uit, terwijl de oude man zich omdraaide en voor Bill hetzelfde deed. Bij Shara boog hij zich voorover zodat hun voorhoofden elkaar raakten en met zijn ogen stijf dicht herhaalde hij een stil gebed, waarbij zijn lippen langzaam bewogen door onuitgesproken woorden.

Toen de oude monnik zich eindelijk had teruggetrokken, knikte Luca naar hem, met een flauwe glimlach om zijn lippen.

'Wij zullen wel voor haar zorgen.'

Daarop keek hij naar Bill en klom hij verder over de richel, met zijn heupen dicht tegen de rots en de bovenste helft van zijn lichaam achterovergebogen, zodat hij hoger kon kijken. Shara keek hoe de touwen zich langzaam uitrolden naar de plek waar Luca in een constant ritme klom en alleen om de ongeveer vijf meter even pauzeerde om een karabiner in te klippen. Slechts een paar minuten later had hij zich met vloeiende en nauwkeurige bewegingen verplaatst tot vijftien meter boven de plek waar zij stonden. Er sprak een absoluut zelfvertrouwen uit de manier waarop hij klom, iedere handgreep was weloverwogen, iedere voetplaatsing instinctief en zelfverzekerd.

Hij pauzeerde weer en dreef twee klemblokjes ongeveer een meter van elkaar in een open barst in de rots. Vanuit de juiste hoek klipte hij een karabiner door elk uiteinde en haalde daar een draagriem doorheen, die hij met een snelle polsbeweging in elkaar draaide. Nadat hij de klimtouwen in een derde karabiner had geklipt, schroefde hij de sluiting dicht en bracht hij zijn gewicht weer over op de gordel.

'Oké,' schreeuwde hij langs de wand omlaag. Bill bond Shara aan hetzelfde touw vast en gebaarde haar vervolgens naar voren te stappen. Hij telde nog tien meter uit voordat hij zichzelf vastbond.

'Neem gewoon precies dezelfde route,' zei hij. 'En wat er ook gebeurt, kijk niet naar beneden.'

***

Shara bewoog zich methodisch, concentreerde zich op de wand en probeerde te verdoezelen dat haar benen houterig aanvoelden en dat haar hart in haar keel klopte. Om de paar meter trokken de touwen zachtjes aan haar middel, wanneer Luca ze van boven aantrok.

Over de eigenlijke richel ging het zo slecht nog niet. Hoewel ze veel langzamer dan Luca was, bewogen haar voeten in een bijna constante vloeiende beweging omhoog. Maar op vijftien meter boven de grond had de richel een natuurlijke steilte met een kaal stuk volledig glad rotsgesteente.

Shara stopte en tastte naar een houvast hoger op de rots. Er was niets boven of onder haar – alleen maar glad, ononderbroken rotsgesteente. Het enige wat ze kon bedenken was haar lichaam vlak tegen de rots drukken en langzaam omhooggaan. Maar zonder een behoorlijke greep voelde haar evenwicht broos, alsof ze door het lichtste briesje over de rand zou tuimelen. Vanaf de grond had ze gezien hoe Luca dit gedeelte beklom. Hij had geen moment geaarzeld.

Shara keek over de kloof heen en zag dat de richel ongeveer een meter verder weer doorging. Ze hoefde zich alleen maar achterover te buigen.

Shara voelde dat haar ademhaling snel en licht werd en dat het zweet zich op haar voorhoofd verzamelde. Ze probeerde te bewegen, probeerde haar zware, traag reagerende benen vooruit te dwingen, maar al haar instincten schreeuwden dat ze moest blijven waar ze was.

'Kom op,' mompelde ze tegen zichzelf. 'Kom op. Maar één stap...'

Met een plotselinge slingerbeweging duwde ze zich over de kloof. De helling van de rots gaapte onder haar en even keek ze omlaag en zag ze de wazige omtrek van de grond beneden. Toen kwam de teen van haar rechtervoet in aanraking met een losse steen die op de rand lag en ineens gleed ze naar beneden, waarbij haar knie tegen de rots stootte en haar handen naar het gesteente klauwden.

Ze voelde een plotselinge ruk toen de touwen strak werden getrokken, en vervolgens een stekende pijn toen de banden van haar geknoopte gordel in haar middel en nieren drongen. De zware tas aan haar schouders rukte haar lichaam naar achteren en bracht haar uit balans. Paniekerig greep ze naar de strakke touwen boven haar. Daarna werd alles stil, op het langzame gekraak van de touwen na.

'Gaat het?' Luca's stem zweefde op haar neer.

Ze wilde terugschreeuwen, maar haar mond was kurkdroog. Terwijl ze regelmatig probeerde te ademen, draaide haar lichaam langzaam aan het uiteinde van de touwen rond, met haar rug naar de rots en haar gezicht naar de bergen in de verte. Met behulp van haar heupen draaide ze haar gewicht weer rond en probeerde ze haar voeten plat tegen de rots te krijgen. Na een korte worsteling kregen haar schoenen eindelijk contact.

Shara slikte een paar keer, in een poging een beetje vocht in haar mond te krijgen.

'Prima,' schreeuwde ze, met het gevoel dat haar longen barstten van de inspanning.

Even later werd het touw opgetrokken, en centimeter voor centimeter hees Luca haar de paar meter langzaam weer naar de richel. Gedesoriënteerd door het gebrek aan houvast, greep Shara naar de rots en vond een plek voor haar voet, zodat ze de druk van haar gordel kon halen. Voorzichtig schuifelde ze een hoek van de rots om en zag Luca, in zijn gordel hangend, het slappe touw ophalen. Toen ze elkaar aankeken, verscheen er een glimlach op zijn gezicht en hij stak zijn hand uit. Even schoten Shara's ogen van de rots naar zijn uitgestrekte vingers om de afstand te peilen. Toen greep ze met een plotselinge slinger zijn pols vast. Het was een klungelige beweging, maar hij slaagde erin haar met zijn andere hand stevig beet te pakken en naar zich toe te trekken.

Shara klemde zich aan zijn schouders vast, overspoeld door een golf van opluchting en het plotselinge gevoel dat ze veilig was. Nog voordat ze naar beneden had gekeken, had hij haar op de standplaats vastgeklipt en duwde hij haar voorzichtig in haar gordel terug.

'Gaat het?' vroeg Luca zachtjes. Hij had dezelfde verbaasde blik al heel vaak gezien.

Shara ademde uit, terwijl ze de haarstrengen uit haar gezicht veegde. 'Ik had geen idee dat het zo zou zijn,' zei ze, en na een korte adempauze: 'Dit wil je vast niet horen, maar ik heb vreselijke hoogtevrees.'

Luca lachte luid. 'Geweldig moment om me dat te vertellen.'

Ondanks alles moest Shara glimlachen. 'Ik weet het. Het spijt me.'

'Maak je geen zorgen, je doet het prima,' zei Luca.

Shara schudde langzaam haar hoofd en zei bijna fluisterend: 'Ik ben altijd bang geweest voor dit deel van de reis.'

'Deel van de reis?' vroeg Luca, terwijl hij zich omdraaide om haar aan te kijken. 'Wat bedoel je?'

Shara schudde haar hoofd. 'Ik zal gewoon een stuk gelukkiger zijn wanneer we de top bereiken, dat is alles.'

Even later knikte Luca nadenkend. 'Nou, het lijkt erop dat de richel daar breder wordt en dat het dan gemakkelijker wordt. Toch moeten we snel doorgaan, als we het weer voor willen blijven.'

Hij gaf nog een ruk aan het touw en even later verscheen Bills gezicht om de hoek van de rots.

***

Ze klommen nog vier uur door. Bill en Luca namen om de beurt de leiding, terwijl Shara tussen hen in bewoog. Bill hield zich het grootste deel van de klim stil; hij nam de materialen van Luca over wanneer ze elkaar aflosten en haastte zich zonder nog iets te zeggen de richel op. Hij klom snel, trok het touw aan Shara's gordel strak en dwong haar het tempo bij te houden. Maar toen de richel gemakkelijker werd, begon ze met meer zelfvertrouwen te klimmen. Het verlammende angstgevoel dat ze in het begin had ervaren was vergeten, nu vervangen door een vreemd gevoel van vreugde.

Op de top van de rots wankelde ze naar Luca toe, die het touw door een zekering trok.

'Dat was ongelooflijk,' zei ze, terwijl ze op het platte gesteente neerplofte.

Luca's ogen wendden zich af van de bergen in de verte en hij glimlachte. 'Dat was een geweldige eerste klim. Je mag trots op jezelf zijn.'

Shara toonde een ingehouden maar blije glimlach. Achter Luca kon ze de hoge toppen zien die hen als een immens amfitheater omringden en zich duizenden meters in de lucht uitstrekten. Gletsjers stroomden naar beneden en kwamen op de lagere hellingen samen. Niet ver van waar ze waren kon ze de stompe wipneus van de dichtstbijzijnde gletsjer zien, die als een barricade vol kuiltjes opprees.

Een poosje later verscheen Bill boven de rand van de rots. Hij liep straal langs de plek waar Shara zat naar Luca.

'Geweldige klim, hè?' zei Luca glimlachend.

Bill leek hem niet gehoord te hebben. 'We moeten hogerop beschutting zien te vinden,' zei hij. 'De wind wakkert snel aan, zoals je zei.'

Shara kwam overeind en liep naar hen toe. De klim had haar zozeer in beslag genomen dat ze de weersomslag niet eens had opgemerkt. De spookachtige wolken die ze die ochtend hadden gezien dreven nu door de lucht en dempten het middaglicht. Ze hadden kennelijk al die tijd in de luwte geklommen, maar nu waren ze onbeschut en ze kon voelen hoe de wind door haar gebreide trui drong. Ze tastte in haar tas en trok de schapenvachtjas aan, die ze met haar leren riem strak om haar lichaam trok en tot aan haar kin dichtknoopte. De jas had ook een capuchon met een voering van zachte wol en een kraag van lang, zwart bont, die ze opzette om haar gezicht te beschermen.

'Laten we gaan,' zei Luca, wiens ogen zich weer op hun route over de gletsjer richtten. 'We moeten naar de andere kant van de gletsjer gaan om uit de wind te komen. Vind je dat goed, Shara?'

Shara zag er bleek en moe uit, maar zonder nog iets te zeggen zwaaide ze haar tas om haar schouders, gereed om te vertrekken. Luca glimlachte opnieuw, verbaasd hoe anders ze eruitzag dan het boze, afstandelijke meisje dat ze in het dorp hadden ontmoet. Bill had zich compleet in haar vergist, daar was hij zeker van.

'Ik ben klaar.'

Binnen een paar seconden was ze tussen hen beiden aangebonden. Als een stel geketende gevangenen sleepten ze zich samen naar het begin van het sneeuwveld.

Met iedere minuut die er verstreek nam de wind gestaag in kracht toe. Getrechterd door de nabije pieken tuimelde hij langs de berghelling omlaag, pikte de losse sneeuw van de gletsjer op en jakkerde langs hen heen. Met half dichtgeknepen ogen boog Luca voorover in de wervelende lucht en concentreerde zich op de route voor hem. Ze moesten de beschutting van de hoger gelegen rotsen zien te bereiken.

Terwijl hij aan het touw rukkend voortging, worstelde Shara om het tempo bij te houden. Ze hijgde in de ijle lucht. Enorme wervelende wolkenpartijen rolden door de hemel en vertroebelden de horizon. De grond was een grote golvende deken van bijeengedreven sneeuw geworden en de wind joeg over het verharde ijs, totdat ze zich alleen nog maar lager konden buigen tegen de maalstroom.

Luca sleepte zich voort zonder al te veel aandacht voor zijn omgeving. Om hen heen werd het gebulder van de wind steeds luider, totdat het was aangezwollen tot een gierend geluid dat oorverdovend tegen de zijkanten van hun Gore-Tex capuchons kletterde.

De uren verstreken en de meedogenloze wind nam alleen maar toe, terwijl de sneeuw om hun gezichten heen kolkte en op hun ruwe wangen condenseerde. De sneeuw drong langs hun mutsen en nekwarmers door, gleed als zand over hun lichamen en deed hen rillen van de kou.

Ze waren drie uur aan het klimmen toen het touw aan Luca's middel plotseling strak werd getrokken. Hij wachtte even, zette zich schrap tegen de wind en stapte vervolgens nogmaals naar voren. Het touw bleef strak staan. Achter zich kon hij de wazige omtrek van Shara zien. Ze stond voorovergebogen, met haar handen op haar knieën.

Hij liep langs het touw naar haar terug en ook Bill verscheen uit het halfduister. Ze zwegen een poosje terwijl de sneeuw de slappe touwen aan hun voeten snel bedekte. Shara stond nog steeds dubbelgevouwen naar adem te happen in de jagende lucht. Ze had een laagje rijp op haar gezicht en de zware capuchon van haar jas zat onder de sneeuw. Ze rilde van de kou en probeerde haar lichaam warm te wrijven met haar armen.

Luca trok haar rechtop en staarde in haar ogen. Die waren glazig, en het uiteinde van haar wimpers was berijpt.

'Oké,' schreeuwde Luca tegen haar. 'We stoppen hier.'

Bill deed zijn rugzak af en haalde de tent en de stokken eruit. Met gebogen hoofden knielden ze op de harde sneeuw en zetten ze de buitentent op, waarvan de stof in de wind schudde en klapperde. Bill had zijn rechterhandschoen uitgetrokken en het uiteinde tussen zijn tanden geklemd, omdat hij zijn blote vingers moest gebruiken om de stokken door de flappen te steken.

'Ja! Kom maar!' schreeuwde Bill, terwijl hij een van de uiteinden stevig vasthield. Luca zette druk op de stok en het uiteinde gleed uit de hoek van de tent weg en drong de sneeuw in. Half verblind door de sneeuw had Bill niet gezien wat er gebeurd was en Luca duwde de stok nog dieper in de sneeuw. Plotseling boog de stok door en knapte. Luca keek op en zag dat de belangrijkste steun voor de tent opzij helde. 'Shit!' schreeuwde hij, terwijl hij met zijn vuist op de sneeuw beukte. Hij smeet zijn uiteinde opzij en kroop over de golvende stof naar Bill toe. Even zaten ze zwijgend op hun knieën, met hun hoofden maar een paar centimeter van elkaar, terwijl ze probeerden te bedenken wat ze moesten doen.

'Rotswand?' opperde Bill.

'Te gevaarlijk.'

Luca tuurde naar de plek waar Shara stond.

'We hebben niet veel tijd. Jij blijft bij haar. Voordat het weer omsloeg heb ik ten westen van hier een paar overhangende rotsen gezien.'

'Oké,' schreeuwde Bill terug. Hij tilde de tentstof met beide handen op en sjokte naar Shara, die nog steeds met haar armen om haar lichaam geklemd stond. Hij wikkelde de stof om haar heen om haar tegen de ergste wind te beschermen en duwde haar op zijn rugzak neer. Daarna legde hij zijn arm om haar schouder en veegde hij met zijn vrije hand wat sneeuw van haar gezicht.

Luca haalde zijn gps-ontvanger uit zijn jaszak en wachtte tot het apparaat voldoende satellieten had opgepikt. Uiteindelijk kreeg hij een helder signaal en wist hij hun positie vast te leggen. Zonder achterom te kijken schouderde hij zijn rugzak en liep weg.

Een paar seconden later was hij aan de sneeuwstorm overgeleverd.

27

Het tl-licht flikkerde, en de fletse gloed ervan ving de rookkrullen van kapitein Zhu's dovende sigaret op. De groene muren waren bezaaid met stukken ruw cement en er waren geen ramen, alleen een aftandse metalen ventilator in de verste hoek van de kamer, waarvan een van de drie bladen ontbrak. In het midden van het vertrek stond een wankele plastic tafel, die kennelijk jarenlang buiten in de regen had gestaan en een muffe schimmelgeur afgaf.

Een van de twee stoelen aan weerskanten droeg de aanzienlijke massa van René Falkus. Renés lichaam, tussen de plastic armleuningen geperst, vulde ieder deel van de stoel en dwong hem onnatuurlijk rechtop te zitten, met zijn dikke dijen tegen elkaar geklemd alsof de behoefte aan bescheidenheid veel sterker was dan de zucht naar comfort.

Aan de andere kant van de tafel had Zhu zijn ene been over het andere gevouwen terwijl hij het restant van een sigaret subtiel uitdrukte. Ze zaten al bijna een uur in dezelfde situatie – Zhu stelde vragen, die René zo kort mogelijk probeerde te beantwoorden, gehinderd door het zware gebons in zijn slapen dat nog eens verergerd werd door de naweeën van zijn kater.

Zhu leunde achterover in zijn stoel en richtte zijn ogen op een van de vlekken op Renés vuile shirt.

'Ik begrijp dat u enige loyaliteit jegens uw vrienden voelt, maar is het de moeite waard om alles wat u bezit op het spel te zetten om hen te beschermen tegen iets wat simpelweg onvermijdelijk is? U weet inmiddels vast wel dat we hen zullen vinden.'

'Ik heb het u al verteld,' zei René vermoeid. 'Ze volgen de gebruikelijke route.'

'Waar zijn ze?'

René haalde zijn schouders op en keek naar de tafel. 'Ik weet niet waar ze zijn. Zo simpel is het.'

'U zult alles verliezen waar u voor gewerkt hebt,' vervolgde Zhu met een plotseling zachtere stem, alsof hij zo'n gevolg persoonlijk zou betreuren. 'Uw restaurant, uw bar, alles. Het enige wat we hoeven te weten is waar ze naartoe zijn gegaan.'

'Eén telefoontje naar het ministerie van Buitenlandse Zaken en we zullen algauw zien wat u met mijn restaurant kunt doen,' verweerde René zich. 'Ik heb rechten en dat weet u.'

Zhu keek even nadenkend. 'Natuurlijk, uw rechten... Het probleem is dat er volgens mij niet erg veel advocaten in de Drapchigevangenis zijn.'

Er trilde een spier in Renés wang. Hij had de verhalen al eerder gehoord. De kilometers ondergrondse cellen. De duisternis.

Er viel een stilte waarin René zich pantserde en zijn volgende woorden heel zorgvuldig koos. Hij was al een hele tijd in Lhasa, en hij had geleerd hoe hij met de Chinezen moest omgaan. Maar op de een of andere manier was deze nieuwkomer anders. Hij had iets wat hem misselijk maakte, iets wat René op de gedachte bracht dat het slechtste wat hij kon doen was dat hij enige angst zou tonen. Met zijn kaken op elkaar geklemd keek hij de kapitein recht in de ogen.

'Beschuldig me ergens van of haal me hier als de donder weg. Genoeg van dit gezeik.'

Zhu gaf geen antwoord, maar boog zich in plaats daarvan voorover en pakte de zilverkleurige aansteker die op de tafel lag. Met zijn duim klikte hij die aan, waarna hij het klepje weer dichtklapte. Dit deed hij diverse keren voordat hij weer in zijn stoel achteroverleunde en de vlam liet branden.

'U hebt nog steeds geen idee wat ik u kan aandoen, hè?' zei hij. 'Ik kan u zomaar brodeloos maken.' Terwijl hij dit zei, klapte hij de aansteker dicht.

René forceerde een glimlach; de inspanning vergde duidelijk veel van hem.

'Ja? Wat heb ik dan nog meer te verliezen?' vroeg hij, terwijl hij zijn schouders boven de tafel rechtte.

Voor het eerst die middag trok er een glimlach van echt plezier over Zhu's gezicht. Zonder antwoord te geven maakte hij zich van de stoel los en stapte naar de vergrendelde metalen deur. Hij klopte twee keer en de deur zwaaide aan zijn scharnieren open.

'Iedereen heeft iets meer te verliezen, meneer Falkus,' zei Zhu en hij liep de gang in.

René zat in de kleine cel te wachten, niet in staat de norse bevelen te begrijpen die Zhu buiten gaf. Er verzamelde zich zweet op zijn bovenlip en met een tongveeg likte hij het eraf. Toen Zhu's voetstappen zachtjes in de gang wegstierven, viel er een nieuwe stilte. Hoewel hij naar een sigaret snakte, weerhield iets hem ervan voorover te buigen en er een te pakken uit het open pakje dat op de tafel was achtergelaten. In plaats daarvan zat hij daar alleen te luisteren naar het gezoem van fluorescerende verlichting.

Even later vloog de deur open en stormden er drie potige soldaten in legertenue binnen. Ze schoven de tafel opzij, grepen René bij de kraag van zijn shirt vast en tilden hem in zijn geheel van de stoel. Het gebeurde zo snel dat hij amper tijd had om te schreeuwen, voordat een van de soldaten de stoel onder hem vandaan had getrapt en tollend naar de verste hoek van het vertrek had laten vliegen.

Ze droegen hem half slepend door de gang, waarbij zijn voeten over de gladde betonnen vloer gleden.

'Blijf van me af, klootzakken...' begon hij en een van de soldaten gaf hem een elleboogstoot tegen zijn kaak. René loeide van de pijn. De soldaat stak zijn arm omhoog om opnieuw toe te slaan.

Ze trokken en schoven hem door een andere gang, en daarna door een volgende. Uiteindelijk brachten ze hem met een felle ruk aan zijn haar abrupt tot stilstand. Een van de soldaten wees naar een gaasrooster op middelhoogte in de voorste muur.

Het rooster had ongeveer hetzelfde formaat als een baksteen en René moest bukken om erdoor te gluren. Door het vervlochten gaas heen kon hij een cel zien, identiek aan de cel waarin hij net was geweest. In het midden stond een tafel en aan de linkerkant, twee figuren in profiel.

René voelde dat zijn ademhaling versnelde en dat zijn hart vlugger begon te kloppen.

Alstublieft god, nee. Alles behalve dat.

Een van de figuren stond over de tafel heen gebogen; haar donkere haar verdoezelde het grootste gedeelte van haar gezicht. Haar slungelige benen waren bij de knieën tegen elkaar geklemd en haar bovenlijf was ontbloot. Met alleen haar gekruiste armen probeerde ze haar kleine tienerborsten te bedekken. Zelfs door het gaasrooster heen kon René zien dat Anu's handen trilden.

De man naast haar was een soldaat. Hij herkende hem niet, maar hij droeg hetzelfde tenue als de drie die hem uit de cel hadden gesleept. Hij had een brede rug die de stof van zijn overhemd strak trok, en zijn haar was bijna tot de huid van zijn dikke hoofd afgeschoren.

Toen René vol ongeloof stond te staren, stak de man een van zijn ruwe handen omlaag om zijn riem los te gespen, terwijl de andere hand Anu's tengere been vastgreep. Ze kromp heftig ineen, met haar grote bruine ogen op een of ander onzichtbaar deel van de vloer gefixeerd.

'O god,' herhaalde René fluisterend, terwijl hij zijn maag voelde samentrekken en gal in zijn keel voelde opkomen. 'Alstublieft. Nee.'

Ondanks het feit dat haar haar zich over haar gezicht verspreidde, kon René de vochtige tranenlijn op Anu's wangen toch zien. De soldaat kwam nog dichterbij en boog zijn hele lichaam voorover, zodat zijn gezicht maar een paar centimeter bij het hare vandaan was. Zijn rechterhand was begonnen de binnenkant van haar dij te kneden en ging doelbewust steeds verder omhoog.

Renés mond werd droog en hij strompelde achteruit. Hij stak zijn armen uit naar de achtermuur om steun te zoeken, toen de soldaat aan zijn rechterkant hem uit balans stootte en hij met gespreide armen en benen op de grond viel. René kwam hard op de stenen vloer terecht; de lucht werd uit hem geslagen en hij moest naar adem happen. Hij krabbelde op zijn knieën overeind en probeerde zich in evenwicht te houden toen de soldaten hem weer te lijf gingen. Ze hesen hem in één beweging omhoog en duwden hem door de gang vooruit.

Toen klonk Anu's gil, een hoge toon die onvast werd en vervolgens abrupt ophield.

René kneep zijn ogen dicht en stelde zich voor dat de vlezige hand van de soldaat haar mond dichtklemde. Zhu zou in de verhoorkamer op hem zitten te wachten. Hij liep erheen, zonder kracht in zijn benen.

Dezelfde zin hamerde voortdurend in zijn hoofd: ‘Iedereen heeft iets meer te verliezen.’

God sta hem bij, net zoals de kleine Anu dat had gedaan.

28

De wind raasde over de berghelling en geselde de slappe stof van de tentflap met klappen die als knallende geweerschoten klonken. Shara en Bill zaten dicht bij elkaar heen en weer te schommelen in een vergeefse poging warm te blijven. Ze hadden de slaapzakken over hun dijen gedrapeerd. In de plooien verzamelde sneeuw zich als hoopjes poedersuiker.

'Kom op, Luca. Kom op,' mompelde Bill binnensmonds. De wind striemde tegen zijn gekromde schouders en onttrok langzaam de laatste restjes warmte aan zijn lichaam. Naast hem schokte Shara van de kou. Haar lippen zagen er wasachtig uit, met een blauwige tint, en haar ogen waren stijf dichtgeknepen tegen de jagende sneeuw.

Bill trok het tentdoek iets hoger boven haar schouders. Hij wist dat er weinig kostbare tijd was voordat ze volledig onderkoeld zou raken. De twijfels die hij jegens haar voelde werden voorlopig vervangen door een drang om haar te beschermen door de vreselijke kou af te wenden.

'Hij komt niet terug, hè?' De woorden vielen brabbelend van Shara's verdoofde lippen.

'Hij komt wel terug.'

Toen Shara haar ogen weer dichtdeed, draaide hij zijn nek in de richting waarin Luca was vertrokken. De horizon was slechts een waas van waaiende sneeuw, zonder onderscheid tussen grond en lucht.

'Alstublieft God, laat hem terugkomen,' mompelde hij, worstelend om zijn lichaam te laten ophouden met rillen.

***

Eerst had Shara nauwelijks erg in de arm die haar van de grond tilde. Vervolgens probeerde ze te staan, maar haar benen bezweken en Luca moest haar arm over zijn schouder tillen en haar volle gewicht op zich nemen.

'Laten we gaan!' schreeuwde hij tegen Bill, die uit zijn opgerolde houding overeind krabbelde.

Met zijn andere hand pakte Luca Shara's canvastas en begon haar half duwend, half trekkend door de sneeuw te slepen. Met laag gebogen hoofd tegen de storm sjokten ze in de richting waaruit hij was gekomen. Om de paar stappen bezweken Shara's knieën. Dan kreunde Luca van de inspanning om haar van de grond te houden. Iets verderop stopte hij, haalde zijn gps-ontvanger uit zijn zak en tuurde naar het grijze schermpje, dat vochtig van de sneeuw was. Een paar seconden later waren ze weer op weg en volgden ze een iets andere richting.

Shara's lichaam, een dood gewicht op Luca's schouder, begon uit zijn greep weg te glijden, toen er plotseling een enorme rotswand boven hen opdoemde. Met zijn gehandschoende hand volgde Luca die, voordat hij twintig stappen verder bleef staan en zijn rugzak af zwaaide. Hij bukte en duwde de rugzak onder een overhangende rots.

Hij controleerde of Bill hem kon zien, drukte zich plat tegen de grond en gleed onder de rots, terwijl hij Shara aan haar arm meetrok.

Binnenin was het donker en volkomen rustig.

Na het ongelooflijke lawaai van de sneeuwstorm voelde de geluidloosheid desoriënterend aan, alsof hij net een van zijn zintuigen was kwijtgeraakt. Uit zijn jaszak haalde hij een kleine plastic aansteker en met zijn verdoofde vingers lukte het hem het vuursteentje te ontsteken en zijn duim op het gasklepje gedrukt te houden. In de grot zwol een lichtbel op.

De grot was veel groter dan hij had gedacht, bijna hoog genoeg om rechtop te staan. Er hing een scherpe geur in de lucht. Hij wurmde zich vooruit, maakte ruimte voor Shara en sleepte haar half door de opening. Hij trok haar dieper de grot in, zette haar tegen de kant en veegde wat sneeuw van haar gezicht. Ze rilde hevig en haar wangen waren spookachtig bleek.

'Ik kan niet... Ik kan niet...'

'Het is oké,' zei Luca. 'We zijn veilig. Alles komt in orde.'

Er trilden tranen aan haar wimpers, maar die vielen er niet af. Shara staarde alleen maar met een verblufte blik voor zich uit toen Luca een Petzl-hoofdlamp uit de klep van zijn rugzak haalde. Hij wrong de elastische band om zijn voorhoofd en zette met zijn duim de schakelaar aan, zodat de grot zich vulde met het witte licht van de krachtige leds. Daarna trok hij zijn slaapzak uit de rugzak en wikkelde die om haar benen.

'Ik ga de brander aanzetten,' zei hij, net op het moment dat er een rugzak door de opening werd gesmeten en naast hen op de grond neerplofte.

Bill hees zich onder de rand door, voordat hij zich naar binnen liet vallen. Na een korte stilte draaide hij zich om en propte hij zijn rugzak weer in de ingang, zodat de wind enigszins werd buitengesloten.

Luca kroop op zijn handen en knieën vooruit, haalde de metalen MSR Whisperlite-brander tevoorschijn en zette die voorzichtig op de kale rotssteen. Met bevende handen pompte hij enkele malen, injecteerde brandstof in het reservoir en hield de aansteker erbij. Na een paar pogingen ontstond er een oranje vlam en braakte het bovenstuk een paar slierten zwarte rook uit. Er klonk een ploffend geluid, waarna alles weer stil werd.

'Shit,' zei Luca, die op zijn vingers blies om ze te proberen op te warmen. Hij pompte opnieuw, liet nog meer brandstof in het reservoir lopen en probeerde de aansteker nog een keer. De vlam sprong omhoog maar doofde meteen weer.

'Probeer de mijne eens,' zei Bill, terwijl hij ronddraaide en een van de riemen van zijn rugzak losmaakte. Een ogenblik later keerde hij zich weer om, met de brander en twee reservebrandstofflessen in zijn handen. Luca keek niet op, maar schroefde met zijn duim en wijsvinger de onderste moer van de brander los en zette de brandstoftoevoer helemaal open. Hij ontstak de aansteker en ineens sloeg de brander suizend aan, zodat de grot met een zacht geruis werd gevuld en het gele licht flikkerend in de donkere schaduwen verdween.

Tien minuten later zaten ze met mokken hete thee in hun handen rustig te kijken hoe de stoom omhoogkringelde in de stralen van Bills en Luca's hoofdlampen. Shara zat iets verder in de schaduw, ingepakt in haar slaapzak, haar armen en hoofd net zichtbaar boven de dikke donsveren. Haar wangen hadden weer wat kleur gekregen, maar haar gezicht zag er nog steeds grauw en uitgeput uit.

'Bedankt,' zei ze zachtjes, recht voor zich uit starend. Bill en Luca keken naar haar.

'Zonder jullie beiden zou ik het buiten niet gered hebben...' Ze stikte in haar woorden en verdween dieper in de slaapzak om haar tranen te verbergen.

'Je hebt het goed gedaan buiten,' zei Bill, terwijl hij in zijn thee blies. 'Dat was een vies weertje.' Voor het eerst sinds ze de rotswand op waren gegaan keek hij haar met genegenheid aan. Hij begreep goed hoe de urenlange inspanning en angst je bij de strot konden grijpen. Op elke expeditie was er altijd een punt waarop je emotioneel werd en tot nog toe had Shara zich groot gehouden.

Bill nam een slok van zijn thee en grijnsde. 'Gelukkig hebben we Luca hier, die, in een storm midden in een godvergeten gebied, toch nog met deze schuilplaats op de proppen weet te komen. Het is beter dan het verdomde Ritz, man.'

'Ja. We hebben mazzel gehad. Met die wind zou het onmogelijk zijn geweest om buiten een sneeuwhol te graven.'

Bill knikte langzaam. Als Luca en hij samen waren geweest, zouden ze het waarschijnlijk wel tot zonsopgang hebben volgehouden. Maar met Shara op sleeptouw was het een ander verhaal. Ze wisten allebei dat als ze de beschutting van de grot niet hadden gevonden, zij van de kou zou zijn omgekomen.

Luca viel stil en roerde afwezig een pakje gedroogd voedsel in de steelpan voordat hij opkeek naar de achterwand van de grot.

'Ik voel daar tocht vandaan komen,' zei hij en hij liet de steelpan in de steek om de aansteker uit zijn jaszak te halen. De vlam sprong op en werd vervolgens zijwaarts getrokken in de luchtstroom.

'Er moet ergens verder achterin een andere ingang zijn.'

Hij kwam overeind en wilde voorzichtig naar de achterkant van de grot lopen, met zijn hoofd laag tegen het plafond gebogen, maar toen begon het eten bij zijn voeten te pruttelen. Luca toomde zijn nieuwsgierigheid in, knielde weer neer en begon de maaltijd zorgvuldig in drie plastic kommetjes te lepelen. Toen hij Shara er een aanreikte, wilde ze eerst weigeren, omdat ze zich te moe voelde om te eten, maar Luca duwde het kommetje in haar handen.

'Eet op. Het smaakt vreselijk, maar het zal je goed doen.'

Bill lepelde het voedsel zonder commentaar in zijn mond. Binnen een paar minuten had hij het op en met een geeuw kroop hij dieper in zijn slaapzak.

'Weet je, voor een hotelkamer is deze niet slecht, maar je had er wel een mogen kiezen die aangenamer ruikt,' zei hij, terwijl hij de lucht een paar keer opsnoof.

'Ik zat een beetje in tijdnood,' antwoordde Luca, wiens ogen weer naar de achterkant van de grot schoten. Hij zat met zijn schouders naar voren gebogen, alsof de wind nog steeds achter hem woei.

Bill snoof opnieuw. 'Wat ís dat?'

'Wat maakt het uit? Ik ga niet weer naar buiten om een andere plek te zoeken.'

Luca pakte de kom voorzichtig van Shara af. Ze had maar de helft gegeten, maar haar ogen begonnen al dicht te vallen.

'Morgenochtend zul je je wel beter voelen,' zei hij tegen haar. 'Ik weet zeker dat de storm dan is uitgeraasd.'

29

Luca's ogen gingen met een ruk open. Er was iets veranderd. Knipperend probeerde hij ze aan het donker te laten wennen.

Hij moest wakker zijn geworden van een geluid, maar het was pikzwart en hij kon de vormen van de anderen, die maar een meter bij hem vandaan in slaapzakken lagen, niet eens onderscheiden. Zonder iets om op te focussen lag hij stil te luisteren en voelde hij hoe de haren op zijn armen overeind gingen staan.

Er klonk een schrapend geluid, het rustige geschuifel van iets wat zacht over de rotsen schraapte. Luca vertraagde zijn ademhaling, zich afvragend of het een van de anderen kon zijn die onrustig sliep, maar het geluid kwam beslist van verder achter in de grot vandaan.

Meer stilte. Daarna een lange, diepe inademing.

Het geluid was schichtig, doelbewust; een zintuig dat een onbekende geur peilde die zich door de stilte van de grot verspreidde. Luca verstarde; zijn geest was nog versuft van de slaap toen hij probeerde te begrijpen wat er gebeurde. Plotseling voelde hij een greep op zijn arm, waardoor zijn hele lichaam van angst verstijfde. Hij zag de donkere omtrek van een figuur die zich over hem heen boog, en daarna voelde hij de zachte streek van lang haar tegen zijn wang.

'Het is een beer.'

Hij hoorde Shara's stem, zo zacht dat het bijna onhoorbaar was. Ze was dichtbij; haar lippen raakten zijn oor bijna toen ze de woorden tegen hem fluisterde. Hij kon de geur van haar huid ruiken en voelde haar wang tegen de zijne drukken.

'Laten we hier weggaan,' fluisterde ze.

Toen Luca zich naar voren boog, ritselde zijn slaapzak een beetje; hij voelde Shara's hand harder knijpen. Ze ging stilletjes weg, terwijl Luca Bill wakker maakte, die vlak naast hem sliep.

Op hun handen en knieën, verblind door de duisternis, hesen Bill en Luca zich stilletjes uit hun slaapzakken. Ze hadden met bijna al hun kleren aan geslapen, maar ze hadden ook hun schoenen en jassen nodig om de storm buiten te kunnen doorstaan. Toen ze over het harde rotsgesteente kropen, leek ieder zacht geschraap van hun schoenen of geritsel van kleren, dat door de doodse stilte van de grot echode, hun aanwezigheid te verraden. Luca's been streek over het nylon van zijn slaapzak, wat weer een lang, nieuwsgierig gesnuif achter in de grot opwekte.

Vooruit kruipend, besefte Luca dat Shara bij de ingang van de grot stond te wachten. Hij kwam naast haar en zag haar gezicht in het flauwe licht dat door de storm drong. Ze was al helemaal aangekleed en gereed om te vertrekken, met haar schapenvachtjas dichtgeknoopt en haar rugzak bij haar voeten. Hoe was het haar gelukt om zich zo snel klaar te maken?

Toen klonk er een diep gegrom. Eerst was het een zacht, bijna teder geluid, een keelklank die langs de ronde wanden rolde. Binnen een paar seconden was het echter in kracht toegenomen en elk moment kon het een gebrul worden.

Luca duwde de rugzak die de ingang blokkeerde weg, zodat er een zachte werveling de grot binnenkwam. Vervolgens pakte hij Shara bij haar schouder en duwde haar vooruit. Zonder achterom te kijken glipten ze onder de overhangende rots door. Luca voelde Bills aanwezigheid vlak achter zich en trok hem met zich mee, achter Shara aan. Hierbij paste hij zijn balans aan, door zijn rechtervoet maar een paar centimeter van de linker te bewegen. Zijn schoen raakte iets, de steelpan op de brander. Een fractie van een seconde was het stil. Toen kletterde het metaal met een misselijkmakende klap op de grond.

Het gegrom barstte in een gebrul uit.

Luca voelde een luchtstroom van achteren en wierp zich met zijn hoofd voorover door de opening. Doordat hij de afstand verkeerd inschatte, stootte hij zijn hoofd, maar op de een of andere manier wist hij zijn lijf erdoor te wurmen. Met zijn hand naar zijn hoofd grijpend, rolde hij over de sneeuw, de angstaanjagende hevigheid van de storm in.

De loeiharde wind striemde pijnlijk tegen zijn lichaam en het losse vlokschuim verblindde hem bijna. Luca's wangen brandden in de ijzige lucht toen hij overeind krabbelde en van de grot weg wankelde. Hij had een stap of twintig gesprint voordat hij plotseling met bonkend hart stopte. Bill. Bill was nog in de grot.

Toen hij zich omdraaide, probeerde hij door de duisternis te kijken en hij kon net een silhouet onderscheiden, grijs en wazig tegen de donkere rotsen. Het was Bill, die zich door de opening probeerde te wurmen. Zijn lichaam stak voor de helft naar buiten en zijn handpalmen graaiden in de sneeuw terwijl hij zich naar voren probeerde te wrikken. Verlamd van de schrik keek Luca toe. Er klonk een klappend geluid en een vreselijke gil ontsnapte aan Bills lippen, terwijl zijn lichaam omhoog boog. Opeens was hij buiten en rolde hij over de sneeuwbank naar Luca toe.

Pas op dat moment kwam er iets in Luca los. Hij rende naar voren, pakte Bill bij zijn schouder en hees hem overeind. Samen ploegden ze door de diepe poedersneeuw. Ze wankelden als dronkaards bij de grot vandaan terwijl de wind in hun gezichten striemde. Honderd meter verder zakten ze met brandende longen op hun knieën.

'Gaat het?' schreeuwde Luca, wiens borst op en neer ging.

Bill gaf geen antwoord. Zijn ogen waren wijdopen en hij ademde met lichte, onregelmatige uitbarstingen.

'Gaat het?' schreeuwde Luca opnieuw, terwijl hij Bill bij de kraag van zijn jas greep en hem dwong hem aan te kijken.

Even staarde Bill alleen met open mond, alsof hij niet wist wie Luca was. Toen knikte hij langzaam, terwijl zijn hele lichaam beefde van de adrenalinestoot. Hij keek naar zijn blote handen. Die trilden onbeheersbaar.

'Hij heeft me niet te pakken gekregen,' hijgde hij. 'Hij raakte alleen de achterkant van mijn benen. Meer niet.' Zijn ademhaling begon langzamer te worden. 'Het gaat wel,' hijgde hij met een droge mond. 'Het gaat wel.'

Luca's hoofd zakte van opluchting voorover en bleef op Bills borst rusten. Hij schudde zijn hoofd vol ongeloof. 'Wat was dat verdomme?' zei hij, schor van emotie.

Bill gaf geen antwoord, maar toen Luca naar de grond keek, zag hij achter Bills bergschoenen een zwart wolkje dat langzaam in de sneeuw uitwaaierde. Even staarde hij er verward naar, zich afvragend wat het was.

'Je bloedt,' schreeuwde Luca. 'Jezus christus.'

Hij duwde hem in een zittende houding, pakte de achterkant van Bills dijen en streek met zijn handen langs beide benen. Het voelde warm aan; er kleefde bloed aan zijn handpalm. De achterkant van de Gore-Tex broek was opengeklauwd en er hing een lange reep vlees aan zijn bovenbeen.

Bills ademhaling vertraagde toen de adrenaline uit zijn lichaam wegebde. Hij keek naar Luca. 'Hoe erg is het?'

'We moeten het bloeden stelpen.'

Toen hij door de jagende sneeuw opkeek, zag hij een vaag silhouet worstelend tegen de wind en de sneeuw naar hen toe komen. Even later stond Shara bij hen, met haar armen om haar lichaam gevouwen om zich te warmen. Haar canvastas hing aan haar ene schouder en Bills halfvolle rugzak aan de andere. Ze staarde naar hen, in de felle wind die aan haar haren trok.

'Bill bloedt. Kun je helpen?' schreeuwde Luca tegen haar. Shara bukte zich onmiddellijk, duwde de rugzakken opzij en betastte Bills benen om de schade op te nemen. Even later keek ze Bill recht in de ogen.

'Het komt wel goed met je,' zei ze, vechtend om boven de storm uit te komen. 'Je moet je gewoon proberen te ontspannen, terwijl ik een verband aanleg.'

Ze richtte zich tot Luca. 'Heb je die hoofdlamp nog?'

Luca staarde haar geschrokken aan. Hij had zijn rugzak in de grot laten liggen. Toen schoot zijn hand naar de borstzak van zijn Gore-Tex jack – zijn zaklamp en zijn aansteker zaten er nog in. Hij friemelde aan de rits, trok de zaklamp tevoorschijn en drukte het knopje in met zijn duim, om hem vervolgens aan Shara te overhandigen. Daarna ging hij achter Bill in de sneeuw zitten om hem tegen de ergste wind te beschermen.

Shara haalde een zakmesje uit haar zak, opende de twee zijkanten van de zware schapenvacht en begon repen te snijden uit de onderkant van haar trui en ze om Bills benen te binden. Luca had zijn armen stevig om Bills rug heen geslagen en wreef zijn schouders om warmte te ontwikkelen. De wind en de sneeuw zwiepten over hun uitgestrekte benen. Om de paar seconden stopte Shara en klemde ze haar handen onder haar oksels om ze te beschermen tegen de bijtende kou.

'Het komt helemaal goed met je, man,' fluisterde Luca in Bills oor. Bills kaken waren op elkaar geklemd en zijn blote handen tot vuisten gebald tegen de pijn en de kou.

Nu de adrenaline uit hun lichaam was weggeëbd, had de kou een angstaanjagende nieuwe kracht. Het was duidelijk dat geen van hen het hier veel langer zou volhouden. Bill en Luca hadden beiden hun fleecemutsen en hun geïsoleerde handschoenen achter moeten laten in de grot. Shara was de enige die volledig gekleed was.

'We moeten gaan, Shara,' schreeuwde Luca door het lawaai van de wind. 'Straks vriezen we dood.'

Shara had het laatste noodverband aangebracht. Het bloeden was minder geworden en ze boog zich met een strakke blik naar Luca toe.

'De snijwonden zijn niet al te diep, het probleem is de huid eromheen. Die begint al op te zwellen door infectie. Als dat echt een beer was, treedt er waarschijnlijk snel infectie op.'

'We moeten de rotsen aan de andere kant van de gletsjer bereiken. Uit de wind vandaan,' zei Luca. 'Later zullen we ons wel zorgen maken over de infectie.'

Shara keek naar Bills opzwellende been. 'Nee. We moeten de wond nu steriliseren en hem antibiotica geven.'

Luca schudde zijn hoofd. 'Godsamme, Shara. We zitten in een sneeuwstorm midden in de Himalaya! En je weet dat we geen antibiotica meer hebben.'

Met een gekwelde gezichtsuitdrukking deed Shara haar ogen dicht.

'Kom op, we gaan,' schreeuwde Luca. Hij begon Bill overeind te trekken. 'Die rotsen zijn onze enige hoop.'

Shara gaf geen antwoord, maar staarde met golvende haren in de wind.

'Vooruit!' schreeuwde Luca. 'We moeten de rotsen bereiken.'

Shara schudde haar hoofd. 'Er is nog een andere plek.'

'Wat? Hier? Wat bedoel je?'

Shara gaf geen antwoord, maar begon langzaam hoofdschuddend iets in zichzelf te mompelen. Terwijl Luca, wachtend op een antwoord, haar aanstaarde, schommelde Bill naar voren, in een poging overeind te komen. Hij pakte Luca's arm vast en Luca draaide zich om en hees hem verticaal.

'Kun je lopen?'

Bill strompelde een paar stappen vooruit in de jagende wind en knikte aarzelend. 'Ja. Het lukt me wel. Shara. Over welke plek heb je het?'

'Godsamme, Bill, er is geen plek!' schreeuwde Luca wanhopig.

Bill negeerde hem en ging dichter naar haar toe. 'Je bent hier al eerder geweest, nietwaar, Shara?'

Ze knikte. 'Alsjeblieft. We hebben hier geen tijd voor. Volg mij maar gewoon.'

Ze opende haar rugzak en haalde het in doek gewikkelde voorwerp eruit dat Luca de oude monnik haar had zien overhandigen. Met het ding in haar ene hand zwaaide ze haar canvastas weer over haar schouder en gaf ze Bills rugzak aan Luca. Even later stapte ze voorwaarts en verdween ze in de witte ruimte.

Een ogenblik keken Luca en Bill elkaar aan. Toen pakte Bill Luca's arm en begon met een vastberaden gezicht in de richting te hinken waarin Shara was vertrokken.

30

Zhu zat met zijn ene been elegant over het andere gekruist te wachten, toen de soldaten René weer binnenduwden. Twee van hen gingen aan weerskanten van de deur staan om deze te bewaken, terwijl de derde hem van buiten vergrendelde. René werd staande bij de muur achtergelaten, zijn forse lijf in elkaar gezakt alsof de touwen van een marionet waren doorgesneden. Zijn kaak begon al pijn te doen en hij kon voelen dat zijn lip in de mondhoek was gespleten. Hij had een bloedsmaak in zijn mond en een blauwe plek op zijn hals waar de soldaat hem had geslagen.

'Alstublieft meneer Falkus, gaat u zitten,' zei Zhu langzaam, gebarend naar de andere kant van de cel waar de stoel nog steeds op zijn kant lag.

René aarzelde. Hij deed een paar stappen naar voren, zette de stoel overeind en liet zich voorzichtig zakken.

'Ze is nog maar een kind...' begon hij hees fluisterend.

Zhu gaf geen antwoord, maar gluurde naar de twee soldaten die aan weerskanten van de deur stonden en gebaarde hen met een knik te vertrekken. Toen de deur achter hen was dichtgegaan, glimlachte hij naar René en ging hij op gemoedelijke toon verder.

'De heren die u zojuist hebt ontmoet,' begon hij, 'zijn van een speciale divisie van het leger waar ik het commando over heb gevoerd. Toch ben ik bang dat we hen niet bepaald "verfijnd" kunnen noemen. Ikzelf heb ooit het voorrecht gehad om door hen verhoord te worden.'

Nog steeds glimlachend haalde hij zijn hand achter zijn rug vandaan en begon de hemdsmouw op te stropen.

'Niets meer dan plattelandsjongens, verveeld en gefrustreerd,' vervolgde hij. 'Dit gezegd hebbend, vervullen ze hun taken wel met een zekere... creativiteit.'

René staarde naar de hand die Zhu nu op de tafel liet rusten. Deze was volkomen normaal en net zo slank en bleek als zijn andere hand, op één verschil na. Terwijl de nagels van zijn linkerhand keurig tot witte maantjes waren gemanicuurd, leken de vingers van de andere hand langer en op de een of andere manier onmenselijk. René knipperde met zijn ogen en zijn mond werd droog. Elke nagel moest zijn uitgetrokken, een voor een.

De vingers waren kennelijk genezen, maar de nagels waren nooit aangegroeid. De uitgerekte huid aan elke vingertop was rood van kleur en volkomen glad, alsof zijn hand met de palm omhoog was gericht. Zhu begon langzaam met zijn vingers op de tafel te roffelen. Renés ogen schoten van de ene vinger naar de andere.

'Ik geloof dat Anu's verhoor nog maar net begonnen is,' vervolgde Zhu. 'Dus stel ik voor dat u begint te praten. Het is uw keus, natuurlijk, maar als u snel bent, kan ik misschien wel ingrijpen en een einde maken aan het hele gebeuren. Wie weet hoe lang het anders zal duren of wat voor andere dingen ze zullen bedenken om met haar te doen als ze hun plezier eenmaal hebben gehad.'

Met op elkaar geklemde kaken wendde René zijn blik van Zhu's hand af.

'Alstublieft,' zei hij. 'Laat haar gewoon gaan, dan zal ik u alles vertellen.'

Zhu viste een pen en een notitieboekje uit de borstzak van zijn jas. 'Laten we dan beginnen.'

'Ze zijn gewoon... een stel kinderen,' stotterde René. 'Ze doen deze klimexpedities overal. Een paar avonden geleden verschenen ze in mijn restaurant en vroegen naar pasjes om naar het zuiden te gaan. Ze proberen een berg bij de grens te beklimmen die de Makalu heet. Dat is alles wat ze zijn – klimmers.'

Hij praatte met zijn handen voor zich uitgestrekt en smeekte Zhu om hem te geloven.

'Klimmers,' herhaalde Zhu.

René knikte wanhopig. Hij moest ervoor zorgen dat de kapitein hem geloofde. Hij moest ervoor zorgen dat Anu's verhoor ophield.

'Waar hebben uw "klimmers" de hoofdweg dan verlaten?'

'Dat kan ik me niet precies herinneren,' zei René, verwoed zijn geheugen doorspittend. 'Het was een stadje ten zuiden van Shigatse. Ik had een paar jaks die daar wachtten om hen verder de bergen in te brengen.'

'De naam daarvan?'

'Wat?' zei René verward. Waarom dramde de kapitein zo door over zo'n onbelangrijk punt? Hij zou zich toch zeker meer moeten interesseren voor de vraag waar ze nu waren? Maar hij moest de soldaten tegenhouden. Hij moest nadenken. Zelfs nu waren ze misschien...

'Tingkye,' zei hij plotseling, met een vingerklik. 'Zo heet die plaats. Tingkye.'

Zhu knikte met een wezenloze blik. Daarna boog hij voorover en krabbelde hij een korte notitie in het boekje.

'Hoe zien deze klimmers eruit?'

Terwijl René beschrijvingen gaf en het weinige andere wat hij over Bill en Luca wist uitlegde, voelde Zhu een inwendige energiegolf. Hij had de hele tijd al gelijk gehad. Zij waren de twee buitenlanders naar wie de monnik in Drapchi had verwezen. Dat kon niet anders. Nu Tingkye was genoemd, kon dit onmogelijk toeval zijn.

Bijna vijftig jaar geleden had een stel Britse soldaten de Dalai Lama geholpen naar India te vluchten en nu schenen ze hetzelfde plan met deze jongen te hebben. Ze moesten vóór die idioot Chen in Tingkye zijn aangekomen en nu met hem op weg naar de grens zijn. Ze zouden proberen de jongen over de Himalaya naar India te brengen.

Tijdens Renés relaas dacht Zhu snel na. Hij kon de grenscontroles langs de standaardroutes verscherpen, maar toch was het een onmogelijk te controleren linie. De Himalaya was gewoon te uitgestrekt. Als ze inderdaad klimmers waren zoals deze klootzak zei, zouden ze bijna overal kunnen oversteken. Klimmers waren perfect om ongezien de grens over te komen.

René was uitgepraat en het werd stil in het vertrek. Hij zat met de rug van zijn hand over zijn mondhoek te wrijven, terwijl er nog steeds bloed uit zijn gespleten lip druppelde. Zhu verplaatste zijn gewicht naar voren en tastte in zijn broekzak. Hij haalde er een witte zakdoek uit, die hij over de tafel schoof.

'Is dat alles wat u weet?' vroeg Zhu met een gebaar naar de zakdoek.

René pakte de zakdoek op en depte zijn kaak ermee. 'Alles. Dat zweer ik. Maar hou nu in godsnaam alstublieft op met dat... verhoor.'

Zonder zijn ogen van zijn notitieboekje af te wenden blafte Zhu een paar bevelen in het Mandarijn. Een van de bewakers ontgrendelde de deur vlug van buitenaf en stapte naar binnen. Zhu praatte snel en keek niet één keer op toen de man salueerde en zich vervolgens terugtrok.

'Dat was uw schuld, meneer Falkus. Als u mij meteen de waarheid had verteld, zou u haar onschuld hebben gespaard,' zei Zhu rustig. 'Ik ben een redelijk mens, maar u moet begrijpen dat ik altijd mijn zin krijg.'

Zhu stond op en pakte de sigaretten en de aansteker van de tafel. Hij gebaarde opnieuw naar de bewaker, waarna hij een poosje zwijgend naar René keek.

'Dus dat is het? U gaat hen op de Makalu zoeken?' vroeg René met een gezicht dat scharlakenrood van woede en vernedering was.

Zhu wilde iets zeggen, maar aarzelde. Er klopte iets niet aan de manier waarop Falkus de vraag stelde. Zijn toon was strijdlustig, hoewel hij gebroken moest zijn. Wat als deze walgelijke westerling slimmer was dan hij eruitzag en hem met een kluitje in het riet stuurde, hem delen van de waarheid opdiste om hem lekker te maken? Zhu staarde naar Renés opgeblazen lijf, dat over de tafel was gebogen. Hij moest er zeker van zijn dat hij niet voor de gek werd gehouden.

'Pak een paar warme kleren in, meneer Falkus,' zei hij, terwijl hij naar de uitgang liep. 'We vertrekken morgenvroeg.'

'Wat?' protesteerde René. 'Waar ga ik heen? U zei...'

Zhu keek niet naar René om toen hij met zijn rechterhand in zijn zak door de deur liep.

'U gaat ons laten zien waar deze klimmers naartoe zijn gegaan, meneer Falkus. Persoonlijk.'

Zonder op zijn stappen te letten liep hij door de gang en liet hij het geluid van Renés protesten tegen de zware betonnen muren wegsterven.

31

Shara liep vastberaden naar de andere kant van de gletsjer, zich er schijnbaar niet van bewust dat de afstand tussen hen groter werd. In de dichter wordende duisternis worstelden ze om de straal van haar zaklamp in zicht te houden en sleepten ze zich kreunend van de inspanning door de sneeuw voort.

Bill voelde dat zijn geïnfecteerde linkerbeen warmer werd en steunde steviger op Luca's schouder. Allebei worstelden ze om in balans te blijven in de dichte poedersneeuw. Hun enige bemoediging was de wind, die was afgenomen toen ze uit het gletsjerdal klommen. Ze waren niet meer in de hoofdstroom ervan en het hogere terrein bood enig respijt.

Naarmate de uren verstreken begonnen de wolken zich te verspreiden. Er schenen flarden maanlicht op de sneeuw. Van tijd tot tijd bleef Shara staan. Ze liet de lichtbundel glijden over het voorwerp dat ze in haar handen hield. Daarna draaide ze zich weer naar de bergen, alsof ze iets zocht tussen de wervelende wolken. Het duurde een tijdje voordat Luca kon zien dat ze een boek vasthield en dat het licht op het verguldsel op de omslag viel.

'Waar gaan we verdomme naartoe?' mompelde Luca. 'Als ze de weg hier de hele tijd al wist, waarom heeft ze dan niet eerder iets gezegd?'

Bill, die zijn energie spaarde, antwoordde met een grom. Hij had koorts gekregen, en zijn voorhoofd gloeide.

Terwijl Shara voortbeende en de afstand tot een meter of honderd vergrootte, deed Luca moeite om erachter te komen waar ze naartoe ging. Hij had Bills hoofdlamp op en volgde de lichtbundel om te zien in welke richting Shara liep. Ze werden over een bergflank naar een paar afgelegen rotspilaren geleid. De enorme pilaren verhieven zich als een veld van tempelruïnes vanaf de voet van de berg en leken zich minstens een kilometer uit te strekken. Het leek op een doolhof met doodlopende gangen, de perfecte manier om te verdwalen.

Met het zweet op zijn voorhoofd staarde Luca omhoog. Zelfs als ze de pilaren konden halen, dan zag hij dat de rotsen vlak erachter in een sneeuwgeul uitkwamen die onmogelijk steil leek. Ze werden op een dood spoor geleid.

'Dit gaat fout,' zei hij hijgend. Hij hernieuwde zijn greep op Bills schouders. 'Ze neemt de verkeerde weg.'

Met zijn hoofd achterover schreeuwde hij naar haar: 'De route naar het dal is gemakkelijker.'

Honderd meter verder naderde Shara de eerste pilaar. Toen ze dichterbij kwamen, leken de rotsen in omvang toe te nemen; ze helden onheilspellend naar hen toe en strekten zich uit zover het oog reikte. Shara hield het boek, waarvan de bladzijden door de straal van de hoofdlamp werden verlicht, voor zich. Toen ze Luca's stem hoorde, draaide ze zich om en wachtte, klappertandend van de kou.

'Waar ga je verdomme naartoe?' vroeg Luca, toen hij en Bill hijgend bij haar kwamen. 'Daar is geen doorgang.'

'We moeten door de Kooms.'

'De wat? Waar heb je het over? En hoe zit het met dat boek?'

'Je moet me gewoon vertrouwen, Luca. Ik kan je alleen mijn woord geven.'

Shara stapte langs hen en knielde in de sneeuw neer; toen ze haar hand tegen de achterkant van Bills benen drukte, voelde ze de warmte door de verbanden heen. Ze schoof een verband omhoog, trok het strak. Bill kreunde en zakte door zijn benen. Luca moest wijdbeens gaan staan om het extra gewicht op te vangen.

Toen Bill zijn balans hervond, keek hij naar Shara. 'Hoeveel verder nog?' fluisterde hij.

'Niet zo heel ver meer. Maar we moeten in beweging blijven. Er is infectie opgetreden.'

Ze richtte zich op en stapte naar de eerste afgelegen rots. Met de straal van de lamp scheen ze zorgvuldig langs de wand van de immense steenplaat en keek weer in het boek, voordat ze uit frustratie haar hoofd schudde.

'Wat zoek je?' vroeg Luca, maar Shara beende weer weg, laveerde om de rotsen heen en ging hoger de berg op.

'Wacht! Godsamme, Shara!'

Voor hen flitste de lichtstraal heen en weer van de ene hoog oprijzende rotspiek naar de andere. Af en toe stopte Shara om met haar hand over een ervan te wrijven en het stof en de sneeuw uit de barsten te vegen.

Plotseling stopte ze bij een massieve pilaar, die de vorm van een obelisk had en in een hoek van vijfenveertig graden stond. Ze keken hoe ze met haar hand over de hele steenlengte streek, alsof ze iets zocht. Toen stopte ze abrupt, volgde ze hetzelfde stuk terug en scheen ze met haar lamp op een plek die ze had aangeraakt. Luca, die achter haar aan was gestrompeld, volgde haar starende blik en zag dat er ongeveer op kniehoogte drie lijnen in een driehoek waren samengegrift. Eén zijde van de driehoek was iets dikker dan de andere, en het hele geval was niet groter dan een kinderhand.

Shara draaide zich opeens naar hen toe, zodat de straal van de lamp met haar blik meezwenkte.

'Volg me,' zei ze op bijna grimmige toon. 'Loop *precies* zoals ik.'

Zonder nog iets te zeggen dook ze onder de rotsplaat door en versmolt haar lichaam met de schaduw van de Kooms.

***

De spanning op hun armen en benen was meedogenloos. Overal om hen heen rezen de pilaren zes of negen meter boven hun hoofd uit. Er lagen rotsplaten die in verschillende hoeken waren gebroken, zodat ze op en neer, van rechts naar links langs ieder obstakel moesten zigzaggen. Shara's lichtstraal slingerde voor hen in de duisternis en bleef slechts af en toe hangen als ze weer een rots streelde en vervolgens de weg wees.

Luca keek naar de chaos om hem heen. Ergens in het verleden van de berg moest het hoofdgedeelte zijn ingestort en een enorme lawine hebben veroorzaakt, die rotspilaren en tafelformaties had uitgehouwen die zich langs de hele westkant van de helling uitstrekten. De rotsen waren zo dichtbezaaid dat toen ze eenmaal in de reusachtige doolhof waren, ze alleen kleine stukjes van de nachtelijke hemel boven hen konden zien. Binnen een paar minuten nadat ze de afgelegen rotsen waren gepasseerd, was Luca zijn richtingsgevoel totaal kwijt en volgde hij, gemagnetiseerd door de straal, eenvoudigweg Shara's lamplicht.

Toen ze dieper tussen de rotsen kwamen, besefte Luca dat de meeste stenen naar rechts helden, in de richting waarin de lawine was gevallen. De gemakkelijkste route liep over de stenenlijn langs de helling, maar Shara ging koppig over het moeilijker terrein, de bergflank weer op.

Ze klauterde van rots naar rots, zocht methodisch het volgende merkteken en pauzeerde alleen om het boek weer in te kijken. Luca en Bill kwamen achter haar aan, kropen op hun handen en knieën over platte steenplaten, voordat ze door een donker hol gleden en in een nieuw gedeelte van de doolhof eronder belandden. Bij ieder nieuw obstakel moest Luca het grootste deel van Bills gewicht op zijn schouders nemen; hij steunde hem onder zijn schouder wanneer ze rechtop stonden of sleepte hem bij zijn armen mee wanneer de route slechter werd.

Er was een continue grimas op Bills gezicht gegrift. Toen hij met de onderkant van zijn been achter een scherpe granietrand bleef haken, gilde hij van de pijn.

Luca hielp hem naar een nabije rots, waar hij kon uitrusten. In het maanlicht keek hij naar het gezicht van zijn vriend. Met zijn kaken stijf op elkaar vocht Bill tegen een golf van misselijkheid; zijn lichaam was van uitputting voorovergezakt.

'Wat is dit voor plek?' zei Bill met fluisterende stem.

'Een nachtmerrie,' zei Luca, die voorovergebogen met zijn handen op zijn knieën weer op adem probeerde te komen. 'Ik heb nog nooit zoiets gezien. Ik hoop dat jij je in haar vergist hebt, Bill. We zijn volledig aan haar overgeleverd.'

Ze vielen stil en keken hoe Shara's straal voor hen danste. Een poosje later flikkerde de straal en scheen vervolgens weer in hun richting, zodat ze in het licht baadden.

'Wees hier voorzichtig,' zei Shara op gespannen toon. Ze zat boven op een hoog rotsblok en keek over haar schouder naar hen. 'Blijf dicht aan de linkerkant.'

Hoofdschuddend stond Luca met zijn handen nog steeds op zijn knieën naar haar te staren. Hij richtte zich op, veegde het zweet uit zijn ogen en keek hoe ze langs de andere kant van de rots naar beneden klauterde en uit het zicht verdween. Luca wilde iets zeggen, maar Bill gebaarde hem te zwijgen.

'Moet je dat horen,' zei hij.

Luca verstijfde, met zijn zintuigen op scherp. Het was het geluid van stromend water, dat ergens onder hen wegborrelde.

'Een ondergrondse rivier?'

Bill knikte langzaam en kromp weer ineen toen hij zichzelf van de rots duwde en op zijn voeten belandde.

'Dat moet het smeltwater zijn van de gletsjers hogerop.'

Ze strompelden weer vooruit en daalden na Shara aan de andere kant van het rotsblok af. Beneden lag een vlak gedeelte dat gemakkelijker begaanbaar was en ze konden naast elkaar lopen, met Bills arm opnieuw om Luca's schouder.

Shara's licht zwaaide weer om. 'Links!' gilde ze, terwijl ze hun voeten bescheen.

Slechts een paar centimeter bij Luca's rechterschoen vandaan liep de rots steil naar beneden en gaapte er een reeks kloven in de duisternis. Ze konden het snelstromende water beneden horen en voelden een onderstroom van koude lucht naar hen opstijgen.

Luca boog instinctief naar links, bij de afgrond vandaan. Samen strompelden ze vooruit. Bijna verloren ze hun evenwicht toen ze hun schouders tegen de wand gedrukt probeerden te houden.

'Jezus christus,' siste Luca toen ze de veiligheid van het volgende rotsblok bereikten. 'Dit is verdomme je reinste zelfmoord.'

Ze volgden haar nog een halfuur. De route werd nu iets gemakkelijker, doordat de ruimtes tussen de rotsen groter werden. Uiteindelijk liepen ze om een reusachtig rotsblok heen en kwamen ze uit bij de smalle sneeuwgeul die ze eerder vanaf de lagere hellingen hadden gezien. Shara stopte en staarde, tot haar knieën in de sneeuw, naar de top van de richel.

'We zijn er bijna,' fluisterde ze. 'Nog even doorzetten.'

Bill richtte zijn hoofd naar de helling op, waarna hij zich uit Luca's greep losmaakte en op de grond neerzakte.

'Het is te veel,' zei hij zachtjes. Luca stond half voorovergebogen en buiten adem door de inspanning naast hem. De opluchting die hij voelde omdat hij eindelijk de Kooms uit was vervloog snel toen hij de lengte van de geul bekeek. Die was minder steil dan hij eerst had gedacht, maar de sneeuw was diep. De geul strekte zich volmaakt en ononderbroken in het maanlicht honderdvijftig meter boven hen uit.

Aan hun linkerhand bevond zich een bijna verticale rotswand, die naar de geul toe boog. Helemaal boven aan de helling zag Luca een overhangende sneeuwmassa. Doordat de wind constant tegen de bergflank zwiepte, had de sneeuw zich tot een immense overhang opgehoopt, die gemakkelijk leek te kunnen instorten.

Luca, die ondanks zijn uitputting probeerde te focussen, staarde ernaar. Ze werden aan beide kanten door de steile rotsen ingesloten. Als die sneeuwmassa naar beneden kwam, zou er geen ontsnapping mogelijk zijn.

Achter hen begonnen de eerste sprankjes dageraad aan de horizon te gloren. De lucht werd grijs, een halflicht, voordat de zon erin slaagde boven de bergen te rijzen en de nachtelijke duisternis weg te branden. De dageraad was onderweg.

'Alsjeblieft, Luca,' zei Shara. 'We moeten in beweging blijven.'

Luca knikte en zakte neer, zodat hij en Bill met hun schouders tegen elkaar allebei op de steile geul uitkeken. Bill richtte zijn hoofd op en even keken ze elkaar aan.

'Je bent vast blij dat je je door mij hebt laten overhalen tot deze expeditie,' zei Luca.

Er trok een sprankje emotie over Bills gezicht. Hij probeerde te glimlachen, maar het leek meer op een grimas. Zijn bleekblauwe ogen gleden langzaam over Luca's gezicht en namen de grote zwelling op zijn voorhoofd in zich op, die ontstaan was toen hij de grot uit was gedoken, en het verwarde haar dat met zweet aan zijn wangen plakte.

'Je ziet er strontberoerd uit,' mompelde hij.

Er viel een korte stilte, voordat Luca's schouders begonnen te beven. Ze kregen allebei een lachbui. Er stroomden tranen over hun wangen en hun gelach werd luider, totdat Bill een hoestaanval kreeg. Hij boog met zijn schokkende lichaam voorover. Na een poosje lukte het hem weer achterover te leunen en zaten ze zwijgend te kijken hoe Shara door de diepe sneeuw sjokte. Ze bewoog langzaam, maar naarmate de minuten verstreken, konden ze zien dat ze terrein won.

'Waar gaan we naartoe?' zei Luca. De euforie was opeens vervlogen en vervangen door een vreselijk gevoel van verlatenheid, teweeggebracht door de urenlange constante spanning. Hij voelde nieuwe tranen in de hoek van zijn ogen opwellen en zijn keel was plotseling zo dik dat hij dacht te zullen stikken.

'Kom op, makker,' wist Bill mompelend naast hem uit te brengen. 'Kattenpis.'

Luca knikte, vechtend tegen de tranen. Toen duwde hij zichzelf met een plotselinge energiestoot van de rots af en belandde op zijn voeten. Hij reikte Bill zijn hand.

'Je hebt gelijk. We kunnen dit wel.'

Bill, die de kracht miste om nog meer te doen, stak zijn hand omhoog. Luca pakte zijn pols vast en stond op het punt hem overeind te trekken toen hij het hevige getril van Bills arm voelde. De koorts maakte zich snel van hem meester.

Met een wanhopige schreeuw rukte Luca hem naar voren en zette hij zijn schouder weer onder Bills arm. Zij aan zij waadden ze door de geul en baanden ze zich stap voor stap een weg omhoog.

Ze hadden zich urenlang voortgesleept, leek het wel, toen plotseling de eerste paar zonnestralen op de grond voor hen vielen, de bergflank deden opglanzen en Shara's sporen verderop verlichtten. Ze liepen door, stap voor stap, met iedere spier tot het breekpunt gerekt.

Luca tuurde naar het hoogste punt van de richel en zag dat Shara dat al bereikt had. Ze was gestopt – haar donkere haar wapperde achter haar – en stond over de verborgen flank van de berg uit te staren. Ze gingen door; Bill kreunde nu bij elke stap en Luca vocht met ieder greintje kracht om hem op de been te houden. Om de paar stappen zakten zijn benen in de diepe sneeuw weg, zodat hij zijn vrije hand moest gebruiken om zich vooruit te klauwen.

De richel leek net buiten bereik te blijven, doordat elke stap een oneindig stukje kleiner werd en elke beweging hem meer energie kostte dan hij had. Uiteindelijk ontsnapten ze met een laatste schreeuw aan de helling en zakten ze op de top in elkaar. Toen Shara, met kringen van vermoeidheid onder haar ogen, terugkwam om te kijken hoe het met Bill was, zorgde iets ervoor dat Luca zich nogmaals overeind hees en naar de plek strompelde waar zij had gestaan. Hij deed een paar wankele stappen naar voren en staarde naar het uitzicht.

Eerst kon hij helemaal niet veel zien. De ochtendzon verblindde hem. Toen begonnen zich langzaam vormen af te tekenen. Hij knipperde met zijn ogen en nam alles in zich op.

'Mijn god,' fluisterde hij; hij kon zijn ogen nauwelijks geloven. 'Dat is onmogelijk.'

32

'Nog een.'

Een grote hand pakte het glas en kwakte het op de tafel neer. Met aanzienlijke inspanning verplaatste René zijn gewicht naar voren op zijn stoel en strekte hij zijn hals uit, zodat zijn ogen op gelijke hoogte met de piepkleine Tibetaanse barman waren.

'Gooi maar vol, Shamar.'

Met prijzenswaardige wilskracht schudde de barman zijn hoofd. Hij pakte de halflege fles cognac op en zette die helemaal achteraan op de glazen plank.

'Meneer Falkus, ik vind dat u vanavond te veel drinkt.'

René schudde vermoeid zijn hoofd. Hij draaide zich om en richtte zijn ogen op de westerling die tegenover hem aan de tafel zat.

'Zie je dat? Ik mag niet in mijn eigen bar komen en nu kan ik niet eens een borrel krijgen in deze schijttent. Het is nog erger dan de gevangenis.'

Hij begon zich overeind te hijsen, waarbij zijn reusachtige borst opzwol, toen zijn kameraad voor hem opsprong.

'Kom op, Shamar, deze man heeft een borrel nodig.'

Uit de bovenste zak van zijn kakishirt haalde hij een pakje smoezelige biljetten en trok er drie briefjes van tien yuan uit, die hij op de bar neerlegde. De barman haalde zijn schouders op en draaide zich om om de cognac te pakken. 'U drinkt te veel, meneer Falkus,' herhaalde hij. 'Spijt me voor u.'

René ging zwaar zitten en zijn vriend kwam met de fles terug.

'Ja, nou, het spijt mij, het spijt jou. Het spijt ons allemaal. En nu moet ik de bergen in om die Chinese klootzakken te helpen die jongens te vinden. Ik moet ze regelrecht naar hen toe leiden. En waarvoor? Dat zal ik je vertellen. Alleen maar om te redden wat ik verdomme al bezat.'

Renés kameraad schonk een scheut cognac in hun glazen en wachtte op het vervolg van de tirade.

'Heb je enig idee hoe erg ik de bergen haat? Die eindeloze verdomde paden en die vreselijke bloedzuigers. Zo groot als je vingers, verdomme. Maar wat me echt gek zal maken is dat die klootzak van een kapitein me elke stap van de weg zal volgen. Hij zal de ergste bloedzuiger van allemaal zijn en aan de onderkant van mijn ballen zitten.'

René schudde zijn hoofd en voelde zich opeens heel moe. Hij had twee hele dagen wakker in het hoofdkwartier van het Politieke Veiligheidsbureau doorgebracht en nu had zelfs de alcohol niet veel effect. Hij was voor een paar uur vrijgelaten om zijn uitrusting klaar te maken, terwijl Anu in de politiecel werd vastgehouden om te verzekeren dat hij terugkwam. Maar toen hij thuis was gekomen, had hij zijn restaurant gesloten aangetroffen, met officieel politielint over de voordeur en een politieagent die hem de weg versperde. Uiteindelijk had hij een oude vriend in de reisbusiness opgebeld, die ermee had ingestemd hem enige benodigdheden te lenen.

'Je zou toch denken dat acht jaar wel iets zou voorstellen?' zei hij, terwijl de woede plotseling in melancholie omsloeg. 'Je zou denken dat het je enige veiligheid, enig houvast zou bieden, maar zomaar ineens,' – René klikte met zijn vingers – 'kunnen ze alles afpakken. Nu moet ik de mensen verraden die ik wil helpen.'

'Hou op jezelf daarmee te kwellen, René. Het was hun beslissing om het verboden gebied in te gaan en jij hoeft niet voor hun fouten te boeten.'

'Ja, dat weet ik,' knikte René vermoeid. 'Ik begrijp alleen niet waarom een volwaardige verdomde kapitein van het PVB zich hiermee moet bemoeien. Het slaat nergens op.'

'Daar maak ik me ook zorgen om. Ben je er zeker van dat die jongens betrouwbaar zijn?'

'Zeker? Wie is er hier ergens zeker van?' zei René, over de stoppels onder zijn kin wrijvend. Hij staarde naar de bar en dacht terug aan die keer dat de jongens in zijn restaurant waren gekomen. Hij kon zich het gesprek niet helemaal meer herinneren, maar hij was er zeker van dat ze er alleen waren om te klimmen. In iets anders waren die twee niet geïnteresseerd. Dus waarom zat er in godsnaam een kapitein achter hen aan?

'Misschien is het een idee om wat geld rond te strooien,' opperde zijn vriend. 'Je weet wel, ervoor zorgen dat alles overwaait.'

'Kapitein Zhu Yanlei is een van die dienstkloppers van het thuisland. Iemand die zwaaiend met biljetten naar hem toe komt zou geen enkele kans maken.'

In al die jaren dat de twee mannen expedities in de Himalaya organiseerden, hadden ze zich altijd uit de problemen weten te kopen. Het enige geschilpunt was de hoogte van het geldbedrag: functionarissen hadden algauw in de gaten gekregen welke prijs nerveuze kapitalisten zich konden veroorloven wanneer ze onder druk werden gezet.

René keek van zijn glas op en zag de aarzelende uitdrukking op het gezicht van zijn vriend.

'Ik meen het. Ik heb nooit eerder zo iemand als deze vent in Lhasa gezien. Hij was anders, maar god weet hoe. Hij keek naar me alsof ik niet eens menselijk was.' René klemde zijn kaken op elkaar toen hij zich Zhu's gezicht voor de geest haalde; de vale huid zonder ook maar één stoppeltje en de zwarte, vastberaden ogen. 'Hij dreigde me met Drapchi.'

'Drapchi? Jezus christus.'

René knikte, met opeens heel bange ogen. Hij dacht terug aan het verhoor; Zhu die op zijn plastic stoel zat, de vochtigheid van de cel en de eindeloze wolken van sigarettenrook. Hij had zich nog nooit zo hulpeloos gevoeld.

'Maar het belangrijkste gaat voor,' vervolgde Renés vriend. 'Ze moeten hen vinden en te oordelen naar wat jij gezegd hebt, wordt dat niet zo gemakkelijk.'

'Dat weet ik. Ik heb geen idee waar ze naartoe zijn. Ik heb van de jakdrijvers gehoord dat ze niet helemaal naar de Makalu zijn gegaan, maar naar een of ander kutdorpje dat Menkom heet. Daarna leken ze gewoon spoorloos verdwenen. Ze zijn bijna drie weken geleden vertrokken, met nauwelijks iets te eten, zonder sjouwers.'

'Waar zijn ze dan in godsnaam?'

'Zeg jij het maar. Maar één ding is zeker: of ik vind hen en draag hen aan Zhu over, of ik raak mijn restaurant en mijn werknemers kwijt...' René stopte en keek naar de tafel. Hij had nog niemand over Anu verteld.

Er viel een stilte, waarin beide mannen de ernst van de situatie onder ogen zagen. Toen schoof zijn kameraad zijn stoel dichter naar de tafel toe en boog zich voorover.

'In een land als Tibet bekommer je je om maar één persoon – jezelf,' zei hij, terwijl hij een duim naar zijn eigen borst stak. 'We gaan sowieso allemaal naar de kloten. Het is gewoon een kwestie van tijd.' Met een zure grijns hief hij zijn glas. 'Op een land dat als een steen op de maag ligt.'

René reikte naar zijn glas en wachtte even. 'Ik zal alles doen wat ze zeggen,' zei hij, terwijl hij het glas in zijn hand ronddraaide en keek hoe de amberkleurige vloeistof tegen de zijkanten klotste. 'Maar ik zal ervoor zorgen dat Zhu zou willen dat hij nooit mijn restaurant was binnengelopen. Dat, mijn vriend, kan ik je wel beloven.'

De twee mannen sloegen hun borrels tegelijk achterover. René veegde zijn mond met de achterkant van zijn mouw af voordat hij een lange trek van zijn sigaret nam en de rook naar de draaiende bladen van de plafondventilator blies. Hij inhaleerde nog eens, maar ditmaal veroorzaakte het een hoestbui. Zijn wangen werden nog roder en nadat hij diverse seconden had zitten schokken, bedaarde hij weer en trok de onnatuurlijke kleur uit zijn gezicht. De man tegenover hem keek met belangstelling toe.

'René. Mag ik je een vraag stellen?'

René knikte.

'Heb je er, nu je naar de bergen gaat, ooit aan gedacht dat het misschien wel een goed idee is om die verdomde dingen op te geven?'

Met een plotseling nuchtere blik keek René naar zijn vriend. 'Je zou me inmiddels wel moeten kennen,' zei hij. 'Ik ben geen opgever.'

33

Met nog steeds grote ogen van de schrik staarde Luca het nabije dal in. Vlak bij de top van een immense rots, een paar honderd meter boven de bodem van het dal, lag een groep gebouwen. Ze waren allemaal wit geverfd, behalve de honderden zwarte raampjes die de uitgestrekte, hellende gevels bespikkelden. Vanaf de lagere hellingen verrezen trappen, die uit hetzelfde rotsgesteente waren gehouwen en door de massa gebouwen heen kronkelden, in elkaar grepen en elkaar passeerden voordat ze zich in verschillende richtingen verspreidden. Alles liep naar het met koper beklede dak van het hoofdgebouw dat in de ochtendzon schitterde. Aan de zijkanten ervan golfden lange vaandels van bleekblauwe zijde zachtjes in de bries.

Shara stond naast hem, terwijl haar ogen beurtelings over ieder gebouw gleden.

'Het klooster van Geltang,' zei ze zacht. 'Ik heb mijn hele leven gewacht om dit te zien.'

'Het lijkt wel een fata morgana,' zei Luca. Hij draaide zich naar haar toe en zei ondanks zijn uitputting met dringende stem: 'Shara, waar zijn we? Wat is dit voor een plaats?'

Ze schudde haar hoofd. 'Voorlopig hoef je alleen te weten dat het een klooster is, een veilige plek waar ze Bill kunnen helpen. Laten we onze krachten sparen. We moeten nog door het dal heen.'

Ze draaide zich om naar Bill, die tegen een rots lag. Zijn hoofd hing opzij en hij lag plat op de harde grond. Ze knielde neer en legde haar handen om zijn kin.

Bills ogen waren halfdicht, het bloeddoorlopen wit net zichtbaar, en zijn mond hing open, met opgehoopt spuug in de hoeken. Zijn haar was glad tegen zijn hoofd geplakt met zweet en zijn hele lichaam trilde hevig. Hij was nu volledig in de greep van de koorts – straks zou de ijltoestand beginnen. Toen Shara onder zijn dijen voelde om de noodverbanden te controleren, sijpelde er een mengsel van bloed en pus over haar hand.

'Er is zo snel infectie opgetreden,' zei ze met tranen in haar ogen. 'En hij heeft heel veel bloed verloren.'

Bill zag haar gezicht vlak boven zich, het lange zwarte haar, de groene ogen die groot waren van bezorgdheid. Toen klonk haar stem weer, maar ditmaal drongen er alleen fragmenten van wat ze zei tot hem door. Er klonk een ruisend geluid, alsof ze vanachter een waterval praatte. Hij hoorde haar iets tegen Luca zeggen. Een klooster. Door een dal heen.

'Bill.'

Door de waterval heen hoorde hij zijn naam in de verte. Luca's gezicht was vlak voor hem.

Nu strompelden zijn voeten over een rotsachtig pad. Hij sleepte zich voort over de rotsen en schopte het stof omhoog. Het regende stenen naast hen toen ze in het nieuwe dal afdaalden en hij kon het geluid van zijn eigen ademhaling in zijn hoofd horen. Die was zwaar, moeizaam, en sloot al het andere buiten.

Er dreven kleuren door zijn zicht; het matte bruin van het pad, flitsen blauw toen zijn hoofd achteroverzakte naar de lucht en zich vervolgens weer naar de droge aarde draaide.

Ergens later, toen ze eindelijk door het dal heen waren, kwam het glanzende wit. Het was intens en brandde elke andere kleur uit zijn zicht weg. Hij keek er met half dichtgeknepen ogen naar; zijn hele wereld werd pijnlijk helder en hij besefte dat de zon door enorme marmeren treden werd weerkaatst, recht in hun ogen.

Hij kon de ademhaling opnieuw horen, luider nu. Het was Luca, met zijn gezicht pal tegen het zijne gedrukt terwijl hij hem een voor een de treden op trok. Bills arm was over zijn schouder gebogen en zijn hele gewicht rustte op de schouders van zijn vriend.

Toen klonk er een doffe klap en Bill voelde zijn hoofd achteroverslaan. Hij lag stil, met zijn gezicht op de marmeren treden waar Luca zich verstapt had en gevallen was. Een warme, zoutachtige smaak vulde zijn mond. Duisternis verspreidde zich als gemorste inkt door zijn zicht, werd dichter, omsloot hem en wiste het glanzende wit uit. Hij zag een beeld van Cathy voor zich. Ze had zich op de bank in de woonkamer genesteld, met een deken over haar benen. Hij was bij haar. Ze glimlachte. Ze glimlachte omdat hij er was.

'Kom op!' Het was Luca's stem. 'Kom op, Bill! Blijf bij me. We zijn er bijna.'

Hij kon de paniek horen en vroeg zich af waarom Luca zo overstuur was. Waarom schreeuwde hij tegen hem?

Een andere stem. Vrouwelijk, niet Cathy. Het zwarte haar was er weer en hij voelde dat hij nogmaals werd opgetild. De trap. Het verbleekte wit.

Rechts van hem hoorde hij een dier grommen toen Luca zich met ieder greintje kracht in zijn benen inspande om de laatste paar treden te beklimmen, die naar een open binnenplaats leidden. Luca voelde een spier in zijn onderrug scheuren en zijn lichaam helde opzij, maar hij bleef met zijn benen pompen en Bill vooruittrekken.

Luca's ogen waren groot en staarden recht vooruit. Ze hadden iets manisch, doordat de adrenaline hem van alle gevoel in zijn lichaam afsloot. Iedere emotie was geblokkeerd, verdrukt door de behoefte om de top te bereiken. Hij moest de finish halen, moest de top bereiken. Niets deed ertoe, behalve de top bereiken.

Ze kwamen op de binnenplaats van grijze stenen uit, die door de zon werd verwarmd. Door het midden van de binnenplaats liep een rij bomen met brede bladeren; elke boom was omringd door verspreid gevallen witte en paarse bloesems. Verder naar achteren, onder de overwelfde galerijen, leek een andere, kleinere trap naar een afzonderlijk gebouwencomplex te leiden.

'Zoek... iemand,' hijgde Luca toen hij Bill op de stenen neerlegde; zijn ademhaling ging zo moeizaam dat hij de woorden nauwelijks kon uitbrengen. Even bleef Shara roerloos staan,

'Shara! Waar je ons verdomme ook naartoe hebt gebracht... Ga hulp halen.'

Shara keek hem even aan, terwijl er iets als angst over haar gezicht schoot. Toen leek ze zich te vermannen en knikkend strompelde ze naar de galerij.

Luca draaide zich weer naar Bill om voor hem te zorgen. Hij liet zijn lichaam langzaam op de vloer zakken, ging met uitgestrekte benen zitten en liet Bills hoofd op zijn dij rusten. Toen hij naar het gezicht van zijn vriend keek, zag hij de gebroken neus die hij door de val op de marmeren tree had opgelopen. Bloed vormde een web over de zijkant van zijn gezicht.

'We hebben het gehaald, makker,' fluisterde Luca. 'Het is ons gelukt.'

Er kwam geen enkele reactie. Bills hoofd hing nog steeds opzij en zijn ogen waren dicht.

Luca schudde zachtjes aan zijn schouder. 'Wakker blijven, Bill. Dat is het enige wat je moet doen. Blijf nog een paar minuten wakker.'

Luca tuurde nauwkeuriger naar zijn gezicht. Er was geen enkele beweging. Hij boog voorover, drukte zijn oor tegen Bills mond en luisterde of hij enig teken van ademhaling kon horen. Niets.

'Nee. Nee. Nee,' herhaalde Luca, in toenemende paniek toen hij twee vingers tegen Bills keel drukte om een hartslag te voelen. Hij staarde naar zijn vingers, die bevlekt waren met een mengsel van bloed en stof, in de vurige hoop dat ze een hartslag zouden vinden. Het enige wat hij kon horen was het gebonk van zijn eigen borst.

Zichzelf dwingend om langzamer te ademen, deed Luca zijn ogen dicht en concentreerde zich. Geleidelijk voelde hij hoe Bills keel vaag begon te kloppen. Het was zo zwak en het ging zo snel en onregelmatig dat het amper merkbaar was – maar het was er.

Luca gooide zijn hoofd achterover, slaakte een diepe zucht van opluchting en liet zijn ogen over de omringende gebouwen gaan. Er hing een stilte die hem het gevoel gaf alsof de hele plek eeuwenlang geen beweging had gezien, en nu waren zij de eersten die er binnendrongen.

Meteen voor de binnenplaats rees de gevel van het hoofdgebouw hoog boven hen uit. In verhouding tot de bergen was het klooster indrukwekkend geweest, maar pas nu hij dichtbij was zag hij de ware schaal van zijn omgeving. Gladde, ononderbroken muren, die uit het rotsgesteente van de berg zelf waren gehouwen, verhieven zich een paar honderd meter boven hen.

Luca hoorde het geluid van voetstappen achter zich; hij draaide zich om en zag een groepje van drie monniken, door Shara geleid, vanaf de achterkant van de binnenplaats naderen. Ze hadden een geschoren hoofd en droegen een korenblauw gewaad tot aan hun voeten, dat met de snelheid van hun tred opbolde.

Voordat Luca overeind had kunnen komen, stond de langste en oudste monnik, die zonder meer de leider was, voor hem, met zijn armen over zijn borst gevouwen. Shara verscheen naast hem.

'Dit is Drang, de assistent van Geltangs hoofdarts. Zij gaan Bill nu naar hem toe brengen.'

Luca keek naar hem en nam het litteken in zich op dat vanaf de kruin van Drangs hoofd helemaal tot zijn linkerwenkbrauw liep, die daardoor enigszins neerhing. Hij leek een jaar of veertig, was klein en gedrongen en zijn ogen werden overschaduwd door een zwaar voorhoofd. Zijn hoofd was gestoppeld, terwijl zijn huid door de jarenlange blootstelling aan de wrede Tibetaanse zon de kleur van hardhout had gekregen. Zijn rechterarm was bloot en de uitpuilende aderen liepen in gekartelde lijnen over zijn krachtige onderarm.

Drang gebaarde naar de twee andere monniken, die snel aan weerskanten van Bill gingen staan en hem bij zijn schouders en benen optilden. Beiden wankelden onder het gewicht, waarna ze zich herstelden en naar de trap in de verte liepen.

'Hé, wacht!' zei Luca zwakjes, met een hand omhoog. Met een hand aan zijn onderrug schuifelde hij achter hen aan.

Maar voordat hij meer dan een paar stappen kon doen, schoot Drangs arm uit en greep de voorkant van zijn Gore-Tex jas vast, zodat hij met een ruk tot stilstand kwam.

'Wat verdomme...' zei Luca verbaasd, op de stevige monnik neerstarend. Hij was een kop groter dan Drang, maar hij was de helft lichter gebouwd en had amper de kracht om te blijven staan. Toen Luca zijn hand vastpakte, stapte Shara naar voren en sprak in het Tibetaans op de monnik in.

Drangs vuist ontspande zich langzaam en liet Luca's jas los. Hij deed een stap naar achteren en sloeg zijn ogen neer.

'Het spijt me, Luca. Drang bedoelde alleen dat je niet in de weg moest staan,' zei Shara. 'Tijd is cruciaal en ze moeten Bill snel naar binnen brengen om hem te behandelen.'

Luca schudde langzaam zijn door vermoeidheid vertroebelde hoofd. 'Komt het goed met hem?'

'We zullen alles doen wat we kunnen, dat beloof ik.' Ze pakte

Luca bij de arm en leidde hem naar de verste kant van de binnenplaats, met Drang zwijgend in hun kielzog.

'Ik weet dat jij je zorgen maakt om Bill en een heleboel vragen hebt, maar we zijn allemaal uitgeput. Drang zal je ergens naartoe brengen waar je je kunt wassen en slapen. Ik ga hetzelfde doen. Maar ik zal op je wachten wanneer je wakker wordt. Ik beloof dat ik dan al je vragen zal beantwoorden.'

Luca staarde haar aan. Het gewicht van de vermoeidheid onderdrukte zijn achterdocht. Hij voelde zichzelf slingeren. De laatste klim, waarbij hij Bill door het dal heen en die trap op had gedragen, had de laatste restjes kracht aan zijn lichaam onttrokken.

'Zodra je meer over Bill hoort...'

'Ik beloof je op de hoogte te houden,' zei Shara met een flauwe glimlach. 'Bill is een sterke man. Hij redt het wel.'

Ze liepen naar een dikke houten deur onder een van de bogen van de binnenplaats en met een korte handbeweging gebaarde Drang Luca het beschaduwde interieur van het klooster te betreden.

Met een laatste blik op Shara boog Luca zijn hoofd en stapte naar binnen.

***

Toen de deur dichtging, leunde Shara tegen een van de gewelfde pilaren. Ze liet haar voorhoofd op de harde steen rusten. Haar benen trilden van pure uitputting en ze voelde een golf van misselijkheid over zich heen komen toen haar maag verkrampte. Zo stond ze een poosje, terwijl ze probeerde de kracht te verzamelen om verder te gaan, toen er plotseling een stem vlak achter haar klonk. Ze draaide zich om en zag een figuur uit de schaduw komen.

'Wat heb je gedaan?'

Ze draaide zich snel om en zag een gestalte uit de schaduwen tevoorschijn komen. Het silhouet kwam als een geestverschijning naar haar toe. De door de zon verlichte figuur was mager en hoekig, zijn lichaam boog van ouderdom voorover en zijn gewaad hing slap om hem heen. Het gezicht was doodsbleek, afgezien van de stukjes bruine, door de zon beschadigde huid, die onder zijn dunnende witte haar zichtbaar waren.

'Ik zei... Wat heb je gedaan?'

De ogen. Er was iets mis met de ogen. Shara stond in melkwitte irissen te staren. De kassen waren beschadigd door een of ander letsel van lang geleden. Nu leken ze haar recht aan te staren, wezenloos maar op de een of andere manier beschuldigend.

'Ik... ik... weet niet wat u bedoelt,' stamelde Shara in het Tibetaans terug, en ze voelde zichzelf terugdeinzen toen de figuur dichterbij kwam.

'Je mag dan wel zo moedig zijn geweest om de plaats van je broer in te nemen, nu heb je hem te schande gemaakt. En ons ook,' siste de man. In zijn hals puilde een ader uit, alsof er een worm onder zijn huid gevangen zat. 'Je hebt buitenstaanders in ons klooster gebracht. Je zet alles op het spel wat wij eeuwenlang hebben geprobeerd te beschermen!'

'Maar ik had geen keus... Hij zou doodgaan.'

'Uitgerekend jij zou de waarde moeten kennen van wat we hier hebben. Als ze ooit ontdekken...' De figuur verzonk in stilzwijgen.

'Verzamel je kracht.' Ongeduldig gebaarde hij Shara hem langs de muren van de binnenplaats naar een andere ingang te volgen. 'Je gaat me alles vertellen wat je weet.'

34

Er lag een dicht wolkendek over het dal. Het bedekte alles, wikkelde zich om de scheve bergflanken heen en streek de verwrongen dalen ertussen glad. Buiten het bereik ervan lag het Geltangklooster eenzaam op de hoge rots, als een reusachtig arendsnest. Steile muren koesterden zich in de warmte van de ochtendzon.

Achter een van de eindeloze rijen open ramen stond een monnik met zijn handen achter zijn rug en zijn ogen half dichtgeknepen tegen de felle glans van de zon naar buiten te staren. Zijn doorgaans vredige gezichtsuitdrukking was veranderd. Er liep een diepe rimpel verticaal over het midden van zijn voorhoofd. Hij ademde diep in, waarbij zijn neusgaten zich opensperden om de koele buitenlucht op te zuigen, en probeerde te kalmeren.

Zijn ogen volgden dezelfde lijn van gekartelde pieken waar hij de afgelopen zesendertig jaar elke ochtend getuige van was geweest. Vandaag keek hij opnieuw naar de bergen, waarvan iedere messcherpe richel en hoog oprijzende top zo prachtig en volmaakt was dat hij de schoonheid ervan amper kon geloven. Maar pas nu werd hij overweldigd door ontzag. Nu hij wist dat het klooster bedreigd werd.

De monnik schudde langzaam zijn hoofd. Zesendertig jaar geleden was hij in Geltang aangekomen en in al die tijd had hij zich nooit zo onzeker gevoeld als nu. Ondanks al hun voorbereidingen, ondanks al hun voorzorg was het onmogelijke geschied – buitenlanders hadden Geltang eindelijk ontdekt.

De monnik draaide zich om en liep met ongewone haast door de gang. Hij passeerde de dichtstbijzijnde trap, sloeg aan het eind van de gang linksaf, daarna rechtsaf en kwam voor een zware vergulde deur tot stilstand. Hij tilde zijn hand op om te kloppen, maar hield zich in; zijn hoofd zakte voorover totdat zijn voorhoofd tegen het harde houten deurkozijn rustte. Hij moest ervoor zorgen dat Rega het met hem eens werd.

Rega en hij waren gelijken in het klooster en hadden alleen zijne Heiligheid de abt boven zich. Meer dan tien jaar lang hadden ze ieder facet van de orde bepaald, terwijl de abt zich volgens de gewoonte geleidelijk terugtrok. Toen zijn verlichting zodanig werd dat hij de hoogste niveaus van het levensrad bereikte, groeide ook zijn introspectie. Nu werd hij bijna nooit meer buiten zijn vertrekken gezien en was hij een kluizenaar binnen zijn eigen klooster.

Hun ooit zo grote leider, de monnik die het lange en gevaarlijke proces in gang had gezet om de schat naar Geltang te brengen, hield zich zo afzijdig van het kloosterleven dat hij bijna een mythe tijdens zijn eigen leven was geworden. Naarmate de jaren verstreken en de zorgen van de abt steeds esoterischer werden, waren de dagelijkse verantwoordelijkheden van het klooster in toenemende mate aan hen overgedragen.

In een crisis als deze was het van wezenlijk belang dat het gerafelde netwerk van verbintenissen binnen hun orde werd samengetrokken in plaats van nog verder te versplinteren. Een schisma zou de kern bedreigen van alles wat ze geheimhielden.

Terwijl hij zijn kin omhoogstak en zijn gewaad gladstreek, klopte Dorje resoluut op de deur en ging naar binnen.

De kamer was slecht verlicht en het duurde even voor de ogen van de monnik aan het donker waren gewend. De enige lichtbron was een smal raam in de verste hoek, dat alles in de enorme, gewelfde kamer dempte en in een grijs halflicht dompelde.

Rega zat op een massieve houten stoel, die op een verhoging in het midden stond. Zijn achterovergezakte hoekige lichaam verzonk in het niet bij het reusachtige frame van de stoel. Daarnaast stond een tweede figuur, wiens identiteit in schaduw gehuld was. Bij het horen van de naderende voetstappen draaide de figuur zich om. De monnik herkende onmiddellijk het krachtige profiel van Rega's hoofdassistent Drang.

Rega keek op en zijn blinde ogen fixeerden hem vanuit de schaduw van zijn monnikskap.

'Dorje,' zei hij, meer op feitelijke dan op begroetende toon.

Dorje knikte kort, voordat hij doelbewust de kamer in liep en een paar stappen bij de stoel vandaan bleef staan. Zijn ogen schoten naar Drang, die naast de stoel stond.

'Laat ons alleen,' zei Dorje met een wegwuivend handgebaar.

Heel even keek Drang naar Rega. Daarna boog hij diep, met zijn ogen op Dorje gericht, voordat hij zich stilletjes uit de kamer terugtrok.

'Ik ben gekomen om te bespreken wat er gedaan moet worden,' zei Dorje, die met zijn handen keurig gevouwen voor hem stond. 'We moeten zijne Heiligheid onze aanbeveling geven.'

Rega's hoofd boog langzaam opzij. 'Jij weet net zo goed als ik wat er gedaan moet worden,' zei hij met fluisterende stem. 'Het gaat erom of jij de moed hebt om die keuze te maken.'

Dorje wachtte even. 'Wat zouden we volgens jou moeten doen?'

Rega's handen lagen open op zijn schoot, alsof ze een beroep op de hemel deden. 'We mogen niet riskeren dat ze ooit weggaan. Zo simpel is het. Vanaf vandaag moeten ze gedwongen in Geltang blijven.'

Dorje ademde langzaam uit, onttrok zich aan Rega's levenloze blik en staarde naar het raam en de enige lichtbundel. 'Je weet dat we dat niet kunnen doen. Sinds onze orde werd gesticht is er nog nooit zo'n koers gevolgd...'

'En we hebben ook nog nooit zulke bezoekers gehad!' bulderde Rega plotseling, terwijl hij ging staan. 'We mogen hen niet naar de buitenwereld laten teruggaan en riskeren dat we alles verliezen waar we voor gewerkt hebben. Anderen zullen onvermijdelijk volgen. En ik ken, beter dan wie ook, de gevolgen daarvan.'

'Het zijn niet altijd dezelfde gevolgen.'

Rega's lippen krulden van walging. Hij stapte van de verhoging af – de bewegingen van zijn oude lichaam waren nog steeds vloeiend en zelfverzekerd – en bleef op maar een paar centimeter afstand van Dorje staan.

'Kijk in mijn gebroken ogen en zeg dat nog eens,' siste hij, terwijl hij de kap van zijn gewaad naar achteren gooide, zodat zijn hele hoofd ontbloot werd. 'Ik heb ervaringen opgedaan die jij je onmogelijk kunt voorstellen. Het laatste wat deze ogen zagen was dat onze monniken werden afgeslacht en dat de heilige schat werd verbrand. En jij durft te suggereren dat het niet dezelfde gevolgen zullen zijn?'

Dorje deed een stap achteruit. Daarna rechtte hij zijn rug en antwoordde met een afgemeten stem. 'Ik denk dat je gevoelens over deze kwestie misschien misplaatst zijn. Deze mannen zijn geen Chinezen, maar eenvoudige bergbeklimmers. En je zou er goed aan doen je te herinneren dat, hoewel ze het niet wisten, zij eigenlijk degenen waren die ervoor zorgden dat onze schat veilig werd afgeleverd.'

'Ze hebben onbewust gehandeld!' Er schoten spuugspetters uit Rega's mondhoek. 'Stel je voor hoe anders ze zouden handelen als ze wisten wat wij bezaten.'

Dorje haalde zijn schouders op. De verticale frons werd dieper.

'Ik denk dat ze hier een of ander doel hebben. Boeddha's wil heeft hen naar onze poorten gebracht en wij mogen niet over hen oordelen en hen ook niet veroordelen zonder eerst te begrijpen waarom. Ik begrijp de achterdocht die je moet voelen, gezien alles wat je hebt doorgemaakt...' Dorjes stem stierf weg.

'Jij begrijpt?' herhaalde Rega met spottend getuite lippen. 'Wat begrijp je precies?'

Er viel een stilte, waarin de spanning tussen hen verhoogd werd door de absolute rust van de kamer.

'Weet je waarom ze de oudere monniken tegen de muur hebben gezet?' vroeg Rega zachtjes.

Dorje wachtte even, verward. 'Waar heb je het over?'

'Ze hebben hen tegen de muur gezet omdat het niet praktisch was om hen over de bergpas terug te brengen. Ze zouden de soldaten te veel hebben opgehouden. In plaats daarvan werd er een novice uitgekozen en een geweer in zijn handen geduwd. En toen... PANG!' Rega klapte zijn handen tegen elkaar, zodat het geluid hard weergalmde. 'De abt werd als eerste doodgeschoten. Daarna hebben ze al onze eerwaarde vaders een voor een uit de weg geruimd, terwijl onze hele orde erbij stond, verlicht door de vlammen van ons eigen brandende klooster.'

Het licht van het raam viel op Rega's gezicht. Alle kleur was uit zijn wangen weggetrokken.

'Maar ik heb de anderen niet zien sterven,' vervolgde hij. 'Inmiddels was ik mijn ogen kwijtgeraakt. Ik heb alleen het eindeloze geknal van de geweren gehoord.'

Dorje keek naar de grond. Er golfde een misselijkmakende emotie door hem heen – medelijden vermengd met walging bij het horen van zulk geweld. Hij wist altijd al dat Rega uit een van de vroegste beyuls was ontsnapt, maar in al die tijd dat ze samen waren had hij hem geen enkele keer daarover horen praten.

'Je hebt gelijk,' zei Dorje langzaam. 'Ik kan me niet voorstellen wat je hebt doorgemaakt. Ik verontschuldig me voor mijn arrogantie.'

Rega wuifde de opmerking weg, maar zijn gelaatstrekken waren nog steeds hard.

'Tenzij je wilt staan toekijken hoe de geschiedenis zich herhaalt, moeten de buitenlanders gedwongen worden hier te blijven. Dat is de enige oplossing.'

Terwijl hij sprak werd er op de deur geklopt en stapte Drang stilletjes naar binnen. Hij wilde naar de verhoging toe lopen, toen Dorjes hand uitschoot en hem gebaarde te wachten.

'Als we het daarover eens worden, hoe stel je dan voor om de westerlingen vast te houden?' vroeg hij zo zacht dat alleen Rega het kon horen.

Rega boog zich dichter naar hem toe, zodat Dorje de oude, muffe geur van zijn gewaad kon ruiken. 'Het Perfecte Leven. Dat moeten we hun opdringen.'

Dorjes ogen werden groot van verbazing. Hij wilde iets zeggen, maar Rega had Drang al met een hand gebaard verder te komen.

'Een bode van de abt,' kondigde Drang aan.

Achter hem schuifelde een lange jongen van een jaar of veertien aarzelend de kamer in. Het gewaad van de jongen sloot nauw om zijn slungelige lichaam en hij bewoog zich met de onbeholpenheid van iemand die te lang voor zijn leeftijd is. Een paar meter van de verhoging bleef hij staan en maakte een diepe buiging. Toen hij weer rechtop stond, stak hij zijn rechterhand uit, die een perkamentrol vasthield. Deze reikte hij in de richting van Rega, maar toen hij zijn vergissing besefte, richtte hij zijn arm snel naar Dorje.

Dorje vermande zich en liep naar de jongen toe. 'Dank je wel, Norbu,' zei hij zachtjes.

Hij wist hoezeer de hulp van de abt in verwarring kon worden gebracht door de eenvoudigste veranderingen in zijn routine. Zijn ogen lazen het perkament vlug door.

'We moeten de westerlingen apart houden en hen observeren. Dat is de verordening van de abt.'

'Maar wij moeten hem adviseren,' protesteerde Rega. 'Wil hij onze stem niet horen over zulke kwesties? En hoe zit het met de Raad van Oudsten?'

Dorje gaf geen antwoord, maar liet de hoeken van het perkament eenvoudigweg los, zodat het weer ineenrolde. Hij bleef in gedachten verzonken staan, terwijl Rega voor de verhoging begon te ijsberen.

'Het bevalt me niet wat er de laatste tijd gebeurt,' verklaarde Rega, met zijn dunne vingers tot vuisten gebald. 'Vreemde dingen die nooit eerder in onze orde zijn toegestaan. Twee weken geleden komt er een jongen aan die niet wordt ingewijd en ook niet meerderjarig is. Toch wordt hij direct naar de vertrekken van de abt geleid... En nu die behandeling van westerlingen. Realiseert de abt zich niet dat ze alles kunnen vernietigen?' Hij wees met een vinger naar de plek waar Norbu stond, wiens hoofd onderdanig naar de vloer was gebogen. 'Jij, bode van de abt, wie was die jongen precies? Jij was toch degene die voor hem moest zorgen, nietwaar?'

Norbu's ogen keken smekend naar Dorje en vervolgens weer naar Rega. 'Hij... hij komt uit Lhasa, eerwaarde vader,' antwoordde hij licht stotterend. 'De derde zoon van de familie Depon.'

'Inderdaad. En vertel me, wie is zijn vader?'

Norbu's wangen bloosden en hij schommelde heen en weer, met kromme schouders van de spanning. Zijn lippen bewogen geluidloos toen hij probeerde de zin te articuleren en zijn gestamel te onderdrukken. 'Hij is de eerbiedwaardige Gyaltso Depon, tweede... tweede gouverneur van de stad Lhasa.'

Dorje schoot naar voren, tussen Rega en de jongen in.

'Genoeg!' zei hij. 'Deze jongen is alleen maar een bode.' Zijn stem werd vriendelijker toen hij een hand op Norbu's schouder legde. 'Ga naar de abt, kind, en informeer zijne Heiligheid dat wij zijn verzoek om de westerlingen apart te houden en te observeren zullen eerbiedigen.'

Met duidelijke opluchting haastte Norbu zich de kamer uit; zijn ogen schoten naar Drang toen hij zich langs hem heen wurmde en de deur uit ging.

Dorje haalde diep adem. Instinctief gleden zijn vingers in het bovenstuk van zijn gewaad en tastten het lange bidsnoer af dat hij daarin bewaarde.

'Ik zal de lange westerling in de gaten houden, jij de gewonde. Ik begrijp dat jouw artsen zich op dit moment met hem bezighouden.'

Rega knikte verstrooid.

'Goed dan,' vervolgde Dorje. 'We zullen afwachten wat Boeddha's wil verordent.' Hij draaide zich naar de uitgang. 'En, Rega, je hebt alle recht om sceptisch tegenover buitenlanders te zijn, maar we moeten wachten tot ze hun ware aard onthullen. We moeten wachten. Laat hen zichzelf aan ons tonen, zoals de abt verordent. Als ze eerbaar handelen, als ze Geltangs ware doel respecteren en begrijpen, zullen ze misschien voor ons beslissen.'

Rega hield zich doodstil, zodat Dorje zich afvroeg of hij wel gehoord had wat hij had gezegd.

'We moeten het er allemaal over eens zijn dat het Perfecte Leven geen beslissing is die lichtvaardig moet worden genomen,' voegde Dorje Rega's zwijgende figuur toe, waarna hij de kamer uit stoof.

Rega wachtte tot de deur dicht was voordat hij zijn kap weer over zijn hoofd trok. Die wierp een diepe schaduw over de bovenste helft van zijn gezicht, waardoor alleen zijn uitstekende kin zichtbaar bleef. Lang geleden had hij toegekeken hoe gebeurtenissen zich ontvouwden en had hij zoveel verloren zien gaan door gebrek aan ingrijpen.

Ditmaal stond er te veel op het spel.

35

Kapitein Zhu stond boven aan het pad te kijken hoe de sliert soldaten in ganzenmars beneden hem passeerde. De acht soldaten van de eenheid Speciale Operaties in Chengdu waren voor zonsopgang in een speciaal gecharterde Ilyushin IL-76-jet op het vliegveld van Gonkar aangekomen. Toen de enorme ballonbanden langzaam tot stilstand kwamen en de achterkant van het vliegtuig met een gesis van hydraulische apparaten zakte, had Zhu toegekeken hoe de soldaten rap naar buiten klauterden en naar de wachtende vrachtwagens liepen. Zhu had hun dossiers, die naar hem waren gefaxt, niet nodig om te weten dat ze professioneel waren. Dat kon je zien aan de manier waarop ze zich bewogen.

Vervolgens hadden ze meer dan twee dagen over de harde, zongeblakerde wegen gereisd. Toen hadden ze de vrachtwagens verlaten en waren ze de meanderende paden ingeslagen, waarbij de soldaten een niet-aflatend tempo aanhielden. Ze droegen allemaal een zware bepakking en hielden hun QBZ-95-aanvalsgeweren losjes voor zich. Bij het geringste geluid schoof de kolf van hun geweer instinctief tegen hun schouder, terwijl hun duim de veiligheidspal eraf klikte. Dan stonden ze doodstil, met speurende ogen en gespannen lichaam, op het 'alles veilig'-teken te wachten. Ondanks het gemakkelijke terrein was het duidelijk dat niemand van hen iets als vanzelfsprekend beschouwde.

Zhu had al eerder het commando gevoerd over dit soort mannen; iedere beweging was beheerst door training, ieder bevel met afstandelijke professionaliteit uitgevoerd. De missiedoelen veranderden, maar de werkelijkheid in het veld was altijd dezelfde.

Urenlang marcheerden ze voort in de berghitte, waar ze volslagen onverschillig voor waren, terwijl de rest van de groep worstelde om het tempo bij te houden.

Tweehonderd meter achter de laatste van de rij sjokte de logge René Falkus. In schril contrast met de groene legerkleding van de anderen droeg hij een dikke bruine corduroybroek en een bleekblauw overhemd. Er was een rode zakdoek met witte stippen om zijn nek gebonden in een vergeefse poging de zweetstroompjes die vanaf zijn haargrens naar beneden liepen te absorberen, en zijn borst ging op en neer in de berglucht. De zon had zijn voorhoofd en wangen al pijnlijk rozerood geschroeid en hij keek met half dichtgeknepen ogen tegen het wrede licht in.

René draaide zich om en zag Zhu hoger op het pad staan kijken naar de voorbijtrekkende rij mannen. Even keken ze elkaar aan, voordat René met de mouw van zijn overhemd het zweet van zijn voorhoofd veegde en verder sjokte. Hij nam zijn normale tempo weer aan en zijn ogen draaiden naar de plek waar ze de hele dag al op waren gericht.

De derde van achteren in de rij, die doelbewust vooruit marcheerde, was het enige lid van het team die uit Lhasa was gehaald, afgezien van Chen en Zhu zelf. Zodra René in de vrachtwagen was gestapt, had hij dezelfde geschoren kop en dikke nek herkend die hij in de verhoorkamers had gezien. Het was de bruut die de kleine Anu had verkracht. En nu liep hij hier gewoon over het pad, maar een paar honderd meter voor hem.

Sinds ze waren vertrokken had René het bijna onmogelijk gevonden om zijn ogen van de man af te wenden. Hij bestudeerde de verweerde handen die rantsoenen in een rugzak propten, de kaak die bewoog wanneer hij de tabak kauwde en uitspuugde. Zelfs zijn wezenloze blik trok Renés aandacht. En toch meed René, elke keer als de man opkeek, oogcontact als een schoolkind bij de pestkop van de klas.

Later vernam hij dat de man Xie heette en dat hij niets met de andere militairen te maken had. Hij was een gewone soldaat uit een dienstplichtige divisie. Eerst had René zich afgevraagd waarom hij hier sowieso was. Hij leek zo ongeorganiseerd en onzeker, niets meer dan een gewelddadige vechtjas te midden van professionele lui. Hij schuifelde van de ene taak naar de volgende, waarbij zijn kraalogen altijd naar de anderen keken en pogingen deden om hun bewegingen na te bootsen.

Toen was er een lichtje bij René opgegaan. Zhu had hem uit eigenbelang meegenomen. Het was een ziekelijke manier om hem te controleren, een dagelijkse herinnering aan de verkrachting van de kleine Anu en wat er kon gebeuren als hij weigerde de Chinezen te helpen.

René zag dat het pad verderop smaller werd en dat het om de flank van een kolossale bergketen heen kronkelde. Boven de uitlopers kon hij het begin van een steile rotswand tot de sneeuwgrens zien verrijzen. Nog verder werd de hele middensectie van het gebergte door een dicht wolkendek verhuld.

De soldatenschoenen voor hem kwamen knerpend tot stilstand. René stopte, de anderen dankbaar, en keek hoe Chen naar achteren liep en voor Zhu bleef staan. In zijn ene hand hield hij een legerkaart en in zijn andere een gps-ontvanger.

'We zijn aan de rand van een dorp, kapitein,' zei Chen.

Zhu keek omhoog naar de richel en de rook die de lucht in kringelde.

'Welk dorp?'

'Het laatste, kapitein. Het heet Menkom.'

Ze liepen allebei naar voren, naar de plek waar het pad iets breder werd. Op een kleine aardhoop zat een oude monnik zich in de zon te koesteren.

'Vraag hem of hij westerlingen langs deze weg heeft zien voorbijgaan,' zei Zhu, die Chen gebaarde te vertalen.

Chen sprak een paar woorden in haperend Tibetaans, maar de oude monnik bleef zwijgen. Hij staarde recht door hem heen en liet zijn gebedsmolen met lichte polsbewegingen draaien.

'Buitenlanders,' herhaalde Chen weer, die merkte dat de soldaten achter hem kwamen staan om te kijken wat er aan de hand was. 'Heb je die gezien?'

De monnik gaf geen antwoord.

Chen boog zijn hoofd zodat het maar een paar centimeter bij het oor van de oude man vandaan was en fluisterde in het Tibetaans: 'Maak het jezelf niet moeilijk. Ik weet dat je mij begrijpt.'

Er klonk een vaag geknerp van grind toen iemand zijn gewicht van het ene been naar het andere verplaatste en daarna het zacht knetterende geluid van Zhu die zijn sigaret inhaleerde. Ze stonden allemaal naar hem te kijken. Te wachten tot hij iets zou doen. De monnik gaf nog steeds geen antwoord.

Chen beet op zijn onderlip, stak zijn arm naar achteren en sloeg met zijn vlakke hand de monnik in het gezicht. Door de klap rolde hij achterover in het stof. De gebedsmolen viel naast hem neer.

Zhu deed een stap naar voren, pakte de gebedsmolen doelloos op en streek met zijn linkerhand langs het kralensnoer. De oude monnik staarde vanuit het stof naar hem en keek hoe hij zijn heiligste bezit betastte.

'Je moet overtuigender zijn,' zei Zhu. 'Hij schijnt het niet te begrijpen.'

Chen aarzelde een fractie van een seconde. Toen stapte hij weer naar voren, greep de monnik bij de voorkant van zijn tuniek vast en tilde hem op. De oude man slingerde als een lappenpop in zijn handen en zijn tenen trappelden in de lucht alsof ze wanhopig probeerden contact met de grond te krijgen.

Chen staarde in zijn ogen, hem dwingend iets te zeggen, wat dan ook. Hij wist wanneer de maat vol was voor de kapitein.

'Zet hem in jezusnaam neer,' zei René, die zich een weg door de groep heen baande.

Chen wachtte even, maar hield de monnik nog steeds in de lucht, terwijl Zhu zich met een harde blik in zijn zwarte ogen omdraaide.

'Deze monnik draagt een rood gewaad, of wat er ook maar van over is,' zei René. 'Dat betekent dat hij tot de Gelugpa-sekte behoort. Die monniken leggen vaak een zwijgeed af. Zelfs als hij wilde antwoorden, is hij zijn spraakvermogen zo te zien waarschijnlijk jaren geleden al kwijtgeraakt.'

Er viel een stilte waarin Chen naar Zhu keek en Zhu naar René staarde, in een poging vast te stellen of hij de waarheid sprak. René kon voelen hoe het zweet zich in plassen onder zijn armen verzamelde.

Uiteindelijk knikte Zhu kort en liet Chen de oude monnik los, die als een hoopje op de grond in elkaar zakte.

'Bedankt voor het verlichten van ons pad,' zei Zhu, met een glimlach die zijn ogen niet bereikte. Daarna liep hij dichter naar René toe en fluisterde in zijn oor: 'Als je me nog eens hindert, zal ik een van de soldaten je benen laten breken.'

René staarde naar de grond, terwijl Zhu zijn sigaret weggooide en zonder nog iets te zeggen het pad naar het dorp vervolgde. De andere soldaten hesen hun bepakking op en volgden, René bij Chen achterlatend.

'Dat was vast eng, hè?'

Chen draaide zich om, verbaasd om de westerling tegen hem te horen praten.

'Een pacifist van mijn oma's leeftijd. En jij hebt alleen maar een machinegeweer.'

Terwijl hij dit zei, keek René recht in Chens ogen en heel even dacht hij dat hij er een greintje twijfel in zag. Hij wilde nog iets zeggen, maar Chen greep zijn schouder vast en draaide hem rond, zodat hij weer met zijn gezicht naar het dorp stond.

'Jij terug in de rij,' zei hij in gebroken Engels, terwijl hij hem vooruitduwde.

Voor hen liep Zhu verder. Bij de eerste huisjes stopte hij. Zijn ogen schoten over een paar mensen die uitgemergeld en ziek in hun deuropeningen lagen, onbewogen zelfs bij de aanblik van een Chinese patrouille.

Langs de huisjes sijpelde een beekje, dat om hopen afval heen kronkelde die waren achtergelaten om in de modder te verrotten. De grond was bezaaid met flessen, oude stukken touw en plastic zakken. Een paar geiten en een hond doorsnuffelden het afval voor een van de grotere huizen. De hond was graatmager; terwijl hij op het uiteinde van een versplinterd bot kauwde, waren zijn ribben door zijn geklitte vacht heen te zien. Zhu keek hoe de hond zijn kaken wijder opensperde en kokhalsde. Hij snuffelde een paar keer en begon toen zijn eigen kots op te vreten.

Zhu naderde een van de hopen afval bij de beek, waar zijn schoenen in de zachte modder zompten. Hij liep langzaam en speurde de grond af. Door zijn jarenlange ervaring bij het Politieke Veiligheidsbureau was dit iets wat hij automatisch deed. Afval was het enige wat iedereen vergat te verbergen. Honderd meter verder bleef hij staan, omdat zijn blik op een plastic flesje viel dat gedeeltelijk in de modder was verborgen. Met de punt van zijn schoen draaide hij het voorwerp voorzichtig om. Hij tuurde naar het handschrift. Het was in het Engels – een leeg flesje pijnstillers. De westerlingen waren hier dus toch geweest.

Zhu veroorloofde zich een korte glimlach. Op het laatste stuk van het pad was hij zich zorgen beginnen te maken dat ze eerder waren afgeslagen en de bergen in waren gegaan. De steile rotswanden schenen hem onbegaanbaar toe, maar hij was dan ook geen bergbeklimmer. Dit dorp lag aan het einde van het pad; ze waren vast van hieruit omhooggegaan.

Zhu haalde een witte zakdoek uit zijn zak en depte de bovenkant van zijn voorhoofd. De zon stond nu recht boven hen; de felle gloed werd nog versterkt door de ijlere berglucht. Hij liep een paar stappen terug naar een van de grotere houten hutten en ging onder de dakrand bij de voordeur staan, waar hij zijn ogen aan de schaduw liet wennen.

Even later zag hij Chen dichterbij komen over het open terrein van het dorp.

'Uw orders, kapitein?'

'Sla het kamp op in de lagere velden uit de buurt van dit dorp,' zei Zhu, terwijl zijn ogen naar de andere kant van het dorp gingen, waar een paar dorpelingen lusteloos op de stoepen van hun huizen zaten. 'De westerlingen zijn hier geweest en iemand heeft iets gezien. Breng de vrouwen bij de beek bij elkaar voor verhoor. En luitenant, hou niet op voor je precies hebt uitgevist wat ze weten.'

'Ja, kapitein. En de rest van het dorp?'

Zhu dacht even na, met zijn handen losjes achter zijn rug gevouwen. Hij wilde iets zeggen toen hij van achteren iets zachts tegen zijn rechterhand voelde strijken. Zhu kromp ineen en draaide zich in paniek om.

Op de houten stoep van het huis lag een kleine jongen in een te groot wit shirt dat door vuil en ouderdom bruin was verkleurd. Hij was achter een versleten houten bank bij de deur verscholen en Zhu had hem niet opgemerkt toen hij in de schaduw was gaan staan. Terwijl ze aan het praten waren, was hij naar voren gekropen en met een uitgestrekte arm raakte hij de nagelloze vingers van Zhu's rechterhand aan, in een poging zijn aandacht te trekken. De jongen, wiens graatmagere lichaam door de cholera was verwoest, keek met smekende ogen naar hem op.

'Help ons,' fluisterde hij. Zijn borst bewoog zwaar op en neer van de inspanning, waardoor zijn sleutelbeenderen scherp tegen zijn holle huid afstaken. Aan zijn blik te zien was het maar al te duidelijk wat hij zei. Zhu had geen vertaling nodig.

Zhu staarde naar hem, verstijfd door het fysieke contact. Zijn ogen gleden over de bevuilde, graaiende handjes van de jongen, toen ze opnieuw aan zijn vingers trokken en de uitgerekte huid op de toppen aanraakten, waar zijn nagels ooit hadden gezeten.

Zhu wrikte zijn arm los. Met van walging gekrulde lippen stapte hij achteruit het wrede zonlicht in. Hij veegde zijn rechterhand aan de zijkant van zijn broek af en deed nog een stap achteruit.

'Steek het dorp in brand,' siste hij, terwijl hij zijn hand nog een laatste keer afveegde en hem diep in zijn broekzak stak. Hij keek naar Chen, die verbijsterd bij de voorstoep van het huis stond.

'Brand het tot de grond toe af.'

36

Luca deed zijn ogen open en zag de middagzon door het open raam vallen. Even lag hij wezenloos op het smalle bed door de kleine, kale kamer heen te staren. Daarna ademde hij langzaam uit en hees hij zichzelf overeind. Iedere spier in zijn lichaam voelde verrekt en gekneusd en hij voelde een dof gebonk in zijn hoofd.

Hij stapte naar de wasbak bij het bed, maakte een doekje nat en waste zijn gezicht en handen ermee. Zijn handpalmen waren nog steeds besmeurd met opgedroogd bloed en tegen de tijd dat hij het doekje uitwrong, was het water dat door de afvoer verdween roestkleurig.

Er schoten hem nu weer flitsen van de beproeving van de afgelopen nacht te binnen: Bills doordringende gil bij de grot, het brandende gevoel in zijn armen en benen toen hij achter Shara aan klauterde, met Bills gewicht eerst op zijn ene schouder en vervolgens op zijn andere. Het had al zijn kracht gekost om het klooster te bereiken, en ondanks het gevoel dat hij lang en diep had geslapen, voelde hij zich nog steeds zwak en leeg.

Luca legde het doekje op de wasbak, stapte naar het raam en nam het uitzicht in zich op. De duizelingwekkende ligging van het klooster was in het daglicht net zo onwerkelijk. Hij keek over de richel en zag dat het klooster zich, van het ene niveau naar het andere, naar de voet van de berg uitstrekte. Het leek minstens tweehonderd meter hoog, alsof er twee grote kathedralen op elkaar waren gestapeld.

Aan de horizon lag een reeks in elkaar grijpende dalen. Elk daarvan had lagen groene terrasvelden die in smalle banden om de bergflank heen liepen, als de contouren op een kaart. Luca kon net de silhouetten van mensen onderscheiden, die lange rijen gewassen aan het planten waren en met gekromde rug de velden bewerkten.

'Het Geltang-klooster.' Luca zei de woorden hardop, alsof ze zo meer betekenis zouden krijgen. Wat was dit voor oord? Een geheime monnikensekte, verborgen in de bergen? Maar wat deden ze hier allemaal, en hoe kende Shara hen eigenlijk?

Er werd op de deur geklopt. Luca draaide zich verrast om en er schoot kramp in zijn rug. Terwijl hij naar achteren tastte om op het bed te leunen, vloekte hij nog zachtjes toen de deur van buitenaf werd ontgrendeld.

Vanuit de schaduw van de gang verscheen een monnik in de deuropening.

'*Tashi delek*, meneer Matthews. Ik hoop dat u goed hebt geslapen?'

De man moest ergens tussen de veertig en vijftig zijn, maar gezien zijn volkomen gladde huid was dat moeilijk te zeggen. Zijn hoofd was in de traditionele kloosterstijl geschoren boven lichtjes schuin omhoogstaande ogen, en hij droeg hetzelfde korenblauwe gewaad als de monniken die Bill hadden weggebracht. Hij stak een hand uit ter begroeting en zijn lippen krulden op tot een flauwe glimlach.

'Ik heet Dorje,' zei hij met vriendelijke en bedaarde stem. 'Ik ben een van de weinigen in Geltang die Engels spreken en ik heb opdracht gekregen om uw gids te zijn.'

'Hallo,' zei Luca, zijn hand uitstekend. Dorje schudde Luca de hand en stond hem vervolgens met een kalme blik aan te kijken. Luca voelde dat hij nog iets moest zeggen om de stilte te doorbreken.

'Uw Engels is heel goed,' zei hij uiteindelijk.

'Dank u, meneer Matthews,' antwoordde Dorje met een iets bredere glimlach. 'Als u mij nu alstublieft zou willen volgen. Juffrouw Shara wil u graag spreken. Onderweg krijg ik misschien een kans om u iets beter te laten kennismaken met ons bescheiden klooster.'

Daarop liep hij kalm door de gang, met zijn handen achter zijn rug gevouwen, als een professor. Luca volgde en ondanks zijn zere benen moest hij zijn pas inhouden om niet op de zoom van Dorjes gewaad te stappen. Ze liepen door de nauwe gang langs brandende jakboterlampen die in kleine nissen in de stenen muren waren uitgehouwen.

'Is er nieuws over Bill?' vroeg Luca na een poosje, toen het duidelijk werd dat Dorjes rondleiding in stilzwijgen zou worden gegeven.

'Het is helaas te vroeg om dat te zeggen,' zei Dorje over zijn schouder. 'Uw kameraad was er heel slecht aan toe toen hij aankwam, maar ik heb begrepen dat onze artsen al de hele dag met zijn benen bezig zijn.'

'Maar het komt toch wel goed met hem?'

'We moeten afwachten, meneer Matthews. Meer kunnen we niet doen.'

'Is hij wel bij bewustzijn?' vroeg Luca met iets luidere stem. 'Ik zou heel graag willen zien hoe het met hem gaat.'

Dorje bleef even bij een van de houten trappen staan.

'Misschien zal juffrouw Shara u meer informatie kunnen geven. Wat mijzelf betreft, is me verteld dat uw kameraad totale rust nodig heeft en dat u hem op dit moment onmogelijk kunt zien.'

De manier waarop hij sprak suggereerde dat de zaak vriendelijk maar resoluut was afgedaan. Hij liep weer door. Luca haalde zijn schouders op en volgde hem, naar zijn geschoren achterhoofd starend. Een paar honderd meter verder passeerden ze een breder gedeelte van de gang, waar twee monniken zachtjes stonden te fluisteren. Toen Luca en Dorje voorbijliepen, maakten ze allebei een diepe, eerbiedige buiging, maar hun ogen bestudeerden iedere beweging die Luca maakte.

'Kunt u mij meer over dit oord vertellen, Dorje? Wat is Geltang precies?'

Dorje stak zijn arm omhoog, alsof hij naar het hele klooster gebaarde. 'Geltang is een oord van behoud. Het is een hoeder van cultuur, wijsheid en verlichting.'

Luca knikte, wachtend tot hij zou uitweiden, maar Dorje verzonk alleen weer in stilzwijgen.

'Maar waarom is het op deze verlaten plek gebouwd?'

'Ik moet u uiteraard feliciteren met het volbrengen van een zeer zware reis. Het is geen kleinigheid om onze muren te bereiken. Maar ik ben er heel zeker van dat uw training als bergbeklimmer u van pas is gekomen.'

'Ja, dat heeft geholpen,' zei Luca ongeduldig. 'Maar hoe zit het met het klooster? Waarom is het zo hoog in de bergen gebouwd?'

Dorje glimlachte verontschuldigend. 'Ik ben bang dat mijn Engels niet goed genoeg is om zulke vragen adequaat te beantwoorden,' zei hij. 'Ah, maar we zijn er al, het oostelijke balkon.'

Ze sloegen een hoek om en de gang kwam uit op een uitgestrekt terras, geplaveid met enorme witte marmeren stenen en omgeven door glanzende muren. De enige kleur op het terras kwam van de miniatuurbomen en -planten, vergelijkbaar met Japanse bonsais, die in kleine, afzonderlijke nissen de muren versierden.

In het midden stortte een stenen fontein water in een ondiepe bak. Het overtollige water stroomde door een open goot in de grond totdat het de rand van het balkon bereikte, waar het een paar honderd meter langs de fundering van het klooster naar beneden viel en op de rotsen kletterde.

Hoe spectaculair het balkon ook was, het was niet ontworpen om introspectief te zijn. Terwijl het water als een bewegende glasplaat naar beneden viel, trok het de aandacht naar het uitzicht erboven. Luca's blik werd omhooggezogen en kwam halverwege de volmaakte lijnen van een berg tot stilstand.

'Niet te geloven,' zei hij, terwijl hij de stijfheid in zijn benen vergat en naar de rand van het balkon stapte. 'De piramideberg.'

Tussen twee bergen op de voorgrond door, kon hij de gladde omtrek van de berg zien. Er was geen vergissing mogelijk – dit was de berg die hij al die weken geleden op de Makalu had gezien. Hoewel de top verhuld werd door een dicht wolkendek en de lagere flanken door omringende uitlopers aan het zicht werden onttrokken, zag hij er toch absoluut fantastisch uit.

'Ik kan niet geloven dat hij er echt is.'

'Inderdaad,' zei Dorje zachtjes.

Beide mannen stonden naar het uitzicht te staren. Terwijl Luca's ogen de flank van de berg volgden, stelde hij zich voor dat hij langzaam een route uitzocht langs de scheuren in het rotsgesteente en zich geleidelijk omhoogwerkte totdat hij de top bereikte.

'Altijd wolken,' mompelde hij tegen zichzelf, voordat hij zich naar Dorje omdraaide. 'Ik heb zoveel satellietkaarten bekeken om te proberen er een glimp van op te vangen, maar de hele berg was altijd door wolken bedekt.'

'Dat is zijn aard,' zei Dorje. 'Net als wij blijft hij liever voor de wereld verborgen.'

Luca knikte en draaide zich weer naar het uitzicht toe. 'Heeft iemand hem ooit beklommen?'

Dorje haalde zijn schouders op. 'Tijdens het verzamelen van kruiden en dat soort dingen hebben leden van onze orde zeker over de uitlopers gelopen.'

'En de top? Is er iemand op de top geweest?'

Dorje zuchtte kalm. 'Nee. Niemand is daar geweest. Ik ben bang dat wij jullie westerse voorliefde voor het "veroveren" van zulke wonderbaarlijke natuurverschijnselen niet delen.'

'Maar heeft hij dan een naam?'

'Naam? Nee, nee, meneer Matthews,' zei Dorje, waarbij zijn neus een beetje rimpelde, alsof hij net een onaangename geur had opgevangen. 'Onze berg heeft geen naam. Net zoals het beklimmen ervan een daad zou zijn om hem te kwantificeren, of, anders gezegd, om jezelf ertegen af te kunnen meten, geloven wij dat het een vergelijkbaar effect zou hebben als er een naam aan wordt gegeven. Het volstaat voor ons dat hij er gewoonweg is.'

Luca knikte verstrooid. Hij wendde zijn ogen van de berg af en keek via het tussenliggende dal naar de plek waar ze stonden. Nu hij hier stond, kon hij zien hoezeer dit landschap leek op de thangka die Jack hem had gegeven. Hij dacht weer aan de professor in Cambridge en de opmerkingen die ze over de 'bergbeyul' had gemaakt. Dorje had gezegd dat Geltang een hoeder van verlichting was. Hij had het woord 'hoeder' gebruikt.

Er moest een of ander verband zijn.

Luca draaide zich van de piramideberg weg en gluurde naar Dorje.

'Is er een relatie tussen de berg en het klooster?' vroeg hij.

Dorje keek een ogenblik verschrikt, waarna zijn blik zijn gewoonlijke kalmte herkreeg.

'Meneer Matthews, ik ben maar een eenvoudige monnik hier in Geltang en ik denk dat u het best kunt praten met iemand die bevoegder is om zich over zulke kwesties te buigen. Maar ik kan wel zeggen dat de berg vocht creëert. Door louter zijn aanwezigheid ontstaan er wolken en neerslag, die op hun beurt de gewassen voeden die je in de velden onder ons klooster ziet. Wij kweken alles wat hier geconsumeerd wordt en de berg maakt dat leven mogelijk. Inderdaad zeldzaam voor zo'n onherbergzame omgeving.'

'Ik bedoelde niet zozeer de gewassen, meer de religieuze betekenis. U zei toch dat Geltang een hoeder was? Nou...'

Luca's stem stierf weg, toen Dorje zich van hem afwendde naar de ingang van het balkon.

'Ah,' zei hij opgelucht. 'Juffrouw Shara is aangekomen.'

Ondanks zijn groeiende frustratie voelde Luca zijn hartslag overslaan toen hij zich omdraaide en Shara over het balkon naar hem toe zag lopen. Ze had haar wollen trui en schapenvachtjas uitgetrokken en droeg nu hetzelfde blauwe kloostergewaad als Dorje.

Met onkarakteristieke haast liep Dorje weg om haar te begroeten; hij liep om de fontein heen en boog diep. Terwijl Luca toekeek, klemde hij haar hand in de zijne en fluisterde iets met een uiterst plechtige blik. Even later knikte Shara, en met een korte glimlach kwam ze naar Luca toe, Dorje bij de stoep van de fontein achterlatend.

'Fijn om je te zien,' zei Luca, beseffend hoezeer hij dit meende. Hij wilde haar hand pakken, maar Shara aarzelde, stapte bij hem vandaan en kruiste haar handen voor haar lichaam. Ze had plotseling iets formeels over zich waardoor Luca's glimlach snel verflauwde.

'Is alles oké?' vroeg hij.

'Hoe gaat het met je hoofd?' zei ze, zijn vraag negerend. Haar ogen gingen naar de bovenkant van zijn voorhoofd, waar een snee tot aan zijn haargrens liep.

'Ik heb een megakater, maar het komt wel goed met me. Belangrijker is: heb je al iets over Bill gehoord?'

'Hij is weer bij bewustzijn, maar is nog steeds heel zwak. Nu moeten we afwachten hoe hij met de infecties omgaat.'

Luca staarde in haar ogen. Daarin was een afstandelijkheid zichtbaar die hij nooit eerder had gezien. Zelfs toen ze kwaad op hen was geweest in het dorp, was ze tenminste nog levendig en aanwezig geweest. Nu was er een koele gereserveerdheid die zo misplaatst leek na alles wat ze samen hadden doorgemaakt.

'Maar hij komt er wel weer bovenop,' zei Luca, die zijn gedachten moeizaam weer op Bill richtte. 'We hebben het toch op tijd gehaald?'

'Dat weet ik niet, Luca. We moeten gewoon afwachten wat er gebeurt.'

Er viel een stilte waarin de woorden doordrongen. Luca deed zijn ogen dicht en dacht terug aan wat er die nacht in de grot was gebeurd. De gedachten en beelden waren nog steeds verward; de vreselijke stilte, het gestruikel in de duisternis en toen, vlak achter hen, dat machtige gebrul. Hij kon zich het gevoel van Shara's zachte huid nog herinneren toen ze haar gezicht tegen het zijne had gedrukt en fluisterde dat er een beer in de grot was.

Luca stopte midden in zijn gedachten en spoelde de beelden in zijn hoofd terug. Er was iets wat niet klopte.

'Toen jij me in de grot wakker maakte, was je al aangekleed,' zei hij, het tafereel langzaam reconstruerend. 'Je maakte je klaar om weg te gaan, nietwaar? Je was vast van plan ons in de steek te laten en in je eentje naar Geltang te gaan.'

Shara begon haar hoofd te schudden. 'Luca...'

Luca gluurde naar Dorje, die langzaam langs de rij planten die in de marmeren nissen stond. Hij leek geheel in zijn bezigheid verdiept, maar ook dichtbij genoeg om hun gesprek te kunnen horen. Luca concentreerde zich weer op Shara's gezicht, alsof hij dat voor het eerst deed, en zei op gedempte toon: 'Bill had gelijk over jou. Je hield de hele tijd al iets achter.'

Shara zuchtte en staarde naar haar handen. Toen ze weer opkeek, was de afstandelijkheid verdwenen en toonde haar gezicht opeens de spanning van ongerustheid en vermoeidheid.

'Wat ik jullie verteld heb is grotendeels waar. De gids die mij hier zou brengen was ziek geworden en ik had jullie hulp nodig om over de rotswand heen te kunnen komen. Maar je hebt gelijk. Ik zou in mijn eentje de Kooms in trekken en het hele eind naar Geltang gaan. Ik wilde niet tegen je liegen, Luca, maar er komt hier veel meer bij kijken dan je beseft.'

'Waarom ben je hier dan eigenlijk gekomen? Ik bedoel, wat moet een vrouw tussenn al die monniken!'

Shara wachtte even, terwijl ze een streng haar uit haar gezicht veegde. 'Ik moest iets afleveren. Maar, Luca, stel alsjeblieft geen vragen meer. Het is niet...' Ze wachtte weer even, waarna ze haar woorden zorgvuldig uitkoos: '... het is niet verstandig voor jou om te veel vragen te stellen.'

'Kom op, Shara. We zijn door een hel gegaan en nu zeg je dat ik geen vragen mag stellen!'

'Zachtjes praten,' siste Shara, een blik op Dorje werpend. Ze boog zich dichter naar Luca toe. 'Kijk, het maakt niet uit of je mij vertrouwt of niet, maar doe alsjeblieft precies wat Dorje zegt. Ik smeek het je.'

Luca keek haar aan, verbijsterd door de intense blik in haar ogen. Waarom aarzelde ze zo om zijn vragen te beantwoorden? Ze waren al in het klooster. Was het geheim soms uitgelekt?

'Geltang is een van de verborgen beyuls, nietwaar?' zei hij plotseling. 'Dat probeer je te beschermen.'

Shara's ogen werden groot van verbazing. 'Waar heb je dat woord gehoord?'

'Dat is dit oord toch? Is het een van die heiligdommen?'

'Zeg geen dingen die je niet begrijpt. Noem dat woord nooit meer.'

Shara keek hem dreigend aan, waarna ze een stap achteruit deed en diep inademde. De spanning leek van haar schouders te vallen toen ze hem met haar groene ogen recht en bijna smekend aanstaarde.

'Ik weet hoe je bent, Luca. Maar bij zoiets moet je niet betrokken raken. Zet het gewoon van je af. Je hoeft alleen maar te wachten tot Bill beter wordt, dan kunnen jullie hier met zijn tweeën weggaan.'

'Ik vraag je niet meer dan dat je mij vertelt wat er in godsnaam aan de hand is. Ik vind dat ik er recht op heb om dat te weten.'

Shara wilde weer iets zeggen, toen Dorje achter hen verscheen. Hij staarde naar haar en toen hij een stap dichterbij deed, sloeg ze haar ogen neer.

'Het is tijd voor de avondgebeden,' zei hij op zakelijke toon. 'Juffrouw Shara, ik weet zeker dat u naar uw vertrekken terug wilt gaan om u klaar te maken voor de dienst.'

Shara knikte en haar ogen schoten naar Luca voordat ze om de fontein heen liep.

'Wacht even,' protesteerde Luca, die achter haar aan liep, maar Dorje pakte hem zacht bij zijn arm vast en hield hem tegen. Luca keek op de kalm ogende monnik neer.

'Meneer Matthews, wij hebben onze eigen regelingen waar we

aandacht aan moeten schenken. Maakt u zich alstublieft geen zorgen, aangezien u juffrouw Shara al over een paar uur zult zien, na de maaltijd van vanavond.'

'Maar ik wil...'

Luca's zin stierf weg terwijl hij keek hoe Shara langs de fontein beende en zich met een laatste blik op hen in het klooster terugtrok en uit het zicht verdween.

'Kom, meneer Matthews,' zei Dorje hartelijk. 'Het oostelijke balkon is maar één gedeelte van het klooster. Er is nog zoveel te zien.'

Luca stond even stil en negeerde Dorjes gebaar om hem te volgen. Daarna keek hij achterom naar de piramideberg, die nu volledig in de wolken was gehuld. Er klopte iets niet aan dit oord en hij zou uitzoeken wat dat was. Met of zonder Shara's hulp.

37

'Is dat zo?' zei Luca, terwijl hij een klont stijve rijst in zijn kom heen en weer schoof.

Hij zat tegenover Dorje aan het houten tafeltje in de hoek van zijn kamer, met zijn gezicht naar het open raam. In een halve cirkel om hem heen stond een serie witte porseleinen kommen die Dorje op een dienblad had meegenomen. Elke kom bevatte een bescheiden selectie van rijst, peulvruchten en groenten, waarop hij het laatste halfuur had zitten kieskauwen.

Sinds het oostelijke balkon was hij in zijn kamer opgesloten, waar hij wachtend op het avondeten en de kans om nog een keer met Shara te praten van de ene muur naar de andere liep te ijsberen. Maar zoals Dorje zojuist beleefd had uitgelegd, zou Shara zich vanavond niet bij hen voegen, en hij wist ook niet wanneer ze weer beschikbaar zou zijn. In plaats daarvan vervolgde hij met een eindeloze litanie van nietszeggend gebabbel, terwijl Luca's frustratie gestaag groeide.

'Dat is inderdaad zo,' antwoordde Dorje. Daarna wachtte hij even en haalde diep adem, mogelijk een inleiding tot de zoveelste lange stilte.

'Zaken gaan voor plezier. U begrijpt vast wel dat juffrouw Shara het zeer druk heeft met haar werk. Welnu, hebt u genoeg van de groentemomo's gegeten? Die worden hier in Tibet als een soort delicatesse beschouwd en de ingrediënten worden vlak onder het klooster gekweekt, in de buurt van...'

'Ik begrijp dat ze het druk heeft,' onderbrak Luca hem. Hij legde zijn eetstokjes neer. 'Dat hebt u me al verteld. Maar ze zei dat ze hier voor het avondeten zou zijn en beloofde een paar van mijn vragen te beantwoorden. Dit oord heeft zoveel wat volgens mij niet klopt.'

Dorje glimlachte geruststellend. 'Ik weet zeker dat juffrouw Shara u zal opzoeken wanneer ze klaar is. Alles op zijn tijd.'

Luca ademde gefrustreerd uit en duwde de overgebleven peulvruchten weg. Zijn rechterhand ging instinctief naar zijn onderrug en masseerde de spieren die hij op de laatste paar treden van de trap had beschadigd. Door de hoek van de harde rugleuning verkrampten ze pijnlijk.

Waar was Shara? Waarom was ze hier niet? Het verlangen naar antwoorden drukte als een fysieke behoefte op hem en hij wist zeker dat ze hem de waarheid zou vertellen als hij langer met haar kon praten. Dorje had de hele dag om hem heen gehangen en elke vraag met halve waarheden en duistere, onsamenhangende verklaringen ontweken.

Er waren zoveel dingen die hij wilde weten. Waarom was Geltang uit de berg gehouwen en in zo'n ontoegankelijk deel van de Himalaya verborgen? Het moest tientallen jaren gekost hebben om zo'n technisch hoogstandje te bouwen. En wat deden al die monniken hier eigenlijk, eeuwen achtereen, afgezonderd van de buitenwereld?

De bergbeyul – dat had de professor gezegd. Het was de heiligste van alle geheime beyuls; het hart van het Tibetaans boeddhisme. Kon Geltang dat echt zijn? Kon het echt de plek zijn waar die gelukzoekers al die jaren geleden naar op zoek waren? Shara leek beslist afwerend toen hij het gewaagd had deze vraag te stellen.

Luca staarde naar Dorje, die tevreden aan zijn thee nipte. Wat de waarheid ook was, Dorje zou die niet vertellen. Maar Shara was anders. Er bestond een band tussen hen, iets wat daar in de bergen was gegroeid. Hij had het gevoeld, ook al had ze hem vanmorgen op het balkon op een afstand proberen te houden. Er was iets met de blik in haar ogen toen ze hem had gezegd te doen wat Dorje zei, alsof ze bang voor hem was, maar verscheurd werd door een soort van strijdige trouw.

Voorovergebogen op zijn stoel staarde Luca over de tafel naar Dorje, die duidelijk van de stilte genoot. 'Ik wil Bill vanavond zien, Dorje. Ik wil zien of het goed met hem gaat.'

Dorje zette zijn kop voorzichtig voor hem op de tafel. 'Zoals ik al heb uitgelegd, heeft meneer Taylor secundaire infecties die op dit moment zeer gevaarlijk zijn. Deze mogen absoluut niet gecompliceerd worden doordat u hem opzoekt.'

'Kom op, Dorje, het enige wat ik wil doen is om de deur kijken om te zien hoe het met hem gaat. Waar is hij trouwens? In een kamer bij de mijne in de buurt?'

'Nee, lager...' begon Dorje, waarna hij zichzelf snel onderbrak. Hij ademde in en toonde een glimlachje. 'Meneer Matthews, ik kan u alleen vertellen dat u specifiek gevraagd is u niet met het werk van onze artsen te bemoeien.'

'Maar ik wil hem alleen maar zien. Dat begrijpt u vast wel, Dorje. Ik maak me zorgen om hem.'

Er viel een stilte, voordat Dorje opstond en naar het nabije raam stapte. Hij tuurde er even doorheen, alsof hij iets in de verte inspecteerde, ondanks het feit dat het al donker was buiten. Toen Luca's ogen zich in hem boorden, draaide hij zich langzaam weer om en schoof zijn stoel tegen de tafel.

'U moet begrijpen dat ik hier in Geltang maar een eenvoudige gids ben. Het is niet aan mij om beslissingen over zulke kwesties te nemen. Ik geef alleen maar door wat mij verteld is. Ik wil niet dat u zich bezorgd voelt, meneer Matthews, maar begrijp alstublieft dat het op dit moment vrijwel onmogelijk is om meneer Taylor te zien. Welnu, waarom proeft u deze thee uit het Samyeklooster niet even? Ik heb begrepen dat thee nogal een fascinatie voor de Britten is, nietwaar? Ik geloof dat het een landgenoot van u was die zei: "Waarom zou je brood en water nemen, als ze zo gemakkelijk thee en toast kunnen worden?"'

Dorje glimlachte beminnelijk, terwijl Luca hem over de tafel heen aankeek. Toen werd Luca's blik opeens zachter en hij stond op, de poten van zijn stoel over de stenen vloer naar achteren schuivend.

'Zal ik u eens wat zeggen, Dorje, u hebt gelijk,' zei hij. 'Ik moet de dokters gewoon met hun werk laten doorgaan.'

Dorje trok een wenkbrauw op en keek in zijn ogen. 'Nou, ja,' zei hij. 'Ik ben opgelucht dat u er zo over denkt. Het welzijn van uw kameraad is nu echt het belangrijkst.'

'En dat mogen we niet in gevaar brengen door hem op te zoeken,' vervolgde Luca.

'Precies.'

'Goed dan, laten we vanavond voor gezien houden. Misschien voelt hij zich morgen goed genoeg voor een bezoekje.'

Dorje knikte instemmend en voelde zich duidelijk beter vanwege de plotseling opgeklaarde stemming. Hij knikte naar Luca en wilde zich omdraaien om te vertrekken, toen hij opeens stopte.

'Maar hoe zit het met de thee?'

Luca glimlachte gespannen. 'Laten we die voor morgen bewaren.'

38

Met een plotselinge energie-uitbarsting beende Luca naar het open raam van zijn kamer en keek langs de buitenmuur naar beneden.

'Oké,' fluisterde hij tegen zichzelf, in een poging zijn zenuwen te kalmeren. 'Kattenpis.'

De maan was boven de verste bergen verrezen en in het bleke licht ervan kon hij de opgestapelde niveaus van het klooster onder hem zien. De zware stenen muren beneden versmolten met de duisternis. Hij trok zijn zweterige handpalmen over zijn broek en haalde nog eens diep adem. Jezus, het was wel een heel eind naar beneden.

Hij gluurde achterom naar de gedrongen houten deur van zijn kamer. Dorje was bijna twee uur geleden weggegaan en had de deur van buitenaf op slot gedaan. Sindsdien had hij op zijn bed liggen wachten tot de geluiden van het klooster zouden wegsterven. Nu was alles stil. Het was het perfecte moment om te ontsnappen.

Hij ademde een paar keer snel achter elkaar uit, ging op de vensterbank zitten en draaide zich om, zodat zijn benen over de rand van de buitenmuur van het klooster bungelden. Hij voelde de koele nachtlucht op zijn gezicht en de aders in zijn hals klopten onstuimig.

Het waren maar een paar eenvoudige bewegingen. Hij kon het wel.

Hij ademde diep in, draaide zijn lichaam rond en liet zich over de rand zakken, waarbij hij met de punten van zijn schoenen langs de muur schraapte totdat hij een inkeping in het voegwerk kon voelen. Er schoot een felle pijn vanuit zijn onderrug door zijn lichaam, maar hij negeerde het ongemak knarsetandend en strekte zijn armen uit om verder langs de muur omlaag te schuiven.

Terwijl hij zich met zijn rechterarm vasthield, zwaaide hij zijn linkerarm naar beneden, waarbij hij zijn vingertoppen gebruikte om zich vast te klampen aan een kleine spleet in het steenblok bij zijn hoofd. Daarna boog hij vanuit zijn heupen achterover, zodat hij tussen zijn benen door naar het kozijn van het raam vlak onder hem kon kijken. Daaronder liepen de witgekalkte muren van het klooster neerwaarts de nacht in.

Toen Luca zijn rechterhand langzaam losliet, voelde hij dat zijn lichaam begon te glijden. Met goedgeoefende precisie zette hij zijn voet op de vensterbank eronder en hij kwam hortend tot stilstand.

Hij ademde weer uit. Slechts een paar bewegingen, maar in het donker waren ze moeilijk genoeg. Een paar seconden later trapte hij het luik van de kamer eronder open en zwaaide hij door het open raam naar binnen.

Het was een soort opslagkamer. Er stonden rijen vergaarbakken, met keurig in het Tibetaans beschreven etiketten. Luca wilde er een aanraken en besefte dat zijn handen beefden. Hij balde zijn vuisten om de trillingen eruit te knijpen.

Zo ging dat altijd met ongezekerd klimmen.

Terwijl de adrenalinegolf wegebde, liep hij met een groeiend gevoel van nieuwe opwinding naar de deur. Hij was eindelijk van Dorje bevrijd en kon het klooster verkennen. Sinds ze waren aangekomen wist hij zeker dat hun route door de kilometerslange gangen zeer zorgvuldig was gekozen. Sommige gangen waren weloverwogen gemeden, sommige deuren gesloten voordat hij ze bereikte. Dorje had zich veel moeite getroost om hem door het klooster te leiden, ervoor zorgend dat hij er zo weinig mogelijk van zag.

Nu had hij de kans om het met eigen ogen te zien. Maar eerst moest hij Bill vinden; Dorje had zich laten ontvallen dat hij ergens in de lagere gedeeltes was.

Toen hij de gang in stapte, verwachtte hij half dat Dorjes gedaante uit de duisternis zou opdoemen, maar alles bleef stil. Luca draaide zijn hoofd heen en weer, zich afvragend welke kant hij op moest gaan. Aan het eind van de gang kwam er een zwak schijnsel van een flikkerende jakboterlamp.

Luca klopte op zijn broekzak en voelde de hoeken van een stuk chocola. Toen hij in de duisternis op zijn bed lag, had hij besloten dat het echte gevaar van een ontsnapping uit de kamer was dat hij zou verdwalen in de doolhof van catacomben die vermoedelijk onder de hoofdniveaus van het klooster lag. Zijn gps-ontvanger was samen met de meeste van zijn andere klimspullen in de grot achterbleven, maar zelfs als hij het ding had, zou het vanwege de dikke muren sowieso onbruikbaar zijn geweest. Hij had zich wel iets uit zijn schooltijd herinnerd – Theseus en de Minotaurus. Hij had geen kluwen garen, maar hij kon stukken van de twee overgebleven verfrommelde chocoladerepen gebruiken om iedere trap die hij passeerde of deur die hij opende te markeren. Als de ratten er tenminste niet bij kwamen voordat hij terugkeerde.

Luca liep vlug een trap af die zich vlak voor hem bevond en naar het volgende niveau leidde. Hij liep zo snel als zijn logge klimschoenen mogelijk maakten en bleef staan toen hij eraan dacht een stukje chocola op de bovenste traptree te leggen.

Hij schudde zijn hoofd. Het was een belachelijk plan. Hij had het gevoel alsof hij in *Hans en Grietje* was beland.

Beneden was nog een gang, identiek aan de vorige. Met een zwaar gevoel vanwege de drukkende stilte van het klooster liep hij langzaam over de stenen vloer. Het enige geluid was het op en neer gaan van zijn borst. Hij liep nog meer trappen af en gangen door, en overal waar hij langskwam hing de zware geur van de druipende kaarsen.

Een paar niveaus lager liep de gang die hij volgde dood. Hij bleef staan en bestudeerde de houten deur voor hem. Die was veel groter dan de andere deuren en sierlijk bewerkt. Met een luide klik draaide de klink open en Luca haalde zijn aansteker uit zijn zak.

Toen hij de deur opendeed, knepen Luca's ogen zich van verbazing samen. Hij kon het dak van de zaal hoog boven hem zien en vlak voor hem strekte een lange rij boekenplanken zich uit zover zijn oog reikte. Het flikkerende licht viel op de ruggen van de boeken; hij liep erlangs en volgde ze dieper de zaal in.

Aan het eind van de boekenplanken sloeg hij linksaf, terwijl de vlam van de aansteker geleidelijk delen van de zaal onthulde. Schrijftafels stonden netjes door de ruimte verspreid; daarachter torenden stapels papier in houten kisten. Elke kist bevatte honderden oude perkamenten die op elkaar waren gestapeld en als kromme stalagmieten naar het plafond reikten. Luca zwaaide zijn aansteker hoger. Zover zijn oog reikte strekten de stapels zich uit.

Hij liep naar de dichtstbijzijnde stapel toe en plukte er willekeurig een paar losse bladzijden uit. Ze waren dicht beschreven met Tibetaanse teksten. Het waren vast gebedsperkamenten, zoals de exemplaren die hij in de marktkraampjes in Lhasa had gezien, maar lang niet zoveel. Terwijl hij de aansteker in een langzame boog rondbewoog, vroeg hij zich af hoe ze de perkamenten in vredesnaam uit elkaar konden houden.

'Net als Cambridge,' mompelde hij binnensmonds.

Hij liep langs de boekenplanken terug, stapte de deur uit en ging naar een ander niveau en vervolgens weer een ander. Hij had op elke trap stukjes chocola gelegd en stond nu halverwege de volgende trap, terwijl hij eindelijk besefte wat een idiote gedachte het was geweest dat hij Bill in zo'n gigantisch gebouw zou kunnen vinden. Dat zou weken kosten. Terwijl hij zich daar stond af te vragen of hij terug zou keren, rook hij een muffe, bijna chemische geur. Hij vroeg zich af wat dat in vredesnaam kon zijn.

In de stilte gingen de haren in zijn nek overeind staan. Hij kon voelen dat er iets anders dan de geur was veranderd. Hij hoorde een zachte weerklank in de lucht, een geluid dat zo zwak was dat het in de muren van het klooster leek weg te sterven. Hij deed een paar stappen naar voren, terwijl zijn hart sneller begon te kloppen.

Algauw werd het een diep, rommelend geluid met vele toonhoogtes die in een vreemde melodie op en neer leken te rollen. Het duurde zelfs een paar minuten voordat Luca besefte dat het een menselijk geluid was. Voor hem flikkerde er licht onder een brede, versierde deur. Luca werd er, gemagnetiseerd door de dansende schaduwen, naartoe getrokken. De geur werd sterker; het was een bittere lucht die om hem heen hing.

Aan de voet van de deur waaierden tientallen vilten slippers over de vloer uit, alsof de eigenaars ervan er net uit waren gestapt. Luca knielde ernaast neer en drukte zijn hoofd tegen de koude vloer in een poging onder de kier in de deur door te kijken.

Het eerste wat hem trof was de geur. Vanonder de deur stroomde de lucht over zijn gezicht, brandde in zijn keel en beklemde zijn borst plotseling. Binnen kon hij een spelonkachtige kamer zien, verlicht door immense brandende kandelaars die met tussenruimtes langs de gewelfde muren waren geplaatst. Helemaal achterin zaten monniken op een rij.

Hij kon hen niet allemaal zien, alleen de eerste paar, die in stuwende, cirkelvormige bewegingen met hun hoofd zwaaiden, terwijl ze een eindeloos gezang aanhielden. Verder naar links kon hij een deur naar een andere kamer zien. Die stond open, en er scheen licht.

Luca verplaatste zijn hoofd een stukje om een beter zicht te krijgen. Hij zag dat er een magere figuur door twee vreemd geklede silhouetten naar deze volgende kamer werd geleid. De figuur tussen hen in kon amper staan en toen Luca zijn hoofd steviger tegen de grond drukte in een poging te zien wie het was, ving hij een glimp op van een monnik met rollende ogen en een doodsbleek gezicht, voordat de binnendeuren werden dichtgeslagen en hij uit het zicht verdween.

Luca lag daar met zijn ogen te knipperen. Hij probeerde wijs uit het hele gebeuren te worden. Er had zich een hoofdpijn over zijn voorhoofd verspreid en het kostte hem moeite om na te denken. De beklemming in zijn borst werd erger en hij kon de chemische geur in zijn mond proeven.

Waarom werd er een bedwelmde monnik een vreemd voorvertrek binnengeleid? Wat waren ze daar aan het doen?

Door een plotselinge angst overvallen richtte Luca zich op, maar het bloed stroomde naar zijn hoofd. Hij ging wijdbeens staan in een poging zijn evenwicht te bewaren en slingerde even, gedesoriënteerd en misselijk.

Hij greep naar zijn voorhoofd en kreunde zachtjes, terwijl zijn hoofd tolde. Hij hoorde voetstappen aan de andere kant van de deur en het geluid van zware metalen schuiven die werden weggetrokken om de deur te ontgrendelen. De ceremonie was voorbij, de monniken stonden op het punt te vertrekken.

Luca wankelde door de gang en probeerde te rennen, maar zijn benen voelden log en traag aan. Na honderd meter sloeg hij de hoek om en zocht hij het stukje chocola op de trap waarlangs hij naar beneden was gegaan. Het was er niet.

Hoe kon hij de verkeerde kant op zijn gegaan?

Voor hem vertakte de gang zich in twee smallere gangen. Hij bleef staan, zich afvragend welke hij moest kiezen. Links van hem was er een grote metalen ketting om een rond houten wiel gewikkeld en met een bout aan de muur bevestigd. Hij liep dichter naar een van de brandende kaarsen toe en probeerde na te denken, maar het knetterende geluid van de kaarsenpit werd oorverdovend. Luca draaide zich om en staarde naar de dansende gele vlam, die een lange sliert zwarte rook op de muur erboven uitbraakte.

Terwijl hij met hangende kaken en wijdopen ogen naar het licht stond te staren, begon zijn hoofd zich met vreemde, wervelende beelden te vullen. Het kwam door die geur. Daardoor voelde hij zich zo slap. Zijn oogleden werden zwaar.

Hij hoorde voetstappen en vervolgens stemmen. Ze kwamen dichterbij. Vanachter de hoek scheen er licht op de muur. Luca schudde zijn hoofd in een poging zich aan de roes te ontrukken, toen zijn ogen bleven rusten op de metalen ketting die tot op de vloer hing. Hij keek nauwkeuriger en probeerde te focussen. Het was een valluik in de stenen vloer eronder.

Met een dof metalen gerinkel van de ketting tilde hij het luik op en schuifelde via de houten ladder naar beneden; hij haalde zijn aansteker uit zijn zak, klaar om hem te gebruiken.

Beneden heerste absolute duisternis.

Er klonk een trippelend geluid toen er een processie van vilten slippers over de balken van het luik liep, en eindelijk werd het stil. Luca wachtte nog even. Hij luisterde naar zijn gespannen ademhaling, voordat hij eindelijk met zijn duim over het vuursteentje van de aansteker streek.

Toen de vlam ontbrandde, schoot de omtrek van een angstaanjagende figuur uit de duisternis. Luca sprong achteruit, drukte zich tegen de muur en haalde zijn duim per ongeluk van het gas, zodat de ruimte weer pikzwart werd. Het duurde even voordat hij zijn zenuwen kalmeerde en besefte dat de figuur niets meer was dan een schildering op de tegenoverstaande muur van de nauwe tunnel waar hij nu in stond.

Hij ontstak de aansteker opnieuw en nam de blauwe huid en het vlammend oranje haar in zich op. De lippen van de god waren opgetrokken en hij gromde woest met grote snijtanden en gele ogen. In zijn handen hield hij tientallen naakte menselijke figuren, die hij verpletterde en verbrandde in vuren die overal op zijn afzichtelijke lichaam laaiden.

Luca stapte instinctief achteruit en drukte zijn schouders tegen de tegenoverstaande muur. De figuur maakte deel uit van een muurschildering die zich over de hele lengte van de gang vanaf de vloer tot aan het plafond uitstrekte, alvorens weer in de duisternis op te gaan. Hij liep langzaam verder, met zijn ogen strak op de scènes voor hem gericht. Er was een overweldigende overvloed aan kleuren en vormen.

'Wat is dit voor plek?' fluisterde hij.

In een diepe nis buiten het hoofdgedeelte van de tunnel ving zijn aansteker nog een figuur op. Het was een standbeeld van Boeddha, dat ongeveer een meter twintig hoog was en op een sokkel stond. Toen Luca langzaam dichterbij kwam, leek het oppervlak van het standbeeld in het licht te flakkeren. Hij kwam nog dichterbij, stak zijn hand uit en liet zijn vingertoppen over het harde oppervlak strelen.

Het gehele standbeeld was met duizenden edelsteentjes bezet. Ondanks het waas van zijn hoofdpijn keek Luca zijn ogen uit. Langzaam liet hij zijn hand op het koele oppervlak van de edelsteentjes rusten. Toen hij de aansteker voor de ogen van het standbeeld hield, draaiden en schitterden er twee enorme diamanten in het licht.

Na een poos wendde Luca zijn starende blik af en keek hij verder door de gang. Hij kon nog meer nissen langs de tunnel zien. In de dichtstbijzijnde stond een ander standbeeld in de duisternis te glanzen. Hoeveel meer waren er nog? Welke andere schatten, opgesloten in dit gewelf, zouden er te vinden zijn?

Luca voelde zijn hart in zijn borst bonzen. Dit was vast datgene waarnaar de gelukzoekers in de beyuls op zoek waren geweest, de verborgen schat waarover de professor had gezegd dat het slechts een mythe was.

In de sokkel van het standbeeld zaten lange rijen metalen klompjes, niet groter dan een mensenvinger. Het waren er honderden. Hij pakte er willekeurig een en draaide het in zijn hand om. Het metaal was ruw en mat, en hij kon zien dat er aan het ene uiteinde een cirkelvormig merkteken was aangebracht, met acht punten die in een centrale driehoek samenvloeiden.

Hij had dit teken al eerder gezien – in de thangka die Jack hem had gegeven. Het was precies hetzelfde symbool dat de priester in zijn hand had gehouden.

Nadat Luca met zijn hand over het bewerkte oppervlak had gestreken, begreep hij eindelijk wat het waren: zegels, gebruikt om brieven te voorzien van het officiële merkteken van Geltang. Ze zagen er niet kostbaar uit, maar ze zouden tastbaar bewijs zijn dat Geltang echt bestond. Luca plukte er een uit het laagste gedeelte van de sokkel en stak het in zijn zak.

Hij keek weer op en rekte zijn hals dichter naar de witte diamanten van de ogen van het standbeeld, toen hij een luid gekreun hoorde. Hij verstijfde. Het geluid was heel dichtbij. Vlak achter het standbeeld, ergens in de duisternis verborgen.

Toen klonk het opnieuw.

Terwijl Luca de aansteker heen en weer zwaaide, probeerde hij verder in de duisternis te turen. De vlam boog opzij en worstelde om te blijven branden.

'Wie is daar?'

Niets.

'Geef antwoord!'

Hij schuifelde naar voren, om de voorkant van het standbeeld heen. De nis ging over in een donkere kuil en achterin tegen de stenen muur was het grijze profiel van een menselijke figuur te zien. Luca bleef stokstijf staan, met het gevoel alsof zijn ingewanden in water veranderden.

De figuur zat verwrongen in de lotushouding, hoofd diep gebogen, kin bijna op de borst. De benen waren over elkaar gevouwen en de handen waren met de palmen naar het plafond gekeerd. Er liepen strakke leren riemen rond zijn lichaam, kriskras over zijn dijen en terug over zijn schouders, waardoor hij gedwongen werd onnatuurlijk stijf te blijven zitten.

'Jezusmina,' fluisterde Luca.

Door het geluid van zijn stem schoot het hoofd van de figuur plotseling omhoog, zodat er bleke, grote ogen in het halflicht werden onthuld. De verschijning jammerde, een zielig, gesmoord geluid waardoor Luca van schrik achteruitsprong. Hij deinsde naar achteren, botste tegen de verste muur en gooide bijna het standbeeld omver. In de verwarring gleed zijn duim van het gasklepje, zodat hij weer in duisternis werd gehuld.

Hij tastte rond, aan beide kanten ingesloten door de strakke muren van de tunnel. Toen klonk het opnieuw – het gehuil uit de duisternis. Hij friemelde met de aansteker, en er flitsten een paar vonken voordat de vlam eindelijk aansloeg. Luca stortte zich op de ladder en gebruikte zijn schouder om het zware luik naar de gang boven open te duwen.

Hij stopte even en staarde met zijn handen op zijn knieën naar de zwarte opening van het luik terwijl hij weer op adem probeerde te komen.

'Niet in paniek raken,' zei Luca tegen zichzelf, in een poging regelmatig te ademen. 'Gewoon niet in paniek raken.'

Daarna schudde hij zijn hoofd. Verrek maar. Dit was precies het moment om in paniek te raken.

Hij sprintte door de gang en bereikte de versierde deur van het voorvertrek waar ze de monnik naartoe hadden gebracht. Die was gesloten, en er kwam geen licht onderdoor. Verderop bevond zich nog een trap. Luca stampte de treden op, nam er drie tegelijk en deed geen moeite om het geluid van zijn klossende schoenen te verbergen. Toen hij bovenaan kwam, stak hij zijn hand omlaag en betastte de trede wanhopig.

Het stuk chocola was er. Hij was op het juiste spoor. Hij voelde een energiestoot en begon weer zo hard als hij kon te rennen, het geluid van zijn schoenen gedempt door de zware stenen muren.

***

Op het lagere niveau bij het luik, in een hoek die onttrokken werd aan het licht van de jakboterlamp, stond een roerloze figuur, wiens zintuigen helemaal aan het donker waren gewend, te luisteren. Verborgen achter de kap van zijn kloostergewaad volgden de starende pupillen instinctief het geluid van Luca die zich langs het bovengelegen niveau terugtrok.

Daarna draaide hij zich geruisloos om en verdween weer in de schaduw.

39

Aan de voet van een enorme rots stond kapitein Zhu met een dikke geweven deken om zijn schouders gewikkeld. Het was vroeg in de ochtend en er hing een zware mist in de koude lucht. Hij had de deken van een van de jaks gehaald. De geur die erin zat leek door iedere porie van zijn huid te dringen en zijn nu al slechte humeur nog erger te maken.

Vijfhonderd meter bij hem vandaan stond een kleine verzameling tenten in een halve cirkel rondom een vuurtje. Er kringelden dunne rookslierten uit het hout omhoog en de natte heide knetterde zacht. Het was stil in het kamp. Het was hun derde dag op dezelfde positie.

Zhu staarde naar de rotswand, terwijl dezelfde gedachten door zijn hoofd spookten. Er was iets mis. Dat kon hij voelen.

Toen ze begonnen waren de dorpelingen te ondervragen, had niemand van hen iets gezegd. Maar toen de vrouwen gedwongen werden in de verstikkende hitte van de middagzon op de oevers van de beek te staan, bezweken de zwakkeren onder hen algauw. Eén vrouw, uitgemergeld door ziekte, wees uiteindelijk naar de rotswand. Ze zakte op haar knieën en hield vol dat de westerlingen die kant op waren gegaan.

Iedere dag had Zhu onder precies dezelfde plek gelopen, zich afvragend hoe ze daar omhoog hadden kunnen klimmen. De rots was steil en stak een paar honderd meter de lucht in. De top ging schuil in een dikke wolkenband die eindeloos boven de bergflank leek te hangen. Zhu schudde langzaam zijn hoofd, terwijl zijn ogen de overhangende rots afspeurden. Hij zag iets over het hoofd. Dat wist hij zeker. Er moest een gemakkelijkere weg zijn.

Zijn ogen volgden de lijn van een diepe scheur die helemaal vanaf de top naar de voet liep. Er was iets mee wat zijn aandacht trok en hij stond er diverse minuten alleen maar roerloos naar te staren met een afwisselend wazige en scherpe blik. Uiteindelijk wendde hij zich van de rots af, stak een sigaret op en zoog de rook uit frustratie diep zijn longen in.

Waarom waren de westerlingen hier eigenlijk? Wat was er zo bijzonder aan juist deze plek? De grens en de route naar India lagen meer dan tachtig kilometer ten zuiden van Menkom.

Misschien had hij zich vergist en probeerden ze de jongen toch niet de grens over te krijgen. Wat als India nooit hun bestemming was geweest en er hier iets was, iets achter deze bergen wat ze probeerden te bereiken? Dat was de enig mogelijke verklaring. Tenzij... tenzij Falkus hem vanaf het prille begin op een dwaalspoor had gebracht en zij hun tijd onder de rotswand verspilden.

Zhu draaide zich plotseling om en beende door het struikgewas en de heide naar het kamp terug.

***

René stapte onvast onder de flap van zijn tent vandaan de open lucht in. Hij keek over het dal uit en genoot van de mistige stilte van de ochtend voordat hij hevig begon te gapen. Zijn hand ging omlaag naar de voorkant van zijn broek om het zaakje recht te leggen, terwijl hij zijn tent weer binnenstapte en een dikke gebreide trui aantrok die een tikje te kort voor hem was, zodat er een stukje harig middenrif werd blootgesteld.

Toen René het prachtige bergpanorama in zich opnam, zag hij Zhu naar hem toe lopen. Hij keek over zijn schouder om te zien of er nog iemand anders in het kamp was, maar alles was stil. De kapitein moest hem hebben.

'O, shit.'

René schudde zijn hoofd, liep langzaam naar het vuur en porde een van zijn theezakjes op de bodem van een plastic kop. Hij kon het niet uitstaan als alleen zij tweeën in het kamp waren. Alles aan de kapitein bezorgde hem kippenvel.

Elke ochtend was het dezelfde routine. Terwijl twee paren soldaten het terrein langs de rotsen in alle richtingen verkenden, vertrokken de anderen gewoonlijk voor zonsopgang om schietoefeningen te houden in een van de lagere velden onder het dorp. René lag dan in zijn slaapzak te luisteren hoe het geknal van hun QBZ-95-geweren, gedempt door de vochtige heide, door het dal echode. Ze kwamen altijd een paar uur later terug en gooiden de versplinterde houten schietschijven op het vuur; bij elk daarvan was een stuk ter grootte van een vuist uit het midden geslagen door de strak gegroepeerde 5.56mm-kogels.

De enige andere persoon die in het kamp bleef was Chen, maar hij leek het grootste deel van zijn tijd in zijn dichtgeritste tent door te brengen, waar hij op een Panasonic Toughbook-CF-30-laptop zat te tikken. Het was een lichtgewicht computer met een klep van een magnesiumlegering en een waterdicht scherm, die standaardkost voor de elitepatrouilles in het veld was geworden. Chen had de computer aangesloten op een Inmarsat BGAN-systeem en de helften van de satellietschotel op een rots bij de tent als een omgekeerd koffertje opengeklapt. Boven de schotel bungelde een lang snoer van zonnepanelen aan de top van de tent, waarvan de platen van matblauw silicium de kleine hoeveelheid energie uit de bewolkte lucht absorbeerden. Af en toe doemde Chens brede gezicht op. Dan stelde hij de zonnepanelen zorgvuldig bij om het zonlicht beter op te kunnen vangen, voordat hij voor de rest van de middag weer in zijn tent wegdook.

Daardoor bleven René en Zhu vaak alleen bij het vuur achter, en ondanks de open ruimte voelde René nog steeds de vlagen van claustrofobie die hij in de politiecel had ervaren. Maar deze ochtend was anders. Hij merkte aan Zhu's pas dat hij niet bereid was nog langer te wachten. Er stond iets te gebeuren.

Zhu kwam bij het vuur aan, met zijn dode haaienogen als zwarte kolen in zijn bleke gezicht.

'Ze zijn nooit naar de Indiase grens gegaan, toch?'

René keek verbaasd op. 'Wat? Nee, ik heb nooit gezegd van wel. Ze gingen terug naar de Makalu om een beetje te klimmen.'

'Waarom zijn ze hier dan? Waarom zijn ze niet in de richting van de Makalu gegaan?'

Zhu's stem was in toonhoogte gestegen.

'Kijk, ik weet net zoveel als u,' zei René defensief. 'Ze zeiden tegen de jakdrijvers dat ze hierheen moesten komen en Menkom is de laatste plek waar ze zijn gezien. Dat is alles wat ik weet.'

Toen hij de naam van het dorp noemde, schoten Renés ogen instinctief door het dal heen naar de zwartgeblakerde huizen op de verste richel. Er waren alleen nog lege omhulsels over; gebroken balken, verwrongen en ingestort op de vloer, zwart van de as. Al drie dagen hadden ze er rook uit zien opstijgen, terwijl de bewoners over het pad terug hinkten om enige vorm van beschutting te vinden.

'Dat is alles wat ik weet,' herhaalde René, terwijl hij kokend water in zijn kop goot en oogcontact probeerde te mijden.

'We zullen wel zien,' zei Zhu kalm. 'We zullen wel zien hoeveel u echt weet.'

Over Renés schouder zag Zhu dat twee soldaten langs de rotsrand terugkeerden van hun patrouille. Toen ze dichterbij kwamen, herkende hij de sergeant van de groep Speciale Operaties en die idiote soldaat Xie die ze uit Lhasa hadden gehaald.

'Als u ons geen antwoorden verschaft, bent u alleen maar dood gewicht,' vervolgde Zhu met zijn blik op Renés bolle buik. 'En ik heb niets aan dood gewicht. Dat wordt weggesneden.'

Het woord 'gesneden' werd sissend uitgesproken. Toen Zhu naar de soldaten gebaarde, begon Renés hoofd van angst te duizelen. Wat bedoelde hij met 'weggesneden'? Hij voelde zijn mond droog worden toen de soldaten naar hen toe kwamen snellen. Hij had genoeg gezien om te beseffen dat de kapitein geen eer of geweten had. Sinds het moment dat Zhu zijn restaurant was binnengelopen, leefde René met het angstaanjagende besef dat Zhu alles met hem kon doen wat hij maar wilde en dat niemand op aarde hem kon tegenhouden.

Zhu gaf een paar norse bevelen in het Mandarijn. Zonder waarschuwing stormden de twee soldaten op René af en grepen hem bij de voorkant van zijn wollen trui vast. Xie, die hem als eerste pakte, stond met zijn blozende wangen en brede hals maar een paar centimeter bij zijn gezicht vandaan, maar Renés blik viel onmiddellijk op de schouderriem van de rugzak van de sergeant. Vastgebonden aan de singelband zag hij het profiel van een groot overlevingsmes, waarvan het metalen handvat zwartverkleurd en bekrast was door het gebruik. Hij kon alleen de omtrek van het lemmet door de schede heen zien, maar hij kende de sergeant goed genoeg om zeker te weten dat het vlijmscherp was.

René voelde zijn maag van angst samentrekken.

'U hebt tot morgenochtend de tijd om uit te zoeken waar ze naartoe zijn gegaan,' hoorde hij Zhu achter hen zeggen. 'Daarna kan ik u niet meer gebruiken.'

Xie duwde René naar voren, zodat hij over een van de scheerlijnen struikelde. Even later werd hij het kamp uit en naar de rotsen toe gesleurd.

Zhu, die al elders met zijn gedachten was, negeerde het geschreeuw van de westerling. De tijd tikte door en ze hadden nog steeds geen resultaten. Eén maand. Dat had hij tegen de directeur-generaal van het Politieke Veiligheidsbureau gezegd. Eén maand. Die tijd was bijna verstreken en hij wist dat Peking ongeduldig op zijn volgende rapport zat te wachten.

Er klonk geritsel van stof en Chens massieve lijf ontvouwde zich langzaam uit zijn tent. Hij stak zijn hand weer naar binnen, pakte zijn laptop en maakte een van de draden los terwijl hij de computer naar buiten trok.

'Kapitein, ik heb iets gevonden wat van belang zou kunnen zijn.'

Zhu's ogen draaiden naar Chen.

'Ik heb net een nieuwe e-mail gedownload betreffende een rapport uit Cambridge, Engeland.'

Zhu zweeg. Chen schraapte zijn keel en keek achterom naar het computerscherm, alsof hij daar steun zocht.

'Het rapport was van vier weken geleden, maar ik ben bang dat ik het niet gezien had, omdat mijn betrouwbaarheidsverklaring tijdelijk was ingetrokken... na het incident... met de jongen.'

Zhu wachtte vol ongeduld.

'Ik heb al mijn bestanden doorgekeken en heb ontdekt dat het rapport betrekking heeft op een van de mannen die we zoeken – Luca Matthews. Naar verluidt heeft hij met een oude informant gesproken over iets wat een "beyul" wordt genoemd. Het rapport was ingediend door een...' Hij wachtte even en keek nog eens goed naar het scherm. '... een professor Tang.'

Zhu staarde met plotseling levendige ogen naar Chen. 'Lees het rapport nog eens.'

'Ja, kapitein.'

Hij las het dossier helemaal, inclusief data en tijden.

'Ik heb het twee keer gecontroleerd, kapitein, en ik kon in al onze bestanden geen enkele verwijzing naar het woord "beyul" vinden.'

'Dat komt doordat het geclassificeerd is,' snauwde Zhu verstrooid. In een plotselinge vlaag van opwinding draaide hij zich weer naar de rots. Hij had de hele tijd gelijk gehad. Er wás daarboven iets – maar kon het echt een van de legendarische beyuls zijn? De Culturele Revolutie had afgerekend met al dat soort zaken. Ze hadden elke rivierkloof, elke bergtop uitgekamd.

Kon er nog iets zijn overgebleven?

'Neem onmiddellijk contact op met Peking. Ik wil volledige satellietbeelden van alles boven de rotswand. Laat ze desnoods een satelliet in een andere richting draaien. En ik wil een volledig spectrumbereik om recht door deze wolken heen te kunnen dringen.'

'Ja, kapitein.'

En luitenant, zorg ervoor dat ze hier op het bureau niets over te weten komen. Geef de technicus opdracht om alle data die naar dit onderzoek verwijst te wissen zodra hij de beelden heeft verstuurd.

Chen keek even verward, maar trok zich toen snel terug in zijn tent.

Even later hoorde Zhu hem in de warboel van kleding en kabels rommelen, op zoek naar een van hun twee satelliettelefoons.

Hij stond een poosje naar de steile bergflank te staren. Als er daarboven echt een beyul was, wist hij zeker dat de Gelugpa's de jongen daar verborgen hielden. Dat was volkomen logisch. Maar deze ontdekking mocht niet uitlekken. Hij was niet van plan om iemand anders van het bureau de eer te gunnen van zo'n monumentale ontdekking. De beyul zou van hem zijn en het enige wat nu nog tussen hem en de laatste schuilplaats van de Panchen Lama stond, was de rots voor hem.

Morgenochtend zou hij beginnen de soldaten met twee tegelijk naar boven te sturen, of ze de rots nu konden beklimmen of niet.

40

Er was geen pad, dus moesten René en de twee soldaten voorzichtig een weg zoeken door het struikgewas en de varens op de berghellingen. Soms struikelden ze over wortels of bleef de onderkant van hun broek aan de scherpe doornstruiken hangen. Het ging langzaam. Zover hun oog reikte, strekte de hoog oprijzende rotswand zich ononderbroken voor hen uit.

Ze hadden zes uur zonder rustpauze gelopen. René ging met hardnekkige vastberadenheid door, maar hij voelde dat zijn benen trillerig werden van de inspanning. Hij mompelde in zichzelf en richtte zijn haat op de verkrachter die een paar honderd meter voor hem liep. Hij kon de dikke nek en het schuifelende loopje van Xie zien, die de sergeant van Speciale Operaties als een schoothondje volgde.

René bleef plotseling staan en tuurde naar een kleine verzameling bloemen naast een groot rotsblok. De bloemen leken op gedroogde pruimen, zwart van kleur en aan de bovenkant gerimpeld. Korte, borstelige haren staken alle kanten op.

'*Mandragora caulescens,*' mompelde René, terwijl hij zachtjes met zijn hand over de bloem wreef. Toen hij ruim acht jaar geleden in Tibet was aangekomen, had hij bijna een hele maand geprobeerd om deze specifieke soort te vinden. En nu stonden de bloemen hier, pal voor zijn neus. Waren de omstandigheden maar minder beroerd.

Hij keek op naar de plek waar de sergeant was blijven staan en hem nauwlettend in het oog hield. René stond op, liep door en kwam vlak voor hen tot stilstand. Hij tastte in de zak van zijn corduroybroek en haalde er een geplet pakje sigaretten uit. Hij was aan het tijdrekken en dankbaar voor de rustpauze. Hij vouwde het pakje open en bood de sergeant een sigaret aan, die ongeduldig zijn hoofd schudde. Vervolgens sloeg hij Xie opzettelijk over, nam er zelf een en stak zijn andere hand in zijn zak om de aansteker te pakken.

Xies snelle ogen schoten van het pakje naar Renés gezicht. Hij haalde uit, in een poging de sigaretten uit Renés hand te graaien, maar miste. Hij wilde nog een poging doen, maar de hand van de sergeant schoot uit en hield hem tegen. Hij fluisterde iets in het Mandarijn en Xie sloeg traag zijn ogen neer. Daarop schudde de sergeant langzaam zijn hoofd en vertrok weer in de richting die ze aanhielden.

'Ik denk dat je toch niet zulke dikke maatjes met de baas bent,' zei René. Xies ogen knepen zich samen toen hij de toon van Renés stem en zijn spottende lachje opving.

Toen René op het punt stond weg te lopen, maakte de soldaat een zacht kreunend geluid. Hij deed het zo zachtjes dat de sergeant het niet kon horen, en toen René hem vragend aankeek, sloot Xie zijn ogen en likte zijn lippen in een vreselijke parodie op genot. Hij kreunde opnieuw, hoog, als een meisje.

'Klootzak!' siste René. 'Ze was nog maar een kind...'

Xie toonde een wellustige glimlach en liep toen opschepperig weg, tevreden dat de westerling het begrepen had. Even staarde René hem alleen maar na; zijn wangen bloosden terwijl zijn titanische lichaam leek op te zwellen: de buik werd ingehouden en zijn tonronde borst rees op. Daarna helde zijn enorme lijf naar voren en begon hij wankelend te rennen; met slechts een paar stappen kwam hij op volle snelheid.

Met zijn schouder gekromd stootte hij op volle kracht tegen Xies rug. Xie werd naar voren geworpen en zijn lichaam vloog door de lucht voordat het met een doffe dreun op zijn borst en gezicht landde. René stortte zich naast hem op de natte heide neer, maar gebruikte zijn handen om zijn val te breken en rolde hijgend van de inspanning weg.

Xie lag met maaiende armen op de grond. Toen probeerde hij zich te herstellen van de schok en overeind te krabbelen. Er kwam een gesmoord gepiep uit zijn borst en hij tilde zijn hoofd op, zodat zijn paniekerige ogen René recht aanstaarden. Hij was zo buiten adem dat een paar seconden lang alleen zijn zware gehijg te horen was.

René keek met een brede glimlach op zijn gezicht naar hem, totdat zijn massieve hoofd plotseling opzij schoot en hij als een zak aardappelen op de grond viel.

De sergeant stond over hem heen gebogen, met zijn geweer ondersteboven in zijn handen. Hij staarde naar de grond terwijl René zich op zijn rug draaide en met zijn handen naar zijn gezicht greep.

***

René strompelde voort, met het gevoel alsof de hoofdpijn zijn voorhoofd zou splijten. Ze waren op de terugweg naar het hoofdkamp en hij liep zo snel als hij kon, maar de pijn was bijna ondraaglijk.

Xie liep zwijgend een stap of twintig achter hem en staarde als een nukkig kind naar Renés achterhoofd. Achter hen liep de sergeant. Hij had zijn geweer in zijn handen in plaats van over zijn schouder en hij hield hen allebei nauwlettend in de gaten. De veiligheidspal was vergrendeld, maar René had gehoord dat de grendel met een metalen klik werd weggetrokken. Er werd nu munitie in de kamer geladen.

Toen ze uiteindelijk de top van een heuvel bereikten en neerkeken op de groene nylon tenten van het kamp, voelde René onmiddellijk dat er iets mis was. De strakke routine van de soldaten was veranderd – iedereen was in het kamp en ze leken druk bezig te zijn. Er liepen mannen met een doelbewuste houding van de ene tent naar de andere.

Toen ze dichterbij kwamen, kon René zien dat drie soldaten rugzakken aan het inpakken waren. Op het gras bij de hoofdtent waren al hoogcalorische rantsoenpakketten en aluminium kookpotten uitgestald. Twee andere mannen rolden trossen touw uit om ze per strekkende meter op te meten. Dichter bij het vuur hadden de overige soldaten nylon kleden uitgespreid, waar de geweren van de hele patrouille op lagen. Elk daarvan was pasgeleden ingevet en er waren verharde plastic kapjes op de vizieren gezet om ze tegen de miezerende regen te beschermen. Naast de voorraad lagen munitiemagazijnen opgestapeld.

Hun groepje liep naar het midden van het kampterrein en stopte bij het vuur. René liet zijn ogen angstig over de wapens op de grond gaan en keek op toen kapitein Zhu het vuur naderde. De jakdeken was nog steeds om zijn schouders gewikkeld en hij rookte een sigaret, maar voor het eerst sinds ze uit Lhasa waren vertrokken maakte hij een levendige indruk.

De klootzak had op een of andere manier de route over de rotswand gevonden. Zoveel wist René zeker.

'U bent druk bezig geweest,' merkte René op, in een poging Zhu tot een gesprek te bewegen.

Zhu bleef even zwijgend voor hem staan toen hij de grote zwelling op Renés voorhoofd en de norse blik van de soldaat opmerkte. Daarna draaide hij zich om en blafte een bevel over het kampterrein. Even later verscheen Chen met zijn laptop in zijn handen.

René stond er zwijgend bij toen Chen het scherm van zijn laptop in de centrale stand draaide en iets in het Mandarijn begon uit te leggen aan Zhu, die aandachtig naar het scherm staarde en af en toe knikte. Daarna haalde Chen een gevouwen topografische kaart tevoorschijn en zij aan zij leken ze die met het beeld op het scherm te vergelijken.

Na een lange discussie klapte Chen de computer dicht, legde de kaart er zorgvuldig tussen en bracht ze allebei naar een plastic Pelican-koffer die bij de ingang van zijn tent stond. Hij liep naar het vuur terug, ging op een van de nabije houtblokken zitten en vervolgde zijn gesprek met Zhu.

René bleef roerloos achter het vuur staan en sloeg iedere beweging gade. Hij had gelijk: ze hadden een weg omhoog gevonden.

Vanaf het moment dat hij de politiecellen in was gesleept, besefte René dat hier vast meer bij kwam kijken dan hij ooit had vermoed. Maar waar waren de Chinezen naar op zoek en waarom wilden ze Bill en Luca zo wanhopig graag vinden? René liet zijn vingers verstrooid over de zwelling op zijn voorhoofd gaan. Wat voerden die jongens in godsnaam in hun schild? Hadden ze die avond in het restaurant tegen hem gelogen? Wat het antwoord ook was, één ding was zeker – de situatie ging ver boven hun pet.

Hij draaide zich om en staarde naar de sintels van het vuur. In Tibet bekommer je je om maar één persoon: jezelf. Maar als René niet iets deed, zou Zhu de jongens opsporen. En als dat gebeurde, zouden ze geluk hebben als ze het er levend afbrachten.

Hij moest iets doen. Maar hoe kon hij de kapitein stoppen?

René draaide zich abrupt om en liep langs de rij tenten terug. Hij keek op om te controleren of er niemand keek en knielde vervolgens neer bij de flap van Chens tent. Een poosje later richtte hij zich op. Met zijn handen nonchalant in zijn zakken stapte hij over de voorste scheerlijn van de tent en stuitte hij regelrecht op drie soldaten die op een rij stonden.

Xie stond in het midden, met zijn armen over zijn borst gevouwen, en werd geflankeerd door twee soldaten van Speciale Operaties. Ze zagen er jong uit, maar fit en goedgebouwd. René stapte uit de weg en gebaarde hun te passeren, maar niemand van hen verroerde zich. Hij vroeg zich af of ze hem in Chens tent hadden gezien, maar toen hij Xie in de ogen keek, besefte hij dat ze daar met een heel ander doel waren.

René verhief zich langzaam tot zijn volle lengte en begon zijn hemdsmouwen op te rollen.

'Kom maar op, klootzak,' zei hij met zijn ogen op Xie gericht. 'Laten we dit afhandelen.'

Xies ogen schoten links en rechts van hem om te controleren of de andere soldaten vlak naast hem stonden. Toen schuifelde hij langzaam naar voren, voetje voor voetje, terwijl zijn tong over zijn droge lippen schoot. Ondanks het feit dat ze met zijn drieën tegen één waren, voelde hij zich zenuwachtig. De westerling leek op de een of andere manier zelfs nog groter dan normaal, met de bolle buik en de armen naar voren gebogen, gereed om hem aan te vallen.

Met een plotselinge uitval zwaaide Xie zijn rechterarm naar de zijkant van Renés hoofd. René liet de klungelige slag op zijn schouder afschampen, waarna hij met een snelle stap naar voren zijn vuist recht in het zachte vlees van Xies keel stompte. Met een gesmoord gegorgel zakte Xie op zijn knieën, terwijl hij met beide handen naar zijn hals greep. René vervolgde met een zware rechtse hoekstoot tegen Xies slaap, waardoor zijn tegenstander met gespreide armen en benen in de modder viel.

Met zijn vuisten als een beroepsbokser geheven keek René naar de twee overgebleven soldaten, zich afvragend of ze zich op hem zouden storten. Hij wist dat Xie niet populair was en niets met hun eenheid te maken had; hij hoopte dat hun loyaliteit niet zover zou gaan. Het leek beiden koud te laten dat Xie in de modder lag te kronkelen, maar ze keken nauwlettend naar René, gereed om toe te slaan.

Net toen René zich begon te ontspannen zwaaide de soldaat die het dichtst bij hem stond naar rechts. Met een explosieve snelheid trapte hij hem met de hak van zijn laars tegen zijn dij. René huilde van de pijn toen de soldaat vervolgens op de bal van zijn linkervoet ronddraaide en met zijn rondzwaaiende been een zijwaartse trap lanceerde, voordat hij zijn rechtervoet diep in Renés ribben plantte.

René wankelde met zijn armen wijd naar achteren, in een poging overeind te blijven. De tweede soldaat sprong naar voren en gaf een snelle gecombineerde stoot tegen zijn gezicht en borst. Toen René probeerde weg te duiken, raakte de tweede stoot de kruin van zijn hoofd, waardoor hij zijn evenwicht verloor en plat op zijn rug viel.

René lag in de modder naar hen te staren, met zijn armen omhoog om zijn gezicht te beschermen. Beide soldaten wachtten even, waarna ze langzaam hun vuisten ontspanden en zich van hem afwendden, tevreden dat hij zijn lesje had geleerd. Met een hand op de bovenkant van zijn hoofd geklemd deed René zijn ogen dicht en kreunde zacht toen hij plotseling een ijselijk gekrijs hoorde. Zijn ogen schoten open. Xie kwam struikelend op hem af met een overlevingsmes in zijn zwaaiende rechterhand. Het lemmet was matzilver en langs de rug liep een wrede kartelrand.

Voordat de twee soldaten zich konden omdraaiden, sprong Xie met beide handen om het heft naar voren en stak het mes boven in Renés dij. Het sneed door de zachte spieren heen en reet het vlees met een straal bloed open. René greep gillend naar zijn been en drukte zijn handen erop om te proberen het bloed te stelpen dat zich over zijn broek en zijn handpalmen verspreidde. Hij ademde hortend en stotend, terwijl hij naar zijn eigen been staarde, verlamd door de aanblik van het mes dat er nog steeds in stak.

Hardhandig trokken de soldaten Xie van René af. Ze smeten hem op zijn knieën neer. Er waren anderen op Renés gegil afgekomen en nu stonden ze in een halve cirkel om hem heen toe te kijken. Chen baande zich een weg naar voren.

'Haal snelverband!' blafte hij in het Mandarijn, terwijl hij naar Renés been stond te staren. 'Ik wil dat hij onmiddellijk wordt opgelapt.'

De rij soldaten week plotseling uiteen toen Zhu midden in de strijd stapte. René staarde wanhopig naar hem, terwijl Xie uit schande zijn hoofd boog.

'Hebben jullie gehoord wat ik zei?' schreeuwde Chen tegen de soldaten die het dichtst bij hem stonden.

'Wacht,' zei Zhu, wiens ogen kalm van René naar Xie gleden.

Hij trok een vernikkeld pistool uit de holster om zijn middel. Het was een klein, verfijnd wapen. Zhu hield het dicht tegen zijn zij, met de loop tegen zijn dij, zodat het bijna onzichtbaar was tussen de plooien van zijn broek. Hij stond over René heen gebogen en bestudeerde het mes in zijn been.

'Ik heb de route over de rotswand gevonden en heb het exacte gps-punt voor het klooster,' zei hij in het Engels. 'Nu bent u niets meer dan dood gewicht.'

Hij tilde het pistool hoger, draaide zich plotseling om en striemde het over Xies gezicht. Het vizier van het pistool sneed in het zachte vlees van zijn wangen en door de klap sloeg hij naar achteren.

'Als je nog een keer zonder mijn bevelen handelt, word je neergeschoten,' zei hij, zonder zijn zwarte ogen ook maar een seconde van René af te wenden. 'Luitenant, zorg ervoor dat de westerling wordt achtergelaten op precies dezelfde plek waar hij nu ligt. Als hij tegen de tijd dat wij terugkomen nog leeft, zal hij worden aangeklaagd en naar Drapchi worden gebracht. Als hij ondertussen doodbloedt...' Zhu wachtte even, terwijl zijn mondhoeken lichtjes omhooggingen. 'Dan zij het zo.'

41

Luca volgde twee jongere monniken die de houten ladders afdaalden, dieper de fundering van het klooster in. 'Wat is er aan de hand?' vroeg hij. 'Waar is Dorje?'

Een van de monniken draaide zich even om. Hij bracht zijn vinger naar zijn lippen en liep zwijgend door. Luca's schouders kromden zich uit frustratie, maar hij volgde hen desalniettemin.

Ze daalden van het ene niveau naar het andere af, zodat ze steeds dieper de berg in drongen. Het natuurlijke licht van de ramen lieten ze steeds verder achter zich. In het rotsgesteente waren gangen uitgehouwen, als mijnschachten, slechts verlicht door een lange rij jakboterlampen. Hoe verder ze afdaalden, hoe warmer de lucht en hoe sterker de wasgeur werd.

Luca merkte op dat de ladders niet langer versleten en in het midden doorgebogen waren. Ze voelden stug en ongebruikt aan, alsof ze eeuwenlang door niemand waren betreden. Het tunnelplafond werd nog lager en Luca, die bijna een hoofd groter was dan zijn twee gidsen, moest zijn hoofd opzij buigen.

Ze haastten zich voort, terwijl Luca een groeiend gevoel van angst in zich voelde opkomen. Waar werd hij naartoe geleid? De vorige avond had hij al gezien waartoe deze monniken in staat waren – een gekwelde ziel, met leren riemen in de duisternis vastgebonden. Hoe lang had die arme man daar zitten wegkwijnen? Hij kon zich zijn kleurloze gezicht voor de geest halen. En die ogen. Die staarden alleen maar door de duisternis heen naar hem.

Was dat de laatste persoon die toevallig in Geltang was beland?

Luca voelde hoe zijn armspieren zich onwillekeurig spanden toen hij naar de ruggen van zijn twee gidsen staarde. Ze waren amper meer dan jochies. Hij wist dat hij hen allebei kon overmeesteren als het moest, maar voorlopig was het de gok waard om hen gehoorzaam te volgen – meer dan wat ook had hij antwoorden nodig.

De tunnel kwam in een hoge zaal uit. Er waren twee pilaren uit het natuurlijke rotsgesteente uitgehouwen die zich zes meter boven hun hoofd uitstrekten. Beide waren over de hele lengte met bladgouden swastika's bezaaid. Toen een van de gidsen een brandende fakkel uit de houder pakte, glommen de patronen in het schijnsel van de vlam.

Met de voet van de fakkel tikte de monnik twee keer op een deur aan de andere kant van de zaal. Er klonk een geluid van zware metalen grendels die werden weggeschoven en met een luchtstroom ging de deur knarsend aan zijn scharnieren open.

'Wat is daarbinnen?' fluisterde Luca, die zijn hartslag sneller voelde kloppen in zijn hals. Hij wierp een blik over zijn schouder in de richting waar ze vandaan waren gekomen en vroeg zich af of hij zou proberen te ontsnappen. Misschien was het dom van hem geweest om de gidsen tot dusver te vertrouwen.

Bij de deur verscheen een jong gezicht en een gestalte kwam naar hen toe. Het was een jongen van een jaar of veertien, maar lang voor zijn leeftijd. Hij bewoog zich onbeholpen, met aarzelend schuifelende voeten. Toen hij dichterbij kwam, besefte Luca dat er niets van hem te vrezen viel. Zijn bruine ogen waren verlegen en vriendelijk, en hij glimlachte bezorgd.

'Alstublieft,' zei hij met een zwaar accent, terwijl hij Luca met een lage handzwaai gebaarde naar binnen te gaan.

'Wat is daarbinnen?' vroeg Luca. Hij zag dat er licht achter de deur vandaan kwam.

'Alstublieft,' herhaalde hij; zijn Engels beperkte zich duidelijk tot niet meer dan een paar woorden.

De jongen liep weer naar binnen en gebaarde hem nogmaals te volgen. Luca aarzelde nog even, onderdrukte zijn instincten en boog zijn hoofd onder het deurkozijn.

Hij betrad een grote, warme kamer met levendige kleuren, die de zintuigen deed duizelen. Er waren honderden miniatuurkaarsen in lange rijen langs de muren geplaatst. Van de zijkanten ervan droop was, die in een onregelmatig ritme op de vloer drupte.

Langs de achtermuur stonden enorme gouden gebedsmolens als

schildwachten op een rij. De cilinders rezen naar het plafond op; het goud zag er oud en versleten uit en de heilige woorden die in de zijkanten waren gegrift, waren bijna gladgewreven. Aan de verste kant van de kamer was een grote nis in de zijmuur gehouwen, die door een breed, doorschijnend scherm werd afgedekt. Het midden van het scherm toonde een enorme afbeelding van Boeddha met doordringende blauwe ogen. Ondanks de serene uitstraling van het gezicht hadden de ogen iets wat Luca zenuwachtig maakte. Ze leken overal waar hij in de kamer ging staan op hem neer te staren.

Dorje stond met zijn handen ineengevouwen achter zijn rug naast het scherm.

'U bent in de aanwezigheid van zijne Heiligheid de zevende abt van het Geltang-klooster en Hoge Lama van de Blauwe Orde,' dreunde Dorje op. Zijn gelaatsuitdrukking was doodernstig en hij stak een vinger naar Luca op. 'Waag het niet te spreken tenzij er tot u wordt gesproken.'

Luca draaide zich om toen de deur achter hem werd dichtgeslagen en de metalen grendels luidruchtig over het hout schraapten. Hij keek achterom naar het scherm en kon net de omtrek onderscheiden van een figuur die erachter op de grond zat. Deze boog zich fluisterend naar Dorje toe.

'Waar was u vannacht naar op zoek?' gaf Dorje aan Luca door.

'Hé, wacht even,' begon Luca. 'Ik heb vannacht dingen gezien die...'

'Waar was u naar op zoek?' herhaalde Dorje met plotselinge stemverheffing.

Luca staarde hem indringend aan. 'Ik was op zoek naar Bill. Tevreden?' Hij deed een stap dichter naar het scherm toe, toen hij opeens beweging zag, verborgen in de schaduwen van de verste deuren. Er waren nog andere mensen, die naar hem keken. De bewakers van de abt?

Zo'n drie meter voor de rand van het scherm bleef hij staan.

'Kijk, in al deze tijd hebt u mij geen toestemming gegeven om hem te zien. En omdat hij amper nog ademde tegen de tijd dat we hier aankwamen, ben ik vannacht ontsnapt om te zien of het goed met hem gaat.'

'Is dat het enige wat u zocht?' vroeg Dorje.

'Wat? Is dat niet genoeg?' snauwde Luca. 'Het kan me niks verdommen wat er in dit klooster gebeurt. Ik heb er recht op mijn vriend te zien.'

Er klonk gefluister achter het scherm en Dorje boog zijn hoofd om te luisteren. Daarna richtte hij zich weer op.

'Zijne Heiligheid begrijpt uw bezorgdheid om het welzijn van uw kameraad en heeft mij opgedragen om u meteen na deze ontmoeting naar hem toe te brengen.'

'Eindelijk. Dank u,' zei Luca, zijn verbazing verbergend.

'Zijne Heiligheid heeft ook gezegd dat hij zeer opgelucht is vanwege uw reden om u alleen het klooster in te wagen. Maar nogmaals, vraagt hij – is dit het énige waar u naar op zoek was?'

Luca stak zijn handen in zijn zakken en krulde zijn vingers om het kleine loden zegel dat hij had meegenomen. Hij haalde diep adem door zijn longen, die beklemd werden door de warmte en de kringelende rook van de kaarsen.

'Laten we ophouden met deze spelletjes, Dorje. Ik weet dat dit een van de heilige beyuls is. En vannacht heb ik de geheime schatten gezien die jullie verbergen. Ik weet er alles van.'

Dorje bleef doodstil luisteren naar ieder woord dat Luca zei.

'Ik heb de standbeelden en de edelstenen gezien. Alles,' vervolgde Luca. 'Ik weet dat er mensen zijn die al jarenlang proberen deze schat te vinden, maar jullie moeten één ding begrijpen. Wij zijn hier niet voor al dat soort dingen. Wij zijn naar Tibet gekomen om de piramideberg te beklimmen. Dat is het enige wat ons ooit interesseerde en het enige wat we kwamen doen. De enige reden waarom we in het klooster zijn is dat Bill gewond is geraakt.'

Luca haalde zijn schouders op.

'Als jullie de schat voor de Chinezen verstoppen, dan is dat jullie zaak. Wij zijn klimmers, Dorje. Wij houden van bergen. Zo simpel is het – sneeuw en ijs.'

'En hoe zou u ons willen verzekeren dat u het geheim van dit klooster niet aan anderen prijsgeeft als u naar de buitenwereld terugkeert?'

Luca aarzelde. 'Ik denk dat u mij gewoon zou moeten vertrouwen.'

Dorje knikte. 'Vertrouwen,' herhaalde hij, het woord uitrekkend. 'Dat is inderdaad veelgevraagd. Vooral wanneer wij al hebben gezien wat u met ons vertrouwen doet. Kunnen wij u echt alleen op uw woord laten gaan?'

'Mij laten gaan?' herhaalde Luca, die van verbazing zijn stem verhief.

Hij zag opnieuw beweging achter de deuren. Het was een lichte beweging, iemand die van de ene voet op de andere schommelde, maar het was er beslist. Hij probeerde beter te kijken, maar de vlammen van de kaarsen waren te fel. De schaduwen onder de deur hadden iets dreigends, alsof ze klaarstonden om hem te bespringen.

Even staarde Luca Dorje alleen maar zwijgend aan. Daarna tastte hij in zijn broekzak en haalde het zegel eruit.

'Misschien helpt dit,' zei hij, terwijl hij het zegel in zijn handpalm toonde. 'Ik heb dit vannacht meegenomen. Het spijt me, maar er waren honderden van en ik dacht dat jullie het niet zouden missen.'

Toen Dorje zijn hals uitstrekte om beter te kijken, verscheen er een flauwe glimlach om zijn lippen.

'Misschien kunnen wij leren u te vertrouwen, meneer Matthews,' zei hij, iets breder glimlachend. 'Misschien kunnen wij dat wel.'

Daarop maakte hij een subtiele beweging met zijn rechterhand en even later leken de loerende silhouetten aan de andere kant van de kamer compleet weg te smelten. Luca voelde de spanning in de kamer toenemen, maar zijn eigen gelaatsuitdrukking bleef onveranderd. Hij had vannacht zoveel gezien en zij hadden nog geen enkele van zijn vragen beantwoord.

'U hebt het over vertrouwen,' zei hij, met zijn kin uitdagend omhoog. 'Maar toch hebt u hier mensen die als dieren in de duisternis vastgebonden zitten. Leg me eens uit, wat voor soort klooster is dit?'

'Een heel bijzonder klooster,' antwoordde Dorje onverstoorbaar. 'Wat u vannacht hebt gezien was vast angstaanjagend, maar ik kan u verzekeren dat u niets van ons te vrezen hebt. De volgelingen die u hebt gezien behoren tot een splintergroepering van onze sekte die we het "Perfecte Leven" noemen.'

'Het Perfecte Leven? Dorje, ze waren vastgebonden als misdadigers.'

Dorje liet zijn formele houding varen en zijn gelaatstrekken ontspanden zich.

'Alstublieft, meneer Matthews, laat het me u uitleggen. Zoals u wellicht weet, beweegt een mens die doodgaat zich door het Levensrad. Als hij een goed leven heeft geleid, komt hij een stap dichter bij de toestand van totale verlichting, die wij het nirwana noemen. Uiteindelijk hopen wij allemaal dit stadium te bereiken, maar velen kunnen er tientallen, honderden of zelfs duizenden levens voor nodig hebben. De volgelingen die u vannacht hebt gezien hebben voor het moeilijke en eenzame pad gekozen. Zij hebben besloten elk uur van elk van hun dagen aan meditatie te wijden in de hoop dat ze rechtstreeks naar het nirwana gaan en in één leven verlichting bereiken.'

'Maar waarom zijn ze met leren riemen vastgebonden?'

'Zodat ze zelfs in hun slaap de perfecte meditatietoestand kunnen handhaven. Niemand dwingt hen daar te zijn. Ze kiezen zelf voor dit pad.'

Luca hield zich stil, verbaasd dat iemand er echt voor zou kiezen al die eindeloze jaren leed te doorstaan.

'Ongelooflijk voor u, dat weet ik,' zei Dorje, die de blik in zijn ogen opving. 'Maar voor ons is het geloof alles. Onze religie doordringt ieder facet van ons leven. Wij doen alles om die te beschermen.'

Dorje liep naar voren en bleef vlak voor Luca staan.

'Ik moet me verontschuldigen als u vindt dat wij geheimzinnig zijn, maar we zijn alleen voorzichtig omdat heel veel van wat we ooit hadden vernietigd is. Toen de Chinezen kwamen, werd bijna alles tijdens de Culturele Revolutie verwoest, het ene klooster na het andere, gewoon tot de grond toe afgebrand. Zelfs de Jokhang, onze heiligste tempel, werd in een varkensstal veranderd, terwijl de heilige Mani-stenen gebruikt werden om een soldatenlatrine te bouwen. Duizenden en duizenden van onze broeders werden gevangengezet en velen van hen zijn gestorven omdat ze weigerden hun geloof te verzaken.'

Er was een diepe frons in Dorjes voorhoofd verschenen en zijn ogen waren vertroebeld door bittere herinneringen.

'De eenentwintig beyuls die over ons land zijn verspreid werden een voor een ontdekt en aan de verschrikking prijsgegeven. Onze Hoge Lama's namen het besluit om alles in veilige bewaring naar Geltang te brengen, inclusief de schat die u hebt gezien. Zo werd de Blauwe Orde opgericht met het uitdrukkelijke doel om onze cultuur te behoeden. En nu, na zoveel jaren, zijn we vrijwel vergeten – en daar zijn we blij om. Het enige teken in de buitenwereld van ons bestaan is het blauw in de gebedsvlaggen die je boven de drukke straten van Lhasa ziet.

Dus, meneer Matthews, als u ons geheimzinnig vindt, komt dat omdat wij tot de rand van uitroeiing zijn opgejaagd. Geltang is de laatste beyul die we hebben. De allerlaatste. Mochten de Chinezen de route naar onze poorten ooit ontdekken, dan zouden we ons nergens meer kunnen verschuilen.'

Dorje legde een hand op Luca's schouder en staarde recht in zijn ogen.

'Welnu, ik hoop dat u ons kunt vergeven dat we aan uw motieven twijfelden.'

Luca's schouders zakten en hij knikte langzaam.

'Er valt niets te vergeven. Het spijt me dat ik heb gezegd wat ik heb gezegd, maar ik heb die dingen gewoon gezien en nam aan...' Luca wachtte even. 'Bedankt dat u ons hebt opgevangen, terwijl u zoveel risico liep.'

Dorje glimlachte hartelijk, toen Luca zich tot het scherm voor hem richtte.

'U hebt niets van ons te vrezen,' zei hij, en hij zag dat het silhouet achter het scherm zich aandachtig vooroverboog. 'Wij zullen niemand over deze plek vertellen. Wat er ook gebeurt, ik geef u mijn woord.'

Dorje stapte dichter naar het scherm toe. Luca wachtte geduldig, terwijl hij tegen de abt erachter fluisterde.

'Zijne Heiligheid is zeer tevreden dat wij tot zo'n overeenkomst zijn gekomen. Hij bedankt u voor uw vertrouwen.'

Dorje boog en gebaarde vervolgens in de richting van de deur. De jonge hulp schoof de grendels terug.

'De jonge Norbu zal u naar uw verblijf terugbrengen. Later vanavond zal ik u bij meneer Taylor op bezoek brengen.'

'Bedankt, Dorje,' zei Luca en met een knik naar het scherm liep hij achter Norbu aan de kamer uit. Dorje wachtte tot de deur weer was dichtgedaan, voordat hij zich naar het scherm omdraaide.

'Denkt u dat hij de waarheid vermoedt?' vroeg hij.

De figuur achter het scherm boog zich voorover. Toen hij sprak, was zijn stem traag en weloverwogen. 'Ik denk het niet.'

'Laten we hen dan gaan?'

De figuur kwam langzaam overeind en plooide zijn gewaad dichter om zijn lichaam.

'Ik begrijp nog niet waarom ze hier zijn, maar ik weet dat ze met een reden hierheen zijn gestuurd. Tot we die reden kennen zullen ze binnen onze muren blijven.'

Dorje boog diep toen de figuur zich in een onzichtbare aanbouw achter het scherm terugtrok. Daarna liep hij met een van bezorgdheid gerimpeld voorhoofd naar de deur van de kamer. De abt nam een vreselijk risico. Het kon niet eeuwig duren voor ze de waarheid ontdekten.

42

Shara schoot door de gang met de jongen in haar armen, af en toe even pauzerend om zijn gewicht te verplaatsen. Terwijl ze zich voortbewogen ontsnapte er een zacht gemompel van zijn lippen en kneep hij zijn ogen stijf dicht van de pijn.

Vlak boven de knie van de jongen zat een fikse snee. Met haar vrije hand drukte Shara de wond dicht, waardoor er een dun straaltje bloed tussen haar vingers door uitwaaierde langs zijn kuit.

'We zijn er bijna, Babu,' fluisterde ze in zijn warrige bos haar. 'Het was maar een ongelukje, dat is alles. We moeten nu heel stil zijn, oké?'

Bij de ingang van de ziekenboeg keek ze om het hoekje van de open deur. De ruimte leek leeg te zijn. Net toen ze op het punt stond de kamer binnen te lopen, ving ze een glimp op van een van Rega's assistenten aan de andere kant van de kamer. Hij hield een flesje met een heldere vloeistof tegen het licht, zo dicht bij zijn gezicht dat hij het glas bijna raakte. Terwijl Shara zich snel terugtrok in de schaduw van de gang, schoten zijn ogen instinctief richting de deur waar ze naast had gestaan.

Shara haastte zich terug, passeerde de rij deuren aan weerszijden van de gang. Achter haar klonk het zachte geklingel van glas dat werd neergezet en daarna hoorde ze voetstappen. Met een snelle blik over haar schouder trok ze de grendel van de dichtstbijzijnde deur open en manoeuvreerde zichzelf snel naar binnen, Babu nog steeds aan haar borst gedrukt. Het was een kleine kamer met twee bedden. Een van de bedden was bedekt met een berg lakens. De bovenste helft van Bills lichaam stak boven de kreukelige hoop uit.

Shara bleef even bij de deur staan, haar ogen gefixeerd op Bill.

Zijn hoofd was van hen weggedraaid en een van zijn armen hing slap over de rand van het bed. De lakens bewogen zich in een constant ritme op en neer. Hij lag waarschijnlijk te slapen, of – waarschijnlijker nog – hij was buiten bewustzijn.

Ze zette Babu op het lege bed en gebaarde hem stil te zijn. Daarna doorzocht ze de houten kast die rechts naast de deur stond. De geneesmiddelen waren daar zorgvuldig opgeborgen. Even later liep ze terug met een rol gaas onder haar arm vastgeklemd, naald en draad en een klein flesje heldere vloeistof. Ze goot wat vloeistof op een stuk gaas en bracht het naar de wond op Babu's knie.

'Dit gaat een beetje prikken, maar je moet geen geluid maken,' fluisterde ze, terwijl ze het jaden gebedssnoer om zijn hals hing en zijn hand erom vouwde. 'Knijp hier maar in als het pijn doet.'

Babu haalde diep adem en klemde zijn hand stevig rond de kralen terwijl ze zachtjes het bloed van zijn knie veegde.

'Dapper mannetje,' fluisterde Shara. 'Ik moet je een paar hechtingen geven. Dat zal even pijn doen, maar het duurt niet lang. Denk je dat je nog even stil kunt blijven?'

Babu knikte, maar sperde zijn bruine ogen wijd open toen hij zag hoe Shara de naald tegen het licht hield en er een draad doorheen stak. Hij greep het gebedssnoer nog steviger vast.

Met een bemoedigend kneepje in zijn schouder boog Shara zich naar voren. Toen de punt van de naald zijn huid binnendrong verstijfde Babu's been en slaakte hij een gil, die hij meteen smoorde door zijn hand voor zijn mond te slaan. Shara wierp een nerveuze blik op de deur, voor ze verder ging met hechten.

Shara trok de draad net voor de tweede keer aan, toen er geritsel klonk uit het bed ernaast. Ze draaide zich om en keek recht in het bleke gezicht van Bill, dat een donkerblauwe streep vertoonde langs de brug van zijn neus.

'Shara?' zei hij met hese stem. 'Wat doe jij hier?'

'Deze kleine jongen heeft zijn been bezeerd,' zei ze, nadat ze het laatste stukje draad had doorgebeten. 'Hij is van de trap gevallen en heeft een snee opgelopen. Het is niets. Moet je niet proberen te slapen?'

Bill hees zichzelf op in zijn kussens en maakte een grimas terwijl hij zijn benen onder de lakens uit trok. Zijn kuiten en een deel van zijn bovenbenen waren verbonden met dikke lagen verband.

'Slapen?' vroeg hij, met een harde blik op zijn gezicht. 'Hoe verzin je het verdomme: slapen?' Waarom is er nog niemand bij me langs geweest? Er zijn alleen twee monniken geweest en die spraken geen woord Engels. Wat is er aan de hand?'

Shara zuchtte diep en met een zacht klopje op Babu's schouder stond ze op. Haar blik gleed over Bills gezicht, over de gezwollen zwarte lijn die door zijn val op de stenen trap was ontstaan. Zijn rechteroog zat bijna helemaal dicht en was behoorlijk beurs, en op zijn brede kaak waren de stoppels van een paar dagen geleden veranderd in een volle baard. 'Het spijt me, Bill, ik weet dat je met allerlei vragen zit. Maar ik moet Babu terugbrengen naar de vertrekken van de abt. Hij zou hier helemaal niet moeten zijn. Ik kom gauw terug en dan leg ik je alles uit...'

'Nee, Shara,' schreeuwde Bill nu bijna. Shara hief haar handen op om hem tot bedaren te brengen. De frons op Bills gezicht werd nog dieper en terwijl hij zich naar voren boog schoot er een pijnscheut door zijn verwonde benen. Hij klemde zijn kaken op elkaar en sloot zijn ogen om de pijn te bestrijden. Toen opende hij zijn ogen weer. 'We hebben je leven gered tijdens die storm. Het minste wat je voor me terug kunt doen is me een verklaring geven.'

Shara zweeg even, verzonken in haar gedachten. Toen knikte ze langzaam. 'Oké, je hebt gelijk. Maar ik kan je maar een paar dingen vertellen – alleen de dingen waar ik over mag spreken.'

'Je was al die tijd van plan om ons af te schudden, toch? Al vanaf het eerste begin.'

'Het spijt me Bill, echt waar. Ik had geen andere keus. Onze gids was ziek geworden, net als de rest van Menkom, en ik moest een weg over de rotswand en door de Kooms vinden. Jullie waren mijn enige hoop.'

Ze legde haar hand op zijn onderarm. 'Het had nooit zo mogen lopen.'

Hij staarde even naar haar hand en trok zijn arm weg. 'En waar is Luca verdomme? Wanneer kan ik Luca zien?'

'Gauw, hoop ik,' zei ze.

'Gauw? Wat houdt dat in?'

Shara keek om naar de deur. 'Het is... het is ingewikkeld,' zei ze uiteindelijk. 'Dat is alles. Je zult me hierin moeten vertrouwen en je moet geduldig zijn.'

'Het kan me geen reet schelen hoe ingewikkeld het is,' schreeuwde Bill. Hij knipperde langzaam met zijn ogen en voelde zijn hoofd tollen van de inspanning. 'Er wacht thuis een gezin op me, Shara. Hoor je wel? Een gezin. Luca en ik gaan hier weg zodra ik weer kan lopen.'

Bill greep haar pols en rukte haar naar zich toe. 'Hoor je wat ik zeg,' siste hij. Terwijl hij sprak schoot zijn blik naar het andere bed, waar Babu nog steeds zat. Tranen vloeiden over zijn wangen en hij zag er doodsbang uit door Bills plotselinge woede. Bill liet Shara's pols los en liet zich weer in zijn kussen zakken. 'Het spijt me,' fluisterde hij. 'Ik wilde niet schreeuwen, maar ik word er gek van om hier in mijn eentje te liggen piekeren over wat er gebeurd is.'

Shara stapte naar Babu toe, legde haar hand in zijn nek en gaf hem een bemoedigende glimlach. 'Ik weet dat ik je misleid heb, maar ik had heel belangrijke redenen, en ik vraag je om mij het voordeel van de twijfel te geven. Wij hebben je opgevangen, je wonden verzorgd en verplegen je tot je weer beter bent. Het enige wat ik vraag is dat je een beetje geduld toont.'

Ze veegde een streng zwart haar uit haar gezicht. Toen ze zich weer tot Bill wendde zag ze er opeens heel vermoeid uit. 'Je hebt geen idee wat het me gekost heeft om jou hier te brengen. Het is nooit de bedoeling geweest dat jij Geltang zou zien. En nu dit het geval is... kan zoiets niet gewoon ongedaan worden gemaakt.'

Bill staarde nog altijd naar Babu. De gedachte aan zijn eigen zoontje Hal verzachtte de uitdrukking op zijn gezicht. 'Kun je tegen hem zeggen dat het me spijt dat ik zo schreeuwde,' zei hij. Hij bracht zijn hand naar zijn gezicht en liet de toppen van zijn vingers op de zijn gebroken neus en zijn gespleten lip glijden. Er gleed iets over zijn lippen wat voor een glimlach moest doorgaan. 'Het verbaast me niets dat hij van me schrok. Ik zal er wel afschuwelijk uitzien.'

Sharu fluisterde een paar woorden in het Tibetaans en ging met haar vingers door Babu's haar. 'Maak je geen zorgen. Hij mag dan nog maar een kind zijn, maar Babu is sterker dan hij lijkt. We hebben samen die hele reis door Tibet afgelegd.'

Terwijl ze dit zei, reikte Bill naar het nachtkastje en pakte een klein zwart dagboek. Daar lagen ook nog een paar van zijn andere bezittingen, waaronder een gekreukte foto van Cathy en zijn kinderen. Hij scheurde een blanco pagina uit het dagboek en begon het papier dubbel te vouwen. 'Nou ja, ik had me niet zo moeten laten gaan. Het spijt me.'

'Je hebt nogal wat meegemaakt.' antwoordde Shara. 'Dat geldt voor ons allemaal.'

Bill leunde weer naar voren, zijn gezicht van pijn vertrokken door de beweging, en terwijl hij zijn vingers openvouwde, onthulde hij een kleine papieren kikker die in zijn handpalm lag. 'Kwaak,' zei hij zachtjes.

Shara gaf de kikker door aan Babu, die hem tegen het licht hield. Langzaam maakte de angst op zijn gezicht plaats voor nieuwsgierigheid. Hij trok de kop omlaag en verbaasde zich over hoe de pootjes bewogen. Even later rimpelde Babu's neus en verscheen er een glimlach op zijn gezicht. 'Kwaak,' herhaalde hij met een bredere glimlach.

Bill wilde net iets terugzeggen toen de grendel ineens verschoof. Een brede monnik kwam de kamer binnen. Zijn ogen namen hen beurtelings op, voor hij zijn armen over zijn borst kruiste en de ontblote spieren van zijn arm ontspande. Een lang litteken liep vanaf zijn kruin omlaag over zijn gezicht.

'Drang,' zei Shara gefrustreerd. Drang reageerde niet, maar stond onbewogen naast de deur. Toen Shara Babu gebaarde stil te zijn, stoof er een tweede figuur de kamer in. Nog voordat hij de kap van zijn gewaad naar achteren had geworpen, herkende Shara het onmiskenbare silhouet van Rega.

'*Tashi delek,* eerwaarde vader,' zei Shara met een diepe buiging. 'Wij zijn vereerd door uw aanwezigheid.'

Rega gaf geen antwoord. Zijn hoofd boog opzij en zijn wijd opengesperde neusgaten snoven de scherpe geur van desinfecteermiddel in de kamer op.

'Vader,' drong Shara aan en zijn hoofd ging met een plotselinge ruk in haar richting.

'Er werd me verteld dat er commotie was in deze ruimte,' zei Rega uiteindelijk. 'Wat is er aan de hand?'

Shara keek naar Bill, die naar haar en de oude monnik lag te staren en probeerde te begrijpen wat ze zeiden. 'Ik kwam even bij de patiënt kijken,' antwoordde Shara snel. 'Maar nu heb ik een urgente kwestie af te handelen. Als u mij zou willen excuseren...'

Haar stem stierf weg toen Rega werd afgeleid en zijn hoofd ophief in de richting van Babu, die op het andere bed zat.

De oude monnik kwam dichterbij en Babu kromp ineen in zijn kussens, zijn gebedssnoer nerveus klikkend in zijn handen. 'Shara?' zei hij; zijn hoge stem klonk bang.

Rega's neusgaten sperden zich opnieuw open. 'Dus dit is het kind. De derde zoon van gouverneur Depon.' Hij stak zijn hand uit, met lange, fijne vingers. 'Kom dichterbij, kind.'

Shara glimlachte geforceerd. 'Met alle respect, zijne Heiligheid de abt heeft opgedragen dat het kind niet met andere leden van onze orde mag omgaan.'

'Toch is hij hier bij de westerling. Ik vraag alleen om de kans een jongen te ontmoeten die zo bijzonder is dat hij niet eens hoeft te worden ingewijd.' Rega's opgetrokken lippen onthulden versleten tanden. Hij glimlachte. 'De enige manier voor mij om te zien is door aanraking. Dat zou je een oude blinde man zoals ik toch zeker niet misgunnen?'

Shara aarzelde even en haar ogen schoten naar Drang, die bij de deur stond. Drang staarde in gedachten verzonken naar zijn voeten, naar het jaden gebedssnoer dat Babu in zijn handen hield. Toen hief hij eindelijk zijn hoofd op om haar aan te kijken en deed een stap zodat hij voor de deuropening kwam te staan.

Shara hielp de jongen van het bed af, terwijl Rega naar voren kwam en zijn knokige handen op Babu's gezicht legde. Ze betastten zijn wangen, streken over zijn voorhoofd en onder zijn kin. Babu stond de hele tijd met zijn armen stijf tegen zijn zijden in Rega's vertroebelde ogen te staren. Uiteindelijk rechtte Rega zich en boog zijn vingers.

'Jij zegt dat je de zoon van de gouverneur bent, maar ik weet dat je op de hoogvlakte bent geboren. Zeg eens, kind, wanneer ben je naar Lhasa verhuisd?'

'Toe, vader, hij is nog maar een kind,' protesteerde Shara. 'Hij is zeker te jong om zulke vragen te beantwoorden.'

'Te jong of niet in staat?' zei Rega. 'Er hebben zich de laatste tijd veel onregelmatigheden voorgedaan en het is aan mij om te beslissen wat...'

Hij werd onderbroken door een luid geklepper van voeten. Er verscheen een jonge monnik met wilde ogen in de deuropening.

Hij maakte vlug een buiging naar de kamer, waarna hij nogmaals vooroverboog, met zijn handen op zijn knieën in een poging weer op adem te komen.

'Vader, ik moet u spreken.'

Rega draaide zich met op elkaar geklemde kaken om. 'Wacht, brutaal kind,' siste hij met een geheven vinger. 'Ik ben met andere zaken bezig.'

'Vader, u moet luisteren, er is iets vreselijks gebeurd.'

Rega aarzelde even, waarna hij Drang met een handveeg gebaarde hem te volgen en met wapperend gewaad door de kamer heen naar de deur beende. Terwijl zijn voetstappen langzaam wegstierven in de gang, ging Bill rechtop zitten in zijn bed.

'Waar ging dat in godsnaam over?'

'Dat leg ik later wel uit,' zei Shara snel. Ze tilde Babu van de grond. 'Het spijt me, Bill, het was stom van me om hem hierheen te brengen. Ik kom snel terug, dat beloof ik.'

'Shara, wacht!' riep Babu, over haar schouder wijzend.

'Nu niet,' zei Shara afwezig. 'We moeten gaan.'

Ondanks Babu's verwoede pogingen om zich uit haar greep te bevrijden, snelde ze de deur uit en de gang in, Bill alleen achterlatend in de stilte van zijn kamer.

Twee uur later werden de grendels op de deur van Bills kamer stilletjes weggeschoven.

Toen de deur langzaam openging en er een zachte luchtstroom binnendreef, bewoog Bill in zijn slaap, maar hij werd er niet wakker van. Drang stapte stilletjes de kamer in. Zijn ogen bleven op Bills gezicht gericht, het litteken op zijn gezicht glinsterend in het maanlicht. Op zijn vilten schoenen trippelde hij over de stenen vloer verder de kamer in.

Met zijn ogen nog steeds op het bed gericht hurkte hij neer en tastte met zijn handen de stenen vloer af. Uiteindelijk stuitten zijn vingertoppen op het vel papier dat hij zocht. Met nog een vlugge blik op Bills slapende vorm liep hij weer naar de deur.

In de gang hield hij het gebedssnoer bij een van de lampen, zodat er een vaag licht werd geworpen op de zilveren schakels. Het was goed dat hij was teruggekomen.

Dit teken had hij eerder gezien.

43

'Hou het strak.'

De woorden dreven langs de rotswand omhoog naar Chen, die wijdbeens en met gebogen armen aan het touw stond te trekken. Hij gromde van de inspanning, terwijl zijn krachtige schouders bij elke harde ruk naar voren schoten. Even later verscheen Zhu, wiens gehandschoende handen zich aan de rots vastklampten, met het touw strak om zijn middel gespannen.

Chen keek hoe hij zich op de richel wurmde en staarde naar zijn gezicht, naar de zwarte ogen en de dunne, getuite lippen. Zhu was lijkbleek; zijn wangen hadden geen greintje kleur. Hij zag eruit alsof hij op het punt stond ziek te worden.

Chen haalde het slappe touw in en veegde zijn voorhoofd af aan de mouw van zijn zware winterjas. Hij had de kapitein praktisch de hele rotswand opgetrokken en ondanks hun verschillende postuur was dat zwaar werk. Hoger op de wand was het langzaam tot hem doorgedrongen dat Zhu langzamer klom en dat zijn ogen nerveus in een constante cyclus van de rots naar het touw en weer terug bewogen.

Het was bijna niet te geloven, maar er was maar één verklaring – Zhu had hoogtevrees.

'Gaat het, kapitein?'

Zhu gaf even geen antwoord. Hij schuifelde eenvoudigweg langs hem heen naar de achterkant van de richel, met zijn schouders tegen de rots gedrukt.

'Hoeveel verder nog?' mompelde hij.

Chen keek op, naar de andere soldaten die in paren langs de lijn van de richel klommen. Misschien was het nog honderd meter.

'Zo'n twintig minuten. Niet meer.'

Zhu knikte. Hij probeerde regelmatig te ademen en er hadden zich kleine zweetpareltjes op zijn bovenlip gevormd.

Chen stond hem een poosje nieuwsgierig te bekijken. Het was moeilijk te geloven dat dit dezelfde man was die zo nonchalant het bevel had gegeven tot de executie van de monnik in Drapchi of de verkrachting van het kleine meisje op het hoofdkwartier in Lhasa.

Zhu ving zijn starende blik op. Zijn gezichtsuitdrukking verhardde.

'Waag het niet ooit een woord hierover te zeggen,' siste hij.

'Ja, kapitein.'

Chen wendde zich af en staarde naar het dal beneden. Vanuit de hoogte kon hij één wazige tent zien. Dat was alles wat er van hun kamp overbleef en daar, wist hij, zou de westerling zijn gestorven of nog op sterven liggen.

De hele nacht hadden ze het wanhopige gejammer gehoord. Het was zacht, weinig meer dan een gemompel, maar Chen had er niet door kunnen slapen. Het had door het hele kamp heen weerklonken. Tijdens het avondeten was iedereen tot zwijgen gebracht door het onderdrukte leed. Alleen Zhu had met smaak toegetast, extra porties noedels opgeschept en, ongebruikelijk, loze praatjes met de mannen gewisseld.

Gezien de grote hoeveelheid bloed was Chen er bijna zeker van dat het mes de dijbeenslagader van de westerling had doorgesneden. Inmiddels moest hij wel zijn doodgebloed. Vele jaren geleden had hij gezien hoe een bouwvakker op dezelfde manier gewond was geraakt. De kabel van een slecht werkende kraan had zijn slagader doormidden gesneden. Er gutste onophoudelijk bloed op de stoffige grond en het leven sijpelde met een angstaanjagende snelheid uit de man weg. Zhu wist dat vast wel. Hij moest weten dat zo'n onbehandelde meswond tot een lange, pijnlijke dood zou leiden.

Chen was op het Bureau veel meedogenloze mannen tegengekomen. Wanneer ze in het veld waren, beslisten ze over leven en dood en maakten ze gebruik van martelmethoden als het hun van pas kwam. Zo opereerde het Bureau.

Sinds hun eerste ontmoeting in Drapchi had Chen gedacht dat Zhu net zo was. De meedogenloosheid die hij aan de dag legde hoorde gewoon bij het werk. Maar gisteravond was er iets in hem omgeschakeld en had hij eindelijk de dingen gezien zoals ze echt waren. Eigenbelang was voor Zhu maar één aspect van zijn werk. Wat hem echt dreef was plezier.

Hij had de westerling langzaam laten doodbloeden, terwijl hij hem op elk moment uit zijn lijden had kunnen verlossen. Een kogel in zijn achterhoofd en klaar is Kees. Maar voor Zhu was geweld geen middel om een doel te bereiken. Geweld wás het doel. Hij was een sadist, besefte Chen, een man die oprecht gelukkig werd door het leed van anderen.

Toen ze 's ochtends het kamp hadden opgebroken, was niemand in de buurt van de tent van de westerling gekomen. Daarbinnen was het stil. De soldaten hadden de tent laten staan, als een tombe voor zijn onbegraven lichaam.

Chen hoorde gehoest achter zich. Hij draaide zich om en zag dat Zhu nog steeds met zijn schouders tegen de rots gedrukt stond.

'Wat is de route vanaf de top?' vroeg Zhu, met een nog steeds lijkbleek gezicht.

Chen tastte automatisch naar de achterkant van zijn rugzak; hij wist dat zijn laptop daar zat, beschermd door de verstevigde koffer.

'We gaan naar het zuiden, kapitein. Bijna vijf kilometer over de gletsjer. Daarna volgens mij pal naar het oosten, maar dat zal ik nakijken.'

'Vooruit dan,' zei Zhu, ongeduldig met zijn hand zwaaiend. 'Ik wil het klooster voor het vallen van de avond bereiken.'

Chen knikte en zonder nog iets te zeggen liet hij het touw vanaf de richel vieren en vertrok.

***

Met zijn gehandschoende rechterhand hield Zhu vier uur later, knipperend tegen het door de sneeuw weerkaatste middaglicht, de hoek van zijn tent open. Hij vloekte toen de ijzige wind de rook van zijn sigaret achter hem wegblies.

Ze waren met gemak over de gletsjer heen gekomen, maar nu stond er een nieuw obstakel in de weg.

Hij pakte zijn Leica Ultravid 20-verrekijker en focuste op de stapels rotsen voor hun nieuwe kampterrein. Die zagen er onheilspellend uit, alsof de halve berg 's nachts op een of andere manier was ingestort en de omgeving bezaaid had met brokstukken. Het zou moeilijk worden om een doorgang te vinden. Bovendien kon het levensgevaarlijk zijn.

Met zijn vrije hand drukte Zhu zijn sigaret in de ongerepte witte sneeuw uit. Misschien hadden ze zich vergist. Misschien was er hier helemaal geen doorgang.

Zijn aandacht werd getrokken door de sergeant van Speciale Operaties, die van de ene tent naar de andere liep om de mannen te controleren. Met zijn hoofd opzij gebogen probeerde hij zijn gezicht tegen de ergste wind te beschermen. Bij iedere stap doorboorden zijn schoenen de sneeuwkorst, zodat hij in de poedersneeuw eronder wegzakte. Hij sjokte langzaam langs de rij tenten, trok de scheerlijnen strakker aan en controleerde extra goed of alles fatsoenlijk was opgeborgen. Uiteindelijk bereikte hij Zhu's tent en salueerde.

'Alles in orde, kapitein?'

Zhu knikte afwezig. 'Stuur twee mannen eropuit om de doorgang tussen de rotsen te vinden,' zei hij. 'En zorg dat luitenant Chen zich hier onmiddellijk met de satellietbeelden meldt.'

De sergeant aarzelde even, ongemakkelijk van het ene been naar het andere wippend.

'Met alle respect, kapitein, de zon zal binnen een uur ondergaan. Het weer wordt slechter en ik dacht dat we onze verkenners misschien beter morgenochtend kunnen uitsturen.'

'Stuur ze nu weg,' zei Zhu. Hij begon de flap van zijn tent dicht te vouwen, maar stopte toen even. 'En zorg dat een van hen die idioot is.'

De sergeant salueerde, waarna hij weer langs de rij tenten liep en bij die van Chen neerhurkte. Hij beukte op het tentgeraamte, voordat hij vooroverboog en de rits opentrok. De luitenant zat met zijn rug naar de ingang.

'Luitenant, de kapitein wil dat u de satellietbeelden naar zijn tent brengt.'

Chen draaide zich niet om, maar stak bij wijze van antwoord zijn rechterhand omhoog. De sergeant knikte kort, waarna hij zich oprichtte en naar zijn eigen tent terugliep, dankbaar dat hij uit de kou was.

Chen bleef doodstil zitten, terwijl hij de open tentdeur in de wind liet flapperen. Hij had al bijna een uur in precies dezelfde houding naar de rugzak bij zijn voeten zitten staren. Uiteindelijk deed hij zijn ogen dicht, met het nerveuze gevoel dat op zijn borst drukte en zijn ademhaling verstikte. Hij had geen keus. Hij zou het de kapitein moeten vertellen.

Nadat ze eerder het kamp hadden opgeslagen, had Chen zijn laptop opengeklapt en op de startknop gedrukt. Er gebeurde niets. Hij wreef met zijn handen over het koude metaal voordat hij de knop nog een keer indrukte en zijn hoofd boog om naar het zachte gezoem van de startende harddrive te luisteren. Niets. Met een groeiend angstgevoel draaide Chen de computer in zijn handen om en hij zag onmiddellijk wat er mis was: de batterijen ontbraken. Iemand had ze er opzettelijk uitgehaald.

Hij had meteen in de tas naar de reservebatterijen gezocht, maar die waren ook meegenomen. Toen besefte hij dat er nog iets miste. De kaart. Die had hij zorgvuldig tussen het scherm en het toetsenbord van de laptop opgevouwen.

Falkus. Die moest het zijn. Hij had zijn laptop de vorige avond bij de ingang van zijn tent achtergelaten.

Chen had verwoed geprobeerd een manier te vinden om de zonnepanelen rechtstreeks op de stroomkabel aan te sluiten. Hij wist dat het niet zou werken, maar probeerde het toch door de plastic laag op de draden met zijn zakmes weg te snijden en de metalen vezels ineen te draaien. De panelen hadden alleen het vermogen om de batterijen bij te laden en zonder ook maar een sprankje stroom had hij het uiteindelijk opgegeven en een verwarde hoop draden bij zijn voeten achtergelaten.

Hij zou het de kapitein moeten vertellen.

Chen ademde langzaam en regelmatig in. Toen ze de kaarten samen in Menkom hadden bestudeerd, herinnerde hij zich dat het klooster pal ten oosten van de rotsrand lag. Maar die richting leidde hen regelrecht naar deze lawine van rotsen. Zelfs als ze erin slaagden een doorgang te vinden, leek de geul erachter onmogelijk steil. Had hij zich vergist? Lag het klooster echt op een andere plek?

Had hij die verdomde kaarten nu maar.

Chen manoeuvreerde zijn grote lijf binnen de tent en knoopte de veters van zijn besneeuwde schoenen vast.

Toen hij vanuit zijn tent de wind in stapte, rilde hij door de plotselinge temperatuurverandering. Zijn rechterhand ging instinctief naar de bovenste zak van zijn winterjas en bleef rusten op de foto's van zijn gezin, waarvan hij wist dat ze daar zorgvuldig in waren gestopt. Hij stak zijn kin uitdagend omhoog en haalde diep adem.

Hij was een officier van het Politieke Veiligheidsbureau, niet een of andere boer. Zhu zou hem volgens het boekje moeten behandelen.

Hij liep vastberaden langs de rij tenten, maar toen hij dichter bij Zhu's tent kwam, vertraagde zijn tred bij iedere stap. De wind trok aan zijn haar en opnieuw voelde hij een rilling langs zijn ruggengraat lopen. Ditmaal had het echter niets met de kou te maken.

44

Rega zat in het donker van zijn kamer en liet zijn vingers over een gebedssnoer glijden. De kralen gingen met een eindeloos geklak over de rug van zijn hand.

In de verste hoek van de kamer brandde een klein vuur in de haard, maar de rest van de kamer was nauwelijks verwarmd. Drang stond er vlakbij een zware leren blaasbalg te bedienen. Met iedere luchtstoot kwam het vuur knetterend tot leven, flakkerden de sintels wit op en dansten er schaduwen op het hoge, gewelfde plafond. Drang legde de blaasbalg terug op zijn plek, ging aan een tafeltje zitten en bladerde door een groot in leer gebonden boek, zijn lelijke gezicht verwrongen van concentratie. Het boek stond vol siertekeningen, sommige uitgevoerd in zwarte inkt, andere bewerkt met bladgoud. De bladzijden kraakten terwijl hij ze omsloeg. Rega keek ongeduldig op.

'Nou?'

'Nog niet, vader,' zei Drang, die nog een pagina omsloeg en het volgende symbool bestudeerde.

Boven het midden van het vuur hing een zwartgeblakerde metalen ketel aan een ketting, die langzaam in de hitte draaide. Toen het water kookte, pakte Drang een doek en maakte de ketel los, zodat er met een gesis water op de kooltjes klotste.

Er trilde een spier in Rega's gezicht. Sinds de bode hem verteld had dat Menkom in brand stond, waren de oude herinneringen weer bovengekomen.

Er waren enkele tientallen jaren verstreken, maar hij herinnerde zich die nacht tot in de kleinste details: de bedwelmende hitte van de brandende daken, de paniek toen hij blind was gemaakt en halsoverkop door de rododendronstruiken de nacht in struikelde. Ondanks al die jaren en de vrede die hij in Geltang had gevonden, overspoelde datzelfde gevoel van absolute angst hem. En pas nu ze bedreigd werden, besefte hij eindelijk dat de angst nooit was weggegaan. Die was altijd bij hem gebleven, achter iedere wakkere gedachte en daad.

En nu waren de Chinezen hier weer. De bode had gemeld dat er dikke torens van rook uit het dorp, onder aan de rotswand, de lucht in stegen, voordat hij een klein legerkamp in het dal direct eronder had gezien. Dat kon geen toeval zijn. De westerlingen hadden hen daarheen geleid, regelrecht naar hun poorten.

De enige troost was dat ze de weg over de rotswand nog moesten ontdekken en daarna door de Kooms heen moesten, en zonder de Kalak Tantra was dat toch zeker niet mogelijk?

Maar de Chinezen waren niet de enige bedreiging. De westerlingen bevonden zich al binnen hun muren. En nu leek het erop dat de abt hen met open armen had ontvangen en toestond dat ze vrij door het klooster rondliepen en al hun geheimen ontdekten. Dit moest ophouden. Dat misplaatste vertrouwen van die oude dwaas zou hen allemaal te gronde richten.

Nu de vijand hen belaagde, zou de abt toch eindelijk wel tot inzicht komen? Hij zou begrijpen dat er actie nodig was.

Actie. Rega's lippen bewogen, terwijl hij dit woord overpeinsde. Dat hadden ze echt nodig – actie.

Al jarenlang meende hij dat Geltang zelf moest veranderen. Het klooster moest zich ontwikkelen en de ware aard van de moderne wereld begrijpen en vechten voor wat het dierbaar was. Alle andere religies hadden bloed vergoten voor hun geloof, maar toch volhardden zij in hun passieve houding. Zelfs als hun opvattingen een voor een door de Chinezen de kop werden ingedrukt.

De situatie in Tibet was altijd onzeker geweest. Alleen door angst en afzondering behielden de Chinezen de controle. In alle dorpen en steden was de haat diepgeworteld; een kruitvat waar maar een klein vonkje voor nodig was. Vijftig jaar lang had Peking als een kankergezwel in hun land gezeten en de mensen van hun laatste restje trots en identiteit beroofd.

En terwijl de mensen leden, terwijl hun kloosters met de grond gelijk werden gemaakt en hun leider in ballingschap vluchtte, had Geltang zich schuilgehouden in de schaduw van de Himalaya. Na decennialang inactief te zijn geweest waren ze onzeker en versplinterd geworden, en de abt was nog slechts een slaaf van de oude gewoonten.

Toch was de waarheid duidelijk te zien: zij waren de enige macht die de stammen van Tibet kon verenigen. Geltang kon oproepen de wapens op te nemen en zich op de revolutie te richten. De schat die ze zo lang hadden bewaard zou hun de vereiste legitimiteit geven. Nu moesten ze gewoon vechten.

Rega had de Raad van Oudsten al bijeengeroepen. Ze zouden over een paar uur vergaderen over de branden in Menkom en de naderende Chinezen. Met zo'n dreiging voor de deur zouden ze de waarheid vast wel begrijpen. Ze zouden toch zeker niet zitten luisteren naar het gedraal van de abt terwijl de allerlaatste van hun heilige beyuls werd bedreigd?

'Dat is het!' onderbrak Drangs stem Rega's dagdroom. Met een schrapend geluid schoof hij zijn stoel aan en stapte op Rega af met het boek opengeslagen in zijn handen. Zijn getekende gezicht straalde triomfantelijk.

'Het boekslot.' Drang pakte de kralen uit Rega's handen en vergeleek het teken dat in de zilveren sluiting was gegraveerd nauwlettend met dat op de pagina. 'Dat is het teken van Tashi Lhunpo. Ik wist dat ik het al eens eerder had gezien.'

Rega rechtte zijn oude rug en dacht koortsachtig na. Dit kon maar één ding betekenen.

Sinds de avond waarop hij was aangekomen, had Rega het gevoel gehad dat er iets aan de hand was, maar hij had nooit verwacht dat het zoiets ongelofelijks was. Kon het echt waar zijn? Kon dit echt in het klooster gebeurd zijn zonder dat hij ervan afwist?

Hoe langer hij erover nadacht, hoe logischer het werd. Om welke andere reden zou een jongetje met zoveel haast en geheimzinnigheid naar Geltang worden gebracht? Om welke andere reden zou hij de enige zijn die niet hoefde te worden ingewijd? Er was maar één mogelijke verklaring: de nieuwe reïncarnatie van de Panchen Lama bevond zich binnen deze muren. De rechtmatige heerser van Tibet was hier in hun midden!

Rega stond met uitwaaierend gewaad uit de stoel op. Hij schoot naar voren en stootte de thee van de armleuning, zodat de kop op de stenen vloer aan diggelen viel. Drang wilde zijn arm ondersteunen, maar Rega scheerde langs hem heen, stoof zijn kamer uit en vloog de gang door. Hij moest de raad nu bijeenroepen.

De jongen was de sleutel tot alles. Alles draaide om hem. Als hij een manier vond om hem te controleren, zou hij bewapend zijn met zowel Geltangs heilige schat als de rechtmatige leider van Tibet – de Panchen Lama in eigen persoon.

45

'De abt zal beraadslagen!'

Rega stoof de raadszaal uit en de gang in, terwijl hij de zin vol walging herhaalde en zijn hoofd nerveus heen en weer schokte. Hij trok de bidparels uit de plooien van zijn gewaad en liet ze al lopend over zijn knokkels ratelen.

'Beraadslagen!' zei hij nogmaals, op luide, gefrustreerde toon.

Twee novicen wilden de deuren van de raadszaal dichtdoen, toen Dorje plotseling de gang in snelde.

'Wacht,' riep hij, al rennend zijn gewaad samenrapend. 'Alsjeblieft, Rega, je moet luisteren.'

Rega stak een hand omhoog en liep in hetzelfde tempo verder.

'Ik heb genoeg gehoord,' zei hij; de woorden zweefden over zijn schouder naar Dorje. 'Ik informeer de raad over de nabijheid van de Chinezen – en wat besluit de abt? Hij vraagt tijd om te beraadslagen!'

Het laatste woord werd uit zijn mond gespuugd toen Dorje hem eindelijk inhaalde en Rega's arm vastpakte.

'De abt heeft tijd nodig om de juiste beslissing te nemen,' legde Dorje met blozende wangen uit. 'Er staan nog twee enorme obstakels tussen ons en de Chinezen. Er is nog tijd.'

Rega's vuist balde zich om zijn bidkralen, zodat de uiteinden van de knokkels wit werden. Meer dan twee uur lang waren de argumenten heen en weer geslingerd in de raad, en veel oudsten hadden zijn standpunt overgenomen. De vijand stond voor de poorten. Dit was eindelijk een nieuw begin, het moment om hun boodschap over de rest van Tibet te verspreiden.

Daarna was er, van achter het scherm dat de abt verhulde, een perkamentrol naar voren doorgegeven. De abt wilde meer tijd om na te denken over wat er gedaan moest worden.

Rega's stem klonk woedend toen hij zijn hoofd omdraaide om Dorje aan te kijken.

'We moeten in actie komen. Nu! En als de abt niet de moed heeft om te doen wat er gedaan moet worden, dan...'

Rega verzonk in stilzwijgen, terwijl Dorje naar zijn gezicht staarde, naar de uitstekende kin en de bleke huid, die er zelfs in het daglicht spookachtig uitzag.

'Zo mag je niet eens praten,' zei Dorje fluisterend. 'Je mag het dan niet eens zijn met het pad van de abt, maar dat geeft je nog niet het recht om aan hem te twijfelen, of zonder zijn toestemming te handelen. Hij is nog steeds onze abt.'

Rega knikte langzaam. 'Ja. Dat is hij inderdaad.'

Vanaf het einde van de gang naderde een novice, die een lantaarn boven zijn hoofd hield. Bij elke jakboterlamp langs de gang bleef hij even staan, stak zijn hand door het glazen deurtje van de lantaarn en viste de kaars eruit. Toen hij Rega en Dorje zag staan, boog hij diep, voordat hij stilletjes weer doorliep. Beide mannen wachtten tot hij buiten gehoorsafstand was voordat ze verder praatten.

'De abt waardeert jullie raad, vervolgde Dorje op zachtere toon. 'Hij vertrouwt op jullie oordeel, maar er moet hem tijd worden gegund om over onze toekomst te beslissen, vooral gezien de betekenis van het nieuws.'

'Vertrouwt hij op ons oordeel?' herhaalde Rega, terwijl de hoeken van zijn dunne lippen cynisch omhoogkropen. 'Als jij denkt dat hij ons vertrouwt, waarom is de identiteit van die jongen dan zo'n groot geheim gebleven?'

'De jongen? Wat heeft hij met dit alles te maken?' vroeg Dorje. 'De assistent van de abt was er heel duidelijk over. Hij is de zoon van de gouverneur.'

'Is dat zo?' vroeg Rega, nog steeds glimlachend.

Dorje dacht terug aan de avond dat de jongen in het klooster was aangekomen. Hij herinnerde zich elk woord dat de berggids had gezegd. Hij was de derde zoon van gouverneur Depon en hij was midden in de nacht uit Lhasa weggehaald.

Rega hief het gebedssnoer op en liet het vlak voor Dorjes gezicht heen en weer bungelen.

‘Denk je echt dat de zoon van een gouverneur zulke unieke kostbaarheden bij zich draagt? Het teken van Shigatse staat erop.’

‘Shigatse?’ herhaalde Dorje, met een blik op de verfijnde zilveren schakels die de afzonderlijke jaden kralen verbonden. ‘Ik begrijp niet wat Shigatse…’

‘Wees niet zo’n goedgelovige dwaas, Dorje,’ fluisterde hij. ‘Open je ogen voor wat er gaande is.’

Daarop beende hij voorwaarts de gang door en liet Dorje achter, die hem verward nastaarde.

46

Chen legde zijn hand op het koude rotsgesteente en bleef staan. Hij keek om zich heen, nam de massa hoog oprijzende zuilen in zich op, die in elke richting verwrongen en gebroken waren, en zuchtte. Ze waren verdwaald. En dat kwam doordat ze deze godvergeten doolhof waren binnengelopen. Hij zette zich schrap, haakte de heupriem van zijn rugzak los en zwaaide die op de grond. Met zijn geweer nog steeds in zijn linkerhand, trok hij met zijn rechterhand de fleecemuts van zijn hoofd en krabde in zijn nek. Zijn vingers streken door zijn vochtige haar en hij ademde zwaar uit, terwijl hij keek hoe het vocht in zijn adem als sigarettenrook in de koude lucht condenseerde. Heel even deed hij zijn ogen dicht om de frustratie van de laatste paar uur te verbergen.

Dit was Zhu's straf voor het feit dat hij de satellietkaart was kwijtgeraakt. Dat wist hij wel zeker. Er was geen andere reden waarom ze zo laat op de dag eropuit zouden zijn gestuurd om een route tussen de rotsen te vinden. Chen richtte zijn hoofd naar de loden hemel en keek naar het grijze licht van de vallende avond. Hij troostte zich met één gedachte – het had erger kunnen zijn. Met Zhu kon het altijd erger zijn.

Elke keer dat ze een obstakel namen, leek er nog een uit de grond te schieten en de weg te versperren. Tussen de rotspilaren waren slechts kleine stukjes hemel zichtbaar, waardoor het onmogelijk was zijn positie op te vangen of een satellietsignaal op zijn gps-ontvanger te krijgen. Terwijl de middag voorbijkroop, zweefden er sneeuwdeeltjes om hen heen, die in de luchtstromen dwarrelden en op hun camouflagejassen neerstreken. De temperatuur daalde snel. De nacht zou algauw invallen.

Chen voelde een ruk aan zijn middel toen het klimtouw strak werd getrokken. Een paar meter achter hem klauterde Xie over een rotsplaat, maar nu stopte hij plotseling.

'Die kant op.'

Chen draaide zich verbaasd om. Tot nu toe had hij de soldaat nooit horen praten. Alleen zijn ogen hadden bewogen en alles zwijgend in zich opgenomen. Hij bekeek Xie nauwkeuriger. Zijn vierkante hoofd was tussen zijn gekromde schouders getrokken. Over de zijkant van zijn gezicht, waar Zhu hem met het pistool had geslagen, liep een vers litteken.

'We moeten meer die kant op,' vervolgde Xie zwaar ademend.

Chen stond onbewogen op de rots te overwegen wat ze moesten doen. Hij hield zijn geweer losjes in zijn linkerhand. Het touw hing diagonaal over zijn brede schouders, zodat hij meer op een professionele bergbeklimmer dan op een soldaat leek. Xies ogen knepen zich samen terwijl hij ieder detail in zich opnam, waarna hij zijn voeten iets verder uit elkaar zette en eenzelfde houding probeerde aan te nemen.

'Nee. We houden deze route aan,' zei Chen, die zelfverzekerd naar voren wees. Hij was niet van plan toe te geven aan deze domme vechtersbaas.

Xie knarsetandde, maar gaf geen antwoord, terwijl zijn ogen in de door Chen aangewezen richting schoten. Er was niets, behalve dezelfde gebroken rotsen, de eindeloos opdoemende pilaren. Ze gingen de verkeerde kant op, dat wist hij zeker. Hij huiverde lichtjes, terwijl het zweet zich op zijn onderrug verzamelde en zijn overhemd aan zijn huid plakte.

Na een korte pauze gingen ze verder, Chen voorop en Xie strompelend achteraan.

Hoog boven hen vloeide het laatste restje kleur uit de hemel weg. De wind leek met de minuut toe te nemen. Hij gierde met een hol fluitend geluid door de openingen in de rotsen en pikte de losse sneeuw op, zodat die overal om hen heen wervelde. Het vlokschuim bevroor op alle delen van hun kleding, zette zich op de capuchons van hun jassen af en bleef aan hun onbedekte wangen kleven. Xie veegde nijdig met zijn mouw over zijn gezicht om de sneeuw uit zijn ogen te halen en de weg voor hem te kunnen zien.

Ze kwamen bij een volgende gevallen rotsplaat. Chen bleef even staan en boog zijn hoofd opzij om de route te controleren. Xie bleef vlak achter hem hangen en balde uit frustratie zijn vuisten. Zijn tong schoot tussen zijn lippen naar buiten, maar hij hield zich in. Hij wees naar links, maar Chen negeerde hem en liep weer verder in de richting van de rotsen – naar rechts.

Nog een uur vervolgden ze deze weg, voordat Chen eindelijk stopte. Hij liet zijn handen op zijn knieën rusten, in een poging op adem te komen, en schudde langzaam zijn hoofd. Het was hopeloos. Hij kon geen touw vastknopen aan dit verdomde labyrint. Vlak achter hem stond Xie ongeduldig van de ene voet op de andere te schommelen.

'Het lijkt alsof het terrein slechter wordt,' zei Chen zonder oogcontact te maken. 'De meest ervaren klimmer moet achteraan.'

Hij gebaarde dat ze moesten wisselen en toen Xie over de rollen klimtouw naar voren stapte, verspreidde een scheve glimlach zich over zijn gezicht. Hij vertrok onmiddellijk met een scherpe bocht naar links.

Xie liep snel, haastte zich van de ene rots naar de volgende en baande zich voorzichtig een weg tussen de omgevallen rotspilaren door. Zijn ogen tastten de donkere schaduwen op de grond af en hij voelde zijn zelfvertrouwen groeien. Hij baande zich een weg naar een van de hogere rotsuitstulpingen en draaide zijn dikke nek heen en weer, in een poging de weg voor hem te kunnen zien. Daarna wurmde hij zich over het volgende obstakel heen zonder achterom te kijken om te controleren of Chen nog steeds volgde.

Na een poosje kwamen ze bij een groot, tafelvormig rotsblok. Xie hees zich er rap bovenop. Zonder achterom te kijken richtte hij zich op en begon naar de andere kant te lopen. Chen was een paar meter achter hem, toen hij plotseling bleef staan. Links van hem zag hij een klein driehoekig teken in de rots. Het zag er kunstmatig uit. Hij tuurde nauwkeuriger, zich afvragend wat het kon zijn.

Terwijl zijn vinger over de lijnen van het teken streek, drong het geluid van stromend water langzaam tot hem door. Hij had het niet eerder boven het geluid van zijn ademhaling uit gehoord, maar het was er beslist en het borrelde in de verte weg. Chen keek om zich heen, zich afvragend waar het vandaan kwam, toen het touw ongeduldig aan zijn middel trok. Xie stond gevaarlijk dicht bij de uiterste rand van het rotsblok.

Chen bleef stokstijf staan. Water? Ze moesten boven een ondergrondse rivier staan.

'Wacht,' schreeuwde Chen. Snel liep hij over de top van de rots heen, maar Xie wendde zich af en negeerde hem. Hij had de luitenant urenlang in de verkeerde richting gevolgd. Dit was de juiste weg, dat wist hij zeker.

'Wacht, zei ik!' brulde Chen, zijn pas versnellend, maar Xie gleed domweg aan de verste kant van het rotsblok naar beneden. Hij deed nog een stap naar voren, toen de rots onder zijn voeten plotseling verschoof, afbrak en met een doffe klap in de duisternis beneden viel. Xie's hele lichaam schokte omlaag en zijn borst klapte tegen het rotsblok. Hij gilde en zijn handen klauwden over de gladde rots; zijn benen trapten hulpeloos in het luchtledige. Het klimtouw zat strak om zijn middel, het enige wat voorkwam dat ook hij de duisternis in zou glijden.

Een paar meter verder werd Chen omver gerukt en kwam hij hard op zijn ellebogen terecht. Hij kreunde van de pijn, maar zijn handen klemden het touw voor hem steviger vast, in een poging weerstand te bieden aan de trekkracht. Al tollend slaagde hij erin zijn hakken tegen de rots te planten, maar doordat het touw schokte, voelde hij zich naar voren glijden en doemde de afgrond aan de verste kant steeds dichterbij op.

Xie gilde nogmaals, een hoge, gerekte angsttoon, terwijl hij zijn lichaam verwoed op en neer rukte, in een poging zich uit de holte los te trekken. Het geluid van gutsend water klonk nu overal om hem heen. Hij voelde de plotselinge kilte van de rivier uit een gat in de rots omhoogtrekken. Het was ergens in de duisternis vlak onder zijn voeten, een ondergrondse stroom die zich over de rotsen stortte.

Xie greep het touw vast en trok er uit alle macht aan, in een poging zich te bevrijden uit zijn benarde positie. Hij trapte nogmaals met zijn benen en probeerde wanhopig zich hoger te wurmen. Zijn schouders verkrampten van de inspanning. Toen het touw opnieuw door zijn handen brandde, vervaagde zijn gegil tot een paniekerig, hijgend gejammer.

'Niet aan het touw trekken!' schreeuwde Chen, wiens voeten nog maar een paar centimeter bij de rand vandaan waren. Zijn hele lichaam probeerde weerstand te bieden aan de enorme trekkracht, maar elke keer dat Xie een ruk omlaag gaf, sprong het touw van de spanning terug en werd hij dichterbij getrokken.

'Alsjeblieft... alsjeblieft,' jammerde Xie; zijn kreten werden gedempt door zijn camouflagejas, die tot over zijn hals was opgekropen en nu zijn mond bedekte. Alleen zijn ogen waren zichtbaar boven de kraag; de wijde pupillen staarden smekend naar de top van het rotsblok. Hij rukte weer naar voren, in een poging te ontsnappen.

'Niet aan het touw trekken!' brulde Chen nogmaals, maar er kwam geen antwoord.

Xie voelde de punt van zijn rechterschoen in aanraking komen met het jagende water beneden. Toen zijn schoen onder het stromende oppervlak dook, greep de rivier zijn voet vast en sleurde hem mee. Xies lichaam draaide door de kracht, die hem nog een paar kostbare centimeters door de holte naar beneden trok. Hij voelde de ijskoude stroming langs zijn been, alsof die hem wilde opeisen.

Chen wankelde op de rand van het rotsblok, terwijl iedere spier in zijn rug en dijen tegen de onverbiddelijke trekkracht van het touw aan het vechten was. Hij zag de bovenste helft van Xies hoofd nu boven de matte rij rotsen uitsteken. Door zijn hoofd een stukje opzij te draaien kon hij de wreef van zijn eigen schoen zien. Die zat vastgeklemd in een barst van niet meer dan een paar millimeter diep. Alleen daardoor werd hij niet op dezelfde rotsen als Xie gesmeten.

Chen bad stilletjes dat de grip van zijn schoen het zou houden. Hij zag het rubber op de zool van zijn schoen scheeftrekken door de druk.

Er werd opnieuw aan het touw gerukt toen Xies andere been het water in dook.

Hij kon het niet langer houden. Hij zou ook naar beneden worden gesleurd.

Achter op zijn rugzak zat een mes. Met een vloeiende beweging stak Chen zijn hand naar achteren. Zijn hand krulde om het koude metaal van het handvat, terwijl het stalen lemmet in de duisternis glansde.

Door de plotselinge beweging van het mes hield Xie op met kronkelen en verstijfde.

'Alstublieft...' jammerde hij, in Chens ogen starend. Zijn armen maaiden niet meer en hingen zielig langs zijn zij. Zijn benen waren dubbelgevouwen onder de rij rotsen en zijn knieën scheerden over het jagende water.

Chen stond heel even te staren. Daarna bracht hij het mes omlaag en drukte het tegen touw. Dit stond onder zo grote druk dat het staalhard aanvoelde en hij moest erin zagen door het lemmet met felle polsbewegingen heen en weer te sjorren.

'Alstu...'

Xie kreeg geen tijd om zijn zin af te maken toen het lemmet het touw doorsneed en de vezels lossprongen. Hij werd onmiddellijk de deinende massa ijskoud water in gezogen, met alleen het gerafelde uiteinde van het touw dat als een navelstreng achter hem aan slierde. Het geraas van de rivier klonk overal om hem heen en de kou sloeg de lucht uit zijn longen. Opeens klonk er een krakend geluid, toen zijn nek tegen steen sloeg en alles zwart werd.

Chen staarde een poosje naar het lege gat in de rots. Terwijl hij langzaam overeind kwam, schoof hij het grote mes weer in de schede. Hij herinnerde zich de overweldigende misselijkheid die hij had gevoeld toen hij al die weken geleden de jongen doodschoot. Hoe hij wekenlang had geprobeerd het vreselijke schuldgevoel te verjagen.

Daar was nu niets meer van over. Geen medelijden, geen wroeging. Even vroeg hij zich af of hij alle gevoel was kwijtgeraakt, of de missie hem eindelijk had aangetast en hem net zo meedogenloos als de anderen had gemaakt. Maar ergens diep in zijn binnenste wist hij al dat dat niet het geval was. Het feit bleef dat Xie niets meer dan een verkrachter en een misdadiger was geweest. Als hij niet in paniek was geraakt en aan het touw had getrokken, zou hij nu nog leven.

'Tot ziens,' mompelde Chen binnensmonds. Hij draaide zich om en liep over het rotsblok terug naar het teken dat hij onderweg had gezien. Dat was de sleutel om uit deze doolhof te komen, daar was hij zeker van.

47

'Alstublieft, meneer Matthews, we moeten opschieten.'

Dorje snelde door de gang met Luca op een meter afstand achter zich aan. Dorjes armen zwaaiden kwiek langs zijn zijden en de zoom van zijn gewaad waaierde achter hem uit. Hij gluurde over zijn schouder om Luca's voortgang te controleren, waarna hij weer een volgende trap af stoof.

'Er is mij door zijne Heiligheid de abt opgedragen om u naar juffrouw Shara te brengen,' zei hij, speurend naar de juiste deur.

'Shara?' zei Luca, zich voorthaastend. 'Maar u zei dat we naar Bill zouden gaan. Wat is er aan de hand, Dorje? De abt heeft me zijn woord gegeven.'

'De plannen zijn gewijzigd!' riep Dorje met zijn handen omhoog uit. 'Niet alles in dit klooster draait om u, meneer Matthews.'

Luca staarde naar Dorjes perfect geschoren achterhoofd, zich afvragend wat hem zo prikkelbaar had gemaakt. Hij had Dorje alleen maar in een tergend langzaam tempo door het klooster zien dolen, maar vandaag beende hij voort alsof zijn leven ervan afhing. De gewoonlijk kalme uitstraling was verdwenen en voor het eerst sinds hij kennis met hem had gemaakt zag Dorje er ontegenzeglijk verward uit. Luca liep zich achter hem af te vragen wat hem zo erg van streek had kunnen brengen.

Uiteindelijk eindigde de gang met een grote, sierlijk bewerkte houten deur die hun de weg versperde. Na een poosje besefte Luca dat het dezelfde deur was die hij had gezien in de nacht dat hij uit zijn kamer was ontsnapt. Het was de deur die leidde naar de zaal vol stapels perkamenten – waarvan hij had vermoed dat het de bibliotheek was.

Dorje spande zich in om de zware deur open te krijgen en wuifde Luca's poging om te helpen weg, voordat het hem eindelijk lukte de deur aan zijn scharnieren terug te duwen. Voor hen bevond zich dezelfde lange rij boekenplanken, maar nu werd de ruimte helder verlicht door de rij ijzeren kandelaars die zich langs het immense gewelfde plafond uitstrekte.

In het licht kon Luca zien hoe geweldig groot de zaal was. Het leek alsof die een enorm deel van het klooster zelf in beslag nam. Maar ondanks de duidelijke omvang was het hoofdgedeelte van de zaal achter de rij boekenplanken verborgen.

'Wacht u hier, meneer Matthews,' zei Dorje streng en hij liep snel naar voren. Aan het eind van de boekenplanken sloeg hij linksaf de hoofdzaal in en verdween uit het zicht. Luca stond hem tegen de muur geleund na te kijken toen hij een zacht gemompel hoorde. Het was een zwak, bijna onwaarneembaar geluid. Hij luisterde aandachtiger. Iemand mompelde een onbegrijpelijke woordenstroom. Toen besefte hij dat er niet slechts één persoon aan het praten was, maar een groep mannen.

Het geluid kwam uit het hoofdgedeelte van de zaal. Luca staarde naar de eindeloze rij boeken. De ruggen vormden een gekleurde lijn en de meeste boekdelen waren zwaar en ettelijke centimeters dik, met oude versleten omslagen die lang geleden betere tijden hadden gekend.

Wat wás dat toch voor geluid?

Luca schatte dat de bovenste plank ongeveer drieënhalve meter hoog was. Met de neus van zijn schoen op de eerste rij boeken sprong hij plotseling omhoog. Hij stak zijn rechterarm over de bovenste plank heen. Zijn vingers grepen het stoffige houtoppervlak vast, voordat hij ook zijn linkerarm omhoog zwaaide en zich optrok. De bovenkant van zijn voorhoofd kroop over de rand van de plank heen en hij keek in de ruimte erachter.

Er zaten ongeveer dertig monniken aan afzonderlijke schrijftafels, die in keurige rijen in het centrale gedeelte van de ruimte stonden. Ieder van hen had een enorm geopend boek voor zich en hield een ouderwetse inktpen in de hand. Sommigen waren aan het begin, terwijl anderen op de laatste paar bladzijden waren, maar ze zaten allemaal met hun ogen halfdicht heen en weer te schommelen, terwijl hun pennen in een voortdurende stroom over de bladzijden krasten.

Net als hun pennen bewogen hun lippen in de maat met een zachte onderstroom van gemompel. Allemaal zeiden ze andere dingen, ieder hield zijn eigen eindeloze monoloog. Luca trok zich nog iets hoger op en staarde neer op de monnik die het dichtst bij hem zat. Zijn pen bewoog constant, stopte alleen om de bladzij om te slaan en nogmaals te beginnen. Er leken geen spaties in het handschrift voor te komen, geen grote gaten of leestekens. De woorden kwamen tevoorschijn alsof ze uit het geheugen werden voortgebracht.

Luca kreeg een branderig gevoel in zijn onderarmen, maar hij wist dat hij nog wel iets langer in dezelfde houding kon blijven en weerstond het lichte getril in zijn spieren. Zijn ogen gleden van de ene monnik naar de andere en keken hoe hun hoofden op en neer deinden. Het was alsof ze allemaal in een trance verkeerden. In de tijd dat hij had toegekeken, had geen van de monniken een adempauze genomen.

Wat schreven ze? En hoe konden ze almaar doorgaan zonder ook maar een moment te aarzelen?

Toen Luca op het punt stond zich weer naar beneden te laten zakken, viel zijn blik plotseling op Dorje, die over een van de tafels gebogen stond. Even zag hij Shara's lange zwarte haar in de maat met de anderen bewegen, waarna Dorje zijn hand op haar schouder legde en zij uit haar trance leek te ontwaken. Ze staarde hem verward aan, legde haar pen vervolgens langzaam neer en pakte de perkamentrol die hij aanreikte. Ze las hem in zijn bijzijn, waarna ze kordaat opstond en Dorje langs de rij tafels naar de boekenplanken volgde.

Net op het moment dat Luca op de vloer landde, zag hij hen allebei de hoek omslaan en dichterbij komen.

'We moeten onder vier ogen praten,' zei Shara, zonder te groeten. Luca keek van haar naar Dorje, terwijl ze hem bij de arm naar de gang leidde.

'Ik zal hem naar zijn verblijf terugbrengen,' zei ze tegen Dorje.

Na een korte aarzeling knikte hij instemmend. 'Goed dan, maar hou me wel op de hoogte.'

Terwijl Dorje wegsnelde, keek Shara om zich heen. Een paar meter links van hen opende ze een kleine deur. Ze gebaarde Luca naar binnen te gaan. Het was een opslagkamer vol urnen met blauwe inkt die tegen de verste muur stonden. Een grote hoeveelheid boeken, opgestapeld in hoge, taps toelopende zuilen, reikte helemaal tot het lage plafond.

Shara kwam dicht bij Luca staan. 'We werden door Chinese soldaten gevolgd,' zei ze fluisterend, met haar gezicht zo dicht bij het zijne dat hij haar frisgewassen haar kon ruiken. 'Ze zijn vlak onder de rotswand gesignaleerd.'

'Wat?' zei Luca op luide, defensieve toon. 'Wat zouden soldaten in godsnaam van ons willen?'

Met haar handen omhoog gebaarde Shara hem zachtjes te praten. 'Ze zitten niet achter jou aan. Luister, Luca, de abt wil weten of jij ons wilt helpen. Hij stelt enorm veel vertrouwen in jou.'

Ze pakte hem bij zijn schouders en staarde recht in zijn ogen.

'Kunnen wij je vertrouwen, Luca?'

'Natuurlijk,' zei Luca, een plotselinge drang onderdrukkend om zich voorover te buigen en haar te zoenen.

'Nee. Je moet over je antwoord nadenken. Wat je nu besluit kan alles veranderen.'

Luca haalde diep adem, in een poging zijn hartslag te kalmeren. 'Je kunt op me bouwen.'

Shara, die verstrooid over haar polsen wreef, leek te bedaren. In haar ene hand hield ze nog steeds de perkamentrol die Dorje haar had gegeven. Luca zag dat er blauwe inktvlekken op haar wijsvinger zaten als gevolg van het urenlange schrijfwerk aan haar tafel. Geen wonder dat hij bezeten raakte van deze vrouw – ze was zo verdomd mysterieus. Wat hadden ze in godsnaam zitten opschrijven, daar in de bibliotheek?

'Oké,' zei Shara, met een blik op de deur. 'Om redenen die ik op dit moment niet helemaal kan uitleggen, moeten we Babu uit dit klooster zien te krijgen. Hij is degene die de Chinezen zoeken.'

'Een negenjarige jongen,' vroeg Luca, verbaasd zijn voorhoofd fronsend. 'Wat zouden soldaten met een klein jochie moeten?'

'Hij is niet zomaar een jongen.' Shara wachtte even en keek omlaag. Ieder instinct in haar schreeuwde om zijn identiteit geheim te houden, maar de abt had haar, en niemand anders, opgedragen om Bill en Luca op de hoogte te brengen. Ze hadden hun hulp nu nodig.

'Babu's volledige naam is Babugedhun Choekyi Nyima. Hij is de volgende incarnatie van zijne Heiligheid de elfde Panchen Lama.'

Luca's ogen werden groter.

'Wat?' zei hij hoofdschuddend. 'Maar dat is onmogelijk. Overal in Lhasa hingen posters. De Panchen Lama was een bleke jongen die er veel ouder uitzag.'

'Dat is de kandidaat die de Chinezen tijdens het Linka Festival willen installeren. En dat is precies de reden waarom Babu zo'n groot gevaar loopt. Ze moeten hem lozen voordat het festival plaatsvindt, want als Babu's identiteit ooit bekend werd, zou de hele inauguratie een farce worden.'

Shara's hand omklemde de perkamentrol steviger, zodat die in het midden werd gekreukt. Toen ze verder praatte, hoorde Luca een harde toon in haar stem, die hij één keer eerder had gehoord – in Menkom.

'Wat maar weinig buitenlanders begrijpen is dat de Chinezen nauwelijks greep op dit land hebben. Als je ooit na een van de opstanden in Lhasa bent geweest, zou je gezien hebben hoe diep de spanningen zitten. Als ooit bekend werd dat ze geprobeerd hadden de rechtmatige erfgenaam van Tibet te vermoorden...'

Ze wachtte even om zich een voorstelling te maken van de chaos die eruit zou voortvloeien. Door het hele land zouden zich oproeren verspreiden, langs de ruggengraat van de Himalaya, als de plaatselijke stammen in opstand kwamen tegen de militaire garnizoenen in iedere stad. Elk politiebureau zou branden, elke Chinese winkelruit zou kapot worden geslagen. Dat was in het verleden al op kleinere schaal gebeurd. Ditmaal zou het geweld niet te stoppen zijn.

'Dan zou het heel bloederig worden,' zei Shara uiteindelijk. 'Ze hebben al een keer geprobeerd om Babu te doden, maar wij wisten als eersten bij hem te komen. En nu de Dalai Lama in permanente ballingschap zit, staat er voor de Chinezen te veel op het spel om hem gewoon met rust te laten. Ze zullen niet rusten voordat hij dood is.'

'Dood?' Luca schudde zijn hoofd. 'Jezus, dat wist ik niet. Die arme jongen moet vreselijk bang zijn.'

'Behalve jij, de abt en ik, weet niemand anders het. En Dorje is het pas vanmorgen verteld.'

'Maar hij is alleen maar een gids in Geltang. Waarom zou hij het moeten weten?'

'Dorje is meer dan hij lijkt. Hij is een van de Hoge Lama's. Alleen zijne Heiligheid de Abt staat boven hem en Rega.'

Luca staarde bedachtzaam langs haar heen. 'En ik al die tijd maar denken dat hij gewoon een tolk was,' zei hij, denkend aan hoe vaardig Dorje elke mogelijke vraag leek te omzeilen. 'Maar, Shara, er is iets wat ik niet begrijp. De Chinezen moeten nog steeds een route voorbij die rotswand en door de Kooms zien te vinden. Is Geltang op dit moment niet de veiligste plek voor de jongen?'

Shara schudde haar hoofd. 'Er spelen nog andere zaken mee. Voorlopig is hij nog veilig in de vertrekken van de abt, maar we moeten hem naar een andere locatie brengen en om dat te kunnen doen hebben we bergbeklimmers nodig. De abt dacht dat jij en Bill misschien bereid zouden zijn om ons te leiden.'

Luca staarde haar vragend aan. 'Bill? Bill is nog helemaal niet hersteld. De laatste keer dat ik hem zag, kon hij niet eens rechtop staan.'

'Ik ben vaak bij hem langsgeweest en ik heb hem gisteren nog gezien. De koorts is al flink gezakt. Hij is nog niet helemaal de oude, maar hij kan beslist weer lopen.'

Luca fronste gefrustreerd. 'Jij bent gisteren bij hem geweest? Waarom mocht ik niet naar hem toe?'

'Ik breng je nu naar hem toe,' antwoordde Shara effen. 'Maar de vraag staat nog steeds. Wil je ons helpen of niet?'

Terwijl Luca in haar ogen staarde, leek er nieuwe energie door hem heen te stromen. Hij verhief zich tot zijn volle lengte toen ze zich naar de deur draaiden. Het vooruitzicht van een nieuw avontuur bracht een glimlach om zijn mondhoeken. 'Ja, ik doe het. Maar als we met z'n vieren de bergen in trekken, dan zullen we nieuwe uitrusting nodig hebben. We hebben alleen de rugzak van Bill uit de grot meegenomen en daar zat niet veel in: een brander, vijftig meter touw, wat gereedschap.'

'Daar heb ik het met Dorje over gehad. Hij heeft al voor nieuwe uitrusting en extra kleding gezorgd.'

'Oké,' zei Luca, koortsachtig nadenkend. 'Daar wil ik dan even naar kijken. Wanneer vertrekken we?'

'Morgenochtend zodra het licht wordt,' zei Shara, plotseling aangestoken door Luca's geestdrift. Misschien had de abt de hele tijd al gelijk gehad. Misschien konden ze echt op deze mannen bouwen.

'Wacht even,' zei Luca. 'Je hebt me nog niet eens verteld waar we naartoe gaan.'

Shara antwoordde niet meteen, maar er kroop een glimlach over haar gezicht.

'Je krijgt eindelijk wat je wilde,' zei ze. 'We gaan naar de piramideberg.'

48

Vier figuren liepen stilletjes door de gangen van het klooster. Ze schoven langs de talloze deuren en doorsneden af en toe een zwakke lichtstraal van een buitenraam, waar de late middagzon vanaf de verre bergrichel naar binnen vloeide.

De schemer viel in, tijd voor persoonlijke reflectie. Alle monniken zaten in diepe meditatie in hun cellen, zodat iedere gang verlaten en iedere deur gesloten was. Het was het perfecte moment om in actie te komen.

Rega liep snel, zijn linkerhand langs de muur slepend, geleid door iedere contour en onvolkomenheid. Hij maakte een scherpe bocht, liep een trap af en volgde een gang die regelrecht de berg weer in liep. Toen het natuurlijke licht begon af te nemen, bleef een van de drie figuren die in zijn kielzog volgden even staan om een nabije fakkel van de muur te pakken. De vlam sprong op en verlichtte Drangs getekende gezicht.

Uiteindelijk kwamen ze bij de ingang van de vertrekken van de abt, waar ze even pauzeerden. Ondanks de urgentie van hun missie staarde iedereen behalve Rega verwonderd naar de machtige pilaren naast de deur en naar de gouden swastika's die in het licht van het vuur dansten.

'Verstop jullie,' fluisterde Rega, terwijl hij de fakkel uit Drangs hand griste. De anderen trokken zich een paar stappen buiten het bereik van de lichtcirkel terug.

Rega zwaaide de voet van de fakkel tegen de zware deur. Even later werd er een houten luikje weggeschoven en verscheen er een paar grote bruine ogen in een jong gezicht.

'Eerwaarde vader,' begroette Norbu hem met een hoge, iele

stem. 'De vergadering van de volle maan is pas over drie dagen.'

'Ik heb urgente informatie voor zijne Heiligheid. Ga opzij.'

Norbu knipperde een paar keer snel achter elkaar met zijn ogen. 'Maar, vader...' stamelde hij, 'de wet verordent dat informatie schriftelijk moet worden doorgegeven tenzij zijne Heiligheid anders beschikt.' Norbu's ogen staarden door het luikje en bestudeerden Rega's verweerde gezicht. 'Er is mij opgedragen om geen bezoekers toe te laten.'

Rega kwam nog dichterbij, zodat Norbu zijn zure adem kon ruiken. 'Hoe durf je mij de wet voor te schrijven, jongen.'

'Ik verontschuldig me, vader, maar ik geef alleen maar door...'

'Stil,' siste Rega. 'Doe de deur open.'

Norbu keek Rega smekend en met blozende wangen van het inspannende gesprek aan. 'Maar, vader, begrijpt u alstublieft dat ik dat niet mag doen... Dat is me uitdrukkelijk verboden.'

Rega haalde diep adem en stapte bij de deur vandaan. Zijn stem werd milder. 'Nou, in dat geval zal ik jou moeten toevertrouwen wat er gezegd moet worden. Tenslotte spreekt de abt zeer lovend over jou, jonge Norbu.'

Norbu glimlachte zenuwachtig en boog zijn hoofd opzij, zodat zijn oor tegen de opening gedrukt was.

'Maar wat ik je vertel is uiterst geheim,' vervolgde Rega fluisterend. 'Onze abt is in groot gevaar. Wij moeten hem samen waarschuwen.'

Norbu's ogen werden van schrik groter. Het kostte hem een poosje om zijn gestamel te onderdrukken.

'Gevaar? Maar... wie... wie zou zijne Heiligheid kwaad willen doen?'

'Er zijn vele voorvallen geweest terwijl de abt zijn laatste pad naar de verlichting aflegt. En er zijn velen die ontgoocheld zijn geworden over dit bewind. Je moet me binnenlaten, zodat ik hem kan waarschuwen voor het gevaar dat hij loopt.'

Nogmaals aarzelend knipperde Norbu met zijn ogen.

'Maar als er gevaar is, zou ik niemand moeten binnenlaten... en zijne Heiligheid heeft specifiek gezegd... dat...'

Rega glimlachte en bracht de fakkel dichter bij zijn gezicht. 'Kijk eens naar me,' zei hij vriendelijk. 'Ik ben maar een oude blinde man. Welk mogelijk gevaar zou ik kunnen zijn? Doe de deur nu maar open, jonge Norbu, en laten we hem samen gaan waarschuwen.'

Er viel een korte stilte, voordat Rega de zware metalen grendels hoorde knarsen. De deur ging een paar centimeter open en Norbu's hoofd kwam voorzichtig tevoorschijn.

'Alstublieft, vader, kom vlug binnen,' fluisterde hij. 'Ik zal zijne Heiligheid informeren dat u hier bent.'

Toen Rega over de drempel heen stapte, haalde hij uit en duwde hij Norbu met een verbazingwekkende kracht achteruit. Op hetzelfde moment stormden er drie figuren achter hem naar binnen, met Drang voorop. Zijn pezige rechterarm greep Norbu bij de keel, draaide hem rond en sleurde hem de hoofdzaal in. Norbu's armen maaiden zielig terwijl hij in zijn greep kronkelde, en zijn ogen puilden uit door de druk op zijn luchtpijp. Een paar stappen verder smeet Drang hem op de stenen vloer neer.

'Dwaas,' fluisterde hij, met zijn lippen minachtend gekruld.

Rega stond nu onder een enorme afbeelding van Boeddha, aan de voet verlicht door een kleine rij lampen. De kristalblauwe ogen glansden in het kaarslicht en staarden met een bovenaardse kalmte de zaal in. Met een handbeweging gebaarde Rega twee van zijn hulpen de doolhof van kamers aan het andere eind van de centrale zaal te doorzoeken.

Rega's hoofd draaide zich naar Drang. 'Breek dat af,' zei hij.

Drang gaf een krachtige ruk aan het doek en trok de hele schildering uit de lijst. Het grote doek zakte langzaam in elkaar, voordat het op de vloer viel en de lampen doofde.

Erachter zat een figuur in de lotushouding. Zijn ogen bleven dicht toen Rega over het gevallen doek, dat vlak boven hem bleef hangen, heen stapte.

'Jouw bewind is voorbij,' fluisterde hij. 'Ik neem het klooster over.'

De ogen schoten open en staarden Rega aan alsof hij een of ander hersenspinsel was. De abt had een breed ovaal gezicht, doorgroefd met ouderdomsrimpels. In het licht van Rega's fakkel leek zijn hele lichaam een zachtheid uit te stralen en waaierden de rimpels vanaf zijn ooghoeken uit, alsof hij ieder moment in een brede glimlach kon uitbarsten.

Zijn gemillimeterde haar was kalend rondom de kruin, zijn ogen priemden van onder zware zwarte wenkbrauwen. Een sierlijk goudkleurig gewaad was in strakke plooien om zijn lichaam gewikkeld, en zijn handen lagen ineengevouwen op zijn schoot.

'Je hebt me geen keus gelaten,' vervolgde Rega. 'Draag de jongen over. Het is tijd dat hij bekend wordt.'

De abt stak zijn rechterhand langzaam omhoog en gebaarde naar een grote metalen staf op een standaard vlak voor hem. De steel was van ongepolijst goud en aan het ene uiteinde hing een snoer met jaden kralen. Het teken van Geltang was in het andere uiteinde gegrift.

'Pak de dharmachakra dan maar,' zei de abt. 'Als dat je meest oprechte wens is, pak dan het Rad der Wet en neem mijn plaats als abt in. Maar vraag mij niet om de jongen. Toon compassie met zijn onschuld.'

'Zijn onschuld is onbelangrijk!' snauwde Rega. 'Hij moet zijn plaats innemen als de rechtmatige leider van Tibet. Ik kan niet langer werkloos toezien terwijl jij hem voor de buitenwereld verborgen houdt. Ik zal doen wat er gedaan had moeten worden en hem in Shigatse installeren, op zijn rechtmatige plek.'

De abt bleef onbewogen. Hij ademde langzaam in, met een blik van diepe overpeinzing op zijn gezicht.

'Je wilt hem alleen gebruiken om jóúw visie voor ons land waar te maken,' zei hij, met een zachte stem waarin geen enkele beschuldiging lag. 'Je begrijpt niet dat als wij de Chinese methoden gebruiken, als wij zwichten voor het geweld, wij niets meer dan een weerspiegeling van onze vijanden, een schaduw van hetzelfde zullen worden. Ons pad op het Levensrad zal omkeren, zodat alles waar we zo lang aan hebben gewerkt om het te beschermen bezoedeld zal worden.'

De ogen van de abt focusten langzaam op Rega.

'Neem mijn plaats in, oude vriend, maar ik smeek je om nog eens na te denken over het pad dat je van plan bent te volgen.'

Rega leek in gedachten verzonken, met zijn handen tot vuisten gebald langs zijn zijden.

'Ditmaal zal ik niet werkloos toezien terwijl onze daken branden,' zei Rega, met een zachtere stem waarin een nieuwe emotie doorklonk. 'Met de schat en de jongen heb ik eindelijk de macht om de Chinezen ten val te brengen. Vergis je niet, abt, de revolutie zal vanaf deze muren beginnen. Van hieruit zullen we eindelijk voor ons eigen land vechten!'

De abt ademde lang en langzaam uit. 'Misschien winnen we ons land, maar we zullen het geloof verliezen.'

Uit de verste hoek van de zaal verscheen plotseling een van Rega's hulpen. Hij deed een paar stappen naar voren en bleef vervolgens staan.

'De jongen is hier niet.'

Rega richtte zijn blik op de abt. 'Waar heb je hem verborgen?' vroeg hij ziedend. 'Zeg me waar hij is of anders zal ik dit klooster overhoophalen!'

Er viel een stilte in de zaal. De abt staarde met een onveranderlijke blik voor zich uit. 'Je zult hem niet vinden,' zei hij kalm. 'Hij is hier weg.'

'Dat zullen we wel zien,' antwoordde Rega, gebarend naar Drang. 'Breng de abt weg. Zijn verlichting kan alleen verhoogd worden door aan het Perfecte Leven deel te nemen. Maak de riemen voor zijn lichaam klaar en trek zijn ambtsgewaad uit.'

Drang liep naar voren; zijn handen aarzelden heel even voordat ze de abt overeind hesen. De benen van de abt worstelden om de grond te vinden terwijl hij door zijn eigen zaal heen werd getrokken.

Toen de processie de deur uit snelde, passeerden ze Norbu, die op de vloer lag. Met door angst en verwarring vertroebelde ogen staarde hij naar hen.

'En wat doen we met hem?' vroeg Drang.

'Hij is niet belangrijk. Gooi die halvegare maar bij de andere novicen.' Rega stoof weer vooruit. 'Geef het verzamelsignaal. Ik wil dat iedere monnik van deze orde binnen een uur voor me staat.'

Hij moest de rest van de monniken voor zich winnen voordat Geltang echt van hem zou zijn. Dan zou hij die waardevolle jongen vinden.

49

Luca rende de stenen trap van het klooster af, met Babu onder zijn rechterarm geklemd. Het hoofd van de jongen schudde op en neer in hetzelfde ritme als zijn rugzak. Luca nam twee treden tegelijk en rende halsoverkop de nacht in.

Shara, die het tempo probeerde bij te houden, haastte zich achter hem naar beneden, samen met Bill, die zich ter ondersteuning aan haar schouder vastklampte. Hij grimaste, met zijn kaken op elkaar geklemd van de pijn, omdat de stof van zijn broek tegen zijn verse littekens schuurde. Maar niemand van hen stopte ook maar een seconde. Ze moesten uit Geltang ontsnappen en de veiligheid van de bergen bereiken.

Luca bereikte het einde van de trap en ging in volle vaart verder, door op het grindpad een volle sprint in te zetten. Hij volgde het pad, dat zich naar de laagste stukken van het dal slingerde, voordat hij vaart minderde en uiteindelijk stopte. Hij zette Babu neer, boog voorover op zijn knieën, buiten adem van de inspanning, en staarde achterom naar de hoog oprijzende gevel van het Geltangklooster. Grijs in het maanlicht doemde het als een kolossale grafsteen boven hen op.

Er klonk een geklepper van voeten toen Bill en Shara hijgend aankwamen.

'Alles oké met iedereen?' vroeg Luca. Bill en Shara knikten allebei. Ze probeerden weer op adem te komen. 'Ik denk dat we wel even kunnen uitrusten. We zijn nu wel ver genoeg weg.'

Terwijl Shara en Babu op een nabij rotsblok gingen zitten, hinkte Bill naar Luca toe, waarbij hij voorzichtig met zijn handen over de achterkant van zijn dij wreef. Vlak boven zijn knie voelde hij een vochtig plekje, waar zijn wond open was gegaan en een waterig mengsel van bloed en pus door zijn broek heen was gesijpeld.

'Dat was niet zo'n slim idee,' zei hij, ineenkrimpend door het doffe gebons in zijn benen.

'Sorry, makker, ik dacht dat ik iemand over de binnenplaats naar ons toe zag komen. Ik ben gewoon weggerend.'

Bill knikte. 'Ik heb ze ook gezien.' Hij staarde vanonder de rand van zijn fleecemuts naar Luca. De muts was laag over zijn voorhoofd getrokken en wierp een diepe schaduw over zijn ogen. Een dichte baard bedekte zijn kaaklijn en zijn wangen leken onkarakteristiek hol door het gewicht dat hij de afgelopen week was kwijtgeraakt. Hoewel hij beweerde dat hij zich sterker voelde, zag hij er nog steeds uitgemergeld en dodelijk vermoeid uit.

Luca staarde naar de nachthemel, afgeleid door een dichte wolkenstrook die voor de volle maan was geschoven. Hij tastte in zijn rugzak en haalde zijn hoofdlamp uit het zijvak. Even later baadden ze in een fel neonlicht, dat de dampkringels van zijn adem opving.

'Denk je dat het veilig is om deze te gebruiken?' fluisterde hij.

Met half dichtgeknepen ogen vanwege de felle gloed staarde Bill hem aan.

'Tenzij je van de bergflank wilt vallen, denk ik niet dat we veel keus hebben. Er zijn vanavond te veel wolken.'

Bill liet zijn been los en rechtte zijn rug.

'Ik maak me zorgen,' zei hij, Luca aanstarend.

'Over je been?'

'Nee, niet om mezelf. Om hen.'

Met een hoofdknik gebaarde Bill naar Shara en Babu, die drie meter verder op een rots zaten te rusten. Shara hield een leren waterfles vast en schonk de vloeistof voorzichtig in Babu's open mond. Babu slikte en veegde zijn lippen met zijn mouw af. Zijn kleine lijf leek verzwolgen door de zware schapenvachtjas die hij droeg; alleen zijn viltschoentjes staken eronder uit.

'Je hebt gehoord wat Shara zei,' fluisterde Luca, die Bills starende blik volgde. 'We moeten hen alleen naar dat heiligdom brengen.'

'Ja, maar waarom *wij*?'

'Omdat al bijna honderd jaar niemand daar geweest is en het heiligdom kennelijk halverwege de berg ligt. Niemand weet hoe moeilijk de route zal worden.'

Bill keerde Shara en Babu zijn rug toe en praatte nog zachter.

'Jezus, Luca. Denk jij wel eens na? Ik heb het niet over de route. Ik bedoel, waarom wilde de abt dat wij gaan en niet iemand anders in het klooster? Als de jongen zo belangrijk is, waarom zou je hem dan aan een stel vreemdelingen meegeven?'

'Ik heb er goed over nagedacht,' antwoordde Luca verdedigend. 'Geltang zit vol met monniken. Kun jij je voorstellen dat Dorje midden in de nacht bergpassen oversteekt?'

Bill ademde zwaar uit, zodat er een dampwolk door de gloed van de hoofdlamp trok. Achter hen stond Shara op en maakte zich klaar om weer te vertrekken. Ze trok de capuchon van Babu's jas strak; een paar lokken haar kwamen eronder vandaan. Bill keek even naar hen, voordat hij zijn hand omhoogbracht om aan zijn baard te krabben.

'Ik weet dat je Shara je woord hebt gegeven, maar Chinese soldaten? Dit is gevaarlijke shit, Luca. We zouden hier niet eens moeten zijn.'

Luca gaf geen antwoord, maar staarde in gedachten verzonken naar zijn handen. Zijn vingers waren gezwollen en vereelt door het jarenlange klimmen. Met zijn duim streek hij over de verharde huidknobbels op zijn palmen. Hij was op zijn eerdere expedities nooit soldaten tegengekomen. Hij had ook nog nooit een vuurwapen in zijn handen gehad. Maar vuurwapens of niet, soldaten waren geen bergbeklimmers, en het enige wat ze moesten doen om veilig te blijven was dieper de Himalaya in trekken als ze enig teken van gevaar signaleerden. Ze hadden voor ruim een week voedsel in de rugzakken en genoeg brandstof bij zich voor zelfs nog langere tijd.

Luca glimlachte langzaam toen hij zich iets herinnerde wat Dorje had gezegd, toen ze de uitrusting verzamelden.

'Weet je, ik ben niet echt iemand voor karma,' zei hij tegen Bill, 'maar je moet toegeven dat het vreemd is hoe dingen lopen. Al die tijd zijn we op zoek naar de piramideberg en nu trekken we er midden in de nacht naartoe.'

'Ja.' Bill keek op en zag de uitdrukking op Luca's gezicht. 'Wacht even. Dit gaat om meer dan het bereiken van het heiligdom, toch? Jij denkt: nadat we Shara en het jochie hebben gedumpt, gaan naar de top.'

Met een onschuldig breder wordende glimlach stak Luca zijn handen omhoog. 'Ik zie het zo: als de abt wil dat we een week bij het heiligdom rondhangen, waarom zouden we niet even naar de top gaan, als we er dan toch zijn?'

Bills blik verhardde en hij stak zijn hand naar Luca's mouw uit en klemde zijn pols stevig vast.

'Omdat ik naar huis moet,' zei hij. 'We leveren de jongen af en daarna dalen we weer af. Dat hebben we afgesproken. Geen gesodemieter dit keer, Luca.'

Shara kwam met knerpende schoenen over het pad naar hen toe. Ze veegde haar haar uit haar gezicht, bond het in een knot achter haar hoofd en keek hen allebei vragend aan.

'Wat jullie ook aan het bespreken zijn, het kan wel wachten. We moeten verder.' Daarna richtte ze zich tot Bill. 'Hoe staat het met de benen?'

'Oké, maar ik denk dat Babu en ik achteraan zullen hobbelen.'

Shara glimlachte. 'Nou, ik denk niet dat hij daar erg ongelukkig mee zou zijn. Ik denk dat je een fan hebt.'

Babu kwam bij hen op het pad staan en keek tussen de bontrand van zijn capuchon naar Bill op. '*Kwaak,*' zei hij en zijn neus rimpelde tot een glimlach.

***

Luca liep snel over het pad, dat naar de andere kant van het dal toe zigzagde. Hij zoog de nachtlucht diep in zijn longen en genoot van het gloeiende gevoel in zijn dijen terwijl hij zich met iedere stap verder omhoogwerkte. Het voelde goed om eindelijk uit het klooster weg te zijn en weer eens te klimmen.

Tien meter achter hem op het pad zag hij de gloed van Bills hoofdlamp en de vage silhouetten van Shara en Babu. Ze konden verrassend goed meekomen.

Minder dan een uur nadat ze vertrokken waren, kwam hij in de sneeuwgeul die ze onderweg naar het klooster waren gepasseerd. Hij pauzeerde even en staarde naar de lange sneeuwstrook die langzaam in de duisternis verdween. De sneeuw was nu dieper en de toplaag was bevroren door de koelere nachtlucht. Toen hij zich oriënteerde, besefte Luca dat de geul op het zuiden lag en het ergst getroffen zou worden door een temperatuurverandering. In de hitte van de middagzon zou de hele geul weinig meer dan een zware sneeuwbrij zijn.

Shara kwam naast hem staan, met de Kalak Tantra geopend in haar handen. In het licht van zijn hoofdlamp staarde ze naar het compacte geschrift, terwijl ze met haar vinger één specifieke regel volgde. Luca strekte zijn hals uit, geïntrigeerd door de zwarte bladzijden en de witte, hoekige tekst van het boek.

'Vanaf hier houden we het westen aan,' zei ze, opkijkend in de nacht. Luca stak zijn hand omhoog en wees naar rechts, waar hij de dreigende schaduw van een steile, halfcirkelvormige rots kon zien.

'Ziet er steil uit,' zei hij. 'Weet je het zeker?'

'Ik denk het wel. We beklimmen de rots nog vijf of zes uur en daarna dalen we langs de andere kant af. Daarvandaan zouden we de voet van de piramideberg moeten kunnen zien.'

Luca knikte en schudde vervolgens zijn hoofd toen Shara's voorhoofd weer rimpelde terwijl ze de volgende paragraaf van het boek probeerde te ontcijferen.

'Tekent niemand hier in de buurt een kaart?' vroeg hij.

Shara keek van de bladzij op. 'Iedereen kan een kaart lezen. Zo hebben wij het liever.'

Ze deed het boek dicht en stopte het terug in de canvastas om haar schouder. 'We moeten opschieten. De Chinezen zijn misschien dichterbij dan we denken.'

50

Er klonken trompetten, die het onrustige monnikengegons tot zwijgen brachten.

De hele orde van Geltang zat schouder aan schouder op de gecapitonneerde vloer van de Grote Tempel. Hun blauwe gewaden mengden zich tot één bewegende vorm, toen ze vol verwachting opkeken naar het centrale podium en de enorme marmeren troon van de abt. De dienst kon ieder moment beginnen.

Achter in de tempel hielden twee novicen de reusachtige houten deuren op een kier om de avondbries te laten circuleren, maar de massa deinende lichamen koelde er nauwelijks door af. Honderden monniken zaten rij na rij in volmaakte symmetrie. Ieder van hen hield zijn gebedsmolen in zijn rechterhand; sommigen staarden vol spanning naar het podium, terwijl anderen heen en weer schommelden en de avondsoetra al prevelden. Iedereen wist dat de hele orde van Geltang alleen bij de meest gewichtige gelegenheden bijeenkwam. Er stond iets fundamenteels te gebeuren. De atmosfeer was geladen met verwachting.

Er verspreidde zich een stilte onder de monniken toen alle ogen naar één figuur draaiden, die de tempeldeuren binnenschreed. Het gewaad was licht goudkleurig, sierlijk gestikt rondom de manchetten en subtiel doorweven met rijke blauwe patronen.

De congregatie kwam overeind toen de figuur het podium besteeg en voor het grote beeld van Boeddha boog; zijn gezicht werd verhuld door een grote, ronde blauwe hoed die met bont was afgezet. In zijn rechterhand hield de figuur de lange gouden staf van de dharmachakra – het ultieme gezagteken van het Geltangklooster.

De figuur stak zijn vrije hand in de gouden urn die aan de voet van het beeld stond en wierp een vuistvol krijtachtig tsampameel de lucht in. Het zweefde in het kaarslicht en dwarrelde zachtjes op de grond neer, terwijl de figuur zich naar de zee van opgeheven gezichten draaide.

Als één man bogen de monniken voorover. Velen van hen hadden de abt zelfs nooit eerder in levenden lijve gezien. Ze hadden alleen de geruchten gehoord en zijn getekende evenbeeld in de gebedszalen gezien. De abt was net zozeer een deel van Geltang als de bakstenen en de specie, een onzichtbare aanwezigheid, afgezonderd van iedereen behalve de meest verlichten onder hen. Nu liet de legende zich eindelijk zien.

De hoed ging af en Rega's gezicht staarde naar de menigte. Ondanks het verwarmende licht van de kaarsen was zijn huid steenkleurig, en de dode ogen waren strak in de verte gericht.

Er golfde een geroezemoes door de menigte zittende monniken. Rega verhief zich tot zijn volle lengte, door zijn oude rug te ontspannen en zijn knokige schouders te rechten. Hij tilde het Rad der Wet, waarvan het metaal glinsterde, boven zijn hoofd.

'Ik heb de dharmachakra in mijn handen!' schreeuwde hij met geforceerde stem. 'En met de macht die eraan is toegekend voer ik nu het bevel over het klooster.'

Sommige monniken deinsden terug alsof ze fysiek werden getroffen door het nieuws. Er steeg een golf van gemompel op toen steeds dezelfde vragen door de menigte rondcirkelden. Waar was de abt? Hoe kon hun heilige leider zo eenvoudig worden vervangen?

'Ik spreek namens de raad,' blafte Rega boven het rumoer uit. 'De abt heeft zijn functie neergelegd. Ik ben nu jullie leider.'

De verwarring onder de monniken nam toe. De meesten draaiden zich verbijsterd opzij om hun buren vragen te stellen. Sommige jongere monniken stonden verward op en eisten antwoorden.

Voor in de tempel, bij een van de hoge houten zuilen in de buurt van het podium, zat Norbu. Hij staarde ongelovig naar de menigte. Hij begreep pas wat er aan de hand was toen hij zag dat Rega de dharmachakra omhooghield en ermee schudde alsof het een prijs was. Plotseling werden zijn ogen mistig van de tranen en zakte hij met zijn gezicht in zijn handen op zijn knieën neer. Hij had zijn abt verraden. Hij had de deur ontgrendeld, terwijl hem was opgedragen dat niet te doen. Misleid was hij, door Rega en zijn mannen. Zijn enige troost was dat de westerlingen op tijd waren aangekomen om de jongen te redden.

Rega liep heen en weer over het podium en toonde de dharmachakra aan ieder groepje monniken in de tempel. Norbu zat hulpeloos met van de tranen glanzende ogen naar hem te staren.

Rega stak zijn handen omhoog. 'Stilte!' schreeuwde hij, met een uitpuilende halsader. 'Stilte, zeg ik!'

Geleidelijk stierf het gemompel in de tempel weg terwijl alle monniken naar hem staarden.

'Als jullie abt verschijn ik voor jullie met ernstig nieuws. Chinese soldaten hebben de route naar Geltang ontdekt. Ze naderen ons klooster.'

Er viel een verbaasde stilte toen het gewicht van het nieuws langzaam doordrong. Het onmogelijke was geschied; hun grootste angsten waren werkelijkheid geworden.

Langzaam steeg er een nieuw rumoer in de tempel op toen de monniken in paniek begonnen te raken. Het kaatste tegen de dichte akoestiek van het tempeldak, doordrongen door plotselinge kreten van schrik en angst. Rega probeerde te praten, maar hij werd door het tumult overstemd. Na diverse pogingen gebaarde hij naar drie mannen die iets verder van het podium stonden. Zij brachten hun zilveren trompetten omhoog en bliezen een hoge trillende toon die dwars door het lawaai heen snerpte.

In de korte stilte vervolgde Rega op schreeuwende toon: 'De Chinezen komen eraan, broeders! Zij willen onze schat vernietigen. Ik weet wat er zal gebeuren als ze onze poorten bereiken. Er zullen vuren branden! Alles zal verloren gaan!'

Het lawaai zwol opnieuw aan.

'Maar wij kunnen hen verslaan! Alles is nog niet verloren als we de moed hebben om sterker te worden en ons te verzetten. Zij zijn maar met een paar soldaten en wij zijn met velen. Wij kunnen hen overwinnen en ons verdedigen. Als jullie nieuwe abt beveel ik jullie te vechten!'

Toen hij het laatste woord schreeuwde, barstte de menigte los. Veel van de oudere monniken waren ontzet door de oproep om de wapens op te nemen en verbluft door de schokkende implicaties van wat Rega zei, maar de novicen die aan de zijkanten van de tempel stonden, drongen schreeuwend van vastberadenheid en opwinding naar het podium toe.

Norbu werd in de commotie naar voren geduwd en viel op zijn knieën op de vloer. Hij keek verbijsterd door de benenzee heen. Toen besefte hij opeens wat er gedaan moest worden. Hij moest naar zijn abt terug. Hij moest hem uit zijn vertrekken bevrijden en hem naar zijn rechtmatige plaats terugbrengen.

Norbu baande zich een weg door de menigte. Hij voelde zijn onbeholpenheid en zwakte wegsmelten doordat zijn simpele geest verteerd werd door het verlangen om zijn abt te bevrijden. Hij drong door de stroom monniken heen naar de deuren van de tempel.

Ondanks alle verwarring trok de tegendraadse beweging de aandacht van Drang, die met zijn hoofd boven de menigte uit in de verste hoek van het podium stond. Beseffend wat Norbu van plan was, sprong hij in de massa. Hij duwde monniken uit de weg en zette de achtervolging in.

Norbu slaagde erin achter de rij pilaren te komen, waar de tempel minder volgepropt was. Hij was rechts afgeslagen, naar de deuren, toen hij plotseling Drang zag, die zich al maaiend een weg door de menigte naar hem toe baande. Norbu verstijfde van schrik. Hij knipperde, gehypnotiseerd door de brute energie in Drangs ogen. Het litteken dat over zijn geschoren hoofd liep leek de hele rechterkant van zijn gezicht te vervormen en gaf hem een monsterlijk voorkomen.

Norbu sleepte zich door de tempeldeuren naar buiten. De buitenlucht was koel en het laatste avondlicht vervaagde snel. Hij liep met grote sprongen de stenen trap van de tempel af, sprintte over de binnenplaats en drukte zijn lichaam dicht tegen de stenen muur, die overschaduwd werd door de dakrand van het gebouw.

Plotseling werden de tempeldeuren opengesmeten en kwam Drang de trap af stormen. Hij stopte even en draaide zijn hoofd heen en weer om in de toenemende duisternis iets proberen te zien. Hij liep een paar stappen terug, graaide een van de fakkels bij de tempeldeur en stak die boven zijn hoofd omhoog. Terwijl hij naar het midden van de binnenplaats liep, zocht hij verwoed naar de jongen, waarbij de vlammen van de fakkel met hem mee zwenkten.

Norbu zag een van de kloosterdeuren, slechts een meter bij hem vandaan. Hij voelde de lucht door zijn longen raspen terwijl zijn borst op en neer ging, en het zweet stroomde in zijn ogen. Hij zette zich tegen de muur af, dook naar voren en wist de kloosterdeur binnen te komen. Achter hem klonk een gebrul, gevolgd door het geluid van voeten die klepperend achter hem aan kwamen.

Norbu rende door de gang. Er flitsten lichtbronnen door zijn gezichtsveld. Hij sprintte van de ene deuropening naar de andere. Toen kwam hij bij een houten ladder die naar een lager gedeelte leidde en denderde die af. Op de laatste tree leken zijn voeten hem in te halen en opeens viel hij voorover en stortte met gespreide armen en benen op de vloer neer.

Kreunend hees Norbu zich in een zittende houding, zodat zijn rug tegen een van de houten deuren leunde. Toen hij naar zijn geschaafde en bloedende handpalmen staarde, hoorde hij het geluid van Drangs voetstappen boven zich. Hij was dichtbij. Vlak boven de ladder. Norbu richtte zich vlug op, trok de deurklink omlaag en zakte in de verduisterde ruimte terug.

Drang liep snel de treden af. Onderaan bleef hij even staan, van rechts naar links kijkend. Vervolgens duwde hij met zijn schouder tegen de deur, zodat die aan de scharnieren openvloog. Met zijn fakkel voor zich uit stapte hij de duistere ruimte in en draaide zich om om de deur weer te vergrendelen. Ze waren nu allebei ingesloten.

Vanaf de deur liepen planken vol potten, dozen en kratten in netjes geordende rijen naar achteren. Drang bewoog zich stilletjes. De pezige spieren van zijn rechterarm waren zichtbaar in het fakkellicht en zijn ogen schoten van het ene voorwerp naar het andere.

Aan het eind van de laatste rij planken bleef hij even staan. 'Nu heb ik je,' fluisterde hij en liep de hoek om.

Er klonk een suizend geluid toen Drangs fakkel in een vlammenregen uitbarstte. De schouder van zijn gewaad vatte vlam en vuur likte aan de ontblote huid van zijn nek en arm. Gillend van verbazing en pijn viel Drang op de vloer, zijn handen instinctief optrekkend om zijn gezicht te beschermen. Hij kronkelde op de vloer, terwijl de vlammen steeds hoger oplaaiden en zich door de droge stof van zijn kleren en zijn vlees vraten.

Drang maakte een vreselijk gorgelend geluid, terwijl zijn handen aan zijn kleren klauwden om ze van zijn lichaam los te trekken. In de verste hoek van de ruimte werden de deurgrendels weggeschoven.

Norbu verscheen met trillende lippen uit de opslagruimte; geschokt staarde hij naar de lege muur aan de andere kant van de gang. Hij stond als verlamd, met een verdoofd gevoel in zijn hoofd. Het halflege flesje met kaarsolie dat hij vasthield glipte uit zijn hand en kletterde op de stenen vloer.

Door de kalmte van het klooster klonk nogmaals het geluid van trompetten. Het was weinig meer dan een gedempte triller, die bijna meteen weer wegstierf.

Norbu begon weer door de gang te rennen. De abt was de enige die Rega nu kon tegenhouden.

51

Er steeg rook op van de scheve rij lichtfakkels, die oranje in de duisternis gloeiden. Chen liep er langzaam langs om ieder lichtbaken nog eens goed te controleren. Ongeveer om de twintig meter tastte hij in een kleine canvastas en streek hij de fakkel op een nabije rots aan. Er schoten vonken de lucht in, die de uitgestrekte rotsplaten in een bloedrode gloed zetten, voordat ze aan een lange, gestage brandtijd begonnen.

Drie uur lang was hij van de ene rots naar de andere gelopen om het volgende lichtbaken te zoeken en de weg door de Kooms te wijzen. De hele eenheid Speciale Operaties volgde zwijgend in zijn kielzog. Ze liepen met hun geweren over hun rug en gebruikten hun vrije handen om in balans te blijven. Ondanks hun training en ervaring met oorlogvoering in de bergen, had niemand ooit zo'n meedogenloos terrein meegemaakt.

Uiteindelijk kwam Chen bij een enorm rotsblok dat verder van de rest afstond. Hij tastte in zijn tas, verwijderde het beschermkapje en stak nog een fakkel af. Voor hem werd opeens een brede strook diepe sneeuw, die in een geul overging, verlicht. Hij veegde het zweet van zijn voorhoofd. Eindelijk waren ze erdoorheen.

In de bocht van de geul was de sneeuw zelfs nog dieper en hij zakte er tot zijn dijen in weg. Links van hem stond een misschien wel tweehonderd meter hoge rots. Daarlangs liep een rij gekartelde steunpilaren, die naar de sneeuwgeul afbogen.

Chen richtte zijn hoofd op en liet zijn ogen over de flanken van de rots gaan. De omvang van de berg, die in de duisternis stil en dreigend boven hem opdoemde, was ronduit ontzagwekkend.

Plotseling zag Chen een licht. Het flakkerde ergens hoog in de buurt van de top van de rots. Hij probeerde erop te focussen, maar het licht vervaagde weer in de duisternis. Hij wachtte, terwijl zijn ogen gespannen in het donker speurden, maar er was niets. Net toen hij zich weer naar de andere soldaten wilde omdraaien, zag hij het opnieuw – maar ditmaal waren er twee lichten.

'Kapitein, dit moet u zien.'

Zhu bleef staan. Zijn ogen volgden de lijn van Chens vinger. Hij haalde zijn Leica-verrekijker uit het voorvak van zijn rugzak en stelde hem ongeduldig scherper. Even later liet hij de kijker weer zakken.

'Dat moeten de westerlingen zijn,' zei hij, waarna hij op zakelijke toon vervolgde: 'Neem drie mannen mee en leid hen de rots op. Jullie zullen je moeten haasten om hun de pas af te snijden.'

'Die rots beklimmen? 's Nachts?'

Chen hoorde de schrik in zijn eigen stem. Zijn ogen staarden ongelovig naar de rots die hoog voor hen oprees. Zelfs overdag zou het een geweldig moeilijke klim zijn geweest.

'De gevangenneming van de westerlingen zou je enige zorg moeten zijn, luitenant. Je hebt touwen en gordels. Ik stel voor dat je die gebruikt.'

'Maar, kapitein, als we alleen de geul hoefden over te steken...' Chens stem stierf weg terwijl hij in Zhu's zwarte ogen staarde, die in de duisternis nog zwarter tegen zijn bleke gezicht afstaken. Hij wist dat het geen zin had om tegen te spreken. De kapitein zou nooit op zijn bevel terugkomen.

Tien minuten later stond hij met drie soldaten van Speciale Operaties aan de voet van de rots. De anderen waren bezig aan de rand van de sneeuwlijn een nieuw kamp op te slaan. Toen hij de missie uitlegde, keek hij naar hun gezichten en besefte opeens hoe jong ze allemaal waren. Ze waren hooguit begin twintig. In het maanlicht kon hij hun bange blikken zien.

In twee koppels vertrokken ze, met hun geweer op hun rug. Ze klommen zonder handschoenen; de rots voelde ijskoud aan en er had zich sneeuw in de diepe barsten opgehoopt. Maar het graniet zelf was solide en bood een stevige ondergrond voor hun voeten en goed houvast voor hun handen.

Boven hen begonnen de wolken uiteen te drijven. Ze verspreidden dunne slierten door de lucht, waar ze in een zilverachtig maanlicht werden gewassen. Tijdens het klimmen konden ze de route voor hen net onderscheiden. Beide paren volgden de rand van een van de grotere steunpilaren, en met hun rechterschouder tegen de rots gedrukt werkten ze zich omhoog. Zonder materiaal om zich mee te ankeren, moesten de twee voorste klimmers het touw over rotsuitstulpingen werpen die ze passeerden, in de hoop dat het zou blijven haken als een van hen viel.

Chen stopte om weer op adem te komen; hij staarde tussen zijn benen naar beneden en zag de soldaat onder hem tegen de wand omhoogzwoegen. Hij hoorde zijn moeizame ademhaling en zag de absolute concentratie in zijn ogen. Chen trok een touwlus op en wierp die over een uitsteeksel bij zijn hoofd, waarna hij zich omdraaide en weer begon te klimmen.

Ze hadden toevallig een goede route gevonden en met de minuut kwamen ze dichter bij de top. Chens vertrouwen begon te groeien toen hij sterren boven de top van de richel zag fonkelen. Ze waren nu dichtbij. Niet meer dan vijftien meter.

Ineens hoorde hij ergens beneden hem een schrapend geluid, en daarna een lange, paniekerige kreet. Chen draaide zich om en zag de voorklimmer van het andere paar over de rots naar beneden glijden. Zijn armen maaiden wanhopig en zijn lichaam draaide als een tol rond en kreeg steeds meer vaart. Heel even bleef het touw tussen de twee klimmers achter een richel haken, maar toen werd het door de kracht van de val losgerukt en sleurde het de tweede klimmer met een lange, angstaanjagende gil van de rotswand.

Chen keek hoe hun lichamen langs de rots vielen voordat ze op het rotsgesteente aan de voet ervan smakten. Door de kracht waarmee ze neerkwamen ging een van hun geweren met een daverende knal af, die over de hele bergflank echode. De kogel ketste ergens in de onzichtbare verte af en er volgde een vreselijke stilte.

Chen voelde zijn hart in zijn keel kloppen. Zijn handen beefden toen hij instinctief probeerde zich steviger aan de rots vast te klampen. Zijn ogen schoten van de plek waar de twee mannen waren gevallen naar de soldaat onder hem, die aan zijn touw was vastgebonden. Ze staarden elkaar aan, twee mannen met een en dezelfde angst. Toen klauterden ze verder, ondanks de paniek en adrenaline die door hun vermoeide spieren golfden.

Ze moesten van deze vreselijke rotswand af.

***

'Wat was dat in godsnaam?' zei Bill, die geschrokken naar Luca opkeek.

Luca stond naar een lange verticale kloof in de grond te staren. Hij stelde de straal van zijn hoofdlamp bij om in de diepte te kijken en met het licht speurde hij de steile zijkanten af. In de duisternis was hij er bijna regelrecht ingelopen.

Toen hij de daverende knal hoorde, keek hij op en richtte hij de straal van zijn lamp op Bill. Dit geluid kon niet door een lawine of vallend gesteente zijn gemaakt. Het was iets anders. Hij smeet zijn rugzak op de grond, ritste zijn bovenvak open en haalde het klimtouw eruit.

'Zeker me,' mompelde hij tegen Bill, terwijl hij het touw in een hoopje op de grond liet vallen. Hij liep de paar stappen naar de afgrond en wierp één uiteinde in de diepte. Een meter achter hem legde Bill een strakke knoop in de lus om een nabij rotsblok, voordat hij het touw door zijn remapparaat haalde.

'Oké,' fluisterde hij tegen Luca. Hij zette zich schrap.

Luca deed zijn hoofdlamp uit, schoof zijn voeten over de rotsrand en belastte het touw met zijn gewicht. Hij leunde langs de steile rotswand voorover. In de duisternis speurden zijn ogen de flanken af. Tien meter rechts van de plek waar hij stond zag hij opeens een figuur. Die was grijs in het maanlicht en versmolt met de kleur van de rots, maar de snelle beweging had zijn aandacht getrokken. De figuur klom rap en was al vlak onder de top van de rots.

'Dat is onmogelijk,' mompelde Luca, met een ongelovige blik.

Het waren de Chinese soldaten, dat kon niet anders. Maar hoe hadden ze hen zo gauw gevonden?

Luca gebaarde Bill hem op te trekken en hij wist het plateau weer te bereiken. Zijn hoofd maalde.

'Soldaten,' fluisterde hij, terwijl hij van Shara naar de jongen staarde. 'Klotesoldaten. Ze beklimmen de rotswand.'

Shara pakte Babu instinctief vast; haar vingers kneedden de kraag van zijn jas.

'We moeten hier weg,' zei ze op paniekerige toon. Ze trok Babu aan zijn arm mee en keerde naar het klooster terug.

'Nee, wacht!' schreeuwde Bill, met zijn hand omhoog. 'Het is te gevaarlijk. Jullie zullen vallen.'

Shara bleef staan, terwijl ze haar natuurlijke neiging om te vluchten onderdrukte. Ze stond met haar benen een schouderbreedte uit elkaar en haar ogen vlamden in de duisternis op. Haar handen klemden Babu nog steviger vast.

'Ik laat niet toe dat ze hem te pakken krijgen,' siste ze. 'Ik zweer het, ze zullen deze kleine jongen niet te pakken krijgen.'

Babu keek naar haar op, geschrokken van het plotselinge venijn in haar stem en de kracht van haar nagels die door zijn schapenvachtjas heen staken. Hij stond er zwijgend bij, plotseling door angst overweldigd.

'Wat moeten we in godsnaam doen?' vroeg Bill luid ademend.

Luca stond naar de rotsrand te staren. De Chinezen zouden er binnen een minuut overheen komen. In een vlaag van vastberadenheid sprintte hij naar Shara en Babu, greep hen bij de armen en trok hen naar de diepe kloof in de grond.

'We laten jullie daarin zakken. Jullie kunnen je voor hen verstoppen en het touw gebruiken om eruit te klimmen als wij weg zijn.'

'Maar hoe zit het dan met jullie?' vroeg Shara.

'Bekommer jij je maar om de jongen,' snauwde Luca. Hij had het touw binnengehaald en liet het vanaf de rotswand in de kloof zakken. Hij draaide zich naar Shara toe en pakte haar schouders zo hard vast dat haar gezicht maar een paar centimeter bij het zijne vandaan was.

'Jij zorgt voor de jongen,' fluisterde Luca. 'Ik beloof dat we terugkomen. Hou je gewoon gedeisd, wat je ook doet.'

Voordat Shara kon protesteren, had Bill Babu vastgepakt en tegen haar aan gedrukt. Babu sloeg zijn armen om Shara's nek en klemde zich met zijn hoofd stevig onder haar kin gedrukt aan haar vast. Met een laatste, vragende blik naar Luca pakte Shara het touw vast en stapte achteruit de duisternis in.

Terwijl Luca plat op de grond lag en zijn gestrekte arm de lamp zo laag mogelijk hield om haar bij te lichten, schoven Shara's vilten schoenen langs de steile rotswand naar beneden. Haar armen trilden van de inspanning. Plotseling trapten haar voeten in de lucht en hing ze aan het touw heen en weer te schommelen, terwijl ze haar hoofd draaide in een poging naar beneden te kijken.

Luca's lamp scheen onder haar. De grond was dichtbij. Ze liet het touw los, sprong achteruit en landde hard op de grond. Even bleef ze roerloos liggen en probeerde zich te oriënteren.

'Oké,' schreeuwde ze; haar stem echode tussen de nauwe wanden. In de lichtstraal zagen ze haar bleke gezicht met dezelfde onzekere blik in haar ogen naar hen staren. Zonder nog iets te zeggen trok Luca de lamp weg, zodat de kloof in absolute duisternis werd gehuld. Ze hoorden Babu schreeuwen, voordat het geluid vlug door Shara's handschoen werd gedempt.

Luca begon met gebogen hoofd vooruit te lopen, zwaaiend met zijn lamp over de oneffen grond.

'Wat doe je in godsnaam?' fluisterde Bill.

'Ik probeer die klootzakken tegen te houden,' zei hij. Hij hurkte op de grond neer en pakte twee stenen ter grootte van een mensenhoofd op die bij de rand van de kloof lagen. Met één steen onder elke arm liep hij naar de rotsrand. Hij liet er een bij zijn voeten vallen en smeet de andere langs de wand omlaag. De steen kletterde naar beneden en versplinterde steeds verder tot brokstukken die de rots af tolden.

Luca had de andere steen net opgepakt, toen hij vanuit zijn ooghoek een arm boven de rotsrand zag verschijnen, slechts een meter rechts van hem. Hij draaide zich om op het moment dat een forse Chinese soldaat zich over de rand hees en naast hem op de grond rolde. De soldaat hijgde zwaar en zijn gezicht baadde in het zweet.

Luca staarde naar hem en er kwam een vreselijke woede in hem op. Hij voelde zijn wangen roodgloeiend worden en de adrenaline pompend zijn borst in stromen. Hij zou niet toelaten dat ze de jongen te pakken kregen.

Met een dierlijk geluid tilde hij de steen met beide handen boven zijn hoofd, gereed om hem op het gezicht van de soldaat te smijten. Versuft als hij was deed de soldaat geen poging zich te verzetten, maar staarde in stomme ontzetting naar Luca, die boven hem stond.

'Luca!' Bill schreeuwde zijn naam uit alle macht.

Luca hield zich in; zijn vuisten waren wit van de strakke greep. Hij aarzelde, waarna hij zich langzaam naar Bill toe draaide.

'Niet doen, Luca!' schreeuwde Bill.

Iets verder achter hen klonk een luide metalen klik. Er was een tweede soldaat over de rotsrand gekropen. Hij ademde net zo luid als de ander. In zijn handen lag een geweer en het was recht op Luca gericht.

De soldaat krabbelde langzaam overeind. Hij liet de loop van zijn geweer zakken, stapte dichterbij en kwam weer op adem, voordat hij een bevel in het Mandarijn schreeuwde. Luca begreep het niet, maar liet de steen uit zijn handen vallen en deed een stap achteruit.

De andere soldaat hees zich overeind, zwaaide zijn eigen geweer van zijn schouder en laadde munitie in de kamer. Zijn bruine ogen glansden van schrik. Luca zag zijn borst snel op en neer gaan. Even later stapten beide soldaten naar voren, met hun geweren op Luca's voorhoofd gericht.

Een paar stappen achter hen stond Bill met zijn handen omhoog. Hij hield zijn ogen strak op de grond gericht, waar het touw nog steeds om de rots was gewikkeld en in de opening eronder hing. De soldaten zouden het zien. Ze zouden Shara en Babu ontdekken. Met de neus van zijn schoen stak hij zijn voet in de lus van de enkelvoudige knoop en trok. Op het moment dat het touw om het rotsblok heen zoefde, stapte hij naar voren en zwaaide hij met zijn handen om hen af te leiden.

'Wat willen jullie van ons?' schreeuwde Bill.

Beide soldaten draaiden zich instinctief naar hem om, met hun vingers om de trekker gekruld.

'Blijf daar,' zei Chen met een zwaar Chinees accent en hij deed een stap naar voren. De ander bleef op een afstandje staan om hem te dekken.

'Waar jongen?' vroeg Chen.

Luca zweeg. Chens ogen schoten tussen hen beiden heen en weer.

'Er is geen jongen,' zei Luca kwaad. 'Wij zijn klimmers.'

Chen staarde een paar seconden in zijn ogen. Daarna nam hij hun omgeving langzaam in zich op, waarbij zijn ogen iedere centimeter van de grond afspeurden. Hij liep in een halve cirkel om hen heen en nam de rugzakken in zich op, die bij hun voeten en op de vlakke grond boven de rots lagen. Er was geen andere plek om zich te verstoppen.

'Dan vertel je het kapitein,' zei hij, met een knik naar de rotsrand gebarend.

Hij draaide zich om en blafte een bevel in het Mandarijn tegen de tweede soldaat, die zijn rugzak onmiddellijk afwierp en er een tweede, langer touw uit haalde. Hij liep vooruit en bond het om hetzelfde zware rotsblok dat Bill op de rand van de kloof had gebruikt.

Bill en Luca wisselden blikken, maar de soldaat ging door met het vastbinden van het touw, zich niet bewust van wat er vlak beneden hem in de schaduw lag. Hij liep naar de rotsrand en gooide de tros eroverheen.

'Als we daarvandaan gaan abseilen, zullen we meer dan één touw nodig hebben,' zei Bill, naar de rugzak bij zijn voeten gebarend.

Chen staarde hem even aan en knikte vervolgens instemmend. Toen Bill zijn rugzak wilde openen, zag hij dat Chen zijn geweer steviger vastklemde om geen risico's te nemen.

'Rustig,' zei Bill, die overdreven langzame bewegingen maakte. 'Rustig. We zullen geen problemen veroorzaken.'

Hij overhandigde de soldaat hun touw en deed vervolgens een paar stappen achteruit, zodat hij schouder aan schouder met Luca stond.

'Kalm aan, Luca,' fluisterde Bill. 'Doe geen domme dingen.'

Luca staarde recht vooruit, terwijl hij iedere beweging van de soldaten in de gaten hield.

'Ze zitten daar in de val,' fluisterde hij, met een vluchtige blik op de kloof. 'We moeten iets bedenken. En vlug.'

52

Norbu sprintte door de gang en het geklepper van zijn sandalen echode luid achter hem. In één hand hield hij een brandende fakkel, waarvan de zwarte rook achter hem slierde. Hij ademde snikkend. Hij had hem gedood. Hij had een ander mens gedood!

De volle verschrikking van het idee drong tot hem door en bezorgde hem een verstikkend schuldgevoel. Hij zou uit de orde worden gezet en in de wildernis moeten dolen als Geltangs poorten achter hem werden dichtgeslagen.

Hij snakte naar adem. Zijn longen wisten zich maar half met lucht te vullen. Bij iedere deur die hij passeerde en iedere trap die hij afdaalde voelde hij de hysterie in zijn binnenste groeien. Zijn gezichtsveld begon te krimpen en werd een ronde lichttunnel, omgeven door inktzwarte duisternis. Het was duizelingwekkend. Zijn schouder botste tegen de muur en hij wankelde even, maar toch stampten zijn benen verder over de vloerstenen. Ze voelden verdoofd en los aan, alsof ze bij het lichaam van iemand anders hoorden.

Hij moest hem bereiken, hem vertellen wat hij had gedaan.

'Abt...' riep hij uit. 'Alstublieft... abt.'

Het Perfecte Leven. Dat had Rega gezegd.

Vlak voor zich zag hij de ketting en de valdeur. Met verwoed rukkende armbewegingen trok hij de zware houten deur omhoog en draafde de trap af, terwijl de deur achter hem dichtsloeg. Er was nog steeds te weinig lucht; het enige geluid was zijn paniekerige ademhaling. Terwijl Norbu voorzichtig door de tunnel liep, zwaaide hij de fakkel voor zich uit en richtte hij de oranje gloed op de muurschilderingen. Er sprongen vreselijke beelden op hem af, met geopende muilen en slagtanden, en klauwen die hem wilden aanraken.

'Abt...' stamelde Norbu met grote, angstige ogen. 'Abt!'

'Mijn kind. Ik ben hier.'

Toen Norbu de stem van de abt hoorde, draaide zijn hoofd naar het gezicht aan het eind van de tunnel. Hij schoot naar voren, zwiepte met de fakkel heen en weer en speurde in de duisternis. Verderop glinsterde een standbeeld; Norbu rende ernaartoe en stootte het bijna van zijn sokkel.

Erachter zat een met leren riemen omwikkelde figuur op de vloer. Toen de vlammen van de fakkel oplaaiden, viel het haar naar achteren en werden er bleke, fletse ogen onthuld. Het gezicht van de verschijning bleef strak, totdat het langzaam rimpelde in een uitdrukking van oneindige pijn. Het was een hol, gekweld gezicht; het was alsof hij recht naar de naakte ziel van de man stond te staren. Hij gilde, viel achterover tegen het standbeeld en zwaaide verwoed met de fakkel om het beeld af te weren.

'Hier, kind,' riep de abt, luider nu. 'Ik ben hier.'

Norbu draaide zich om en rende weer door de tunnel. Nog meer standbeelden, nog meer nissen. Terwijl hij voorbijsnelde, onthulde het licht nog meer figuren, die gekneveld in de duisternis zaten. Ze keken een voor een op en staarden wezenloos naar de plotselinge verstoring van hun eindeloze dagen.

De abt zat in de op een na laatste nis. Er waren riemen om zijn lichaam gebonden, met de gespen onnatuurlijk strak aangetrokken, zodat zijn rug een pijnlijk gebogen houding moest aannemen. Zijn handen waren voor hem vastgebonden, terwijl de rest van het touw om zijn enkels was geknoopt om te voorkomen dat hij zijn benen zou bewegen. Ondanks alles was zijn gelaatsuitdrukking kalm. Met een van bezorgdheid gerimpeld voorhoofd keek hij naar Norbu.

'Mijn beste kind, kalmeer,' suste hij. 'Wat er ook gebeurd is, we zullen het weer herstellen.'

Norbu stortte op zijn knieën neer en liet de fakkel naast zich vallen, zodat er vonken over de stenen vloer schoten. Hij legde zijn hoofd op de borst van de abt en huilde vrijuit.

'Ik heb... een man gedood!' stamelde Norbu; de volle kracht van zijn emoties bracht hem bijna buiten adem. 'Het... was niet mijn bedoeling... maar hij bleef...'

De abt wachtte en negeerde de pijn die door het gewicht van de jongen op zijn schouder werd veroorzaakt. Norbu haalde sidderend adem, daarna nog eens, en geleidelijk werd zijn gehuil minder. Hij richtte zijn hoofd op, zijn ogen rood van de tranen, en de abt glimlachte.

'Kom, maak me los, jonge Norbu,' zei hij. 'We moeten ons niet door angst laten beheersen. Alles zal goed komen.'

Norbu knikte aarzelend. Hij reikte naar de schouder van de abt en gespte de eerste leren riem met bevende handen los. Hij wikkelde de riemen achter elkaar van het tengere lichaam van de abt af. De abt ontspande zich en ademde langzaam uit, waarbij zijn schouders in hun natuurlijke houding terugvielen. Vervolgens stak hij zelf zijn armen uit en gebruikte hij de vlam van de fakkel om het dikke vlechttouw rondom zijn handen door te branden. Het smeulde en blakerde met een matblauwe vlam, voordat het eindelijk uit elkaar viel. Met een laatste trappende voetbeweging bevrijdde de abt zichzelf en kwam hij voorzichtig overeind, Norbu als steun gebruikend.

'Heel goed gedaan,' zei hij, met zijn arm over de schouder van zijn hulp. 'Alleen in de meest ongunstige situaties kennen wij onszelf pas werkelijk. Jij hebt grote moed getoond.'

Norbu beet op zijn lip en de ontzetting begon uit zijn gezicht weg te trekken.

'Nou, heb je de kracht om een oude man een laatste keer te helpen?' vervolgde de abt. 'We moeten Dorje en de rest van de oudsten vinden. Als ze mij eenmaal horen praten, zullen we de orde in Geltang herstellen en de paniek die Rega heeft veroorzaakt onderdrukken.'

De abt strompelde vooruit met Norbu aan zijn arm, hun schouders tegen elkaar gedrukt in de nauwe gang. Met hun gecombineerde kracht hesen ze de valdeur open en langzaam klauterden ze de helverlichte gang erboven in.

'Rega heeft de hele orde in de Grote Tempel bij elkaar gebracht. Ik heb hem daar zelf gezien,' zei Norbu. 'Hij heeft de dharmachakra en was...' Norbu's stem verzonk in stilzwijgen en zijn blik verstarde plotseling. Hij staarde over de schouder van de abt.

'Wat is er, mijn kind?' vroeg de abt, die zich omdraaide om zijn starende blik te volgen.

Uit de schaduw van de laatste lamp doemde een enorme figuur op, die naar hen toe beende. Zijn bovenlichaam was ontbloot en onthulde stevige spieren die zich in blokjes op zijn buik verdeelden. De huid was glanzend en op sommige plekken op de schouder en de dikke nek geschilferd. Toen de figuur verder het licht in stapte, verscheen het gezicht van Drang.

De abt en Norbu verstijfden, verlamd door wat ze zagen. De hele rechterkant van zijn gezicht was zwartgeblakerd, met rauw vlees langs de halslijn. Zijn rechteroog leek te groot voor de kas, doordat de tere huid eromheen was weggebrand. Vanuit de open holte staarde het beschadigde oog hen met felle haat aan.

Met een krachtige armzwaai sloeg Drang Norbu finaal van de sokken. Norbu's lichaam vloog met een boog door de lucht, voordat het met een misselijkmakende klap op de vloerstenen neerstortte. Hij lag doodstil toen Drang zich naar de abt toe draaide, met het verschroeide vlees maar een paar centimeter bij zijn gezicht vandaan.

'Rega zal je hiervoor straffen,' zei hij ziedend en nog voordat de abt iets kon zeggen, had hij hem bij de schouder van zijn gewaad vastgegrepen en sleurde hij hem door de gang naar de Grote Tempel, naar het vonnis dat hem wachtte.

53

Toen Luca was abgeseild, ontdekte hij dat er nog vier soldaten aan de voet van de rots stonden. Twee van hen hadden hun geweren op hem gericht. Ze hielden hem van een afstand onder schot, terwijl de anderen een lichaam aan de schouderriemen van zijn rugzak door de sneeuw sleepten. Ze waren op weg naar een kleine halve cirkel van tenten aan de rand van de Kooms.

De hakken van de dode soldaat ploegden een groef in de diepe sneeuw en Luca volgde, proberend niet meer naar het gezicht van de man te staren. Zijn hoofd hing in een onnatuurlijke hoek opzij en het bovenste gedeelte van zijn schedel was ingedeukt door de val. Toen ze de eerste tent naderden, werd het lijk zorgvuldig naast een ander lijk gelegd, voordat de soldaten snel twee inklapbare scheppen in elkaar zetten en sneeuw over de lichamen begonnen te scheppen.

Bill en Luca werden naar het midden van het kampterrein geleid. Daar stond één figuur te wachten; de epauletten op zijn schouder glommen goudkleurig in het maanlicht.

Toen de forse soldaat hem naderde, draaide hij zich om en luisterde aandachtig naar wat hij zei. Daarna tastte hij in zijn broekzak. Plotseling verlichtte de vlam van een aansteker het gezicht van de man kortstondig. Het gezicht was lijkbleek, met zwarte ogen die zonder een greintje emotie naar hen staarden.

De figuur kwam dichterbij en bleef vlak voor Bill en Luca in de sneeuw staan. Toen hij de rook zijn longen in zoog, gloeide het puntje van de sigaret in de duisternis.

'Ik bied jullie één kans. Geef me de jongen en ik zal jullie allebei vrijlaten.'

De man had een lichte, bijna onderhoudende stem. Bill en Luca zwegen.

'De jongen,' herhaalde de figuur.

Zhu wendde zich tot Chen, die pal rechts van hem stond. 'Maak het hun duidelijk,' zei hij in het Mandarijn.

Chen ademde langzaam in; hij wilde dat de kapitein een van de andere soldaten die vlakbij stonden had gekozen. Het beeld van de westerling flitste door zijn hoofd, die met de steen boven zijn hoofd geheven over hem heen gebogen stond. Zou de kapitein hebben geaarzeld? Zou de kapitein zijn leven hebben gespaard?

Chen stapte naar voren en bleef vlak voor Luca staan. De westerling staarde hem aan; zijn ogen glansden met een mengeling van arrogantie en uitdaging. Aan die ene blik voelde Chen dat hij niet zou terugkrabbelen, dat hij niet geïntimideerd zou worden door een paar klappen of dreigementen. Dit zou menens worden. Chen aarzelde en balde zijn handen nerveus tot vuisten.

'Waar wacht je op?' snauwde Zhu achter hem.

Chen haalde uit en zette zijn hele gewicht achter de klap. Luca's hoofd sloeg achterover.

'Wat doe je verdomme?' schreeuwde Bill, die overeind schoot Onmiddellijk greep een van de soldaten achter hem zijn schouders vast, terwijl een ander de kolf van zijn geweer in zijn knieholte ramde, zodat hij in de sneeuw in elkaar zakte. Bill klemde zijn kaken op elkaar van de pijn toen de littekens op zijn dij weer openscheurden.

'Wij zijn Britse staatsburgers,' protesteerde Bill. 'Jullie hebben het recht niet om dit te doen.'

Zhu gaf geen antwoord, maar gebaarde Chen door te gaan. Chen beukte zijn vuist tegen de brug van Luca's neus. Er klonk een scherp gekraak en Luca's hoofd klapte achterover. Hij kreunde van de pijn, maar richtte zijn hoofd langzaam weer op en spuugde een dikke bloedsliert in de sneeuw.

'De jongen,' herhaalde Zhu. 'Ik wil de jongen.'

Luca staarde hem aan, terwijl er bloed tussen zijn tanden door sijpelde. 'Verdomde lafbek,' antwoordde hij.

Met een onveranderde blik trok Zhu aan zijn sigaret. Daarna beduidde hij Chen met een korte hoofdknik weer door te gaan. Chen schoot met beide vuisten naar voren en beukte ermee op

Luca's hoofd en borst. Hij deed het nog een keer, en nog een keer, totdat er zweet langs zijn slapen liep en de huid op zijn knokkels openlag. Zijn ogen waren halfdicht, terwijl de frustratie in vreselijke woede omsloeg. Als de westerling maar iets zou zeggen, zou hij ophouden. Hij hoefde alleen maar te praten.

Het regende slagen op Luca's hoofd.

'Praat!' brulde Chen in het Mandarijn. 'Praat nou verdomme!'

Luca's slappe lichaam zakte in de sneeuw in elkaar. Twee soldaten liepen naar voren om hem op zijn knieën te zetten, maar Luca's hele lichaam slingerde en zijn hoofd hing voorover. Bill stak een arm uit om hem te steunen.

'Jezus christus,' mompelde Bill, toen hij de schade aan Luca's gezicht in zich opnam. De huid boven zijn rechteroog was gescheurd en er vloeide bloed over zijn wang en hals. De andere wang zwol al op en het oog erboven werd dik. Hij draaide zich om en staarde Chen recht aan. 'Beest,' siste hij.

Chen stapte achteruit, en met zijn vuisten nog steeds gebald staarde hij naar het gezicht van de westerling. Hij zag het bloed langzaam over zijn gezicht druipen. Een golf van schuldgevoel overspoelde hem. De energie leek uit zijn lichaam weg te vloeien en zijn schouders zakten van walging van zichzelf. Hij had de westerling bijna doodgeslagen met zijn blote handen.

Zhu stapte dichterbij en boog zich naar Luca toe. Met de neus van zijn schoen drukte hij de sigaret in de sneeuw uit.

'Het duurt nog maar een paar uur voor de zon opkomt en mijn geduld raakt op. Ik zal het je voor de laatste keer vragen. Waar is de jongen?'

Luca knipperde met zijn ogen. Het gebons in zijn slapen was ondraaglijk. De figuur die voor hem stond kwam afwisselend scherp en wazig in beeld en hij kon het geluid van zijn eigen ademhaling horen. Uiteindelijk schudde hij zijn hoofd.

'Nee.'

Er viel een stilte, waarin het woord door de roerloze lucht weerklonk. Chen deed zijn ogen dicht en boog zijn hoofd achterover naar de hemel. Hij wist wat er zou komen. Hij wilde de westerling vastpakken en hem dwingen iets te zeggen! Het maakte niet uit wat! Ze hadden geen idee met wie ze te maken hadden.

Zhu haakte het pistool van zijn riem los. Met een scherpe klik trok hij de slede naar achteren. Hij schoof de eerste patroon in de kamer en haalde de veiligheidspal eraf. Vervolgens richtte hij het pistool langzaam op Bills hoofd, zodat het vizier maar een paar centimeter bij de punt van zijn neus vandaan zweefde.

'Als je niets om je eigen leven geeft,' zei Zhu, terwijl alleen zijn ogen in Luca's richting bewogen, 'dan zul je dat van je vriend misschien hoger waarderen.'

'Zeg op, zeg op!' barstte Chen uit. 'Hij vermoordt jou.'

Luca keek van het pistool naar Bills gezicht en weer terug. De pulserende pijn in zijn slapen trok opeens weg en ieder geluid in het kamp leek versterkt te worden. De geringste beweging werd in zijn hersenen opgenomen, variërend van het gescharrel van de mannen in de halve cirkel rondom hen, tot de smekende ogen van de forse soldaat die voor hem stond. Hij zag de knokkels van de officier om de pistoolgreep verstrakken en de haat in zijn kille ogen. Iedere beweging vertraagde op dat ene moment en rekte zich in vreselijke verwachting uit.

'Oké,' fluisterde hij. 'Ik zal u vertellen wat u wilt weten.'

Zhu gaf geen antwoord, maar hield het pistool op dezelfde hoogte, wachtend op het vervolg.

'Een paar uur hiervandaan, aan de andere kant van de berg, staat een klooster,' zei Luca in een onregelmatige, continue woordenstroom. 'De jongen wordt daar door de monniken vastgehouden.'

'Dat dacht ik al,' zei Zhu. 'Weet je hiervandaan de weg naar het klooster?'

Luca keek naar Bills gezicht. Hij stond stokstijf met zijn ogen dichtgeknepen. Zijn lippen prevelden een stil gebed.

'Ik weet de weg.'

'Dan heb ik jullie niet allebei nodig,' zei Zhu en zijn hand schoot plotseling omhoog. Er klonk een oorverdovende knal; Bill sloeg achterover en zijn lichaam gleed achter hen door de sneeuw. Hij bleef volkomen roerloos liggen, met zijn armen achter zijn hoofd uitgestrekt.

Luca stond met een duizelend hoofd te staren, verbluft door het geluid van de knal. Het dreunde door iedere vezel in zijn lichaam en verdoofde hem. Een dunne straal bloed liep over zijn gezicht en hij staarde in stomme ontzetting naar de lege ruimte waar Bill net nog had gestaan.

Plotseling begon zijn lichaam te beven en te schokken. Zijn hoofd voelde verdoofd, gescheiden van de gebeurtenis waarvan hij zojuist in volslagen ongeloof getuige was geweest. Het kon niet. Bill kon gewoon niet dood zijn. Hij draaide zich om en zijn ogen gleden over het lichaam dat geveld achter hem in de sneeuw lag. Onder zijn hoofd verspreidde zich een plasje bloed.

Luca was zich vaag bewust van de andere soldaten die achter hem bewogen. Ze hadden hun hoofd van het tafereel afgewend en staarden zwijgend naar de verre berg, alsof ze probeerden niet in zich op te nemen wat ze zagen.

'We vertrekken bij het eerste licht,' zei Zhu op zakelijke toon tegen de mannen. 'We zullen de westerling overhalen ons daarheen te leiden. Wanneer we het klooster bereiken, moet de jongen per se levend worden gepakt.'

Zhu staarde naar Luca's van verdriet vertrokken gezicht.

'En pak zijn schoenen af. Dan weten we zeker dat hij ons vannacht niet probeert te verlaten.'

Daarop keerde hij naar zijn eigen tent terug. De resterende soldaten verspreidden zich langzaam; een van hen liet een mes door de veters van zijn schoenen gaan en trok ze van zijn voeten, zodat zijn sokken in de sneeuw drukten. Ondanks de ijzige kou merkte Luca het niet. Hij bleef alleen achter bij het lichaam van zijn vriend en eindelijk kwamen de tranen. Hij huilde met gesmoorde snikken. Zijn rechterhand klemde Bills borst vast, waaruit de lichaamswarmte langzaam wegvloeide.

Hij had geen idee hoe lang het duurde voordat hij overeind werd getild. Hij voelde hoe zijn arm over de brede rug van de forse soldaat werd getrokken toen hij over een open stuk sneeuw naar een tent werd gebracht.

Chen liet hem voorzichtig in de tent zakken en trok zijn slaapzak over Luca's benen heen. Zonder iets te zeggen rolde Luca zich op in de foetushouding. Zijn ogen staarden wezenloos naar het donkere zeil van de tent.

Chen richtte zich op en ademde de koude nachtlucht in. Hij staarde naar de rij bergen in de verte. De pieken leken naadloos in de nacht over te gaan. Het was de duisternis voor zonsopgang; er heerste een griezelige kalmte over de wereld. Chen liet zijn hand over de borstzak van zijn jas en de foto's van zijn gezin gaan. Hij probeerde zich het lachende gezicht van zijn zoon voor te stellen, maar zag alleen het vage silhouet van de westerling die dood in de sneeuw lag. Er was hem altijd verteld dat de gevangenneming van de jongen hun enige missie was, maar wat zou er gebeuren als ze het klooster morgen bij dageraad bereikten?

Chen ademde nogmaals in en voelde de koude lucht in zijn longen branden. Hij sloot zijn ogen en deed harder zijn best om zich zijn zoon voor de geest te halen.

Diep vanbinnen wist hij al wat Zhu van plan was.

54

Er landdden twee zware bergschoenen op Luca's borst. Hij bracht langzaam zijn hand omhoog en liet zijn vingers over de versleten stof en de harde rubberlaag van de zolen gaan. Ergens in zijn achterhoofd herkende hij ze als zijn eigen schoenen.

Door de driehoekige opening van de tentdeur zag hij hetzelfde brede gezicht van de Chinese soldaat die hem had geslagen en hem vervolgens naar de tent had gedragen.

'Sta op,' fluisterde de soldaat met angstige ogen.

Luca hees zich overeind; zijn gekneusde lichaam was loodzwaar en reageerde traag. Met opgezette, zwartomrande ogen staarde hij naar de soldaat; de zwelling had de hele linkerkant van zijn gezicht vervormd. Zijn mond hing open; er zaten opgedroogde bloedspatten op zijn lippen. Met een verward en dof hoofd dwong hij zichzelf rechtop te blijven zitten.

De soldaat boog voorover en met één arm trok hij Luca dichter naar de deur toe.

'Trek je schoenen aan,' zei hij op zachte toon.

Luca stak zijn handen automatisch omlaag, trok de lipjes van de schoenen breed en duwde ze over zijn bevroren sokken heen. Zonder veters flapten de schoenen open toen Luca naar buiten kroop, de koude nachtlucht in.

De soldaat stond voor hem, met Luca's rugzak in zijn handen.

'Ga!' fluisterde de soldaat, naar de sneeuwgeul wijzend. 'Zonsopgang één uur. Vertrek nu.'

Luca knipperde met zijn ogen, in een poging zichzelf wakker te maken. Kon dit een of andere list zijn? Hij keek langs de soldaat naar de andere tenten, maar het hele kamp was stil. Ze waren alleen. Het verdoofde gevoel dat hem zo lang had verlamd en iedere gedachte uit zijn hoofd verdreef, leek eindelijk te ontdooien en werd bevangen door een overweldigend verlangen om te ontsnappen. Met een rukkende armbeweging graaide hij plotseling zijn rugzak uit de handen van de soldaat en hij draaide zich om om te vertrekken, maar opeens stopte hij.

Een meter voor hem lag Bills lichaam in de sneeuw. Zijn armen waren nog steeds uitgestrekt en zijn gezicht was naar hem toe gedraaid. Even stond Luca er als aan de grond genageld naar te staren. Bills ogen waren mat en glazig en zijn gezicht zag er anders uit, als een duplicaat van het origineel. Het was alsof Bill vertrokken was en alleen zijn evenbeeld had achtergelaten.

'Hij dood,' fluisterde Chen, terwijl hij Luca's schouder vastpakte. 'Maar jij kan leven.'

Luca wendde zijn starende blik af en keek recht in Chens ogen.

'Hoe kun je met die verschrikking leven?' vroeg hij. Zonder een antwoord af te wachten draaide hij zich om en sprintte hij door de diepe sneeuw. Terwijl hij zijn tempo opvoerde vergat hij iedere pijn en kneuzing.

Chen keek hoe het silhouet van de westerling vervaagde in de grijze sneeuw en langzaam verdween in de schaduw van de overhangende rots. Hij draaide zich om en liep met gebogen hoofd naar het kamp terug. Hij trok een inklapbare schep uit de grond en begon sneeuw over Bills bevroren lichaam te scheppen.

Hoewel hij de laatste woorden van de westerling niet helemaal had begrepen, was de strekking hem wel duidelijk.

Het duurde nog maar een uur tot zonsopgang. Al heel gauw zou Zhu het bevel geven om het klooster binnen te vallen. Hij kon het zich niet veroorloven om na te denken.

***

'Shara!'

Luca's schreeuw galmde over de zwarte rotsen. Hij bleef staan, met zijn oren op het kleinste geluidje gespitst.

'Shara!'

Hij keek op en zag hoe het eerste ochtendgloren de hemel boven het oostelijke berglandschap met lange, bloedrode strepen doortrok. Het licht werd met de minuut sterker, doordrenkte de lucht en brandde de nachtelijke duisternis weg.

Luca staarde van de ene rots naar de andere, in een wanhopige poging wijs uit het landschap te worden. Alles leek zo verdomd veel op elkaar.

'Shara!'

Ergens links van hem hoorde hij een gedempte echo, verder naar de rotsrand toe dan waar hij had gezocht. Hij sprintte vooruit en sprong over een paar rotsblokken heen; toen hij het geluid daarna opnieuw hoorde veranderde hij van richting. Nu was het duidelijker. Het kon alleen Shara zijn.

Luca brulde haar naam nogmaals, verwoed de grond afspeurend. Eindelijk zag hij het.

'Luca! We zijn hier beneden!' Shara's stem steeg uit de rotsspleet op en bracht tranen van opluchting in zijn ogen. Hij grabbelde in zijn rugzak, haalde het touw eruit en bond het om het rotsblok vast.

'Bind het om je middel,' schreeuwde Luca.

Hij begon de bovenste helft van zijn rugzak te legen en verspreidde de inhoud in een halve cirkel om hem heen. Hij veegde de brandstofflessen en een reservepaar handschoenen opzij, ontwarde de lange materiaalgordel met hun klimgereedschap en pakte twee karabiners. Daarna pakte hij twee stukken prusiktouw van vijf millimeter dik en wikkelde ze om het hoofdtouw, dat naar Shara liep. Met behulp van de karabiners bouwde hij een katrol, waarop hij het touw ophaalde. Bij elke trekbeweging gleden de prusikknopen naar voren en meter voor meter werden Shara en Babu opgehesen.

Shara bereikte de rand en greep zich vast. Luca draaide zich om, pakte haar polsen vast en trok haar op uit de afgrond. Babu had zich nog steeds aan haar nek vastgeklampt en samen vielen ze voorover. Shara krabbelde overeind en omhelsde Luca stevig.

'Luca!' fluisterde Shara, met haar gezicht tegen zijn schouder. 'We dachten dat je niet zou komen. Het was zo donker...' Na een poosje maakte ze zich van hem los en liet ze haar ogen over zijn gehavende gezicht gaan. 'Wat hebben ze met je gedaan?'

Luca gaf geen antwoord, maar deed zijn ogen dicht terwijl de gruwelijke beelden hem voor de geest kwamen. Hij boog zijn hoofd en probeerde te praten.

'Ze... ze hebben Bill... doodgeschoten,' wist hij uiteindelijk met schorre stem uit te brengen.

Shara's gezicht verstarde. Vervolgens werden haar ogen langzaam groot van ongeloof en smeekten ze hem om haar te zeggen dat het niet waar was.

'Waarom?' fluisterde ze.

'Zonder reden. Ik had hun alles verteld wat ze wilden weten.'

Shara's handen gingen naar haar gezicht en bedekten haar ogen. Haar lippen begonnen een gebed te prevelen, in een constante woordenstroom.

Luca keek een poosje naar haar, toen zijn gelaatsuitdrukking opeens veranderde. Het vreselijke verdriet leek te verharden en te veranderen in iets bitters en kils. Hij zakte door zijn knieën en smeet de spullen wild weer in zijn rugzak.

'Hier hebben we geen tijd voor,' zei hij, zonder haar aan te kijken. 'We moeten Geltang bereiken voordat zij daar aankomen.'

Luca gebaarde Babu naar hem toe te komen, maar de jongen aarzelde. De donkere zwelling misvormde Luca's gezicht en zijn ogen glansden van razernij. Babu klampte zich stevig aan Shara's been vast, voordat Luca hem van haar lostrok en hem over zijn schouder slingerde. Babu worstelde tegen zijn strakke arm, tot Shara haar hand op zijn hoofd legde en zijn verwarde haar achteroverstreek.

'Het komt wel goed,' zei ze, met bezorgdheid in haar ogen. 'Vertrouw hem maar.'

Luca vertrok met zijn rugzak over zijn ene schouder en Babu over de andere. Met vloeiende bewegingen jogde hij over het oneffen terrein, met Shara in zijn kielzog. De lipjes van zijn schoenen flapten onder het rennen en de doorgesneden veters sleepten onder de zolen, maar hij onderbrak zijn hoge tempo niet één keer.

'Wat doen we?' hijgde Shara, die worstelde om hem bij te houden. 'Het klooster evacueren?'

Luca leek haar niet te horen. Er liep zweet over zijn gezicht. Hij staarde naar de plek waar de sneeuwgeul naar de rotsrand opliep.

'Luca?' schreeuwde Shara, terwijl ze naar voren schoot om zijn arm vast te pakken.

Luca's ogen richtten zich op de plek waar haar hand op hem rustte, voordat ze wegdraaiden.

'Daar is geen tijd voor,' zei hij.

Toen ze bij de laatste sectie van de rots kwamen, bleef Luca staan. Hij liet Babu uit zijn armen glijden, kroop vooruit door de sneeuw, waar zijn blote handen in wegzakten, en klom boven op de overhangende sneeuwmassa. Hij staarde de geul in en kon de tenten zien. De Chinezen waren er nog steeds. Er klonk geschreeuw in de verte en er kwam een soldaat uit zijn tent, die in het midden van het kampterrein stond. Een paar seconden later verschenen er nog meer soldaten, die hun jassen dichtknoopten.

Het was zover. De soldaten waren onderweg.

'Neem Babu mee en ga naar het klooster terug,' zei Luca, terwijl hij zich naar Shara omdraaide. 'Waarschuw zoveel monniken als je kunt. Daarna haal je de jongen daar als de sodemieter weg en ga je dieper de bergen in. Breng hem zo ver hiervandaan als je kunt.'

'Nee. We moeten bij elkaar blijven. We gaan terug en halen de monniken daar weg.'

Luca schudde zijn hoofd. 'Daar is geen tijd voor. Doe wat ik zeg!'

Hij kwam overeind en schuifelde naar het pad aan de verste kant van de geul.

'Maar wat ga je doen?' vroeg Shara, terwijl ze zich liet meevoeren.

'Ik probeer tijd voor je te winnen. Alsjeblieft, Shara, ga nu!'

'Luca, je moet mee...'

Terwijl ze dit zei, hoorden ze nog meer geschreeuw; ze draaiden zich allebei om en zagen de soldaten het kamp uit rennen en de sneeuwgeul op komen. Ze hadden hen gezien.

'Ga!' schreeuwde Luca.

Shara stapte wankelend vooruit, Babu aan zijn arm meetrekkend. Even later was ze uit het zicht verdwenen, langs het pad dat naar het klooster terugvoerde.

Luca keek op en zag Geltang hoog op de rotsen in de verte liggen, met zijn gebouwen die rood in de gloed van de ochtendzon glansden. Hij moest iets doen.

Hij draaide zich weer naar de geul toe, keek boven de top van de overhangende sneeuwmassa uit en zag drie figuren door de sneeuw naar hem toe ploegen. Ze liepen in ganzenmars, met hun geweer boven hun hoofd. Er klonk nog meer geschreeuw, waarna er andere soldaten verschenen, die hun tenten verlieten en hun sporen op de steile helling volgden.

Waarom hadden ze hem niet onder vuur genomen? Waarom schoten ze niet?

Luca's hoofd draaide langzaam naar de grond toen het antwoord hem te binnen schoot. De soldaten waren bang om een lawine te veroorzaken. De hele geul was met zware poedersneeuw gevuld, die door de hitte van de middagzon in lagen was gesmolten.

Een lawine.

Luca trok zijn rugzak open en haalde zijn brander en de versterkte metalen brandstoffles eruit. Hij had het als schooljongen al eens eerder gedaan, maar zou dit genoeg kracht hebben om de overhangende sneeuwmassa te doen instorten? Hij keek naar de koude metalen fles in zijn handen en hoopte dat het voldoende zou zijn.

Hij tastte weer in zijn rugzak, haalde zijn oude Nalgene-waterfles eruit, schroefde de dop eraf en goot het water in de sneeuw. Nadat hij de inhoud van de brandstoffles had overgeschonken, hield hij de fles in het licht. Hij keek hoe de lichte brandstof van de Coleman heen en weer klotste. Vervolgens stak hij met zijn zakmes een gaatje in de plastic dop en plaatste hij de fles voorzichtig naast zich in de sneeuw.

Luca draaide zich om en keek de geul in. De soldaten waren al op een derde van de helling en vorderden snel. Hij hoorde hun geschreeuw langs de bergflank opstijgen.

Hij rukte zijn jas open en scheurde een lange reep van de onderkant van zijn shirt. Het laatste stukje katoen sneed hij los met zijn mes. Hij goot nog wat brandstof over het katoen, dat hij met het lemmet van het mes door het gat in de dop van de waterfles propte. Met een krachtige handbeweging draaide hij de dop stevig dicht.

Hij was zestien toen ze, met een paar vrienden, een molotovcocktail hadden weten te maken van een oude whiskyfles en een beetje afgetapte benzine uit de grasmaaier van zijn vader. Bij de derde poging waren ze erin geslaagd de parkschommels van hun fundering te blazen en was het hele metalen geraamte zwartgeblakerd. Druk. Dat was het geheim om een molotovcocktail daadwerkelijk tot ontploffing te brengen. Hij moest de waterfles stevig dichtdraaien.

Luca staarde naar zijn bevende handen. De gemorste brandstof glinsterde op zijn huid. Hij draaide de dop zo strak als hij kon en begon op zijn handen en knieën met het lemmet van zijn zakmes in de sneeuw te graven. De losse sneeuw haalde hij met zijn blote handen weg en smeet die op een hoop achter hem. Algauw zat hij er tot zijn elleboog in, en even later tot zijn schouders.

Steeds verder groef hij de nauwe holte uit. De knokkels van zijn hand begonnen te bloeden, rauwgewreven door de sneeuw, en hij voelde zijn borst op en neer gaan. Toen het gat diep genoeg was, ging hij op zijn knieën zitten. Hij pakte de waterfles, goot het allerlaatste restje brandstof over de katoenen lont en haalde zijn aansteker uit zijn zak.

Het vuursteentje sloeg aan en vonkte, maar er was geen vlam. Wanhopig drukte hij zijn duim omlaag en liet het wieltje telkens weer draaien. Eindelijk flakkerde er een blauw vlammetje op, niet groter dan de nagel van zijn duim. Luca bracht het snel onder de stof totdat het vuur zich langzaam met een bijna onzichtbare vlam verspreidde. Daarna liet hij de fles in de holte glijden, propte handenvol sneeuw in de opening en stapte vlug achteruit.

Er verstreken seconden. Er gebeurde niets. Luca stond met zijn handen voor zijn borst geklemd vurig te hopen dat de brandstof vlam zou vatten. Hij hoorde nog meer geschreeuw en stapte opzij om de geul in te staren.

De eerste van de rij soldaten naderde de top. Luca kon zijn gezicht nu duidelijk zien, terwijl de Chinees met rode wangen door de diepe sneeuw waadde. Zijn niet-dichtgeknoopte jas flapperde achter hem en zijn blote handen waren om de kolf van zijn geweer geklemd, met een vinger op de trekker.

De soldaat keek op, recht in Luca's ogen. De loop van zijn geweer draaide instinctief naar hem toe, maar toen gleden de ogen van de soldaat naar de enorme overhangende sneeuwmassa pal links van hem. Hij liet zijn geweer zakken en haastte zich met hernieuwde energie vooruit. Hij was bijna op de top.

'Shit!' schreeuwde Luca, met een blik op de hoop sneeuw. Het had niet gewerkt.

Even keek hij naar Geltang; al zijn instincten zeiden dat hij Shara moest volgen en het op een lopen moest zetten. Toen dook hij naar voren, klauwde de sneeuw weg en tastte in de holte. Hij haalde de waterfles naar boven en staarde naar de geïmproviseerde lont.

De vlam was uitgegaan.

Hij veegde de sneeuw weg, stak de lont weer aan en gooide de fles in de sneeuw; hij bedekte de opening met maar één handvol sneeuw voordat hij zich naar achteren wierp. Vlak achter de rand van de overhangende sneeuwmassa hoorde hij een schreeuw. Hij draaide zich om en zag het bovenlichaam van de soldaat een stap onder de richel staan. Zijn geheven geweer was op Luca gericht.

Het was voorbij.

55

'Kijk naar hem!' schreeuwde Rega over de zee van verwachtingsvolle gezichten. 'De zevende abt van Geltang en Hoge Lama van de Blauwe Orde. Toch is hij niets meer dan een vermoeide, oude man!'

Vanachter twee grote ramen aan weerskanten van de vergulde deur drong er licht in de Grote Tempel door. Het scheen over de nachtfakkels, die nog steeds brandden, maar langzaam doofden en het volle ochtendlicht stroomde door de drukke tempel.

'Laat je niet misleiden,' vervolgde Rega met geforceerde stem, 'hij is geen groot leider. Hij zit gewoon in zijn vertrekken weg te rotten en staat toe dat ons heilige klooster in puin wordt gelegd terwijl hij zijn eigen zelfzuchtige pad aflegt. Zelfs nu de Chinezen naderen doet hij niets!'

De abt stond in de ruwe, bruine kleding van het Perfecte Leven gewikkeld voor het podium. De tuniek was tot onder zijn borst gescheurd, zodat zijn smalle schouders bloot waren, en de huid glad als was en bleek door de vele dagen die hij zonder daglicht opgesloten had gezeten. Zijn hoofd was gebogen, met zijn ogen dicht. Vlak boven hem stond Rega te tieren.

Rega was bijna een uur lang met de publieke veroordeling doorgegaan. Hij had de menigte tot razernij opgehitst. Toen de abt eerst aan hen werd getoond, was er stilte over de Grote Tempel neergedaald. Iedere monnik staarde in stomme verbazing naar de smerige oude man die in vodden gekleed en met gebogen hoofd voor hen stond. Kon dit echt hun heilige leider zijn?

Maar terwijl Rega's beschuldigingen doorgingen, was de onaantastbare aura die de abt leek te omringen verdwenen en vervangen door een spottende minachting van de novicen die zich bij het podium verdrongen. Hun geschreeuw verspreidde zich door de tempelruimte. Ze hingen aan Rega's lippen hingen en brulden om actie.

Dorje, die tegen de zijmuur stond, werd verteerd door frustratie. Hij staarde door de ruimte met de spottende gezichten en aanschouwde het ongelooflijke tafereel voor hem. Waarom zei hij niets? Waarom ontkende de abt die belachelijke aanklachten niet en nam hij de controle over het klooster niet?

Dorje keek hoe de massa monniken opnieuw naar voren deinde. Er waren er meer dan vijfhonderd in de tempel gestouwd, waar ze zich schreeuwend naar voren drongen, terwijl hun oudsten, net als Dorje, zwijgend langs de kant stonden, niet in staat zich boven het lawaai en de chaos uit verstaanbaar te maken.

Opeens begreep Dorje het. Als de abt probeerde te protesteren, zou niemand hem horen.

Er trok een zacht briesje door de tempel. Dorje keek op toen de vlammen van de kaarsen in de tocht bogen. De vergulde deuren werden opengeduwd en daarachter stapten twee figuren het licht in. Hij zag Shara's lange zwarte haar en de jongen die ze in haar armen hield geklemd.

Dorje liep naar de achterkant van het podium. Al duwend baande hij zich een weg tussen de andere monniken door, totdat hij de vier trompetters in een rij langs de achterkant kon zien.

'Blaas de aankomst!' schreeuwde hij boven het kabaal uit. De eerste trompetter staarde verward naar hem.

'Doe wat ik zeg!' brulde Dorje. Even later blies de zilveren trompet een lange, trillende toon uit. Het lawaai van de menigte verminderde, terwijl Rega zich naar hem omdraaide.

'Wie heeft gezegd dat je moest spelen?' bulderde hij, maar Dorje had de achterkant van het podium al bereikt en was erop geklauterd. Hij stormde over het podium naar voren en keek naar de menigte.

'Stilte!' schreeuwde hij, naar de deur wijzend. 'Stilte voor de Panchen Lama – de rechtmatige leider van Tibet.'

Het werd stil. Alle ogen draaiden naar de voorkant van de tempel, waar Babu zich langzaam uit Shara's greep losmaakte. Hij stond onzeker naast haar met zijn grote bruine ogen van het ene gezicht naar het andere in de menigte te staren.

'Dus de jongen keert terug,' fluisterde Rega.

Er steeg een gemompel op toen Shara Babu aan de hand naar voren leidde. De monniken drongen elkaar naar achteren en er werd een onregelmatige doorgang vrijgemaakt, helemaal naar het podium en de marmeren troon van de abt toe. Babu liep in het midden, op zijn viltschoenen die kleine stapjes over de uitgestrekte tempelvloer namen. Zijn zware schapenvachtjas was rond zijn schouders opgekropen, zodat zijn kin in de zachte wol was weggezonken. Zijn ogen staarden daarbovenuit en gleden langzaam van de ene monnik naar de andere.

Toen ze dichterbij kwamen, stak Rega een vinger op.

'Dit is inderdaad de nieuwe reïncarnatie van de Panchen Lama,' schreeuwde hij. 'Hij is zowaar binnen onze muren geweest, maar de abt heeft hem voor ons verborgen. Hij heeft ons allemaal misleid.' Rega beende naar de rand van het podium. 'Luister naar mij, broeders. Ik zal de jongen meenemen en hem op zijn rechtmatige plaats terugzetten. Ik zal hem naar zijn zetel in Shigatse terugbrengen en ons land terugwinnen!'

Een aantal van de novicen juichte. Shara en Babu kwamen voor het podium tot stilstand. Shara stond naar Rega te staren, naar zijn goudkleurige gewaad en de dharmachakra in zijn geheven rechterhand, en kon niet geloven wat er in haar afwezigheid was gebeurd. Hij had de leiding over het klooster in handen genomen.

Ze wendde zich van zijn levenloze blik af, draaide zich naar de abt toe en pakte zijn arm vast.

'De Chinezen komen eraan,' fluisterde ze. 'We moeten het klooster evacueren.'

Voordat de abt kon antwoorden, richtte Rega zich weer tot de menigte. Hij had gehoord wat ze had gezegd.

'Het moment is aangebroken, broeders!' loeide hij. 'De Chinezen zijn eindelijk bij ons. Het is tijd om te vechten!'

Daarop stak de abt eindelijk zijn hand omhoog, in een poging om uit te komen boven de golf van nieuwe paniek en geschreeuw die losbarstte.

'Nee! Geef niet aan geweld toe. We moeten evacueren en dieper de bergen in gaan.'

'Vechten,' schreeuwde Rega opnieuw, terwijl hij met zijn arm in de lucht sloeg. 'Het is tijd voor Geltang om de revolutie te leiden en de Chinezen te verslaan! We moeten vechten!'

De monniken drongen naar de tempeldeuren. Hun ogen waren groot en hun vuisten sloegen in navolging van Rega in de lucht. Sommigen hielden zware koperen kaarsenstandaards in hun handen, terwijl anderen de lage palissade om het podium hadden afgebroken en de dikke houten palen als geïmproviseerde knuppels gebruikten. Ze denderden naar de tempeldeuren toe; een meute die bereid was om iedereen die op hun weg kwam te lynchen.

Rega's stem steeg boven het kabaal uit en spoorde hen uit alle macht aan, terwijl de abt zich nog steeds schreeuwend verstaanbaar probeerde te maken.

Op de kleine open plek vlak voor het podium ging Babu op de vloer zitten. Hij haalde diep adem, sloeg zijn ene been over het andere in de lotushouding en met zijn handen lichtjes op zijn knieën zette hij een langzaam, melodieus gezang in. De woorden rolden van zijn lippen. Hij kneep zijn ogen dicht en zijn gezichtsuitdrukking werd volkomen kalm. Te midden van de herrie en de verwarring trok zijn kalmte de aandacht van degenen die hem in de menigte omringden.

De abt keek naar hem, met een ongelovige glimlach op zijn lippen. Vervolgens liet hij zich naast hem op de vloer zakken en staarde even naar het gezicht van de jongen, voordat ook hij zijn ogen dichtdeed en hetzelfde gezang inzette. De twee hoofden schommelden in hetzelfde ritme heen en weer, terwijl de woorden in een zachte, ononderbroken stroom van hun lippen rolden.

In de halve cirkel rond het podium staarde de menigte naar hen, gevangen tussen de hysterie van de novicen en de plotselinge kalmte van de abt en de jongen. Dorje haastte zich naar voren en ging naast hen op de vloer zitten, voordat Shara snel volgde en naast Babu neerstreek. Een paar oudsten die stonden toe te kijken lieten zich ook op de grond zakken en pikten het ritme van het gezang op. Er volgden er meer. En nog meer. De stemmen stapelden zich op elkaar en smolten samen tot een onderstroom voor de paniek overal eromheen.

Op het podium rukte Rega zijn hoofd heen en weer.

'Wat is de bedoeling hiervan?' schreeuwde hij, in een poging te begrijpen waar het gezang vandaan kwam. 'De Chinezen naderen. Jullie kunnen hier niet gewoon zitten bidden!'

Algauw verspreidde een ander soort beweging zich door de grote zaal, toen de overgebleven monniken achteromkeken en hun broeders in een groeiende kring op de vloer zagen zitten. Terwijl sommigen zich alleen omdraaiden om naar het schouwspel te staren, volgden anderen hun voorbeeld. Grote delen van de tempel begonnen zich met zittende monniken te vullen, die schouder aan schouder met het ritme van het gezang meeschommelden.

Het geluid werd steeds sterker terwijl de monniken langzaam bij hun broeders op de tempelvloer gingen zitten, totdat er nog maar een paar staande novicen overbleven.

De abt kwam overeind en gebaarde de trompetter opnieuw te blazen. De toon schalde door de tempel alvorens trillend weg te sterven. Alle ogen richtten zich op de abt.

'Broeders, dit is Geltang,' zei hij, naar de monniken die voor hem zaten gebarend. 'Compassie is onze leidraad. Niet geweld.'

Hij tilde Babu voorzichtig overeind en leidde hem naar de troon achter op het podium. Babu klauterde erop en leek piepklein op de brede zetel van sierlijk gekerfde steen.

'Dit is onze nieuwe leider,' zei de abt, terwijl hij zich nogmaals naar de menigte omdraaide. 'Wij erkennen zijne Heiligheid Babugedhun Choekyi Nyima, de elfde Panchen Lama en rechtmatige leider van Tibet.'

Er verspreidde zich een golf van buigingen door degenen die al zaten, terwijl de overgebleven novicen bij de tempeldeuren op de vloer neerstreken. De abt keek naar Babu, die met zijn uitgestrekte handen net bij de enorme armleuningen van de troon kon komen.

'De beslissing is aan u, uwe Heiligheid. De Chinezen naderen. Evacueren we het klooster?'

Rega draaide zich naar de troon toe. 'Hij is nog maar een jongen,' zei hij vol walging. 'Hoe kan hij beslissen?'

'Stilte!' zei de abt, met een opgestoken vinger. 'Jij hebt hier geen plek meer.'

Rega's wangen werden rood van woede en hij wilde protesteren, met de dharmachakra boven zijn hoofd geheven, maar de abt richtte zich tot de zee van monniken voor hem.

'Stilte als zijne Heiligheid spreekt!' schreeuwde hij. Het rumoer in de zaal viel helemaal stil en iedere monnik staarde vol verwachting naar Babu.

'We moeten vertrekken,' zei Babu met zachte, hoge stem. 'We moeten als pelgrims weggaan en toevlucht in de bergen zoeken. Net zoals jullie voorvaderen ooit hebben gedaan. Zij hebben Geltang gebouwd.'

De abt knikte, voordat hij zich weer tot de monniken richtte.

'Neem de schat van Geltang mee en alleen de spullen die jullie nodig hebben om te overleven,' beval hij. Daarop gebaarde hij om de tempeldeuren wijd open te zetten en stapte hij van het podium af.

Met uitwaaierende gewaden kwamen alle monniken van de orde overeind.

'Nu, broeders, moeten we opschieten.'

56

De soldaat stond vlak onder de richel, met het vizier van zijn geweer op Luca's borst gericht.

'Niet schieten!' schreeuwde Luca, die langzaam zijn handen boven zijn hoofd bracht. Hij deed een stap naar de rand van de geul toen er een gedempte dreun klonk en er een wolk losse sneeuw in een lange boog naar hem toe schoot. Terwijl Luca zich achterover op de grond wierp, drukte de vinger van de soldaat instinctief op de trekker.

Er klonk een donderende knal en er sprong een vonk uit het uiteinde van het geweer. De kogel vloog rakelings langs Luca en sloeg in de sneeuw vlak achter hem in. De soldaat drukte de kolf steviger tegen zijn schouder en richtte vlug nog een keer, toen er een barst in de diepe sneeuw voor hem schoot. Die werd groter en ineens begon de hoge overhangende sneeuwmassa te schokken en drukgolven over de hele breedte van het dal te verspreiden.

De soldaat deinsde terug en probeerde zijn evenwicht te bewaren. De loop van zijn geweer zakte toen de sneeuw om hem heen begon te bewegen. De hele basis van de sneeuwmassa puilde uit, stortte onder zijn eigen gewicht in en tuimelde langs de wand van de geul omlaag. In de vaart werd er sneeuw van de verste hoeken van de helling losgewrikt en meegesleurd in een reeks kleinere verschuivingen.

Met uitgestrekte armen wierp de soldaat zich naar voren en klauwde wanhopig tegen de sneeuwstroom. Luca sprong naar hem toe en probeerde een van zijn handen vast te grijpen, maar de lawine rolde met een onstuitbare kracht naar beneden en de soldaat werd uit zijn greep losgerukt.

Met een lang rommelend gedreun nam de met angstaanjagende snelheid neerstortende sneeuwgolf alles op zijn pad mee. De sneeuw was nat en zwaar, samengesmolten tot enorme brokken die als puin voor de hoofdstroom uit rolden. Ze stuiterden langs de overgebleven soldaten, die door de geul marcheerden.

Als één man staarden de soldaten naar de instortende sneeuwwand die op hen af kwam. Sommigen stonden domweg met verbijsterde ontzetting te staren, terwijl anderen een vergeefse poging deden zich om te draaien en weg te rennen. Met angstaanjagend gemak overspoelde de lawine hen allemaal en binnen een paar seconden waren hun lichamen uit het zicht verdwenen.

Zhu staarde angstig langs de geul omhoog. Net als Chen had hij het geluid van het geweer gehoord en hij probeerde door zijn verrekijker te zien of de westerling daadwerkelijk was neergeschoten. Daarna hoorden ze het gedreun van de lawine en keken ze vol ontzetting hoe de sneeuw in hun richting neerstortte.

Zhu stond als aan de grond genageld. De hoeveelheid sneeuw was ongelooflijk en het lawaai oorverdovend. Plotseling voelde hij dat hij aan zijn arm werd meegetrokken.

'Volg me!' schreeuwde Chen, die hem zo krachtig meesleurde dat Zhu maar amper overeind kon blijven. Samen zwoegden ze naar de bescherming van de Kooms terug. Chen gebruikte zijn grote lichaam om zich door de diepe sneeuw heen te ploegen en trok de kapitein met woest rukkende armbewegingen achter zich aan.

Ze hoorden het lawaai overal om zich heen, nu de eerste vallende sneeuwmassa langs hen afketste en tegen de rotsen voor hen sloeg. De massieve rots die bij de ingang van de Kooms stond was nog maar een paar meter bij hen vandaan. Nog maar een paar stappen en ze zouden er zijn.

Chen trok Zhu opnieuw mee en dwong hem achter een rotsblok langs te gaan, toen de hoofdstroom van de lawine op hen neerstortte. Ze werden van elkaar gescheiden toen de sneeuw over de top van de rots en eromheen viel en hen allebei in de stroom meenam. De plotselinge snelheid was ongelooflijk; sneeuw pakte zich rondom hen samen tot een stuwende stortvloed en sloeg met brute kracht de lucht uit hun lichaam.

Chen voelde hoe hij meegesleurd werd. Er was licht, daarna

plotseling duisternis, en daarna voelde hij alleen het gewicht van samengepakte sneeuw om hem heen, in zijn mond, oren en neus, waardoor alle adem in zijn lichaam werd gesmoord. Er sloeg iets tegen de voorkant van zijn gezicht en het werd zwart voor zijn ogen.

Achthonderd meter hoger keek Luca vol ongeloof hoe de eerste zuilen van de Kooms door de kracht van de lawine omver werden geslagen en als kiezelstenen in de richting van de stroom meedraaiden. Maar toen de sneeuw verder in de wirwar van rotsen doordrong, begon de lawine vaart te minderen, aan kracht te verliezen en zich in lange tentakels te verspreiden. Ten slotte kwam de lawine tot stilstand en lag de sneeuwmassa eindelijk stil.

Er daalde een buitengewone stilte op de bergflank neer.

Met open mond van ontzetting nam Luca de ravage beneden hem in zich op. Het was alsof de berg gescalpeerd was. Op de wand van de geul waren stroken kale rots zichtbaar. Verder naar beneden, aan het begin van de Kooms, lag de sneeuw meters diep. Losse brokken rots wisten door het oppervlak heen te dringen en staken er in schuine hoeken bovenuit, terwijl de rest onder de uitgestrekte sneeuwdeken schuilging.

Luca krabbelde langzaam overeind. Hij stond in zijn eentje boven aan de geul, diep geschokt door de pure kracht van de lawine die hij had ontketend. Hij had deze opzettelijk veroorzaakt met de bedoeling om de soldaten in de geul tegen te houden, maar hij had nooit gedacht dat de lawine ieder zichtbaar levend wezen zou doden. Dat had hij zich nooit kunnen voorstellen.

Hij had hen allemaal gedood.

Er trok een golf van uitputting door hem heen en Luca's hele lichaam zakte in elkaar. Al zijn verwondingen begonnen pijn te doen naarmate de adrenaline uit zijn aders wegebde, en hij liet zich op zijn knieën neervallen. Zijn blik viel op de plek waar de Chinezen hun kamp hadden opgeslagen. Het was het laagste gedeelte van de helling, waar de sneeuw het diepst zou zijn.

Bills lichaam zou tenminste nog op de berg begraven blijven. Hij zou hier blijven, in het graf van de bergen waar hij van hield, voor eeuwig omhuld door de bevroren sneeuw.

'Het spijt me zo,' fluisterde Luca, terwijl er tranen over zijn wangen liepen. 'Het spijt me zo dat ik je hier ooit bij heb betrokken.'

Uiteindelijk wendde hij zich van de troosteloze begraafplaats af en ging hij terug naar het pad en het Geltang-klooster.

***

Met knipperende ogen probeerde Zhu in het donker te zien. Zijn gezicht en oogleden waren onder de sneeuw bedolven en zijn mond en keel waren verstopt. Piepend en schokkerig haalde hij adem, en hij moest kokhalzen van de sneeuw in zijn mond. Hij draaide zijn lichaam, in een poging zich los te wrikken, en gilde toen er door de beweging pijnscheuten uit zijn gebroken ribben omhoogschoten.

Hij voelde nog geen kou. Dat zou later komen. Zijn kleren plakten aan zijn ledematen; de sneeuwlaag om zijn lichaam begon langzaam te smelten door zijn lichaamswarmte en trok de warmte uit zijn binnenste weg. Zijn handen trilden; de handschoenen waren door de lawine weggerukt en de nagelloze vingers van zijn rechterhand klauwden in de bevriezende sneeuw, in een poging zich los te graven.

Toen hij zich nogmaals naar voren rukte, voelde hij zijn rechterbeen door de sneeuw heen in de lucht trappen. Hij schreeuwde van de pijn toen zijn ribben door de beweging samentrokken. Vervolgens probeerde hij knarsetandend het andere been te bevrijden. Door ieder greintje kracht in zijn dij te gebruiken trok hij zijn knie met wanhopige rukken omhoog, maar zijn been bleef in dezelfde positie vastzitten. Hij deed nog een poging, waarbij de pijn hem dreigde te overweldigen, voordat zijn nekspieren ten slotte van uitputting verslapten en zijn hoofd nog dieper in de sneeuw viel.

Even werd Zhu's hele lichaam slap; de worsteling was gewoon te veel voor hem, de greep van de sneeuw te sterk. Zijn ogen staarden blind in de duisternis van de sneeuw toen een golf van claustrofobie hem overspoelde. Hij staarde in het niets; het onbewogen, zwarte niets. De dood was nabij.

Zhu gilde, draaide zijn hele lichaam rond en rukte manisch aan de sneeuwgevangenis. In zijn borst welde een waanzin op, die de pijn en uitputting overheerste, en met zijn ledematen maaide hij wild om zich heen. Hij voelde een plotselinge beweging bij zijn enkel, waarna zijn andere voet door de sneeuwkorst heen brak. Hij worstelde nog harder, bevrijdde zijn knie en vervolgens de bovenste helft van zijn dijbeen.

Er trok een vlaag van verrukking door hem heen. Hij draaide zich telkens weer rond, duwde met zijn heupen en sloeg met zijn armen. Uiteindelijk kwam hij los en bracht hij zijn handen naar zijn gezicht om de laatste sneeuw weg te krabben. Hij kon ademen; het gewicht was eindelijk van hem af gevallen.

Het kostte Zhu bijna een halfuur om de kracht te verzamelen om overeind te komen. Zelfs toen, terwijl zijn lichaam trilde van de kou, besefte hij hoeveel geluk hij had gehad om boven in de lawine te zijn terechtgekomen. Hij eindigde slechts een kleine halve meter onder het oppervlak en toch was het bijna onmogelijk geweest om los te komen.

Nu moest hij in beweging blijven om de verlammende kou af te weren. Het zweet op zijn onderrug bevroor al en zonder zijn muts of handschoenen kon hij de warmte uit zijn lichaam voelen wegvloeien. Het zou niet lang duren voordat de kou hem compleet zou overvallen.

Zhu keek op en zag de hoog oprijzende rotsen voor hem. Hij zou via deze rotsen naar de rotswand terug moeten gaan.

Met zijn stijve, pijnlijke lichaam stond hij nog even naar de stilte van de bergen te luisteren. Toen hoorde hij, ergens rechts van hem, een kreunend geluid. Knerpend over het oppervlak vol kuilen van de lawine volgde hij het geluid, terwijl hij al lopend zijn hand tegen zijn ribben klemde. De hoog tegen de rotsen opgehoopte sneeuw was als puin onder de voeten.

Toen hij dichterbij kwam, zag hij een voorovergezakt bovenlichaam, waarvan het hoofd opzij hing. Er zat een soldaat tegen een lage rotsplaat, met alleen zijn bovenlijf ontbloot. Zhu deed nog een stap dichterbij en trok de haardos naar achteren. Het was Chen. Zijn ogen waren halfdicht en er hingen twee bevroren bloedslierten aan zijn neus. Zijn kaak hing slap en zijn borst ging op en neer door de inspanning van de ademhaling.

'Ik kan mijn benen niet voelen,' kreunde hij, terwijl zijn ogen op de figuur voor hem probeerden te focussen. Zhu keek omlaag en zag dat zijn hele bekken onnatuurlijk opzij was verschoven. De lawine had hem bijna doormidden gebroken.

Zhu's ogen gleden over zijn kapotte lichaam. Hij zag iets in

Chens rechterhand, een strip foto's die hij uit de bovenste zak van zijn jas had gehaald.

Zhu greep de mouw van zijn jas met beide handen vast en trok zo hard als hij kon. Chen voelde dat zijn lichaam naar voren werd gerukt en zijn kin viel tegen zijn borst, terwijl Zhu steeds harder trok.

'Bedankt,' fluisterde Chen. Hij vestigde zijn ogen op de bovenste helft van Zhu's hoofd. 'Het lukt me wel. Het lukt me wel om terug te gaan.'

Zijn handen omsloten de foto en hij deed zijn ogen dicht. Zhu trok nog een keer en de mouw van Chens jas glipte van zijn arm. Hij draaide de mouw om zijn massieve rug heen en trok hem langs de andere arm omlaag.

Toen de jas loskwam, wankelde Zhu een stap achteruit. Hij zwaaide de warme jas over zijn schouders heen.

Chen staarde naar het legeroverhemd om zijn schouders. Hij zag dunne dampslierten van zijn lichaamswarmte in de koude lucht ontsnappen.

'Dit kunt u niet...' mompelde Chen. 'Dit kunt u niet... doen.'

Zhu gaf geen antwoord, maar knoopte de jas dicht. Zonder iets tegen Chen te zeggen draaide hij zich om en baande zich een weg door de sneeuw naar de eerste pilaar. Chen keek hoe hij er langzaam omheen klauterde, en er ontsnapte een gebroken lach aan zijn lippen.

'Hoogtevrees,' zei hij piepend. 'U zult de rotswand nooit afkomen.'

Hij ademde in en verzamelde zijn laatste kracht.

'U verdient het hier te sterven!' schreeuwde hij. 'Val toch dood!'

Zijn hoofd zakte voorover tegen zijn borst en terwijl het hem zwart voor de ogen begon te worden, sprak hij nog een keer.

'Wij verdienen het allemaal om te sterven...'

***

Zhu strompelde vooruit met één hand tegen zijn ribben gedrukt. Toen hij het laatste stuk van de lawine afkwam, draaide hij zich heen en weer, op zoek naar de lichtfakkels. Een paar meter voor hem kwam er een matrode gloed van een rots. De vlam had bijna de hele stok verteerd. Het was bijna zes uur geleden dat ze deze kant op waren gekomen.

Strompelend en met zweetpareltjes op zijn lijkbleke gezicht zocht Zhu de volgende fakkel. Er kwam een onverstaanbare woordenstroom uit zijn mond. Zijn geest was afgesloten van de wereld om hem heen.

Urenlang liep hij door; de eindeloze rotsen, de matrode fakkels. Hij trok zijn lichaam over de volgende rotsplaat, en de volgende.

Uiteindelijk kroop hij onder een overhangende rotsplaat door en belandde hij in de open gletsjerkom. Hij draaide zich naar de geul toe en stak zijn armen wijd omhoog.

'Je kunt je niet eeuwig verstoppen,' bulderde hij. 'Ik zal met honderden mannen terugkomen en jou vinden. Hoor je me?'

Zhu's gezicht rimpelde van de pijn terwijl hij tegen de berg schreeuwde.

'En als ik terugkom, zal ik ieder levend wezen doden.'

57

Dorje tilde de sierlijke porseleinen theepot een stukje hoger op. Er klaterde groene thee in de tere kommen eronder. Luca zat tegenover hem op de gebedsmat.

De abt zat met zijn benen onder hem gevouwen op een laag podium met zijn gezicht naar hen beiden toe. Hij snoof het aroma van de thee dat door de kamer zweefde diep in, voordat zijn ogen zich op Luca richtten.

Ze zaten in een cirkelvormige kamer met een hoog, gewelfd plafond dat op een klokkentoren leek. Van alle kanten viel er licht door de smalle ramen die met regelmatige tussenruimtes in de muren waren aangebracht. Ze bevonden zich op het hoogste punt van het hele klooster, maar nadat Luca de laatste tree van de wenteltrap had beklommen, was hij op de vloer gaan zitten zonder ook maar een vluchtige blik op het schitterende bergpanorama te werpen.

De abt liet zijn ogen over ieder deel van Luca's gezicht gaan. Er liep een lang litteken over de bovenkant van zijn lip en zijn wangen waren nog steeds opgezet. In de week die sinds de lawine was verstreken, was het gezicht van de westerling behoorlijk opgeknapt. Lichamelijk herstelde hij goed, maar in al die tijd had hij nauwelijks iets gezegd. De abt had te horen gekregen dat hij urenlang in zijn cel wezenloos naar het plafond lag te staren en nauwelijks at.

Dorje plaatste de kom in Luca's open hand. Toen Luca hem voor zich neerzette, klotste er een scheut kokendhete thee over de rand en brandde hij zijn vingers. Hij scheen het niet te merken, maar staarde met doffe ogen van de slapeloze nachten naar de abt terug.

'Wat gaat er nu gebeuren?' vroeg Luca.

'Dat hangt ervan af op wie je doelt,' antwoordde Dorje, terwijl hij een slokje van zijn thee nam.

'De jongen.'

'Zijne Heiligheid zal onder het directe toezicht van onze abt hier in Geltang blijven. Hij zal op het allerhoogste niveau in onze leer worden onderwezen, totdat hij gereed is om zijn plaats in Shigatse in te nemen.'

'Maar dat betekent dat de Chinezen zullen winnen,' zei Luca op vlakke toon. 'Na alles wat er gebeurd is, nadat er zoveel mensen zijn doodgegaan, gaan jullie gewoon achterover zitten terwijl de Chinezen hun eigen Panchen Lama kronen. Wat heeft het allemaal voor zin gehad?'

Dorje haalde diep adem en knikte. 'Zij zullen inderdaad hun zege behalen, maar alleen voorlopig. Wij kunnen het risico niet nemen Babu aan de wereld te tonen voordat hij oud genoeg is om zijn eigen geest en zijn eigen pad te kennen. Velen zouden proberen hem onder controle te houden, zoals u zelfs binnen onze eigen muren hebt gezien. U moet niet vergeten dat Babu ondanks de geweldige kennis en kracht die hij in zich heeft nog maar een jongen is. We zullen wachten tot hij gereed is om bekend te worden. Maar u mag erop vertrouwen, meneer Matthews, dat hij bekend zal worden, en dat onze rechtmatige heerser in ere hersteld zal worden.'

'Dat kan nog jaren duren. Tientallen jaren zelfs.'

Dorje knikte nogmaals. 'Dat kan inderdaad, maar gelukkig is geduld een van onze belangrijkste eigenschappen. We hebben al vele tientallen jaren gewacht tot ons land vrij zal zijn en we zijn bereid om nog veel langer te wachten.'

Hij nam nog een slok thee en gebaarde Luca hetzelfde te doen. Toen Luca de kom naar zijn lippen bracht, wendden de ogen van de abt zich eindelijk van hem af en richtten zich op Dorje.

'Ik denk dat het tijd is om de westerling de hele waarheid achter ons klooster te vertellen,' zei hij op trage en weloverwogen toon in het Tibetaans.

Dorje keek verbijsterd, terwijl hij de kom in zijn handen scheef hield en een scheut thee op zijn schoot morste.

'Maar waarom, uwe Heiligheid? Waarom zouden we zulke kennis met een buitenstaander delen?'

De ogen van de abt gleden over Luca's hangende schouders en het litteken dat over zijn lippen liep.

'Omdat hij alles voor ons heeft gegeven,' zei hij. 'Na alles wat er gebeurd is, verdient hij het te weten wat hij heeft helpen redden.'

Dorje haalde diep adem en zette zijn kom weer voor zich neer. Hij aarzelde even, en toen de abt opnieuw knikte, begon hij te praten.

'Enige tijd geleden, meneer Matthews, heb ik u verteld dat het Geltang-klooster een schatbewaarder was, maar de schat waar ik op doelde had niets te maken met de standbeelden die u in de kelder van ons klooster toevallig hebt aangetroffen.'

Luca keek op toen hij een beeld voor zich zag van de ogen van het kleine standbeeld die in de vlam van zijn aansteker fonkelden.

'Maar ik heb het gezien. Ik heb de diamanten en edelstenen gezien.'

'Voor sommigen zijn ze belangrijk, maar voor ons zijn ze weinig meer dan tekens om onze standbeelden mee te versieren. Daarvoor is Geltang niet gebouwd. Helemaal niet. Onze bergbeyul, ja zelfs al onze beyuls, zijn met een heel ander doel gebouwd. Maar u moet iets van onze geschiedenis begrijpen, voordat dit verhaal enige betekenis krijgt.'

Dorje stond op, liep naar een van de ramen en staarde naar het uitzicht.

'Meer dan tweeduizend jaar geleden was een Indiase prins met de naam Siddhartha Gautama de eerste die de totale verlichting bereikte. Hij werd wat wij de Opperboeddha noemen. Tijdens zijn leven werden zijn lessen – en daarmee bedoel ik de werkelijke woorden die hij sprak – nauwkeurig door schrijvers genoteerd en in acht secties, of zogenoemde paden, verdeeld. Ieder pad werd daarna nog eens naar onderwerp in acht paden verdeeld.

Dit leverde een totaal van vierenzestig boeken op. Welnu, u moet niet vergeten dat deze boeken geen kopieën of geruchten waren, ze waren niet herschreven of herzien – het waren de werkelijk gesproken woorden van de Opperboeddha. De boeken werden vervolgens onder onze beyuls verdeeld en verspreid, in onze zeer veilige bibliotheken bewaard en voor de wereld geheimgehouden.'

Met een blik vol verdriet wendde Dorje zich langzaam van het raam af.

'Maar zoals u weet, werden onze beyuls ontdekt en met de grond gelijkgemaakt. Ze vielen een voor een en veel van onze gekoesterde boeken gingen verloren. Nadat het Benchaan-klooster was gevallen, werden twee volledige paden door vlammen verwoest en toen werd er door de vijf ordes besloten om alle kennis naar Geltang te brengen. Maar de boeken konden niet met de hand worden vervoerd. Dit was de duistere tijd van de Culturele Revolutie en alle religieuze werken werden in beslag genomen of verbrand, en degenen die ze vervoerden werden gearresteerd en wreed gemarteld. We konden het ons niet veroorloven dat er nog meer verloren zou gaan.

Dus in al deze waanzin werden er bepaalde monniken uitgekozen om elk boek uit het hoofd te leren. Zo werd ieder woord, iedere zin en paragraaf van Boeddha in levende, lopende boeken bewaard. Vermomd als boeren of handelaars wisten ze vervolgens langs wegversperringen en patrouilles te komen en uiteindelijk Geltang te bereiken om te beginnen aan het lange proces om elke les weer op papier te zetten.'

'Boeken,' liet Luca zich ontvallen. 'Daar draait dit allemaal om – boeken.'

'Ja,' antwoordde Dorje zachtjes. 'En nu hebben we ze bijna allemaal. Het achtste pad is nagenoeg compleet.'

Hoofdschuddend zag Luca de rijen monniken in de bibliotheek weer voor zich, wier pennen in een onophoudelijke stroom over de bladzij bewogen. Shara was daar geweest, te midden van hen.

'Dat is wat ze heeft afgeleverd?'

'Ik neem aan dat u daarmee juffrouw Shara bedoelt. Zij is inderdaad een levend boek – het vijfde boek van het achtste pad, en een van onze meest gekoesterde werken. Ze is hier onder zeer uitzonderlijke omstandigheden. Haar broer zou de tekst naar ons toe brengen, maar hij werd drie jaar geleden opgepakt toen hij de grens overstak. Hoewel we geen bewijs hebben gevonden over zijn ware identiteit, vermoeden we dat de Chinezen hem vasthouden in de Drapchi-gevangenis in Lhasa. Maar zoals ik al zei: we hebben in al die tijd niets meer van hem vernomen. We hebben ontdekt dat juffrouw Shara dezelfde gave als haar broer heeft. Uiteindelijk was zijzelf degene die voorstelde dat zij zijn plek zou innemen. Ze was op reis door Tibet en kwam naar Geltang toe, toen leden van de Gelugpa-sekte het nieuws van een aanslag op het leven van zijne Heiligheid hoorden. Ze wisten haar om te leiden en ze kreeg de opdracht om de jongen hierheen te brengen.'

Luca's blik bleef wezenloos toen hij zich probeerde voor te stellen hoe het was om een heel boek uit het hoofd te leren. De delen die hij in de bibliotheek had gezien waren ettelijke centimeters dik.

'Ik ben in de bibliotheek geweest en heb hen aan het werk gezien,' zei hij, 'maar ik kan niet begrijpen hoe iemand een heel boek uit het hoofd kan leren.'

'Natuurlijk is het geen geringe zaak, vooral gezien het belang van wat ze uit het hoofd leerden. Maar het menselijk brein is tot veel meer in staat dan we geloven. Zelfs in westerse samenlevingen zie je overvloedig bewijs van wat het kan doen. Neem degenen die aan bepaalde vormen van autisme lijden. Zij kunnen enorme hoeveelheden informatie vasthouden en verwerken.' Hij wachtte even en dacht terug aan de begintijd, toen hij vermomd als een zwervende bedelaar in Geltang was aangekomen. 'Pas na vele jaren en talloze proeven van beheerste meditatie konden sommigen van ons toegang krijgen tot exact hetzelfde deel van de hersenen.'

Toen Dorje stilviel, gebaarde de abt Luca met een handbeweging naar een van de open ramen te gaan. Na een korte pauze zette Luca zijn kom neer en kwam overeind.

Achter de in elkaar grijpende dalen was de hele piramideberg zichtbaar en de top, op een zeldzaam moment, vrij van wolken. Luca's ogen volgden de duidelijke lijnen van de flank totdat ze in een scherp, glinsterend punt samenkwamen, alsof ze dreigden een gat in de hemel te steken. Ondanks alles voelde Luca zich onthutst door de pure schoonheid van de berg.

'Weet u dat we hem een naam hebben gegeven?' zei hij, met zijn ogen op het uitzicht gefixeerd. 'Bill noemde hem de Wolkenmaker.'

Dorje knikte en liet een stilte over de kamer neerdalen. Terwijl de minuten verstreken, bleef Luca naar de berg staren. Opnieuw voelde hij de emoties waarmee hij de afgelopen week had geworsteld met een overweldigende kracht bovenkomen.

Uiteindelijk klonk er een zacht tinkelend geluid; hij draaide zich om en zag dat de abt een kleine gouden bel vasthield. Hij gebaarde Luca voor hem te gaan zitten en legde de palm van zijn uitgestrekte rechterhand tegen Luca's voorhoofd. Luca hield zijn hoofd gebogen terwijl de abt een lange zegen uitsprak, voordat hij eindelijk zijn hand wegtrok.

'Tijd voor u om te gaan,' zei de abt in gebroken Engels.

Er schoot een plotselinge angst door Luca heen bij het idee om te vertrekken. Hij was zozeer door de eindeloze wroeging in beslag genomen dat hij niet had overdacht wat er zou gebeuren als hij eindelijk thuiskwam.

Nu kroop er een kil gevoel in zijn maag. Hij zou terug moeten gaan naar de banaliteit van alles wat hij in de westerse wereld had achtergelaten – zijn baan, zijn huis, de verwachtingen van zijn vader. Hij zou Cathy het verhaal moeten vertellen van wat er was gebeurd en hij zou Hal en Ella op de een of andere manier moeten uitleggen dat hun vader nooit meer terug zou komen. Hij zou eeuwig veroordeeld worden door mensen die het nooit zouden kunnen begrijpen, net zoals met de Everest-expeditie.

Toen Luca de vlaag van angst voelde, werd hij opeens overvallen door het verlangen om hier in Geltang te blijven, te midden van de vreedzame monniken en de stille bergen. Waarom zou hij niet blijven – zich in een nieuw leven terugtrekken en alles achterlaten wat hij ooit had gekend?

'Ik wil niet gaan,' zei hij, de abt aankijkend. 'Ik heb enige tijd nodig om alles op een rijtje te zetten. Opnieuw te beginnen.'

De blik van de abt bleef strak.

'Je moet je eigen leven onder ogen zien,' zei hij, met een vinger op Luca's borst wijzend. 'Pas als je je eigen leven ziet, kun je anderen zien.'

Er klonk een geluid van naderende voetstappen en Shara verscheen boven aan de trap. Ze maakte een diepe buiging voor de abt, voordat ze Luca haar hand aanbood.

'Kom,' zei ze, met een aanzet tot een glimlach. 'Alles is klaar.'

Luca stond onder de bomen op de binnenplaats te kijken naar de bloesem die langzaam neerdwarrelde op de grond. Vlak naast hem, aan zijn rechterhand, zakte de stenen trap af naar de voet van de berg ver beneden hem. Het leek wel een mensenleven geleden sinds ze voor het eerst over deze zelfde stenen waren gestrompeld met Bill in hun armen.

Shara had Luca's rugzak, volgestouwd met voedsel en uitrusting, al klaargezet boven aan de trap. In een nis in de muur ernaast schonk ze thee in twee kleine kopjes.

'Hoe lang heb je nodig om het hele boek uit te schrijven?' vroeg Luca, zijn blik nog altijd op de bloesem gericht.

'Zeker twee of drie jaar,' antwoordde Shara, terwijl ze de kopjes voorzichtig op de rand van de bovenste tree neerzette en ze haar blik op het uitzicht richtte. Luca kwam dichterbij en ging naast haar staan. 'Dat duurt niet eens zo heel lang als je bedenkt hoeveel jaar het me heeft gekost om het uit mijn hoofd te leren, natuurlijk.'

Luca keek naar de fijne porseleinen kopjes. 'Ik geloof dat ik daar wel genoeg van gedronken heb.'

'Deze is voor mij,' zei Shara, die een van de kopjes oppakte en er een klein slokje uit nam. 'De andere zal hier voor je klaarstaan, zoals bij ons traditie is, voor het geval je ooit besluit terug te komen.'

Luca keek in haar heldere groene ogen. Ze straalden een verdriet uit dat hij er nog niet eerder in had gezien, en uit de manier waarop ze haar lippen samenkneep, maakte hij op dat ze probeerde haar emoties te onderdrukken. 'Maar de abt zei dat ik weg moest. Hij wil me hier niet meer hebben.'

'Hij zei dat je je leven onder ogen moet zien. Zodra je dat hebt gedaan, ben je vrij om te gaan en staan waar je wilt.' Ze stapte op hem toe en omvatte een van zijn handen. 'Maar wat er ook gebeurt, Luca, onthoud dat jij geen schuld hebt aan de dood van Bill.'

Bij het horen van zijn naam wendde Luca zijn blik van Shara's ogen af. De reusachtigheid van wat er allemaal gebeurd was overviel hem ineens, ontnam hem de lucht uit zijn longen. 'Tot ziens, Shara,' fluisterde hij, zich naar voren buigend om haar op haar wang te kussen. Heel even bleef hij staan, zijn gezicht tegen het hare gedrukt, haar delicate geur inademend. Daarna keerde hij zich abrupt om en rechtte hij zijn schouders. Hij greep zijn rugzak en daalde de treden af.

Shara bleef boven aan de trap staan en liet de wind met haar lange lokken spelen. Een tijdje bleef ze zijn steeds kleiner wordende gestalte nakijken, wachtend tot hij zich omdraaide voor een laatste blik op het klooster. Maar hij liep door, tot zijn silhouet langzaam tussen de bergen verdween en de thee naast haar allang was afgekoeld.

58

Rega strompelde over het oneffen pad. Hij klampte zich aan Drangs arm vast. De neuzen van zijn sandalen bleven achter de losse stenen haken, zodat hij naar voren struikelde, terwijl zijn vrije arm met zijn vingers gespreid in het luchtledige tastte.

Alles was zo onvertrouwd. Er was geen gang om hem te leiden, geen inkepingen in de stenen muur om hem de weg te wijzen. Zijn wereld was gebaseerd op vertrouwdheid en herinnering, en nu was dat allemaal weg.

De wind woei over zijn gezicht. Rega zoog de koude lucht diep in zijn longen. De lucht was bijtend en fris. En hij herkende helemaal niets. In het klooster had hij iedere opslagkamer kunnen herkennen aan de geur van de talloze potten en flesjes die er stonden. Alleen door de geur van de perkamenten kon hij de bochten van de bibliotheek volgen. Toch stelde al die kennis hier, in de open uitgestrektheid van de bergen, plotseling niets voor.

De wind blies harder, trok aan zijn kap en deed zijn gewaad opbollen.

Vanaf het moment dat hij uit Geltang werd verbannen en de poorten achter hem op slot gingen, had Rega een vreselijke hulpeloosheid door zich heen voelen jagen.

'We moeten de beschutting van de lagere dalen bereiken,' zei hij, in een poging de angst uit zijn stem te houden.

Hij voelde Drang aan zijn mouw trekken. Ze daalden tergend langzaam het pad af en hij vermoedde dat het geduld van zijn assistent snel opraakte. In de bergen kon een oude blinde man hem alleen maar ophouden.

'Jij bent altijd een trouwe assistent geweest,' zei Rega, die zijn andere hand even op Drangs onderarm liet rusten. 'En je zult beloond worden voor je diensten, dat beloof ik je.'

Drang bromde alleen wat en staarde met zijn goede oog de helling af. Er waren strakke gaasverbanden om zijn gezicht gewikkeld. Op de zichtbare plekken glom de huid van een vettig extract dat bij de behandeling van brandwonden werd gebruikt. Onder de verbanden kleefden vochtige stukken rauwe huid aan het gaas.

'Zeer trouw,' herhaalde Rega met angst in zijn stem.

Drang bromde nogmaals, terwijl hij Rega vooruitduwde. Langs de verre lijn van bergpieken zag hij wolken door de lucht rollen en voor de zon schuiven. De wind was al van richting veranderd en voerde een ijzige kou van de hogere hellingen aan. Er was een storm op komst.

Rega struikelde over een steen die midden op het pad lag en kneep met zijn handen in Drangs arm om steun te zoeken. Hij hees zich moeizaam ademend overeind en probeerde zich snel te vermannen om verder te gaan. Drang keek met een onveranderde blik simpelweg toe hoe Rega weer vooruitstrompelde.

Ze gingen nog een uur door, totdat Drang Rega tot stilstand bracht. 'Verderop is het terrein gevaarlijk, vader,' zei hij. 'Het pad houdt op. Ik moet vooruitlopen om de weg naar beneden te controleren.'

Rega knikte en maakte zijn handen heel langzaam van Drangs armen los. Hij stond nu in zijn eentje, verplaatste zijn gewicht en stak zijn armen uit om zijn evenwicht te bewaren. Hij hoorde hoe Drang een tas bij zijn voeten achterliet, en daarna hoe zijn schoenen over de oneffen grond vlak voor hem sloften en hoe er een paar losse kiezelstenen de helling af tuimelden. Daarna was alleen het geluid van de toenemende wind te horen.

Meer dan twee uur bleef Rega staan waar hij stond, in de ijdele hoop dat Drang zou terugkeren. Zelfs toen hij besefte dat zijn assistent nooit zou terugkomen, bleef hij op dezelfde plek omdat hij nergens anders heen kon gaan. Om hem heen wakkerde de wind aan en bracht deining in de plooien van zijn gewaad, maar hij tastte niet in de tas die bij zijn voeten stond en trok niet een van de zware jassen aan die ze hadden gekregen.

Rega draaide zich in de richting waar ze vandaan waren gekomen en met een berouwvolle blik hief hij zijn hoofd naar de verre muren van Geltang.

'Ik ben moe,' fluisterde hij. Toen ging hij op de grond zitten, liet zijn hoofd zakken en stond de kou toe hem langzaam te overmeesteren.

59

3 november 2005

Jack Milton besprak promotiemogelijkheden met een student toen er op de deur van zijn studeerkamer werd geklopt. Die ging een stukje open en onthulde de linkerkant van Luca's gezicht.

'Jezus, Luca,' zei Jack, die vanachter zijn bureau opsprong. 'We praten hier later wel verder over,' mompelde hij tegen de student, terwijl hij hem gebaarde uit de leunstoel op te staan en de kamer uit te gaan.

Toen Luca aarzelend het kantoor binnenstapte, pakte Jack hem bij zijn schouders. Zodra hij hem aanraakte, kon hij voelen hoeveel gewicht Luca was kwijtgeraakt. Zijn blauwe ogen leken bleker dan normaal en eronder lagen kringen van vermoeidheid. Ondanks de schone kleren gaven zijn gebruinde gezicht en verwarde haar hem een verweerd en enigszins onbeschaafd voorkomen – een schril contrast met de bleke academici die Jacks studeerkamer gewoonlijk bevolkten.

'Waarom heb je niet gebeld?' vroeg Jack. 'We hadden al zo lang niets van je gehoord, we dachten dat er iets ergs was gebeurd.'

Hij trok Luca naar zich toe en omhelsde hem stevig. Uiteindelijk stapte Jack met een paar onbeholpen klopjes op zijn rug achteruit, voordat hij zich naar het raam afwendde. Luca kon zien dat zijn ogen achter zijn leesbril door tranen vertroebeld waren.

'De volgende keer dat je op reis gaat, geef ik je verdomme een satelliettelefoon mee,' zei hij en hij ging koffie zetten. Hij goot de drab uit de glazen pot weer boven in het koffiezetapparaat, deed er een paar scheppen uit een beduimeld pak in en drukte op de schakelaar. Algauw zaten ze tegenover elkaar in de twee leunstoelen.

Luca praatte meer dan een uur. In al die tijd onderbrak Jack hem niet en stelde ook geen vragen, maar nam slokjes van zijn allang koud geworden koffie. Een mengeling van ongeloof en ontzetting verspreidde zich over zijn gezicht terwijl zijn peetzoon iedere fase van de reis vertelde. Toen Luca uitlegde wat er met Bill was gebeurd, bracht Jack zijn handen naar zijn gezicht en bedekte zijn ogen. Zijn schouders schokten van het huilen en ze zwegen een hele poos. Uiteindelijk stond Luca uit zijn stoel op en schonk hem nog een koffie in; hij legde zijn hand even op zijn schouder toen hij hem de kop aangaf.

Toen Luca de rest van zijn verhaal had verteld, tastte hij in zijn schoudertas om er twee gehavende boeken uit te halen, die hij op de brede armleuningen van zijn stoel neerlegde.

'Dus de kapitein was dood toen je hem op de rotswand zag?' vroeg Jack.

Luca knikte. 'Hij lag op een richel, ongeveer tien minuten onder de top. Hij lag met zijn bevroren ogen open tegen de achterwand gedrukt. Hij moet 's nachts van de kou zijn doodgegaan.'

'Die klootzak verdiende niet beter,' zei Jack fel. Na weer een korte pauze ademde hij diep uit. 'En hoe ben je naar Lhasa teruggegaan?'

Luca glimlachte bijna toen hem een beeld van René te binnen schoot. Hij was er toen hij eindelijk van de berg af kwam. Toen Luca de verkoolde resten van Menkom naderde, had hij hem in diepe slaap in de hitte van de middagzon in een geïmproviseerde stoel gezien, die schuin naar de rotswand toe stond. Er lag een handdoek over zijn slapende gezicht en zijn rechterbeen rustte in een verband op een knoestige boomstronk.

Hij was wakker geworden toen Luca dichterbij kwam over het veld, had de handdoek van zijn gezicht getrokken en was in een schaterlach uitgebarsten. Hoewel René duidelijk pijn leed, had hij onvermoeibaar regelingen getroffen met de plaatselijke bewoners met wie hij bevriend was geraakt om hen met jaks langs het pad naar Tingkye terug te brengen, waar ze vervolgens over een fatsoenlijke verder waren getrokken.

'René heeft al die tijd op mij gewacht,' zei Luca hoofdschuddend. 'Hij heeft me Tibet uit gekregen, waarbij hij alles nog een keer op het spel heeft gezet om me via de Vriendschapsbrug Nepal in te smokkelen. En dat terwijl ik die gast amper kende.'

'De vriendelijkheid van vreemden,' zei Jack. 'Het blijft me verbazen waar mensen toe in staat zijn.'

Daarna schoof hij in zijn stoel naar voren en liet zijn ogen rusten op de twee boeken die voor zijn peetzoon lagen. Luca volgde zijn starende blik, pakte het eerste boek op en hield het voor zich.

'Dit heb ik in mijn rugzak gevonden, toen ik in Lhasa terugkwam,' zei hij en hij maakte de fijne vergulde gesp los. 'Shara heeft het er vast ingestopt zonder dat ik het wist.'

Toen het op Luca's schoot openviel, gleden Jacks ogen over het witte handschrift op dik zwart perkament. Het boek zag er oud en versleten uit, met hoekige Tibetaanse karakters die over de dicht opeengepakte bladzijden waren gegrift. Jack stak zijn hand uit, die hij vlak erboven liet zweven.

'Is dit wat ik denk dat het is?'

'De *Kalak Tantra*,' zei Luca, die keek hoe Jacks gezichtsuitdrukking veranderde.

'Sally had het dus mis. Het boek bestaat wel degelijk,' mompelde hij. Jack keek in Luca's ogen. Afgezien van al het andere bevestigde dit heel veel van wat Luca had gezegd.

'Shara vertrouwt jou kennelijk,' zei Jack nadenkend. 'Ze nam een groot risico.'

Luca knikte. Vervolgens deed hij het boek dicht, stond uit zijn stoel op en stopte de *Kalak Tantra* in de plooien van zijn schoudertas terug. Daarna pakte hij het andere boek op. Dat was veel kleiner: een dun, in leer gebonden en door vlechttouw bijeengehouden dagboek.

'Je moet iets voor me doen, Jack,' zei Luca, terwijl hij hem het boek aanreikte. 'Geef dit aan mijn vader. Het is mijn dagboek en een compleet verslag van wat er gebeurd is. Misschien zal hij het dan begrijpen.'

Jack probeerde het dagboek weg te duwen. 'Geef het hem zelf maar,' zei hij met een frons op zijn voorhoofd. 'Ik weet hoe je vader is, maar het zou veel beter zijn als het van jou kwam.'

Hoofdschuddend zwaaide Luca de tas over zijn schouder. 'Dat kan ik niet. Ik moet eerst iemand gaan opzoeken.'

Toen hij probeerde weg te gaan, greep Jack zijn arm vast. 'Het komt toch wel goed met je, Luca?'

Voor het eerst tijdens hun hele ontmoeting sloop er een glimlach over Luca's gezicht. Hij trok Jacks hand zachtjes van zijn arm.

'Ja,' zei hij. 'Dat denk ik wel. Pas goed op jezelf, Jack.'

Daarop liep hij de stoffige studeerkamer uit en liet zijn oom achter. Jack staarde naar het boek in zijn handen.

***

Nog enige tijd daarna sprong Jack op wanneer de telefoon rinkelde, maar nooit was het Luca. Tegen beter weten in sprak hij een paar berichten op Luca's voicemail in, maar hij kreeg nooit enige reactie. Het viel hem in dat Luca, zoals altijd, hem wel zou laten weten wanneer hij hem nodig had, maar toen hij na een aantal weken nog steeds niets had gehoord, besloot hij dat hij zou proberen hem op te sporen.

Hij ontdekte dat Luca algauw nadat hij zijn studeerkamer had verlaten zijn flat had verkocht en de hele geldsom op een bankcheque had ontvangen. Vervolgens was hij naar Bills huis gegaan en had hij een paar uur met Cathy en de kinderen doorgebracht, voordat hij de cheque overhandigde en weer vertrok. Daarna leek hij verdwenen te zijn.

Op sommige dagen zit Jack in zijn studeerkamer naar een satellietkaart van de Himalaya te kijken en denkt hij te weten waar zijn peetzoon is. Op andere dagen is hij daar niet zo zeker van.

Maar ja, zo ging het altijd met Luca.

Noot van de auteur

De echte elfde Panchen Lama

Na de dood van de tiende Panchen Lama in 1989, raakte de zoektocht naar zijn reïncarnatie bezoedeld door politieke controverse.

Ondanks het feit dat de huidige Dalai Lama in 1995 een jongetje van zes, genaamd Gedhun Choekyi Nyima, erkende als rechtmatige opvolger, arresteerden de Chinese autoriteiten de voorzitter van de commissie die belast was met de zoektocht op grond van verraad en werden het jongetje en zijn familie weggehaald uit Tibet.

Onmiddellijk werd er een nieuwe commissie ingesteld voor het aanwijzen van de nieuwe Panchen Lama, die Gyancain Norbu 'verkoos'. Norbu draagt deze titel nog altijd.

Hoewel de Chinese autoriteiten beweren het zesjarige jongetje 'omwille van zijn eigen veiligheid' te hebben weggehaald, heeft niemand ooit nog iets van hem vernomen. Zelfs nu, in 2009, is het nog geen enkele humanitaire groep toegestaan om te achterhalen of hij nog in leven is.